意象与嬗变

先唐昆虫文学研究

李璐◎著

人民出版社

责任编辑：杭　超
装帧设计：尚书堂

图书在版编目（CIP）数据

意象与嬗变：先唐昆虫文学研究 / 李璐著．—北京：人民出版社，2019
ISBN 978－7－01－021346－0

Ⅰ．①意…　Ⅱ．①李…　Ⅲ．①中国文学—古典文学研究　Ⅳ．①I206.2

中国版本图书馆 CIP 数据核字（2019）第 205965 号

意象与嬗变：先唐昆虫文学研究

YIXIANG YU SHANBIAN：XIANTANG KUNCHONG WENXUE YANJIU

李　璐　著

人民出版社 出版发行
（100706　北京市东城区隆福寺街 99 号）

北京建宏印刷有限公司印刷　新华书店经销

2019 年 9 月第 1 版　2019 年 9 月北京第 1 次印刷
开本：710 毫米 ×1000 毫米　1/16　印张：18.75
字数：290 千字

ISBN 978－7－01－021346－0　定价：68.00 元

邮购地址　100706　北京市东城区隆福寺街 99 号
人民东方图书销售中心　电话（010）65250042　65289539

目录

绪 论

昆虫文学：中国古代文学研究的一个新领域

这是一次发掘文学琥珀的探索。距今6500—4500万年前，松柏科植物的树脂滴落，掩埋在地下千万年，在压力和热力的作用下石化，从而形成了透明的生物化石——琥珀，有的可见丰富的内含物，如古老昆虫、植物或动物碎屑等。昆虫在文学世界的孕育过程，也大致如此。中国古代昆虫文学的书写源远流长，起源于先秦，在每个历史时期都留有自己的印记，或诗，或文，抑或一支简单的歌谣。毋庸置疑的是，任何一篇悠久的昆虫作品都是历史的沉淀物。

然而，一直以来昆虫都处于中国古代文学研究中的边缘角落，较少被人提及。与这种下里巴人的意象相比，人们更偏向于春花秋月、梅兰竹菊这些阳春白雪。昆虫受到"冷遇"，是不是说明它在文学中的意义不深、作用不大，甚至是可有可无的呢？答案当然是否定的。

在《汉语大字典》中，"昆"有"群""众"的意思。"《礼记·礼运》载：'故无水旱昆虫之灾。'《大戴礼记·夏小正》：'昆小虫，抵蚳。昆者，众也。'《汉书·成帝纪》：'君道得，则草木昆虫咸得其所。'颜师古注：'昆，众也。昆虫，言聚虫也。'"[①] 昆虫纲是动物界中的最大纲，昆虫是生

① 《汉语大字典》编辑委员会编：《汉语大字典》，湖北辞书出版社、四川辞书出版社1990年版，第1489页。

物界不可忽视的重要组成部分。有人类的地方就有昆虫的身影，法布尔的《昆虫记》畅销全球，世界昆虫题材的文学书写，和国内遍布于众多典籍中却鲜为人知的昆虫文学作品，有着天然的联系。中国古代文学中，曾经出现过很多描写昆虫的作品，它们或多或少地保留了昆虫与人类社会生活息息相关的信息，是对古代生态文化的重要留存。这些文学作品体现出古人对昆虫的科学认知水平，记载了人类对昆虫的选择利用情况，还寄托了文人墨客丰富的文学情感，其重要程度不言而喻。

昆虫是人类生活中最微不足道却无处不在的“陪伴者”，它们出现在房前屋后，出现在春去秋来，出现在梦里梦外。昆虫的文学书写，既有外国的也有中国的，与传统的春花秋月、亭台楼阁等静态物象不同，在这个动态的微观世界里，昆虫与文学进行了灵魂的对话，找到了彼此的共鸣。高枝而歌的蝉唱出了“为谁表予心”的呐喊；蜜蜂谙熟的“君臣之义”与传统儒家思想不谋而合；文人清高自苦的现实处境与“螳螂捕蝉”的生命危机相映衬；春愁秋恨的离情别绪，借暗夜孤萤和草际蛩吟得以抒发。无处不在、无时不有的昆虫意象丰富了文学的视域，以其独特的视角和意蕴，展示了它们在文学史上不可忽视的地位。不论现实世界还是精神天地，不管是古代还是现在，昆虫都能以极为自然的状态出现，成为生活中不经意的点缀，在人与自然的共处中占有一席之地，因此，现代作家叶圣陶在《没有秋虫的地方》中这样描绘：

阶前看不见一茎绿草，窗外望不见一只蝴蝶……若是在鄙野的乡间，这时候满耳朵是虫声了……虽然这些虫声会引起劳人的感叹，秋士的伤怀，独客的微喟，思妇的低泣；但是这正是无上的美的境界，绝好的自然诗篇，不独是旁人最欢喜吟味的，就是当境者也感受一种酸酸的麻麻的味道，这种味道在另一方面是非常隽永的。①

文中的“蝴蝶”与“虫声”，是鄙野乡间的代表，由它们所引发的各种真实的生活情感，在作者眼里正是“无上的美的境界”，是“绝好的自然诗

① 叶圣陶：《叶圣陶随笔·生活教育》，北京大学出版社 2007 年版，第 7 页。

篇”，更是“非常隽永的”。由此，可以彰显昆虫文学研究的重要意义：

第一，昆虫文学是中国文学重要的组成部分。

昆虫文学的发展进程与文学史的发展进程是相一致的。中国历朝历代的昆虫文学书写不绝如缕，从先秦开始，历经两汉魏晋南北朝，下讫唐宋元明清，在这漫长的历史时期内，优秀的昆虫文学作品在中国文学发展史上从未间断。

中国各朝代进行昆虫文学创作的优秀作家层出不穷。比如庄子就是书写昆虫的高手，他创造的“庄周梦蝶”“螳臂当车”“螳螂捕蝉，黄雀在后”等寓言，以深刻的哲学意识引领先秦的文学思考。《诗话总龟》载写蝴蝶成痴的诗人谢逸：“谢学士吟《蝴蝶诗》三百首，人呼为谢蝴蝶，其间绝有佳句，如：‘狂随柳絮有时见，舞入梨花何处寻？’又曰：‘江天春晚暖风细，相逐卖花人过桥。’古诗有‘陌上斜飞去，花间倒翅回’。又云：‘身似何郎贪傅粉，心如韩寿爱偷香。’终不若谢句意深远。”①

中国历代昆虫文学中，流传着很多脍炙人口的名篇佳作，具有很强的可读性和示范性。这些作品中的昆虫意象，历经千百年的文学书写凝练，已经形成其独立的意象特征，具有典型的象征价值。例如看到花丛里的蝴蝶，人们就会从它“栩栩然”的飞舞姿态，联想到庄子自由的意识；听到夏季树梢上的蝉鸣，脑海里就会浮现出“居高声自远”的高士情怀。

昆虫文学广泛存在于中国文学各种体裁中，中国古代的诸子散文、历史散文、寓言故事、神话传说、诗歌和赋中，都出现过昆虫文学的作品。而且，这些作品大多是以当时所流行的形式呈现，比如先秦的昆虫歌谣、汉赋中的各种昆虫赋，能够反映出不同时期昆虫文学的发展状况。

第二，昆虫文学包含了古人的生态意识，是人与自然相互融通的见证。

昆虫是大自然的产物，文学是人类精神世界的写照，昆虫文学是人类与自然沟通的纽带，借助昆虫文学可以了解古人认识自然的过程，追溯古人生态意识的起源与发展，从而找到人类在生态环境中的合适地位。

① （宋）阮阅编著，周本淳校点：《诗话总龟》，人民文学出版社 1987 年版，第 61 页。

昆虫文学所包含的生态意识，有助于人们对昆虫的认识和利用。以昆虫所反映的物候特征为例，在科学技术落后的时代，昆虫是人类物质文明进步的帮手。例如人们在对自然界进行认知的时候，将蟋蟀作为秋季的象征，《诗经·豳风·七月》云："五月斯螽动股，六月莎鸡振羽。七月在野，八月在宇，九月在户，十月蟋蟀入我床下。"①《礼记·月令》中"秋夏之月，蟋蟀居壁，腐草为萤"也是把蟋蟀作为秋天的候虫。这些通过文学作品表现出来的生态意识，直到今天还有其积极的意义。

如今，在古人生态意识的影响下，我们可以从昆虫文学的视角切入生态学，开辟生态文化研究的新领域。随着全球性生态环境问题的日益严峻，生态文化引起学界的空前重视，先后出现"植物生态学""动物生态学"等相关研究，昆虫作为生态链条中不可或缺的基础环节，其生态学意义的重要性不言而喻。研究昆虫文学，以更全面的视角去探究文学与自然界的联系，可以促进我们思考人与自然之间的相互影响，从而更好地理解古人的生态意识。

第三，昆虫文学包含了丰富的文化内涵。

文化是一种社会现象，同时又是一种历史现象，它是人类社会历史的积淀物，是人类进行交流的、能够传承的意识形态。从文化自身的内在逻辑结构和层次来看，我们可以将其分为物质文化、制度文化和精神文化三类，昆虫文学与这三类文化均有密切的联系。

昆虫文学是一个浓缩的文化宝库，在千百年的生产生活中，中国古人赋予了昆虫文学极为丰富的文化内涵。不论是有用的还是无用的，有害的或者有益的，美的或者丑的，大的或者小的，能飞的或者会游的，善鸣的或者沉默的，形形色色的昆虫，经过文学的书写，缔造了这个特殊的文化宝库。

首先，昆虫文学包含了丰富的物质文化。这是一种可见的显性文化，

① 白鸣凤：《先民生存的艰难与悲喜〈国风〉读注》，中国社会科学出版社 2011 年版，第 449 页。

例如经济文化、医药文化、饮食文化等，都被涵括其内。例如《管子·轻重甲第八十》中记载了蚕作为物候标志的积极意义，强调不违农时、按时蚕桑对于“天下王”的重要性，帮助我们认识人与自然相处的进程。以蝉蜕、蚕、蚁来入药的文学书写，包含了古人利用昆虫来治病的智慧。蜂蜜、蚳醢等美味佳肴的文学记载，是我国饮食文化的重要组成部分。

其次，昆虫文学包含了鲜明的制度文化，和精神文化一样，都属于隐性文化。昆虫文学包罗了祭祀制度、法律制度、军事制度、科举制度等多方面的文化，例如《春秋穀梁传·桓公十四年》载：“天子亲耕以共粢盛，王后亲蚕以共祭服。”① 从此，“皇后亲蚕”成为大多数朝代国家层面祭祀活动的保留项目。“下蚕室”② 体现了汉代残酷的法律制度。“师战蚁”③“备蚁附”④“铁螳螂”和“木螳螂”⑤ 等文学书写，反映了古人在建立军事制度时，对昆虫行为习性的学习和借鉴。

最后，昆虫文学还包含了可贵的精神文化。人类的思维方式、宗教信仰、审美情趣都属于精神文化的范畴。与昆虫文学相关的主要体现在政治导向、生命意识、哲学思考等方面。例如战国时期荀子作《蚕赋》，宣扬“隆礼重法”的儒道，推崇“功被天下”的君道，寓含“功立身废”的臣道，巧妙地传布“遵礼之治”的“蚕理”，赋予蚕文化以正统基调，为探寻中国古代传统思想文化所蕴含的人文精神提供了依据。朝生暮死的“蜉蝣”体现了古人对生命易逝的忧患，羽化升天的蝉象征了人类的长生愿望，彰显出文学对生命意识的关注。

第四，昆虫文学包含了丰富的审美内涵。

昆虫文学的审美，是对自然美的发现和传播。昆虫文学的审美内涵包含很多审美要素，其中昆虫的形象审美和声音审美是最主要的方面。形象

① 承载撰：《春秋穀梁传》译注，上海古籍出版社 2004 年版，第 90 页。

② （汉）班固撰，（唐）颜师古注：《汉书》第 2 册，中华书局 2000 年版，第 2011 页。

③ 朱海雷编著：《关尹子·慎子今译》，浙江大学出版社 2012 年版，第 31 页。

④ 谭家健、孙中原译注：《墨子今注今译》，商务印书馆 2009 年版，第 449 页。

⑤ 曹胜高、安娜译注：《六韬·鬼谷子》，中华书局 2007 年版，第 133—138 页。

审美主要是对昆虫外观美的肯定，这种审美体验扎根于作者的文化、学识、教养，并受到其性格和情趣的影响，因此，不同的人会产生不同的审美体验。作者把自己的主观感情转移到昆虫身上，然后再对其进行欣赏和体验。例如诗人把自己对春暖花开的喜悦之情投射到蝴蝶身上，梁简文帝萧纲《杂句春情一首》"蝶黄花紫燕相追，杨低柳合路尘飞"[①]就体现了对春来蝶舞之美的欣赏。

声音审美体现了昆虫文学的独特魅力。《文心雕龙·物色》云："一叶且或迎意，虫声有足引心。"[②]虫声引心，是昆虫文学书写中独特的审美内涵。例如对蝉声"高洁"的品质欣赏，对蛩吟"悲秋"的深情吟唱，赋予了昆虫文学丰富而生动的审美内涵。

此外，还有蝉餐风饮露习性衍生出的高洁美、萤火虫"在晦能明"积极上进之美、蜉蝣"朝生暮死"的遗憾美、群蚁动作整齐划一的集体美、蜂巢里的规则美、飞蛾扑火的壮烈美等等，都体现了昆虫文学审美内涵的不同侧面。

我国的昆虫文学起步很早，《诗经·硕人》中的"手如柔荑，肤如凝脂；领如蝤蛴，齿如瓠犀，螓首蛾眉。巧笑倩兮，美目盼兮"[③]就同时提到了好几种昆虫。昆虫文学意义丰富，既有对自然万物细致入微的观察，也有对物候现象准确有效的利用；不仅承载着古人的丰富情感，还能反映不同的社会现实，如"蝉"的高洁品质对文人潜移默化的影响，"蚕"吐丝制衣的巨大社会价值等。然而，阅读这些优美的、单篇的昆虫文学书写，往往只能获得管中窥豹式的满足。它们散落在浩如烟海的文献中，无法串联成一个整体，既追溯不到起源，也看不出发展演变，更无从探寻昆虫文学的全貌，因此无法体现其真正的价值。本书的研究，正是为了解决上述"窥一斑而不见全貌"的问题。

---

① （南朝陈）徐陵编，（清）吴兆宜注，程琰删补，曹明纲导读，尚成整理集评：《玉台新咏》，上海古籍出版社 2007 年版，第 398 页。

② 王志彬译注：《文心雕龙》，中华书局 2012 年版，第 519 页。

③ 周振甫著：《诗经译注》（修订本），中华书局 2010 年版，第 76 页。

研究昆虫文学能为古代文学研究找到一个新的切入点，使传统的研究方式更加完整、合理，使文学研究的分类趋向更精细的界定，还能使文学的关注对象更清晰、更系统。随之而来的还能进一步使交叉学科的研究热点不断增多，并扩展开来，形成动物文学研究、植物文学研究等。因此，我认为，中国古代文学研究应充分尊重古代历史文化传统的特点，进行更为细化的分类梳理。

先唐是中国古代昆虫文学的起源与定型时期。本文以先唐昆虫文学为研究对象，进行了创新性的整体探索。重点探讨萤火虫、飞蛾、蝴蝶、蜉蝣、青蝇、蝗虫、蚂蚁、螳螂、蜜蜂、蚕、蝉、蟋蟀等 12 类昆虫，另涉及蓼虫、螟蛉、蠡贼、蜮、蚊虻、叩头虫等其他昆虫。本书的研究对象涵盖了诗、文、赋等不同文学体裁，作家来源广泛，上自皇家贵族、达官显宦，下至底层文士、平民百姓，均有代表。从各类昆虫的文学书写中，发掘其形象与意义的演变，展示了先唐昆虫文学的全貌。采用了共时性和历时性相结合的方式，在纵横交错的文学书写中，确定了先唐时期不同昆虫的文学坐标。横向上，勾勒了各种昆虫意象的文化内涵，丰富地呈现了昆虫在文化浸润下生动的审美画面。纵向上，按历时性维度梳理了昆虫文学的起源、发展与变化，厘清了一条比较直观的昆虫文学承变脉络。本书将昆虫与文学有机结合，具有以下探索性的价值：

一是首次全面展开对中国古代昆虫文学的研究。本书提出了昆虫文学这一概念，在不限文体，不限昆虫种类，不限作者身份、地位的情况下，全面收集唐代以前出现在文学视域中的所有昆虫作品，加以科学归纳，并进行分类研究。按不同朝代建立昆虫作品数据库，总结不同时期内不同昆虫的文学书写和演变情况，还原昆虫出现在文学世界中的历史轨迹，这项工作目前尚无人做过。

二是首次厘清了先唐昆虫文学的发展脉络，还原了昆虫在文学世界中的初始形象和演变历程。先唐昆虫文学是指先秦到唐以前的昆虫文学，该时期的昆虫文字有一条清晰的发展脉络。先秦是昆虫文学的萌芽与形成期，大多数昆虫的文学书写都源于此，《诗经》中蕴藏了它们最初的身影。两汉

是昆虫意象从单一走向多元的关键时期，各类昆虫的形象与意义在此期间不断丰富并开始定型。魏晋风度影响下的昆虫文学创作日新月异，内质的历练和外延的扩张相辅相成，为南北朝时期的新变提供了思想基础。南北朝政局的对峙状态，加之世易时移的多元社会意识，共同促使昆虫文学走向新变与转型的高峰期。

三是首次从正负面的文学书写来区分昆虫的社会属性。人们对昆虫的益害观往往是由经济利益和社会利益决定的。在中国古代文学书写中体现了昆虫的三种不同属性，涵盖昆虫的正面形象、负面形象和多元形象。正面形象主要写昆虫作为益虫的社会属性，例如给人美的愉悦享受的蝴蝶、带来积极意义的萤火虫、会吐丝的蚕等。[①] 负面形象主要写具有直接或间接危害性的昆虫，以农林业害虫和传播疾病的昆虫为主，如蝗虫、苍蝇等。多元形象是人们对昆虫的认知持不同意见，或者文学意义发生过转变的昆虫书写，如蚂蚁最初是受到人们喜爱的，后来慢慢变得令人讨厌；蜂最初是令人憎恶的，后来因为人工饲养成功，能提供蜂蜜而被人们接受和喜爱。

四是首次全面考察先唐昆虫文化与昆虫文学的关系。昆虫与物质文化、制度文化、精神文化有着千丝万缕的联系，尤其是与饮食、中医、经济、生态、民俗等多重文化属性密不可分。从西周时期开始的昆虫文化，对昆虫文学的产生、发展、流变有着重要影响。经由各朝代沉淀并丰富起来的昆虫文化，为昆虫文学提供了吸取养料的浩瀚海洋。昆虫化身为文人墨客的精神翅膀，在翩跹的姿态里流露出审美价值的取向，在吟唱中寄托伤春悲秋的情怀，在辛劳中蕴含针砭时弊的态度，从而产生了丰富多彩、以小见大的昆虫文学。

本书既有对昆虫文学全面的概括，也有分类探讨和个案分析。按照情感意义的不同，将先唐昆虫文学分为正面书写、负面书写和多元书写三种。正面书写的昆虫，主要从褒赞的角度，对具有欣赏价值和实用价值的昆虫

① 现代科学将益虫分为传粉昆虫、工业原料昆虫、天敌昆虫、食用饲用昆虫、药用昆虫、模式昆虫、仿生资源和文化昆虫八大类。此外，腐食及粪食性昆虫、指示昆虫、法医昆虫、生物工程昆虫等都对人类的生活有着重要的贡献。以今证古，可以看出古人对昆虫的认识水平是逐步提高的。

进行文学书写，例如报春的蝴蝶、高洁的鸣蝉、吐丝的春蚕等。负面书写的昆虫主要针对的是农业生产害虫和社会生活害虫，例如对庄稼有害的螟蛉、蟊贼，污染食物的青蝇等。多元书写的昆虫，是指既对人类的生活产生过积极意义，又曾带来消极影响的蚂蚁、螳螂等。全书七章内容概要如下：

第一章是“先唐昆虫文学概貌”，首先采用共时性对比的方法，介绍先唐昆虫文学的主要内容，概述正面书写的昆虫、负面书写的昆虫和多元书写的昆虫这三种类型。再从历时性的维度，纵向介绍先唐昆虫文学的流变，先秦是昆虫文学萌芽与形成的第一阶段，两汉是昆虫文学形象与意义丰富定型的第二阶段，魏晋是昆虫文学内涵与外延并行发展的第三阶段，南北朝是昆虫文学新变与转型高峰的第四阶段。

第二章是“观赏性昆虫的文学书写”，研究对象是萤火虫、蛾、蝴蝶、蜉蝣这四种观赏性强的昆虫。首先，探索了萤火虫意象如何从最初的清冷状态，走向以“车胤囊萤”为代表的积极意义的转型。其次，研究了蛾从最早指代“美人”的拟态书写，到“飞蛾扑火”壮烈美之间双重意义的嬗变。再次，阐述了蝴蝶意象的产生与发展，分析了南北朝宫廷咏蝶诗的兴盛并由此带动咏蝶文学创作走向成熟的原因。最后，关注了蜉蝣诗彰显的生命意识。

第三章是“害虫的文学书写”，研究对象是蝇、蝗虫和其他农业害虫。探索了“青蝇点素”“青蝇吊客”“托骥之蝇”的文学意义和演变。研究了蝗虫从先秦象征“子孙振振”的美好寄托，如何转变为蝗虫害谷、社稷之危的深层忧患。其他农业害虫，如蟊贼、螟螣与蜮等，则往往被用来比喻昏庸贪暴的君主，暗示统治集团内部的祸乱。

第四章是“毁誉参半的昆虫书写”，研究对象是蚂蚁、螳螂、蜂这三种昆虫，人们在文学书写中对它们所持的态度是动态的、变化的。人们对蚂蚁的文学书写既有自然特征方面的，也有持对立态度的褒义书写和贬义书写，体现了由褒到贬的发展特征。螳螂在文学中的勇士形象，则由褒贬交替的状态形成，螳螂在先秦军事家眼中是精神勇士，在文学家眼中却代表无谋逞能。而蜂在文学书写中也呈现出由贬到褒的变化，表现为从毒蜂到蜜蜂的蜕变，体现人类对蜂认识和利用的不断进步。

第五章是“蚕：农桑社会的代表意象”，回顾了先秦时期对蚕的全面关注，肯定蚕的物候价值、社会价值、政治价值，体现对“蚕理”的尊崇。六朝时期，蚕的文学书写发生新变，从对蚕的各种价值肯定，转向“蚕室”“蚕食”等状貌的引申含义。汉代“下蚕室”经历了废兴反复的阶段，折射出刑罚制度的曲折发展，“蚕食”则体现了战争的谋略。魏晋南北朝咏蚕文学出现凝滞，意义上出现单一化倾向。

第六章是“蝉：经典意象的特点与演变”，梳理了先秦蝉意象的特征，经历了由春秋时期关注蝉鸣、体形、蝉翼的局部特征，到战国时期对蝉习性的挖掘。汉魏晋是蝉文学的承续期，蝉赋开始兴盛，蝉的多重形象得到重视。南北朝时期咏蝉诗问世，咏蝉文体呈现此消彼长状态。南朝文学病态的繁荣是蝉诗兴盛的原因，与此同时，北朝的蝉文学体现了务实的文风。南朝与北朝蝉文学书写存在较大的差异，南朝着眼于书写“鸣蝉”意象，北朝侧重于体现蝉的生命意识。汉魏六朝增加了有关蝉文化内涵的书写，拓宽了艺术搭配的领域。

第七章是“蟋蟀：悲秋的先声”，蟋蟀之鸣的文学书写始于先秦，作为当时重要的物候标志，蟋蟀能与人们的惜时情绪相契合，是古人悲秋意识的发端。蟋蟀的文学书写呈两头小中间大的纺锤形发展态势，两汉时多为单纯的物候之指，魏晋时蟋蟀代表“悲秋”之声，是文人书写的重点，南北朝时期蟋蟀书写渐趋没落。

亚马逊雨林一只蝴蝶的翅膀偶尔振动，也许就会带来德克萨斯州的一场龙卷风，人类与昆虫密切相依，尽管当前的中国古代昆虫文学正处于研究界的边缘，关注者寥寥，研究基础亦相当薄弱，学术成果有限，但它的文学价值不可低估。在新时代关注生态、关注传统文化的浓郁氛围中，这个命题也许就是新一轮中国古代文学研究“蝴蝶效应”的翅膀。

第一章
先唐昆虫文学概貌

先唐昆虫文学，顾名思义是指在先秦到唐前这一历史时期内，对各种昆虫形象、意义和变化特征的文学书写。从宏观上看，呈现出先唐昆虫文学点、线、面完备的整体面貌；从微观上看，则体现了各类昆虫独特的内涵、外延和文学价值。本书重点研究的是萤火虫、飞蛾、蝴蝶、蜉蝣、青蝇、蝗虫、蚂蚁、螳螂、蜜蜂、蚕、蝉、蟋蟀等12类昆虫，另涉及蓼虫、螟蛉、蟊贼、蜮、蚊虻、叩头虫等其他昆虫。

第一节　先唐昆虫文学的内容

先唐昆虫文学的内容是丰富而全面的，它包含了正面书写的昆虫、负面书写的昆虫和多元书写的昆虫三类。正面书写的昆虫主要从褒赞的角度，对具有欣赏价值和实用价值的昆虫进行文学书写，例如报春的蝴蝶、高洁的鸣蝉、吐丝的春蚕等。负面书写的昆虫主要针对的是农业生产害虫和社会生活害虫，对庄稼有害的螟蛉、蟊贼，污染食物的青蝇等都是人们贬斥的对象。还有一类是多元书写的昆虫，它们既对人类生活产生过积极意义，也带来过消极影响，因此，在不同历史时期出现了毁誉参半、褒贬不一的现象，例如对蚂蚁的文学书写、对螳螂的历史评价等，不一而足。

一、正面书写的昆虫

正面书写的昆虫，是具有积极意义的文学意象。一般来说，它们都是人们喜爱的、有用的昆虫。代表昆虫中正面形象的有两种，第一种是具备欣赏价值的昆虫，如外观优美型的昆虫和声音动听型的昆虫，以外观优美见长的有蝴蝶、萤火虫和蜉蝣；以声音动听见长的有蝉和蟋蟀。它们能满足文人艺术审美的书写需要，能承载丰富的艺术想象与抒情空间，为托物言志提供合适的载体。第二种是具备实用价值的昆虫，在人类社会生产与生活中，有相对稳定的实用性和经济地位，如蚕、蜂等。

（一）昆虫的欣赏价值

文学的欣赏价值是昆虫书写在初级阶段的基础因素，也是主要特征，可以分为视觉观赏和听觉欣赏两种。古人认识昆虫、赞美昆虫，起先是对其外观、声音、动作、行为习惯的认可与喜爱，产生情感的共鸣，继而为昆虫文学的创作提供可能。昆虫的整体外观、局部特征、静止的姿态、动态的状貌都有可能打动人心，成为文学书写的对象。

先唐文学记载中，最具有观赏价值的昆虫是蝴蝶，其次是萤火虫、蛾和蜉蝣。蝴蝶是纯粹的观赏型昆虫。中国古代文学中有关蝴蝶的作品，基本上都是建立在蝴蝶飞舞的动态美之上的。其他昆虫的文学记载大多源自《诗经》，而蝴蝶的文学记载则始于《庄子》。蝴蝶“栩栩然”的飞舞姿态，是庄子自由意识的载体，飘逸而灵动的双翅，带着蝴蝶飞进了文学审美的世界。

蝴蝶是春季昆虫的代表，万物复苏的气象里，蝴蝶之美尤其引人注目。它以轻盈的翅膀，扇动了整个南北朝的诗坛风气，成为昆虫文学中最曼妙的意象。梁简文帝萧纲的咏春诗中，几乎每一首都能捕捉到花蝶的身影。在皇帝的身边，还有一大批志趣相近、文化修养较高的文人组成的文学集团，他们常常互为唱和，歌花咏蝶。

观赏蝴蝶之美往往与细腻的情感结合在一起，蝴蝶既见证了两情相悦的深宫长情，也承载着数不尽的悲欢离合。如萧衍的《子夜四时歌·春歌四首》："花坞蝶双飞。柳堤鸟百舌。不见佳人来。徒劳心断绝。"[①] 蝴蝶与梨花的组合是南朝常见的现象。梨与离谐音，往往能够营造出淡淡的春愁，令人感受离愁别绪的遗憾之叹。

咏蝶的文学作品具有独立的审美价值。蝴蝶题材在南北朝受到文人雅士的重视与关注，他们"体蝶之情""状蝶之态"，极尽笔墨地从不同侧面去描摹蝴蝶的特性，淋漓尽致地展示其生机勃勃的美感，营造了季节性明显的独特审美意象。尤其是在主流文化的推动下，逐渐形成了日常生活普遍诗化的氛围，平凡的生活中流动着诗情画意，创作的灵感和激情无处不在。

文人们对闲情逸趣的喜好和追捧，是蝴蝶成为春季重要审美意象的重要原因，从而为咏蝶文化的繁盛开花，准备了优质的土壤和舒适的气候。咏蝶文学的创作在日趋成熟，文人咏蝶创作的繁盛情况与艺术魅力，达到了形神兼备、物我合一、曲直同见、同异共存的艺术境界。

萤火虫是夜行昆虫，也是夜间唯一不借助光源也能为人所见的昆虫。《诗经·东山》是最早记载萤火虫的诗篇，以清冷孤寂的审美体验，开启了萤火虫的文学书写。观赏夜空中的萤火虫，能带给世人积极向上的感受。曹植借萤火虫表达"自荐之谦"，愿以"萤烛末光"来"增辉日月"。[②] 傅咸的《萤火赋》是史上第一篇专题为萤火虫而作的赋，借萤言志，推崇"在晦能明"[③] 的奉献态度，与潘岳的《萤火赋》遥相呼应。还有车胤"囊萤照读"[④] 的励志故事，更是萤火虫所代表的寒门学子积极向上的真实写照。

萤火虫能带给人们多样的审美体验，在欣赏其积极意义之外，由萤火虫引发的多愁善感也是文学书写的重点。悲秋思人的情感寄托，有女性特征，也有季节特征，有爱情之思，也有友情之思。南北朝时期尤其重视对萤火虫的精雕细琢，追求放大萤火虫的某一种特性而加以深入细致的刻画，

---

① 逯钦立辑校：《先秦汉魏晋南北朝诗》中册，中华书局 1983 年版，第 1517 页。

② 张可礼、宿美丽编选：《曹操曹丕曹植集》，凤凰出版社 2014 年版，第 292 页。

③ （清）严可均辑，陈延嘉、王同策、左振坤等校点主编：《全上古三代秦汉三国六朝文》第 4 册，河北教育出版社 1997 年版，第 537—538 页。

④ （唐）房玄龄等撰：《晋书》第 2 册，中华书局 2000 年版，第 1450 页。

蕴蓄了丰富的情感。萤与多重意象的组合，如萤与雁、萤与帘等，能够共同营造夜间独特的审美体验。

蛾也是夜行昆虫，有“美人意象”和“飞蛾扑火”两重意义。这两重意义看似毫无关联却又因“美”而相连。从深层审美体验分析，它们有一定的相通之处。蛾象征美人的文学意义源自《诗经·硕人》，“螓首蛾眉，巧笑倩兮，美目盼兮”[①]是美人的主要特征，这里关注的是蛾的静态美。“飞蛾扑火”的行为则表现了蛾的动态美，这份美带有坚定甚至决绝的意味，为蛾定格了刚烈的个性特征。

蜉蝣是观赏型昆虫中的“另类”，其“朝生暮死”的生物特性，给审美欣赏蒙上了一层富含生命意识的悲剧色彩。蜉蝣的羽翅薄而鲜洁，大多数生命却只有一天，死后直接落水而随波流逝。这种令人惋惜的遗憾美，伴随着对人类自身生命的感叹而被载入文学。

人们对昆虫的欣赏，是从视觉体验和听觉体验两方面进行的。视觉体验主要是对昆虫观赏价值的肯定，而听觉体验则是对昆虫声音的熟悉、喜爱和共鸣。《文心雕龙·物色》云：

> 一叶且或迎意，虫声有足引心。
>
> 是以诗人感物，联类不穷；流连万象之际，沉吟视听之区。写气图貌，既随物以宛转；属采附声，亦与心而徘徊。故“灼灼”状桃花之鲜，“依依”尽杨柳之貌，“杲杲”为出日之容，“瀌瀌”拟雨雪之状，“喈喈”逐黄鸟之声，“喓喓”学草虫之韵。[②]

虫声引心，昆虫的文学书写中，最重要的是体现其独特的内涵，一见到它，就马上能联想到与之相应的品质、个性与精神。

蝉是以鸣声著称的昆虫代表，它的文学书写经历了从外在到内涵的演变，西周之前的“鸣蜩”注重声情之特性的描写，春秋战国时期以形态动人的“螓首”“蝉翼”闻名。战国后期，庄子引发了蝉意象的意义更迭，文

① 周振甫著：《诗经译注》（修订本），中华书局 2010 年版，第 76 页。

② 王志彬译注：《文心雕龙》，中华书局 2012 年版，第 519—520 页。

人的生命意识随蝉而来，宋玉对生命易逝的思考，使蝉的文学形象更为沉重。在荀子的开拓和吕不韦的呼应下，蝉象征光明品德的意义初步成型，继而逐渐联通了主客体的精神意脉，成为文人志趣的投射和寄寓，直接影响了蝉象征“高洁”的文学内涵。

蝉的文化内涵极为丰富，最具代表性的是“高洁”之意。蝉象征“高洁”的品质由来已久。从荀子定义“饮而不食者，蝉也”①，蝉的“高洁”形象开始明朗。郭璞在《尔雅图赞·释虫·蝉》中载：“虫之精洁，可贵惟蝉。潜蜕弃秽，饮露恒鲜。万物皆化，人胡不然。”②温峤的《蝉赋》（残句）也说到蝉“饥噏晨风，渴饮朝露”③的生活习性。傅玄的《蝉赋》诠释了蝉具有高洁品质的种种特征。陆云的《寒蝉赋》定义蝉为“至德之虫”，即“夫头上有緌，则其文也。含气饮露，则其清也。黍稷不食，则其廉也。处不巢居，则其俭也。应候守节，则其信也”④。此后，蝉之“五德”——“文、清、廉、俭、信”便成为“高洁”的道德注脚。

因蝉鸣体现出的生命意识，影响深远。蝉文学中塑造了多重形象，有沧桑凄苦的受难者，矢志高洁的追求者，感时伤世的哀鸣者，都体现出浓郁的生命意识。蝉在夏秋的嘶鸣常带给文人感时伤世的迁逝之感。每到季节转换的时候，文人伤春悲秋的情怀就容易流露出来。在这种特定环境的影响下，蝉极易成为作者闻声抒怀的情感载体。南朝文人善于从不同的切入点书写鸣蝉，重视意境与情感的结合。北朝文人多在墓志铭中用重复而单一的方式书写着充满生命意识的蝉文化，带有浓郁的原始生命意识，与上古蝉的图腾崇拜、“蝉蜕长生”观念、葬丧文化密不可分。

蟋蟀也有深厚的文化内涵，是“悲秋”的先声。蟋蟀“悲秋”源自人们对其鸣音的聆听和感悟，瑟瑟而歌的蟋蟀与簌簌作响的秋风相呼应，成

① 张觉撰：《荀子译注》，上海古籍出版社 2012 年版，第 430 页。

② （清）严可均辑，陈延嘉、王同策、左振坤等校点主编：《全上古三代秦汉三国六朝文》第 5 册，河北教育出版社 1997 年版，第 1239 页。

③ 韩格平、沈薇薇、韩璐、袁敏校注：《全魏晋赋校注》，吉林文史出版社 2008 年版，第 431 页。

④ （晋）陆云著，刘运好校注：《陆士龙文集校注》上册，凤凰出版社 2010 年版，第 183 页。

为“悲秋”意识的典型符号。“蟋蟀之鸣”发生在夏末秋初，是鲜明的物候标志，郭沫若先生认为象形蟋蟀的那个古字可以假借为秋季的“秋”[①]。蟋蟀始鸣暗示着时节已入秋，萧条和凋零的季节即将来到，这时候也逐渐进入农闲时期，人们有时间来总结一年的生活，表达人生的感触，因此，年岁之伤、临秋之愁、思乡之切、怀人之痛等各种压抑的情感体验，在夜间蟋蟀的呼唤下纷至沓来，汇集成季节转换时如泣如诉的“悲秋”之歌。

（二）昆虫的实用价值

实用性强的昆虫主要是指蚕。从先秦时期开始，蚕就以其重要的社会经济价值、文化价值、政治价值而被文人重视。蚕桑业是中国古代农业社会的经济支柱之一，与蚕的昆虫属性相比，人们更看重蚕丝的价值，因而在各类文献中，大多将其归类到“农桑”之中，由此可看出蚕桑经济在社会生活中的地位。这种分类方法影响深远，例如陈元龙编的《历代赋汇》，所有的昆虫赋被悉数划分在第一百三十八卷到一百四十卷鳞虫中，唯独蚕出现在第七十一卷“农桑”和第九十八卷“玉帛”以及《历代赋汇补遗》第七卷“典礼”中，说明直到清朝时期，人们依然习惯于农耕社会延续下来的分类方式。

蚕有不可替代的物候价值，它是最能承载中国古代农事文化的昆虫，也是最能反映中国历代百姓真实生活的昆虫。经过几千年的不断传承和进步，蚕早已融入了中国传统的文化基因。例如炎帝《神农书》载：“太岁在四孟，以蚕眠起时可种禾豆。”[②]通过观察蚕眠起的时间，提示人们到了该播种禾豆的季节，以便不违农时。炎帝《神农占》也载：“月朔日入，清明蚕善。”[③]说明清明时节是养蚕极为合适的阶段。《诗经·七月》详细记载了西周时期豳地以蚕为物候指南，帮助人们完成了“桑—蚕—衣”的全过程。

---

① 郭沫若著：《殷契粹编》，载林赶秋著：《诗经里的那些动物》，重庆大学出版社 2010 年版，第 168 页。

② （清）严可均辑，陈延嘉、王同策、左振坤等校点主编：《全上古三代秦汉三国六朝文》第 1 册，河北教育出版社 1997 年版，第 5 页。

③ 同上。

《管子·轻重甲第八十》中也记载了蚕作为物候标志的积极意义，强调了一定要不违农时，按时蚕桑对于“天下王”的重要性。

蚕的政治价值是所有昆虫中最突出的。从正面来看，蚕是先唐社会稳定发展的保障，反之，若没有蚕或不务蚕织，整个社会就可能陷入困境，直接危害统治的安定，因此“皇后亲蚕”成为很多朝代国家层面祭祀活动的保留项目。对于统治阶层而言，蚕是国计民生的命脉，如何引导百姓养蚕、取丝、制衣，是一项极为重要的统治工程，丝税的由来也是始于此。

先唐的统治者们不仅在文辞中理解、支持养蚕，更是在行动上予以示范、鼓励。《春秋穀梁传·桓公十四年》载：“天子亲耕以共粢盛，王后亲蚕以共祭服。”[①] 后妃们以自己的实际行动为榜样，鼓励广大普通劳动女性勤于蚕桑，为社会发展作出稳定而持久的贡献。后妃的亲蚕之举，起到了正面的引导作用，体现了统治阶级对蚕桑业的重视，很大程度上促进了蚕桑业的繁荣。

蚕还是“遵礼之治”的精神载体，战国时期荀子作《蚕赋》，宣扬“隆礼重法”的儒道，推崇“功被天下”的君道，寓含“功立身废”[②] 的臣道，巧妙地传布“遵礼之治”的“蚕理”，赋予蚕桑文化初始的正统基调，奠定了蚕在后世的文学地位。

蜜蜂也是实用价值突出的昆虫，这主要是指它们酿出的蜂蜜。蜂蜜味道甘美，有良好的医疗与食疗功效，常食蜂蜜还能起到美容驻颜的作用，“百药须之以谐和，扁鹊得之而术良。灵娥御之以艳颜”[③]。蜂房、蜂胶、蜂王浆、蜂蛹都有不同的医食功用。晋人皇甫谧的《高士传·姜岐》中，记载了我国最早的养蜂授徒之事，东汉人姜岐“遂隐居，以畜蜂豕为事，教授者满于天下，营业者三百余人”[④]。说明至迟到东汉，中国人工养蜂已经有一定规模。晋人郭璞著有我国第一篇专题咏蜂的《蜜蜂赋》，详细介绍了蜜

① 承载撰：《春秋穀梁传》译注，上海古籍出版社 2004 年版，第 90 页。

② （清）陈元龙编：《历代赋汇》，江苏古籍出版社、上海书店 1987 年版，第 297 页。

③ 同上书，第 551 页。

④ 吴玉贵、华飞主编：《四库全书精品文存·高士传》，团结出版社 1997 年版，第 38 页。

蜂的各种特性和作用，可以作为晋代人工养蜂的有力佐证。

昆虫还有重要的食用价值。因昆虫具有蛋白质含量高、蛋白纤维少、营养成分易被人体吸收、繁殖世代短、繁殖指数高等特点，它们很早就被世界各地的人们应用于饮食行业。中国的食虫历史早在3000年前的《尔雅》《周礼》《礼记》中就有记载。

用昆虫做成的食物美味而不可多得，因而显得珍贵无比，往往被用于高规格的祭祀和高级别的接待中。如将蚁、蝉和蜂三种昆虫加工后，供皇帝祭祀和宴饮之用。《尔雅·释虫》载“飞蚁。其子蚳”[①]，蚁子名为蚳，制成食物后名曰蚳醢；《礼记·内则》中有“腶脩、蚳醢，脯羹、兔醢，麋肤、鱼醢，鱼脍、芥酱，麋腥、醢酱，桃诸、梅诸、卵盐”[②]的书面记载。人们将蚂蚁卵制成的美味肉酱搬上享坛，作为祭祀的珍贵食物，《周礼·天官冢宰》载：“祭祀共蠯、蚳，以授醢人。”[③]“醢人掌四豆之实。朝事之豆，其实韭菹、醓醢、昌本、麋臡、菁菹、鹿臡、茆菹、麇臡。馈食之豆，其实葵菹、蠃醢、脾析、蠯醢、蜃、蚳醢、豚拍、鱼醢。加豆之实，芹菹、兔醢、深蒲、醓醢、箈菹、雁醢、笋菹、鱼醢。羞豆之实，酏食、糁食。凡祭祀，共荐羞之豆实。宾客、丧纪亦如之。为王及后、世子，共其内羞。王举则共醢六十瓮，以五齐、七醢、七菹、三臡实之。宾客之礼，共醢五十瓮。凡事共醢。”[④]可见，蚂蚁很早就成为古人珍视的食材。

此外，蝗虫、蚕蛹、蜂蛹、蝶蛹、蟋蟀、龙虱、蝉、蚂蚱、蜻蜓、螳螂卵等也都被搬上了日常餐桌，其中体型较大的昆虫尤其受到喜爱，成为古人餐桌上的美味食物，配以煎、煮、烤、炸、蒸等各种烹饪方式，产生了油煎蚂蚁卵、盐水龙虱、油炸蝗虫、油炸蜂蛹、香酥蟋蟀、甜炒蝶蛹、油炸蚂蚱等昆虫名菜。直到今天，这些蛋白质含量高、营养价值丰富的昆虫，依然深受食客们的青睐。这些都是对昆虫直接食用的记载，对昆虫副

① 管锡华译注：《尔雅》，中华书局2014年版，第583页。

② 丁鼎撰：《礼记解读》，中国人民大学出版社2010年版，第346页。

③ 杨天宇撰：《周礼译注》，上海古籍出版社2004年版，第66页。

④ 同上书，第84—86页。

产品、提取物的食用则范围更广，影响更大，例如食用蜂蜜、蜂王浆、蜂皇胎片、黑蚂蚁泡酒等具有保健价值，越来越受到关注。

二、负面书写的昆虫

负面书写的昆虫，是具有消极意义的文学意象。一般来说，它们都是人们讨厌、害怕的昆虫。它们往往一无是处，为害不浅。代表昆虫中负面形象的有两种，第一种是农业生产中的害虫，危害庄稼、牲畜，常带来经济上的损失，如螟蛉、蟊贼、虱蚤、蝗虫等。第二种是社会生活中的害虫，影响人类的正常生活，往往是托物言志的书写对象，如青蝇。

（一）农业生产中的害虫

对社会生产生活而言，人们区分益虫、害虫的唯一标准是“有用论”：有用的就是益虫，无用的、起反作用的就是害虫。从古到今，螟蛉、蟊贼、蜮、虱蚤、蝗虫等害虫一直都是人们厌恶的对象，它们不仅给农业生产带来不利影响，导致庄稼减产甚至绝收，还传播疾病，影响人类和牲畜健康。

“虫害”是中国古代“五害”①之一。农事诗《小雅·大田》中明确指出要去掉螟螣和蟊贼，不让它们伤害田穉。《尔雅·释虫》云：“食苗心，螟。食叶，蟘。食节，贼。食根，蟊。”②即吃苗心的昆虫称为螟，吃苗叶的昆虫

---

① 《管子·度地》载：“故善为国者，必先除其五害。人乃终身无患害而孝慈焉。”“水，一害也。旱，一害也。风雾雹霜，一害也。厉，一害也。虫，一害也。此谓五害。五害之属，水最为大。五害已除，人乃可治。”黎翔凤撰，梁运华整理：《管子校注》下册，中华书局2004年版，第1054页。

② “分别虫啖食禾所在之名耳，皆见《诗》。螟，亡丁反。虫食苗心者。《说文》云：虫食穀叶者。吏冥冥犯法即生螟。蟘，虫合叶者。《说文》云：虫食草叶者。吏乞贷即生蟘。蟊，亡侯反。本亦作蛑。《说文》作蟊。蛑，古蟊字。云吏抵冒取民则生蟊也。《字林》蟊音亡牛反。邢昺疏释曰：此分别虫啖食禾所在之名也。李巡云：食禾心为螟，言其姦冥冥难知也。食禾叶者言假贷无厌，故曰蟘也。食禾节者，言贪狼，故曰贼也。食禾根者，言其税取万民财货，故云蟊也。孙炎曰：皆政贪所致，因以为名也。郭璞直以虫食所在为名，而李巡、孙炎并因讬恶政，则灾由政起，难以食所在为名，而所在之名缘政所至，理为兼通也。陆机《疏》云：螟似子方而头不赤螣蝗也，贼似桃李中蠹虫，赤头身长而细耳。或说云：蟊，蝼蛄也，食苗根，为人患。许慎云：吏冥冥犯法即生螟，吏乞贷则生蟘，吏抵冒取民则生蟊。旧说云：螟，螣蟊贼，一种虫也。如言寇贼姦九内外言之尔。故揵为文学曰：此四种虫皆蝗也，实不同，故分别释之。注皆见诗释曰：《小雅·大田》云：去其螟螣，及其蟊贼，无害我田穉是也。”（晋）郭璞注，（宋）邢昺疏：《尔雅注疏》，上海古籍出版社2010年版，第505页。

称为蟦，吃苗秆的昆虫称为贼，吃苗根的昆虫称为蟊。

蟊贼食根，象征根基不稳，故被用来比喻昏庸贪暴的君主。《桑柔》云：“天降丧乱，灭我立王。降此蟊贼，稼穑卒痒。哀恫中国，具赘卒荒！”[①] 原意说虫孽为害，五谷尽病，卿士芮良夫借此哀叹周厉王昏庸暴虐，任用非人，人民痛苦，国家将亡。蟊贼还被用来指称统治阶级内部的祸乱，既有后宫干政的危害，也有群臣内乱的动荡。

古代的虫灾主要是蝗灾，中国是蝗灾频发的国家，史载自春秋战国以来的2600多年里，仅中原地区发生较严重的蝗灾就有800多次，平均每三年发生一次，并且每隔5—7年就发生一次大规模的蝗灾。先唐文献中，记载了大量蝗虫害谷的事件，《全汉文》载王莽的诏书云：“阴阳未和，风雨不时，数遇枯旱蝗螟为灾，谷稼鲜耗，百姓苦饥。”“枯旱霜蝗，饥馑荐臻，蛮夷猾夏，寇贼奸宄，百姓流离。”[②] 据《汉书》记载，武帝时期曾“蝗虫大起，赤地数千里，或人民相食，畜积至今未复”[③]。还有《全后汉文》记载的钟离意《谏起北宫疏》中所写的蝗灾：“未数年，豫章遭蝗，谷不收，民饥死，县数千百人。”[④]

蝗灾使百姓苦不堪言，还有一种人为危害则堪比蝗灾。统治阶级的奢靡腐化，巧取豪夺，往往促使蝗灾最后演变为社会矛盾激化的导火索。蝗灾还往往成为引发战争的因素。古代因蝗灾导致庄稼减产甚至绝收，各国出兵争夺粮食的事件便屡有发生，蝗灾从此成为兵祸。

“灾异说”认为蝗灾是检验统治阶段的试金石，面对来势汹汹的蝗灾，统治阶级必须拿出相应的措施，才能稳固江山，安抚百姓。从君王开始，一系列应对蝗灾的措施自上而下有序进行。面对因蝗灾而减产甚至绝收的困境，朝廷一般会多次采取减税的方法来减轻百姓负担，帮助百姓渡过难关。

---

① （清）王先谦撰，吴格点校：《诗三家义集疏》，中华书局1987年版，第947页。

② （清）严可均辑，陈延嘉、王同策、左振坤等校点主编：《全上古三代秦汉三国六朝文》第1册，河北教育出版社1997年版，第811—812页。

③ （汉）班固撰，（唐）颜师古注：《汉书》，中华书局2000年版，第2361页。

④ （清）严可均辑，陈延嘉、王同策、左振坤等校点主编：《全上古三代秦汉三国六朝文》第2册，河北教育出版社1997年版，第266页。

（二）社会生活中的害虫

在先唐文学中，文人对害虫意象书写数量最多的是蝇，讽刺含义最丰富的也是蝇，因此，蝇理所当然地成了该时期书写害虫的首要代表。蝇的负面形象从《诗经》中开始出现，随着时间的推移不减反增，逐渐固定了青蝇点素、逐臭之蝇、托骥之蝇、蝇头小利等不同的文学意义。

青蝇扰人的嗡嗡之声令人生厌，因此，人们将蝇比喻为谗言致祸、品行不端的小人，在文学作品中进行讽刺和抨击。青蝇之害在于随意颠倒黑白，诬陷良善之人，成为统治阶级的一大隐忧，"蝇之为虫，汙白使黑，汙黑使白，喻佞人变乱善恶也"。"谗言伤善，青蝇污白，同一祸败。"[①]从此以后，在历代中国文人笔下，青蝇的形象就被定格为谗言惑乱的代表，成为危害统治稳固的罪魁祸首。

青蝇污染食物、传播病毒的习性令人生厌，王充在《论衡·累害》中说："清受尘，白取垢，青蝇所污，常在练素。"[②]指的就是青蝇产生的污秽，常附着在洁白的布料之上，这种极为鲜明的对比，让人见之憎恶。汉顺帝在《策祠杨震》中为杨震冤死而深表自责，行文回顾其忠君事迹，痛斥青蝇小人的陷构，文中第一次将谗言形象地凝练为"青蝇点素"。皇亲国戚、高官大臣由于身处政治旋涡中心，往往容易遭到陷构，青蝇之喻常伴随着他们遭谗之后的愤慨情绪出现。忠臣在为国家的稳定和进步殚精竭虑时，还要为自身树大招风、才高招嫉而忧心。他们忠贞不贰却反遭谗言诋毁，是书写"青蝇点素"的主要群体。

青蝇是多食性昆虫，形形色色的腐败发酵有机物，都是它们的美味佳肴。喜欢逐味是蝇特有的生理习性，它们对糖、醋、氨味、腥味等味道具有极强的趋向性，敏锐的嗅觉总能引导它们找到臭味的源头去大快朵颐。陈蕃在书谏当时"封赏逾制，内宠猥盛"局面时说："夫不有臭秽，则苍蝇

① （清）王先谦撰，吴格点校：《诗三家义集疏》，中华书局1987年版，第781页。

② （汉）王充著，张宗祥校注，郑绍昌标点：《论衡校注》，上海古籍出版社2013年版，第8—9页。

不飞。”[①] 指出苍蝇喜欢飞去的地方，必定臭秽不堪，说明朝廷之乱是因为有吸引“苍蝇”的味道。班固的《难庄论》曰：“众人之逐世利，如青蝇之赴肉汁也。青蝇嗜肉汁而忘溺死，众人贪世利而陷罪祸。”[②] 以青蝇贪婪之性为喻，为了肉汁美味而不顾生死，告诫世人不要一味贪图利益而招致灾祸。“青蝇吊客”之说最初也来源于蝇食腐尸的特性。

这些农业害虫，不管是对庄稼产生危害或者是对人体产生危害，最终都被作者用于比附对统治阶级、对国家产生的危害。这种贬斥的意义一经产生，就不再发生大的变化，基本上固定了害虫在后代文学书写中的基本面貌和情感选择。

三、多元书写的昆虫

并不是所有的昆虫一开始就表现出了明显的有用或者有害的特性，因此，昆虫文学书写的主流趋势，必然是多元化的。从对大自然认知的规律出发，人类对昆虫的认知也有先后和深浅之分。在认知的初级阶段，人们往往重视昆虫的习性特征和外观表象，之后才会过渡到更为成熟、全面、深层的高级阶段。因此，昆虫的文学书写，也处于不断的调整与变化之中，是一个动态的发展演变过程。

（一）由贬抑到褒赞的昆虫

人类对蜂的认识，经历了由最初的恐惧、贬斥到利用、喜爱的转变过程。蜂的文学书写随之经历了由贬抑到褒赞的转变。

记载毒蜂最为集中的时期是先秦，因为毒蜂可能危及人类的生存，深为古人所忌惮。《说文》记载“蜂”，曰：“飞虫，螫人者，从虫。”[③] 毒蜂在一定时期内确实给古人造成了极大的困扰与危害，王充在《论衡·言毒篇》中记载：“天地之间，万物之性，含血之虫，有蝮蛇、蜂虿，咸怀毒螫，犯

---

① （南朝宋）范晔撰，（唐）李贤等注：《后汉书》，中华书局 2000 年版，第 1461 页。

② （清）严可均辑，陈延嘉、王同策、左振坤等校点主编：《全上古三代秦汉三国六朝文》第 2 册，河北教育出版社 1997 年版，第 249 页。

③ （清）段玉裁：《说文解字注》，浙江古籍出版社 1998 年版，第 675 页。

中人身，谓护疾痛，当时不救，流遍一身。”“毒螫渥者，在虫则为蝮蛇、蜂虿。”[①] 将蜂与毒蛇等并列对待。

伴随着认知水平的提高，人们对自然界蜂毒之害的恐惧逐渐消减。汉代以后，出现了“人害甚于蜂毒”的言论，单纯书写毒蜂自然特性的习惯发生了转变，侧重以蜂来喻示人心的险恶。后出现的“伯奇掇蜂”[②]“蜂目豺声”“灾异蜂起”都是在毒蜂基础上延伸出来的。

对蜂的褒赞始于其应用价值。因为蜂螫不仅有毒而且锋利，人们开始有意识地仿照螫针制作武器。蜂的医用价值在汉代开始出现，蜂蜜、蜂房、蜂蛹都成为当时可供入药的材料。蜂群的等级观念为统治阶级提供了可资借鉴的君臣相处之道。

人们对蜂的态度从厌恶、恐惧到认可、褒赞，最重要的原因是对蜂蜜的喜爱。汉代首次出现了“群蜂酿蜜”的相关记载。扬雄在《方言》中就讲到什么样品种的蜂可以酿蜜，即“其大而蜜谓之壶蜂”[③]。王充在《论衡》中说：“美酒为毒，酒难多饮；蜂液为蜜，蜜难益食。”[④] 裴松之将采蜜之法与文学书写的方法相对照，在《上〈三国志注〉表》中以蜜蜂采蜜“广取兼采”的方法作比，云：“窃惟缋事以众色成文，蜜蜂以兼采为味，故能使绚素有章，甘逾本质。”[⑤] 说明蜜蜂采蜜时博采众花之长，汲取不同的花粉加以综合，才能酿造出比花粉本身更为甜美的蜜，写文章也应如是，方能

---

① （汉）王充著，张宗祥校注，郑绍昌标点：《论衡校注》，上海古籍出版社 2010 年版，第 455—457 页。

② 汉诗中载：伯奇母死，吉甫更娶后妻，生子曰伯封。乃谮伯奇于吉甫曰：“伯奇见妾有美色，然有欲心。”吉甫曰：“伯奇为人慈仁，岂有此也。”妻曰：“试置妾空房中，君登楼而察之。”后妻知伯奇仁孝，乃取毒蜂缀衣领，令伯奇缀之。伯奇前持之。吉甫大怒，放伯奇于野。伯奇编水荷而衣之，采楟花而食之，清朝履霜，自伤无罪见逐。乃援琴而鼓之曰云云。宣王出游，吉甫从之，伯奇乃作歌，以言感之于宣王。宣王闻之曰：“此孝子之辞也。”吉甫乃求伯奇于野而感悟，遂射杀后妻。

③ 周祖谟校笺，《方言校笺》(附索引)，中华书局 1993 年版，第 70 页。

④ （汉）王充著，张宗祥校注，郑绍昌标点：《论衡校注》，上海古籍出版社 2010 年版，第 459 页。

⑤ （清）严可均辑，陈延嘉、王同策、左振坤等校点主编：《全上古三代秦汉三国六朝文》第 6 册，河北教育出版社 1997 年版，第 171 页。

"甘逾本质"。

从有害的毒蜂转变为有益的蜜蜂，这中间经历了漫长的认识过程。蜜蜂采花酿蜜的文学书写，尤其是蜂蝶闹芳妍的组合意象，开启了后世昆虫文学审美的新视窗。文人从关注蜜蜂本身逐渐扩展到对蜂农的体恤和同情，文学体现社会民情的功能不断凸显，最终使蜜蜂成为文人竞相书写的对象。

（二）由褒赞到贬抑的昆虫

人类对昆虫的认识，首先是从它们的自然特征开始的，特定昆虫带给人类的第一印象，大多与其形象、动作相关。蚂蚁是社会性昆虫，常以群体形象出现。它们群体活动的特征，对先秦军事演练、兵家思想产生积极的影响。因此，人们对蚂蚁最初是持接纳、认可的褒赞态度的。

"战蚁排布"对军队置兵具有启示作用，春秋时道家学派的推崇者关尹子最早赞扬蚁群行动整齐，并由此联想到军事置兵方案。关尹子是第一个正面褒扬蚂蚁的人，他在《三极篇》中记载了蚁群集体出动时的景象，蚁群目标明确，节奏一致，队形整齐划一，团队中有明确的分工协作，就像一支训练有素的军队。"师战蚁，置兵"的思想，体现了人类从自然万物中领悟军事策略的进步。

继关尹子"师战蚁，置兵"将蚁群的行动优势搬到军事中之后，春秋末期著名的军事家孙武在著述中也提到了蚂蚁。《孙子·谋攻第三》中的"蚁附"一词，已成为专用军事术语，用于形容战场上的进攻态势。《墨子·备城门》认为"蚁附"之法在战场上极具威胁，并专门叙述了防备和抵御"蚁附"的应对措施。墨子和关尹子"师战蚁，置兵"军事比喻有同有异，"师战蚁，置兵"侧重战前的训练和次序观念的培育；"蚁附"是战争中勇往直前的进攻方式，重在描写兵士密集进攻的态势。相同之处则在于蚂蚁的确给了军事家相应的启发，并被积极地运用在战争实践中。可见，蚂蚁在中国古代战争史上是被当作正面形象予以褒赞的。

文人对蚁的褒赞还表现在蚂蚁可以作为自谦之语使用。从蚂蚁之"小"而衍生出的"自谦"之意始于汉代，一直沿用到晋代。晋代对蚂蚁的褒赞态度依然是居于主流地位的。郭璞有感于蚂蚁的感时而动，还专门作《蚍蜉赋》来说明审察时势的重要性，赞叹蚂蚁感时而动、顺应自然的习性，看起来是愚昧的，实际上是最具有生存智慧的举动。

蚂蚁代酒的流行，也体现了人们的褒赞之情。古代美酒尤其是新酿造出来的酒，表面有一层浮沫，和蚂蚁独特的聚集外观极为相似。东汉时期，第一次出现“蚁代酒”的用法，张衡在《南都赋》中写道：“酒则九酝甘醴，十旬兼清，醪敷径寸，浮蚁若蓱。”[①] 汉末刘熙在《释名·释饮食》中这样解释：“汎齐，浮蚁在上汎汎然也。”[②] 人们使用这种引人入胜的借代方式，使“蚁代酒”的表述更具形象性。含蓄生动的书写意趣，使文人借酒寄怀之作、即景之作活泼感人，成为“蚁代酒”用法长盛不衰的原因。

随着时间的推移，蚂蚁的褒赞地位受到影响，也是因为其群体特征。蚁群喜欢生活在阴暗潮湿的洞穴中，因而在人们眼中便蒙上了一层阴暗的色彩。这层阴暗的色彩和战场上群蚁勇猛的形象形成了鲜明的反差，从而颠覆了关尹子等人对蚂蚁的正面评价。《亢仓子·全道篇》载：“吞舟之鱼，荡而失水，蝼蚁苦之。”描绘了蚁群伺机而动，是失水巨鱼的捕食者，体现群体饕餮、趋之若鹜的贪婪性。

“蝼蚁食腐逐臭”的习性也是文学批判的对象。庄子鄙视蚂蚁，认为蚂蚁是卑贱的代表，因为它们群居于地下巢穴，阴暗而鄙陋，还喜欢追逐味道重的食物。蚂蚁喜欢逐味的自然习性，后来推及“蝼蚁啮尸”的习惯，这是对蚂蚁逐味特性发展到极致的形容，也体现出对蝼蚁极度贬低的态度。

人们对蚂蚁持贬斥态度，还因为蚁穴可能会带来决堤的巨大危害。蚂蚁不仅能对失水大鱼等动物产生威胁，也能对人工建筑产生危害。蚂蚁是在地下打洞居住的，若大量蚁穴密密麻麻排布在堤坝下，就会造成堤坝下大片的空洞层，一旦洪水灌入，便会瞬间摧毁原本坚固无比的千里之堤。

① （清）严可均辑，陈延嘉、王同策、左振坤等校点主编：《全上古三代秦汉三国六朝文》第2册，河北教育出版社1997年版，第518页。

② （汉）刘熙撰，（清）毕沅疏证，王先谦补：《释名疏证补》，中华书局2008年版，第144页。

一个个看似毫不起眼的蚁穴，连起来就是堤毁人亡的罪魁祸首。韩非子看到“千丈之堤以蝼蚁之穴溃”[①]的事实，指出蚂蚁虽小，却是巨大的隐患。这一认知直接影响了后世人们对隐患的防备意识。

在六朝文学中蚂蚁几乎都是被贬斥的对象，曾经用来表示褒赞的蚁附、蚁聚等词语，在东汉到三国这一时期内，出现了褒贬意义共存的情况。晋代之后的“蚁附”“蚁聚”几乎全部转为贬义。尤其是南北朝时期，将蚂蚁集聚的状貌，描述成各种各样的贬义代称，如蚁寇、蚁贼、蚁徒、蚁众，充满了鲜明的贬斥色彩，好恶感体现得直接而强烈。

先唐蚂蚁群体意象的形成过程是由褒到贬、毁誉参半的。人们从一般的认知习惯开始，经历过对蚂蚁自然习性的直观写照，再引申为具有社会意义的比附。管仲和尸子描绘了蚂蚁群聚的亲水特性。不同派别的诸子站在不同的立场赋予蚂蚁多样化的个性，关尹子、孙子、墨子等人在军事领域对其进行褒义的书写，从“战蚁排布”获得对军队置兵的启示，看到“蚁附”之法在战场上的进攻作用，从而积极思考应对办法。

接踵而至的是庄子等人的贬义反衬，讽刺“鲸鱼失水”与“蝼蚁苦之”的力量错位，将蝼蚁形容为饕餮的小人，并表达了对蚁群逐臭的鄙夷。从韩非子起，人们开始对溃堤的罪魁祸首蚁穴有了警惕意识和防范意识，防微杜渐的思想逐渐为人们所接受。汉代以后，蚂蚁的贬斥意义逐渐和褒赞之意并驾齐驱；南北朝时期贬斥意义已经基本取代了其文学上的褒赞地位，贬义成为蚂蚁在文学书写中的主流意识。

（三）毁誉参半的昆虫

螳螂因“螳臂当车”“螳螂举斧”“螳螂捕蝉，黄雀在后”等行为而闻名。在不同的人看来，螳螂同时具备完全不同的勇士形象，在军事家眼中是勇士精神的代表，在文学家眼中却是有勇无谋的象征，体现出毁誉参半的形象特征。

在军事家眼中，螳螂是战神，是勇敢与力量的象征。著名兵书《六韬》

① 张觉等撰：《韩非子译注》，上海古籍出版社 2012 年版，第 178 页。

对螳螂勇敢的形象持正面的肯定态度。“螳螂武士”的反复使用，说明它已经成为形容赞扬勇敢士兵的专用代名词，是士气和军心的象征，能在战场上起到鼓舞人心的作用。螳螂的外观、动作是军事仿生学产生的基础，不管是针对陆战还是水战，螳螂都有重要的军事仿生学意义。模仿螳螂的习性特征而发明出来的武器，体现了军事家的智慧，能带来军事技术的进步，对军事训战有重要的启发意义。在对战争武器的命名上，也不乏螳螂的身影，代表骁勇善战的内涵。军事家从螳螂得到启发，是人类向昆虫学习的具体体现。

螳螂从庄子笔下走进文学画廊。可是，与军事家在《六韬》中对螳螂大加肯定、现实应用和高度推崇的态度相比，《庄子》诸篇虽然也对螳螂的勇士特征进行描写，却持截然相反的态度。庄子认为螳螂不仅有勇无谋、刚愎自用，还不自量力以致危难。

《庄子·人间世》阐述了螳螂因过分自负而遭到失败的必然性，对于“螳臂当车”之举，要“戒之，慎之”①！在庄子看来，螳螂不知道衡量自身的真正实力与处境，就贸然行动，这种自视甚高的举动，是光有勇气而无智慧的，因此为庄子所不齿。《庄子·山木》中螳螂是生物链条中的重要一环，捕蝉为食而又被黄雀食，引发了庄子对自身处于同样一个大循环环境的思考，螳螂只看到眼前利益而不顾及自身危机，这种得不偿失的做法让庄子怵然惊醒，对螳螂的态度又增加了一层负面的看法。

因“螳螂捕蝉，黄雀在后”的典故，螳螂在汉代逐渐成为人们规劝君主的象征物，不再像庄子那样一味地对螳螂抱以苛责的态度。魏晋时期对螳螂的褒贬趋向客观，有人看到螳螂勇气的可贵，也有人看到螳螂举斧的后果，成公绥的《螳螂赋》是对螳螂进行客观评价的专题赋作。总体来说，尽管螳螂出现在先唐文学中的次数并不算多，但同时存在褒贬相交的文化含义，成为先唐昆虫文学中颇有特色的一类。

① （清）郭庆藩撰，王孝鱼点校：《庄子集释》上册《人间世》，中华书局2012年版，第172页。

第二节　先唐昆虫文学的流变

先唐昆虫文学有一条清晰的发展脉络。先秦是昆虫文学的萌芽与形成期，《诗经》中蕴藏了它们最初的身影，大多数昆虫的文学书写都源于此。两汉是昆虫意象从单一走向多元的关键时期，各类昆虫的形象与意义在此期间不断丰富并开始定型。魏晋风度影响下的昆虫文学创作日新月异，内质的历练和外延的扩张相辅相成，为南北朝时期的新变提供了思想基础。南北朝的分裂状态、易变的社会主流意识，形成了昆虫文学新变与转型的高峰期。

一、先秦：昆虫文学的萌芽与形成

先秦是我国昆虫文学的萌芽与形成时期。这一时期，先民们的生命意识正逐步从混沌走向清晰，对自然的认识从被动走向主动。随着对世界认知程度的加深，人类的主动思索日趋增多，文学的自觉意识在此阶段显现，咏物文学应运而生。人们对身边熟悉的事物加以描绘，形成了具有初始意义的先秦文学。先秦咏物文学中，对动植物的书写尤为出色，昆虫开始出现在文学视野中。在对昆虫的认识和利用中，产生了原始的昆虫文化。在多重因素的影响下，昆虫文学开始萌芽。

昆虫文学源于昆虫文化的深厚土壤。昆虫文化是一个含义极广的概念，它深深扎根于民间，展示出百姓日常的生产、生活状态，体现了“接地气”的特点。昆虫文化是多样的，它最早产生于先民的饮食当中，《礼记·礼运》记载了先民茹毛饮血的饮食状态：“未有火化，食草木之实、鸟兽之肉，饮其血，茹其毛。”[①] 当时，个头较大又容易捕捉的昆虫，成为先民食虫的首选。随着火的发明和使用，使昆虫变得更加美味，并逐渐融进了古

① 丁鼎撰：《礼记解读》，中国人民大学出版社 2010 年版，第 268 页。

代饮食文化的圈子。《周礼》中记载了专供上层人物享用的珍贵食品——蚳卵酱，《礼记》中记载了属于君主筵席上的山珍海味类食品——蝉、蜂。这些可食用昆虫经过先民们漫长的饮食实践而被固定下来，是人类饮食文化的原始积累。不同种类的昆虫陆续出现在社会生活中的不同领域，例如经济文化中的养蚕制丝、饮食文化中的养蜂食蜜、农耕文化中的虫害治理等，极大地丰富了昆虫文化的范围，为昆虫文学的兴起做好铺垫。

昆虫文化不仅为昆虫文学的产生奠定了根基，更提供了昆虫文学产生的机缘。昆虫作为一种文化现象进入人类生活的时间，远远晚于它们出现在地球上的时间。伴随着社会生产力水平的提高，昆虫文学在先秦的土壤中扎根发芽，焕发出与时俱进的生命活力。文学与昆虫彼此进行着双向选择，人们对昆虫朴素的原始认知逐渐产生文学中的意象。反过来，文学的介入，使昆虫文化插上了精神的双翼。昆虫文学载着诗人多样化的情思，深刻地传达出汉民族特有的文化心理和审美观念，凝聚了博大精深的历史内涵与世俗民情。因此，昆虫文学不仅是文化的生动表达，还能够不断深化昆虫文化的内涵。

先秦昆虫文学内容比较全面，基本上所有进入文学世界的昆虫，在先秦都已出现，以《诗经》和诸子散文作品最为集中。《诗经》是中国文学少年时代的骄傲，除了蝴蝶以外，其他绝大多数昆虫都是在《诗经》里最早出现的，如“营营青蝇”“熠燿宵行”“采采蜉蝣”“莎鸡振羽”“螟蛉蟊贼”“鸣蜩嘒嘒”等。《诗经》以开拓者的姿态引领了中国昆虫文学的萌芽，之后在战国诸子争鸣时代，以昆虫为书写对象的寓言故事接踵而至，“庄周梦蝶”“螳螂捕蝉，黄雀在后”“螳臂当车”等富有哲理的故事，进一步丰盈了昆虫文学的内涵。

先秦昆虫文学重在直接描写，带有萌芽时期特有的直白、单一特征。这一特征是由先秦特殊的社会现状决定的。以观赏型昆虫中的萤火虫为例，《诗经·东山》书写久无人居的处所，用“熠燿宵行”来形容夜间清冷孤寂的景象，突出了战争带来的流离失所之痛，直指统治者穷兵黩武对百姓生活的破坏。《诗经·七月》中的“五月斯螽动股，六月莎鸡振羽。七月在野，

八月在宇，九月在户，十月蟋蟀入我床下”[①]是对蟋蟀特性的直接描绘。

先秦时期的昆虫文学语言质朴，回环往复，具有音乐美。例如，《蜉蝣》中的“蜉蝣之羽，衣裳楚楚”“蜉蝣之翼，采采衣服”[②]，《青蝇》中的“营营青蝇，止于樊”“营营青蝇，止于棘”“营营青蝇，止于榛”[③]等诗句，声律和谐，读来朗朗上口。

二、两汉：形象与意义的丰富定型

两汉时期，昆虫文学在先秦的基础上，有了更丰富的文学意义。例如蟋蟀代表物候意义的进一步拓展，从单纯的物候记载到表达文人惜时的感悟，甚至出现了代表悲秋意绪的作品。蝉从先秦以鸣声、形体、外貌的描绘，过渡到汉代蝉赋的兴起，成为抒情言志的对象。还有汉代“下蚕室”制度的废兴与蚕的文学书写变化，这些都是在先秦时期不曾有过的。

两汉昆虫文学的丰富定型，与创作群体的关系极为重要。统治阶层开始关注昆虫文学，达官贵族、大臣、文士紧随其后，昆虫文学的创作群体得到第一次扩张。例如班昭的《蝉赋》和蔡邕的《蝉赋》，对蝉倾注了满腔的情感，以作者的文学才华和显赫的社会地位，推动了后世蝉文学的繁荣。还有《古诗十九首》中的多种昆虫意象、王充在《论衡》中对多种昆虫的科学界定等，都体现出昆虫文学创作群体日益扩大的影响力。

昆虫的文学形象在两汉时期不断丰富。例如汉代首次出现了“群蜂酿蜜”的记载，扬雄在《方言》中就讲到了什么品种的蜂可以酿蜜，即“其大而蜜谓之壶蜂”[④]。王充《论衡》载：“美酒为毒，酒难多饮；蜂液为蜜，蜜难益食。”[⑤]一改先秦的毒蜂形象，让蜜蜂的身影逐渐清晰。蚕在先秦文

① 白鸣凤著：《先民生存的艰难与悲喜〈国风〉读注》，中国社会科学出版社 2011 年版，第 449 页。

② 向熹译注：《诗经译注》，商务印书馆 2013 年版，第 203 页。

③ （清）王先谦撰，吴格点校：《诗三家义集疏》，中华书局 1987 年版，第 781—782 页。

④ 周祖谟校笺：《方言校笺》（附索引），中华书局 1993 年版，第 70 页。

⑤ （汉）王充著，张宗祥校注，郑绍昌标点：《论衡校注》，上海古籍出版社 2010 年版，第 459 页。

学中主要是书写其吐丝制衣之功，《说文解字》即载："蚕，任丝也。"① 到汉代，蚕的文学形象更为多元，如因司马迁而起的"下蚕室"形象，以蚕生活的蚕室作为"宫刑"的代称，他在《报任安书》中曰："故祸莫憯于欲利，悲莫痛于伤心，行莫丑于辱先，而诟莫大于宫刑。""而仆又茸以蚕室，重为天下观笑。悲夫！悲夫！"② 说自己受宫刑囚禁在蚕室里，被天下人耻笑。还有写"蚕食"的状貌，借蚕进食的动作特征，来形容对外征战、对内吞并时的状态，使描写更生动、直观。再如螳螂在汉代的文学形象得到公正对待，汉代文人并没有像庄子那样一味地对螳螂抱以苛责的态度，《淮南子・人间训》记载了齐庄公借对待螳螂的惜才态度，赢得了天下勇士的归附之心，体现出汉代文人所持的客观态度。螳螂枯瘦之形态特征，则被用于形容书法的特征，如崔瑗《草书势》中形容书法与昆虫间的神似："傍点邪附，似螳螂而抱枝。"③ 此外，汉代还有"托骥之蝇""青蝇点素"等意义的增加。

昆虫意象的意义在两汉时期定型。在文学的流传与演变中，不同的昆虫所承载的特定意义基本定型，不再发生大的改变。如"螳螂捕蝉，黄雀在后"的典故，使螳螂在汉代逐渐定型为规劝君主的象征，见于《韩诗外传》载孙叔敖进谏楚庄王兴师伐晋的故事。蚂蚁在汉代完成了从被褒赞到被贬低的转变，后来长期处于贬抑之中，如魏收在《为魏孝静帝伐元神和等诏》中形容结私乱党"东西残掠，毒被村坞，扇合蛾蚁，终此乱阶，叛恩背德，莫此之甚"④。昆虫多重意义的定型，还出现在蟋蟀身上，《李陵录别诗二十一首》中的"寒凉应节至，蟋蟀夜悲鸣"⑤ 第一次直接书写蟋蟀的"悲鸣"，借蟋蟀言悲秋之情，传递出游子在外苦困孤零时，对家乡亲人的

① （汉）许慎撰，（宋）徐铉校定：《说文解字》，中华书局 2013 年版，第 285 页。

② （汉）班固撰，（唐）颜师古注：《汉书》第 2 册，中华书局 2000 年版，第 2063—2065 页。

③ （清）严可均辑，陈延嘉、王同策、左振坤等校点主编：《全上古三代秦汉三国六朝文》第 2 册，河北教育出版社 1997 年版，第 434 页。

④ （清）严可均辑，陈延嘉、王同策、左振坤等校点主编：《全上古三代秦汉三国六朝文》第 9 册，河北教育出版社 1997 年版，第 48 页。

⑤ 逯钦立辑校：《先秦汉魏晋南北朝诗》上册，中华书局 1983 年版，第 339 页。

无尽思念之情。东汉襄楷在《诣阙上疏》中以蟋蟀自比，说自己虽微贱却依然希望能进谏忠言，云："臣闻布谷鸣于孟夏，蟋蟀吟于始秋；物有微而志信，人有贱而言忠。臣虽至贱，诚愿赐清闲，极尽所言。"[①]意在向皇帝表明人虽微贱而有志于国家的忠心。

两汉时期，昆虫的文学书写从先秦的单一走向多元，从自然现象走向抒情言志，这说明两汉时期的文学意象日趋丰满，已渐增了理性的思考，为魏晋时期昆虫意象内涵与外延的并行发展奠定了基础。

三、魏晋：内涵与外延的并行发展

魏晋时期，在昆虫文化与文学双重影响下，昆虫从文化的幕后走向文学的前台，并逐步树立起昆虫文学的独立地位。在魏晋文赋中，文人精神与昆虫个性相互映衬，文学情感舒展得精妙细致，大气而流畅的字里行间，闪烁着魏晋文士的精神光芒，形成了昆虫文学在先唐时期首尾贯注、变动不居的生命之流。

魏晋昆虫文学的内涵有了质的提升。魏晋时期，文人对"青蝇点素"的道德批判进一步加深。曹植在《赠白马王彪》中曰"苍蝇间白黑，谗巧令亲疏"[②]就是批判"谗言"而来，对自身处境维艰的境遇发出感慨，借《诗经·青蝇》中的被谗之意，以蝇为喻，借讽刺周幽王听信谗言之事，来喻指小人变乱，是非颠倒，导致君主不信、仕途艰难的现状。这一时期的蝉也体现出文学内涵的提升，曹植的《蝉赋》既是对自己人生"高洁"追求的宣誓，也是对遭受迫害命运的血泪控诉。还有阮籍在《咏怀诗八十二首·七十一》中，借蜉蝣等昆虫来表达生命意识，诗歌用直白的结句"生命几何时"[③]来抒发时光易逝的感慨，"慷慨各努力"表面是说蟋蟀、蟪蛄的卖力鸣唱，蜉蝣的努力自修其羽翼，实则倾注了自己对人生将老、修名不

① （清）严可均辑，陈延嘉、王同策、左振坤等校点主编：《全上古三代秦汉三国六朝文》第2册，河北教育出版社1997年版，第641页。

② 张可礼、宿美丽编选：《曹操曹丕曹植集》，凤凰出版社2014年版，第223页。

③ （三国魏）阮籍著，陈伯君校注：《阮籍集校注》，中华书局2012年版，第384页。

立的感叹。

魏晋昆虫文学的外延得到新的扩展。例如汉代的蝗虫书写从虫灾指向兵灾、人祸；到魏晋时期，延伸为统治阶级理政水平的“试金石”，《晋书·五行·羸虫之孽》载：“（太康九年）九月，虫又伤秋稼。是时，帝听谗谀，宠任贾充、杨骏，故有虫蝗之灾，不绌无德之罚。”[①] 蝗虫灾异不仅仅是底层贪官所导致的，还有朝廷高官甚至君主的“无德”施政，才会通过昆虫进行“预示”。昆虫书写从文学领域扩展到道德领域，陆云《寒蝉赋》归纳了蝉“文、清、廉、俭、信”的“五德”，是儒家道德思想投射在文学中的例证，从此使“五德”成为君子所追求效仿的境界。

魏晋的萤火虫书写，不仅承续了秦汉“微言大义”之特征，更激荡出史无前例的创新意识。在这个全社会都热衷于高歌进取的积极时代，萤火虫意象的扩展，得益于魏晋文士殚精竭虑的艺术热情与创造力。他们勇于尝试，用前所未有的书写方式，去重新塑造心目中的萤火虫意象，赋予其明显的人格特征，借萤言志，表达出生动、活跃而丰富的文学意义。魏晋萤火虫意象的主流意义，通过曹植《求自试表》所开创的“自荐之谦”比喻、傅咸《萤火赋并序》首倡的“在晦能明”品质，以及车胤“囊萤照读”之掌故这三方面得以体现。

魏晋昆虫文学外延的扩展还包括与周围事物的关联度，这一时期，文人常将昆虫与其他事物组合，共同构成特定的意象，在文学的舞台上描绘出更为开阔的画面。例如魏晋时期的蝉，在文学作品中除了单独出现之外，还常和其他动植物搭配出现，组合成新的意境，这种“混搭”的风格，形成了有别于单一书写的动人画面，达到了相得益彰的艺术效果。蝉与各种动植物的混搭、叠加使用，能体现丰富的情感。如江回的《咏秋诗》全面刻画了秋景中的各种特征，鸣雁、蟋蟀、寒蝉，悲情层层加深，不同的哀鸣之声，汇合成了一曲凄然的感物之歌。谢灵运在《燕歌行》里写“秋蝉噪柳燕辞楹”[②]，

① （唐）房玄龄等撰：《晋书》，中华书局 2000 年版，第 577 页。

② 逯钦立辑校：《先秦汉魏晋南北朝诗》中册，中华书局 1983 年版，第 1151 页。

一句之内有声又有形，信息量饱满，秋天的蝉在柳枝上叫唤得频繁，燕子离巢飞走了，随之而来的便是满眼秋色。

体现魏晋昆虫文学内涵与外延并行发展的作品不断涌现，关注昆虫的文人也越来越多，涉及的文学体裁也日渐丰富，诗、文、赋等都有专咏昆虫的作品，如晋诗中的《采桑度·七曲》、傅玄的《蝉赋》、傅咸的《黏蝉赋并序》等。然而，体物之作尤其是昆虫，可供书写的内容毕竟有限，在文学书写的内涵与外延得到一定程度的发展之后，昆虫文学就一定会出现新的变化和进步。

四、南北朝：新变与转型的高峰期

南北朝时期的昆虫文学较之前发生了明显的变化，不论是书写的内容还是昆虫所承载的“情”“志”内涵，均呈现出南北朝不同的审美心态和价值取向。南朝写作主体的群体意识明显，帝王文人集团成为昆虫文学的主导者，宫廷之风长于精雕细琢。对比来看，北朝下层文士的作品则显得朴实无华。南北朝昆虫书写的形式不拘一格，诗、文、赋中都可见昆虫的身影。

南北朝昆虫文学书写内容更为宽泛，体物思想逐渐渗入诗歌，诗学观念也在悄然发生巨变，文学不再是汉魏时期的仕进工具，而是增强了观赏娱乐功能，成为一种装饰。尤其是岑寂了八百年的咏蝶作品突然兴盛，成为春景的重要意象和抒情的理想载体，强势改变了人们对审美的态度。如梁简文帝萧纲的《杂句春情一首》：“蝶黄花紫燕相追，杨低柳合路尘飞。已见垂钩挂绿树，诚知淇水沾罗衣。两童夹车问不已，五马城南犹未归。莺啼春欲驶，无为空掩扉。”① 蝴蝶以轻盈的翅膀，扇动了整个南北朝的诗坛风气，似乎连呼吸中都点缀了粉蝶的馨香。蝴蝶就这样飞入了春天的画廊，成为昆虫文学中最曼妙的意象。

---

① （南朝陈）徐陵编，（清）吴兆宜注，程琰删补，曹明纲导读，尚成整理集评：《玉台新咏》，上海古籍出版社 2007 年版，第 398 页。

南北朝昆虫意象的内涵发生了转变。以蝉为例，中国咏蝉诗问世于南朝梁代，着眼于“鸣蝉”意象，重视意境的生成与情感的深化，被赋予了更为精准细腻的表达。例如王籍的《入若邪溪诗》就营造出了一份以动衬静的独特意境：

> 艅艎何汎汎，空水共悠悠。阴霞生远岫，阳景逐回流。蝉噪林逾静，鸟鸣山更幽。此地动归念，长年悲倦游。①

而北朝咏蝉，却频频出现在墓志铭中，据赵超《汉魏南北朝墓志汇编》记载，此时期墓志中大量书写的蝉，几乎全部分布在北朝，达47处之多。时人用重复而单一的方式，书写着充满生命意识的蝉文化。再如南北朝作品中的萤火虫，一改魏晋时代积极进取的状态，换上了另一副多愁善感的样貌。这种意象的转型，与时代文风的转变有着必然的联系，尤其是萧梁一代诗人，频频吟咏，观察细致，刻画入微，如沈约的《岁暮愍衰草》一诗，是属于因夜萤触动而生发出的流年之伤，其诗云：“飘落逐风尽，方知岁早寒。流萤暗明烛，雁声断才续。”② 南北朝时期唯一的一篇咏萤赋作是萧和的《萤火赋》，体现出该时期借咏萤来传递多愁善感情绪的写作特色。

昆虫文学的写作主体出现变化，导致审美态度和文风也随之转变。南朝的昆虫书写以帝王集团为主，北朝则以下层文士为主。南朝更倾向于宫廷婉细风格，北朝趋向旷达之风。充满娱乐和装饰的文学观念，是以稳定的社会环境为基础的，这种现象在南朝梁尤为突出。偏安江南一隅的现状，导致南朝诸多皇帝不思进取，沉湎于温柔富贵的憧憬与梦幻中。在帝王的影响下，大批文人竞相崇奢，贪于感官享受，享乐之风遍及朝野上下，歌舞升平的现实导致文章成为娱乐的工具。鲜明的宫廷气息在文学中蔓延，宫廷文化独特的审美气质流淌在字里行间，以春花绽放之势，一夜之间改变了文学园地的面貌。

南北朝昆虫文学书写的转型，还体现在写作载体的变化上。以蝉为

---

① 逯钦立辑校：《先秦汉魏晋南北朝诗》下册，中华书局1983年版，第1854页。

② （南朝陈）徐陵编，（清）吴兆宜注，程琰删补，曹明纲导读，尚成整理集评：《玉台新咏》，上海古籍出版社2007年版，第406页。

例，南北朝时期的咏蝉文学已经有了诗歌、文赋、志怪小说等不同的载体。首先，咏蝉诗的产生是最显著的新变，出现了范云的《咏早蝉诗》、沈约的《听蝉鸣应诏诗》、萧子范的《后堂听蝉诗》、萧纲的《听早蝉诗》、褚沄的《赋得蝉诗》、沈君攸的《同陆廷尉惊早蝉诗》等；其次是蝉赋逐渐被蝉诗所取代，齐梁之间就没有任何咏蝉赋作传世，直到陈代才又出现了褚玠的一篇《风里蝉赋》；再次是写蝉的志怪小说趋于萎缩，与汉魏晋写蝉的志怪小说相比，南北朝的数量大为减少，只有刘义庆在《世说新语·识鉴》里提到了"蝉连"[①]这个词。这些变化，体现了南北朝时期蝉文学各种文体之间此消彼长的关系。北周末期，咏蝉诗还出现了唱和之作，即颜之推和卢思道的听鸣蝉诸篇。对初唐歌行产生了较大影响，与南朝不同的是，北朝则偏重于昆虫文学的实用功能，主要成就在长于叙事说理的散文书写中。

整体来说，先唐昆虫文学的内容是比较完整的，代表正面形象的昆虫和负面形象的昆虫各有其审美特色与文学内涵，多元书写的昆虫则体现出文人认知的差异与独特个性。纵观先唐昆虫文学的发展过程，先秦是其萌芽与形成期，经过两汉文人对昆虫的进一步了解和书写，使其形象与意义得到了丰富定型，从而为魏晋昆虫文学的内涵与外延并行发展打下了基础。南北朝时期，地域分化的历史原因，导致昆虫文学进入新变与转型的高峰，为唐宋昆虫文学的繁荣做好了铺垫。

① 文曰："王恭随父在会稽，王大自都来拜墓，恭暂往墓下看之。二人素善，遂十余日方还。"父问恭："何故多日？"对曰："与阿大语，蝉连不得归。"因语之曰："恐阿大非尔之友，终乖爱好。"果如其言。（南朝宋）刘义庆撰，（南朝梁）刘孝标注，朱碧莲详解：《世说新语详解》上册，上海古籍出版社 2013 年版，第 258 页。

第二章
观赏性昆虫的文学书写

第一节　萤火虫意象的变化

先秦时期，大量观赏性昆虫开始进入文学的记载，主要以飞行类的昆虫为主。这些外观美丽的昆虫从先秦时进入文学，经过后世文人的不断凝练，成为审美领域不可或缺的意象。先秦时期观赏性的昆虫主要有萤火虫、蛾、蝴蝶等。

一、萤火虫以清冷形象面世

萤火虫是夏季夜间的常见昆虫，它飞行时就如同闪烁的小星星，极为漂亮。关于萤火虫的出现，古人有很多猜测，最广远的说法是"腐草为萤"，《尔雅注疏》载："荧火，即炤。夜飞，腹下有火。萤，户扃反。本今作荧。炤，音服。邢昺疏：荧火，一名即炤，夜飞，腹下有火虫也。《本草》又一名夜光，一名熠燿。《月令》季夏'腐草为萤'。腐草此时得暑湿之气，故为荧。至秋而天沈阴数雨，荧火夜飞之时也。《诗·东山》云：'熠燿宵行'是也。"[①] 事实上，"腐草为萤"说的流传，仅仅是前人从萤火虫活动的主要区域所进行的猜测，并非科学依据。萤火虫的出现与腐草并

① （晋）郭璞注，（宋）邢昺疏：《尔雅注疏》，上海古籍出版社 2010 年版，第 503 页。

无直接关联，现代生物科学的注解是："萤，萤科。全变态，有卵、幼虫、蛹、成虫四个虫期。幼虫或蛹、成虫期尾有荧光，用作引诱异性。"①

先秦时期萤火虫的文献记载仅存于《诗经·东山》，云：

我徂东山，慆慆不归。我来自东，零雨其蒙。我东曰归，我心西悲。制彼裳衣，勿士行枚。蜎蜎者蠋，烝在桑野。敦彼独宿，亦在车下。

我徂东山，慆慆不归。我来自东，零雨其蒙。果蠃之实，亦施于宇。蛜威在室，蟏蛸在户。町畽鹿场，熠燿宵行。不可畏也，伊可怀也。

我徂东山，慆慆不归。我来自东，零雨其蒙。鹳鸣于垤，妇叹于室。洒埽穹窒，我征聿至。有敦瓜苦，烝在栗薪。自我不见，于今三年。

我徂东山，慆慆不归。我来自东，零雨其蒙。仓庚于飞，熠燿其羽。之子于归，皇驳其马。亲结其缡，九十其仪。其新孔嘉，其旧如之何。②

据赵逵夫先生考证，《东山》当作于公元前1040年左右，因为《诗序》云："《东山》，周公东征也。"公元前1042年是周成王元年，即周公摄政元年，周公开始东征。三年后，即公元前1040年，周公东征凯还，作《东山》之诗，故将萤火虫的始现时间系于此。

诗中描述了萤火虫最早的文学形象，满目尽是悲凉和萧瑟的场景。"在晦能明"的萤火虫，凭空为凄凉的夜色增添了更为清冷的一笔。诗中描绘随周公东征的士兵回到阔别三载的家乡，却碰触到满目垂败的景象，满屋的尘土、满眼的败落，各种昆虫上下盘踞，占领了久无人住的屋子。随着视线的转移，室内的蛜威、蟏蛸，室外的萤火虫纷至沓来，顿时让人心生悲戚。

① 郭郛注证：《尔雅注证》，商务印书馆2013年版，第591页。

② 周振甫著：《诗经译注》（修订本），中华书局2010年版，第206页。

诗中的“熠燿宵行”描绘了夜间萤火虫飞行的场景。郑玄笺云：“此五物者，家无人则然，令人感思。”[①] 诗中写的“果臝、蛜威、蠨蛸、鹿场、熠燿”这五种事物，一般是家里无人才会出现，并逐步繁殖增多，且“萤多无近邻”，形容人气不旺。主人在外东征未归，庭户因多年无人打理而破败，这么荒凉的房子旁边应该也没什么邻里往来，故而更衬托出返家后茕茕孑立、形影相吊的悲怆之感，人是物非和物是人非带给人心灵的撞击是同样猛烈的。悲风苦雨愁煞人，萤火虫在后世文学中清冷的形象，与《东山》之萤有直接的联系。

萤火虫是夏季夜间活跃的昆虫。先秦时期，因《东山》之诗，它被赋予了清冷凄凉的感情色彩。秦汉时期，没有发现文献记载萤火虫有这层象征意义，只记载了萤火虫因夜间发光能照明的功能：“帝以八月庚午为诸黄门所劫，步出谷门，走至河上。诸黄门既投河死，帝时年十四，陈留王年九岁，兄弟独夜步行欲还宫，闇暝，逐萤火而行数里，得民家以露车载送。辛未，公卿以下与卓共迎帝于北芒阪下。”[②]

在秦汉时期对萤火虫的文学书写中，多侧重于萤之微光与日月之光间的对比，例如《论衡》载：“天至高大，人至卑小。篙不能鸣钟，而萤火不爨鼎者，何也？钟长而篙短，鼎大而萤小也。以七尺之细形，感皇天之大气，其无分铢之验，必也。”“故萤火之明，掩于日月之光；忠臣之声，蔽于贤君之名。死君之难，出命捐身，与此同。”[③] 还有崔寔的《政论》载：“向使贤不肖相去，如泰山之与蚁垤，策谋得失相觉，如日月之与萤火，虽顽嚚之人，犹能察焉。常患贤佞难别，是非倒纷，始相去如毫厘，而祸福差以千里，故圣君明主其犹慎之。”[④] 上述诸例，均喻示了二者大小明暗的强烈

① （清）王先谦著：《诗三家义集疏》，岳麓书社 2011 年版，第 558 页。

② 见汉籍全文检索系统（第四版），载《八家后汉书辑注 · 张璠后汉纪 · 灵帝纪 · 中平六年 · 052》。

③ （汉）王充著，张宗祥校注，郑绍昌标点：《论衡校注》，上海古籍出版社 2013 年版，第 303、537 页。

④ （清）严可均辑，陈延嘉、王同策、左振坤等校点主编：《全上古三代秦汉三国六朝文》第 2 册，河北教育出版社 1997 年版，第 439 页。

反差，开启了微言大义的时代序幕。

二、魏晋时代的积极烙印

晋代郭璞在《尔雅图赞·释虫·萤火》中载："熠燿宵行，虫之微么。出自腐草，烟若散熛。物之相煦，孰知其陶。"① 崔豹的《古今注》载："萤火，一名耀夜，一名夜光，一名宵烛，一名景天，一名熠燿，一名燐，一名丹良鸟。腐草化之，食蚊蚋。"② 这是晋代对萤火虫的基本定义。

魏晋的萤火虫书写，不仅承续了秦汉"微言大义"之特征，更激荡出史无前例的创新意识。在这个全社会都热衷于高歌进取的积极时代，萤火虫意象的创新，得益于魏晋文士殚精竭虑的艺术热情与创造力。他们勇于尝试，用前所未有的书写方式，去重新塑造心目中的萤火虫意象，赋予其明显的人格特征，借萤言志，表达出生动、活跃而丰富的文学意义。

该时期萤火虫意象的主流意义，从三方面得以体现，分别是曹植《求自试表》所开创的"自荐之谦"比喻，傅咸《萤火赋并序》首倡的"在晦能明"品质，以及车胤"囊萤照读"的励志掌故。

（一）自荐之谦

曹丕死后，其子曹叡即位。为了维护自己的地位和权力，曹叡一直对曹植怀有猜忌之心，严加防范，不予任用，使其长久处在受压制的境地。然而，曹植的报国之志却随着时光的流逝而日趋强烈，他为此"常自愤怨，抱利器而无所施"，痛述自己身为藩王却无所作为，对此深感惭愧。太和二年（228年）曹植在写给魏明帝的一封奏章《求自试表》中说：

> 冀以尘雾之微补益山海，萤烛末光增辉日月。是以敢冒其丑而献其忠，必知为朝士所笑。圣主不以人废言，伏惟陛下少垂神听，臣则幸矣。③

---

① （清）严可均辑，陈延嘉、王同策、左振坤等校点主编：《全上古三代秦汉三国六朝文》第5册，河北教育出版社1997年版，第1239页。

② 见汉籍全文检索系统（第四版），载《古今注·卷中·鱼虫第五》。

③ 张可礼、宿美丽编选：《曹操曹丕曹植集》，凤凰出版社2014年版，第292页。

曹植向明帝进呈此文，意在得到朝廷的任用，实现为国效力、建功立业的夙愿。文末“萤烛末光”之喻，实为委屈自己的话，表现了曹植的艰难处境和良苦用心。但是出于利害的计较，明帝并未准许曹植的请求，反而于次年将其“徙封东阿”，曹植的满腔热情变成空谈，终成遗恨。

萤火之光，是向帝王表达忠心的极佳比喻：一是将自身的卑微地位与帝王的高高在上进行了准确的定位，充分烘托天子威严；二是将自己的作用淡化于帝王的丰功伟绩之下，杜绝功高盖主的隐患；三是表述追随日月之光的忠诚与祈盼，希望获得帝王的信任和庇护。

曹植借萤火虫表达的“自荐之谦”，在晋代得到了响应，《晋书》载刘颂《除淮南相在郡上疏》曰：“臣受诏之日，喜惧交集。益思自竭，用忘其鄙，愿以萤烛，增晖重光。”① 使一个迫不及待向帝王表示忠心的大臣形象呼之欲出，“喜惧交集”说明受诏之时的心态，既高兴于帝王之信任，又惶恐于任务未竟之担忧，然立刻笔锋一转，表示一定会竭尽全力，“愿以萤烛”之力，作出自己的贡献，为国家“增晖重光”。晋代张骏《上疏请讨石虎李期》也有此意：“东西辽旷，声援不接，遂使桃虫鼓翼，四夷喧哗，向义之徒，更思背诞，铅刀有干将之志，萤烛希日月之光。是以臣前章恳切，欲齐力时讨。”② 恳切地上疏，表明自己的志向。

（二）在晦能明

西晋时期的傅咸创作了历史上第一篇《萤火赋》，他在赋前序中云：余曾独处，夜不能寐，顾见萤火，意遂有感。于是执以自照，而为之赋，其辞曰：

> 潜空馆之寂寂兮，意遥遥而靡宁。夜耿耿而不寐兮，忧悄悄而伤情。哀斯火之湮灭兮，近腐草而化生。感诗人之攸怀兮，鉴熠燿于前庭。不以姿质之鄙薄兮，欲增辉乎太清。虽无补于日月兮，期自照于陋形。当朝阳而戢景兮，必宵昧而是征。进不竞于

① （唐）房玄龄等撰：《晋书》第2册，中华书局2000年版，第853页。

② （唐）房玄龄等撰：《晋书》第3册，中华书局2000年版，第1493页。

天光兮，退在晦而能明。谅有似于贤臣兮，于疏外而尽诚。盖物小而喻大兮，固作者之所旌。假乃光而谕尔炽兮，庶有表乎洁贞。①

这是一首篇幅不长的咏物言志赋，于微言大义中见真挚情感。借黯淡却依然坚持发光的萤火虫，来比附遭弃见逐却仍尽心竭力的贤臣。该赋虽以伤感孤独的点点萤光之景起头，却能以光明、积极的心态结束，具有积极向上、不忘奋进的典型意义。

傅咸在晋武帝时袭父爵为清泉侯，历任御史中丞、司隶校尉等职。他继承父亲儒术思想，为人正直，执法严峻，疾恶如仇，推贤乐善。从《萤火赋》的主旨来看，应作于傅咸为官之时，他在萤火虫的启示下，发掘其“在晦能明”的奉献品质，并以此来赞扬品德坚贞的忠臣良将。

傅咸首倡萤火虫“在晦能明”的人格特征，以乐观、大气的心态以及自己的生活体验，赋予了萤火虫正直而光辉的形象气质与精神内涵。萤火虫的出现划破了惆怅独处的寂寥夜空，在这微光点点的呼唤下，作者向往明亮的基因被唤醒，渴望建功的热情被点燃。在积极的时代之风影响下，萤火虫似乎也有了强大的理由。它专为黑暗中的人带来希望，指明方向，不以自己微弱的光芒而自卑，在日落月缺的黑暗中，献出自己的光辉；它毫不争光逐利，在日月当空时却悄然隐去。这种不争不比、清清爽爽的姿态，正是作者和他所关注的贤臣良士的真实写照。即使受到排挤、疏远，依然能够尽心尽力地忠于国家。

傅咸对萤火虫的赞赏是以小寓大、见微知著的，赋作首尾呼应、浑然一体。尽管作品中直接描写萤火虫体貌特征的笔墨不多，却留给了读者浩渺的反思与想象空间，是作者构思的神妙之处。与这首作品相呼应的是潘岳的《萤火赋》：

嘉熠燿之精将，与众类乎超殊。《东山》感而增叹，行士慨而怀忧。翔太阴之玄昧，抱夜光以清游。颎若飞焱之霄逝，彗如星

① （清）严可均辑，陈延嘉、王同策、左振坤等校点主编：《全上古三代秦汉三国六朝文》第4册，河北教育出版社1997年版，第537—538页。

移之云流。动集阳晖，灼如隋珠，熠熠荧荧，若丹英之照葩；飘飘颎颎，若流金之在沙。载飞载止，光色孔嘉；无声无臭，明影畅遐。歃湛露于旷野，庇一叶之垂柯。无干欲于万物，岂顾恤于网罗。至夫重阴之夕，风雨晦暝，万物眩惑，翩翩独征，奇姿燎朗，在阴益荣；犹贤哲之处时，时昏昧而道明；若兰香之在幽，越群臭而弥馨。随阴阳以飘飘，非饮食之是营。问螽斯之无忌，希夷惠之清贞。美微虫之琦玮，援彩笔以为铭。①

两赋均写萤火虫而又各有侧重，傅咸赞其“在晦能明”的品性，以之自比；潘岳赞其“在阴益荣”的超殊，向它学习。潘赋旨承《诗经》之意而来，从行士怀忧之慨写起，详细描绘了萤火虫夜飞的种种动态之美，洋洋洒洒据半篇之幅。而后，在“重阴之夕，风雨晦暝，万物眩惑”之际，萤火虫以微小的身躯“翩翩独征”，在阴暗的地方释放光明，就像贤者一般，即便身处乱世依然固守内心正道。亦如同幽兰之质，绝不会屈从群臭而变其馨香。

（三）囊萤照读

东晋时期，因为车胤“囊萤照读”的典故，萤火虫成为勤学苦读的象征。《晋书》载：

胤恭勤不倦，博学多通。家贫不常得油，夏月则练囊盛数十萤火以照书，以夜继日焉。及长，风姿美劭，机悟敏速，甚有乡曲之誉。②

车胤从小聪颖好学，但家境贫寒，买不起晚上用来点灯的油，不能利用夜晚的时间学习。为了读书，他便想出了一个既省钱又能解决照明问题的好办法，他在夏夜捕捉很多萤火虫，集中在一个白色的丝袋里，借用萤火虫发出的微光来照明夜读。正是长期坚持这样刻苦的学习精神，使他的学识与日俱增。作为东晋最有代表性的寒门子弟，车胤因勤学而闻名以至

① 董广志校注：《潘岳集校注》（修订版），天津古籍出版社2005年版，第121—122页。

② （唐）房玄龄等撰：《晋书》第2册，中华书局2000年版，第1450页。

高位，这种成功路径，在渴望建功立业的社会中，对人们的激励作用是巨大的。车胤幼年“囊萤照读”的故事因此成为励志教育的积极标杆，被后人交相称颂，流传广远。

在“自荐之谦”“在晦能明”“囊萤照读”三种表达积极意义的方式之外，魏晋文人还常将萤火虫之微光与日月光华进行大小明暗的对比。例如《抱朴子》曰：“想见其说，必自知出潢污而浮沧海，背萤烛而向日月，闻雷霆而觉布鼓之陋，见巨鲸而知寸介之细也。”①“犹震雷骇则鼙鼓堙，朝日出则萤烛幽也。”②孙绰的《喻道论》中所云：“而俗人不详其源流，未涉其场肆，便瞽言妄说，辄生攻难，以萤烛之见疑三光之盛、芒隙之滴怪渊海之量，以诬罔为辨，以果敢为名，可谓狎大人而侮天命者也。”③以及《六度集经》所载：“昔者菩萨，守戒行净，积功累德，遂获如来无所著正真道最正觉。游处舍卫国，天龙、鬼神、帝王、臣民，靡不归宗。蛊道邪术，值佛影隆，犹日明盛，萤火隐退。贪嫉之兴，不睹亡身之火。”④“臣民多不诵，带锁小书，信萤灼之明，疑日月之远见。目瞽人以为喻，欲使彼舍行潦游巨海矣。”⑤皆言萤火虫之微小，无法与日月之光相提并论。

这种对比之意，在于以小衬大，着力突出日月之明。魏晋之后的南北朝鲜有所见，仅裴子野的《喻虏檄文》“四方同集，九服齐契，譬犹翻东海以注萤灞，倒昆仑以压蝼蚁，其身糜烂，岂假多力”⑥，以及颜竣《为世祖檄京邑》“倾海注萤，颓山压卵，商周之势，曾何足云”⑦之类可视为之续。

---

① 王明撰：《抱朴子内篇校释》（增订本），中华书局1985年版，第72页。

② 张松辉、张景译注：《抱朴子外篇》上册，中华书局2013年版，第14页。

③ （清）严可均辑，陈延嘉、王同策、左振坤等校点主编：《全上古三代秦汉三国六朝文》第4册，河北教育出版社1997年版，第641页。

④ 蒲正信注：《六度集经》卷5，巴蜀书社2012年版，第203页。

⑤ 蒲正信注：《六度集经》卷8，巴蜀书社2012年版，第319页。

⑥ （清）严可均辑，陈延嘉、王同策、左振坤等校点主编：《全上古三代秦汉三国六朝文》第7册，河北教育出版社1997年版，第535页。

⑦ （清）严可均辑，陈延嘉、王同策、左振坤等校点主编：《全上古三代秦汉三国六朝文》第6册，河北教育出版社1997年版，第374页。

三、南北朝萤意象的转型

南北朝的咏萤从内容上看，可以分为有寄托和无寄托两种，其中有寄托意义者，还可分成悲秋思人之情感寄托和囊萤照读之理想寄托。南北朝的萤火虫，一改魏晋时代积极进取的意象，换上了另一副多愁善感的样貌。这种意象的转型，与时代文风的转变有着必然的联系，尤其是与萧梁一代诗人频频吟咏，观察细致、刻画入微的特征有关。兹分述如下：

（一）悲秋思人的情感寄托

南北朝时期，通过萤火虫来承载悲秋思人之情感寄托者，以《玉台新咏》最为集中。摘录如下：

霜气下孟津，秋风度函谷。念君凄已寒，当轩卷罗縠。纤手废裁缝，曲鬓罢膏沐。千里不相闻，寸心郁氛氲。况复飞萤夜，木叶乱纷纷。（王融《古意》）

晓河没高栋，斜月半空庭。窗中度落叶，帘外隔飞萤。含情下翠帐，掩涕闭金屏。昔期今未反，春草寒复青。思君无转易，何异北辰星。（何逊《闺怨》）

萤飞绮窗外，妾思霍将军。灯前量兽锦，檐下织花纹。坠露如轻雨，长河似薄云。秋还百种事，衣成未暇薰。（刘邈《秋闺》）

遥遥天无柱，流漂萍无根。单身如萤火，持底报郎恩。（《近代吴歌九首·欢闻》）

夕殿下珠帘，流萤飞复息。长夜缝罗衣，思君何此极！（谢朓《玉阶怨》）①

这些不约而同的思人之作不是巧合，而是刻意为之：既有诗人写作时的刻意，也有徐陵在选录时的刻意。

究其原因，首先是女性因素，《玉台新咏》主要是采集女性题材的诗

① （南朝陈）徐陵编，（清）吴兆宜注，程琰删补，曹明纲导读，尚成整理集评：《玉台新咏》，上海古籍出版社 2007 年版，第 147—148、201、330、445、450 页。

作，体现闺情闺怨是其最为鲜明的创作主题。萤火虫与女性之间的契合，离不开特定的时空因素。夜间观萤而思人，使孤者愈孤，悲者更悲。独守空房的女性怎能不望萤生叹，垂泪心伤。

其次是季节因素。秋季往往是最能引发悲绪的季节，到了这个天气转凉的季节，尤其容易催发相思之情。夜幕中闪烁的萤火虫，能够生动地传递出这份身心俱凉的情感基调。思而不得，怀人的心境似乎比秋夜还要寒凉。因此，萤火虫得到了南北朝文人的青睐，时时闯进秋思的夜空。

以萤火虫来书写悲秋思人的诗歌，并不仅仅限于闺阁之思。体现友情之思的，如江淹的《卧疾怨别刘长史》云：

> 四时煎日夜，玉露催紫荣。始怀未迴叹，春意秋方惊。凉草散萤色，夏树敛蝉声。凭景魂且谧，卧堂怨已生。承君客江潭，先愁鸿雁鸣。吴山饶离袂，楚水多别情。金坚碧不灭，桂华兰有英。无辍代上朝，岂惜镜中明。但见一叶落，哀恨方始平。①

在生病的煎熬中，又逢与友人的离别，在秋凉的落寞中，看着萤火虫逐渐消逝，连夏蝉也开始敛声，这份愁怨因病痛而格外深切。何逊的《送韦司马别诗》也是书写友情离别之苦的，诗曰："帘中看月影，竹里见萤飞。萤飞飞不息，独愁空转侧。"② 作者在房内透过珠帘看月下飞萤，萤火虫在竹间穿梭起舞，翻飞不息，作者却辗转难眠，独自发愁。

吴均笔下的萤火虫，则体现出多样化的特征，既有纷乱复杂的，也有静谧深远的。如他的边塞诗《入关》载："羽檄起边庭，烽火乱如萤。是时张博望，夜赴交河城。马头要落日，剑尾掣流星。君恩未得报，何论身命倾。"③ 以夜幕中萤火虫纷飞的情状，塑造了当时军情危急的状态，表现勇敢无畏的英雄气质。另一首离别诗《同柳吴兴何山集送刘馀杭》则体现了萤火虫不同的面貌："王孙重离别，置酒峰之畿。逶迤川上草，参差涧里薇。轻云纫远岫，细雨沐单衣。檐端水禽息，窗上野萤飞。君随绿波远，我逐

① （明）胡之骥注，李长路、赵威点校：《江文通集汇注》，中华书局 1984 年版，第 130 页。

② 逯钦立辑校：《先秦汉魏晋南北朝诗》中册，中华书局 1983 年版，第 1687 页。

③ 林家骊校注：《吴均集校注》，浙江古籍出版社 2005 年版，第 37 页。

清风归。”[①] 诗中的物象与人同其情愫，深为切合“重离别”的心境，君已随波远行，自己却还在窗前，看夜萤的飞飞停停。

（二）囊萤照读的理想寄托

自东晋产生车胤“囊萤照读”的典故以后，南北朝文人对此意义极为推崇。

南朝梁代任昉《为萧扬州荐士表》中载：“前晋安郡候官令东海王僧孺，年三十五，字僧孺，理尚栖约，思致恬敏。既笔耕为养，亦佣书成学。至乃集萤映雪，编蒲缉柳。先言往行，人物雅俗，甘泉遗仪，南宫故事，画地成图，抵掌可述。岂直鼮鼠有必对之辩，竹书无落简之谬。”[②] 极力举荐有“集萤”之举的王僧孺。

囊萤照读的理想寄托在南朝皇室的重视下得以推广。《全梁文》载梁元帝《与学生书》曰：“吾闻断玉为器，谕乎知道；惟山出泉，譬乎从学。是以执射执御，虽圣犹然；为弓为箕，不无以矣。抑又闻曰：‘汉人流麦，晋人聚萤。’安有挟册读书，不觉风雨已至，朗月章奏，不知爝火为微？所以然者，良有以夫！可久可大，莫过乎学，求之于己，道在则尊。”[③] 文中晋人聚萤所言即为车胤之事，以此来激励学生奋发进取。

北朝君臣对囊萤照读的积极意义也很重视，常以聚萤之喻来形容勤学之人。借萤来表达对人生平学问的褒赞，在北朝文人墓志铭中尤为常见。如称颂魏故司空公兖州刺史张满的墓志铭中载其：“勤如映雪，厉比聚萤，遂拾地芥，宁存满瀛。”[④] 庾信在《周大将军闻嘉公柳遐墓志》中赞其才学曰：“华盖一岳，文昌一星，青衿辨志，童子离经，义勖非马，书勤映萤。”[⑤] 即为此意。

---

① 林家骊校注：《吴均集校注》，浙江古籍出版社 2005 年版，第 128 页。

② （南朝梁）萧统编，（唐）李善注：《文选》第 4 册，上海古籍出版社 1986 年版，第 1744—1745 页。

③ （清）严可均辑，陈延嘉、王同策、左振坤等校点主编：《全上古三代秦汉三国六朝文》第 7 册，河北教育出版社 1997 年版，第 178 页。

④ 赵超著：《汉魏南北朝墓志汇编》，天津古籍出版社 2008 年版，第 325 页。

⑤ （北周）庾信撰，（清）倪璠注，许逸民点校：《庾子山集注》下册，中华书局 1980 年版，第 998 页。

囊萤照读的理想寄托常和其他象征勤学之功的典故一起使用。例如，庾信的《奉和永丰殿下言志诗十首》载："讬情欣六学，游目爱三馀。覆局能悬记，看碑解暗疏。讵尝游魏冉，那时说范雎。池水朝含墨，流萤夜聚书。"[①]诗中"池水含墨"和"囊萤照读"有同样的励志效果。《滕王逌原序》记载庾信的品行学问时，说他是："孝性自然，仁心独秀，忠为令德，言及文词。穿壁未勤，映萤愈甚。"[②]以"穿壁借光"和"囊萤照读"的精神与之相比，赞扬庾信的勤学之功。《北史》载："祖濬燕南赘客，河朔惰游，本无意于希颜，岂有心于慕蔺。未尝聚萤映雪，悬头刺股，读论唯取一篇，披庄不过盈尺。"[③]以"头悬梁、锥刺股"的苦读典故和"囊萤照读"之事并举，有明显自谦之意，起到了互为衬托的艺术效果。

在士族家族教育中，囊萤照读的理想寄托对教育实施的过程影响深远，起到了重要的示范作用。《颜氏家训·勉学》载："古人勤学，有握锥投斧，照雪聚萤，锄则带经，牧则编简，亦为勤笃。"[④]此时的萤火虫已经从单纯的励志意象、理想寄托，变成教育中的思想工具，发挥了切切实实的育人功能，随着《颜氏家训》的流传，其间记载的诸如"囊萤照读"等教育典故也广为人知。

在佛教记载中，囊萤照读的理想寄托也广为适用。王僧知在《答释法云书〈难范缜神灭论〉》中说："弟子学惭聚萤，识非通见，何能仰赞洪辉，宣猷妙范者欤？"[⑤]梁陈之际的慧恺在《摄大乘论》序载："慧恺志惭负囊，勤愧聚萤，谬得齿迹学徒，禀承训义，游寓讲肆，多历年所，名师胜友，备得咨询；但综涉疏浅，钻仰无术，寻波讨源，多所未

① （北周）庾信撰，（清）倪璠注，许逸民点校：《庾子山集注》上册，中华书局1980年版，第333页。

② 同上书，第53页。

③ （唐）李延寿撰：《北史》第2册，中华书局2000年版，第1931页。

④ 王利器撰：《颜氏家训集解》（增补本），中华书局2013年版，第239页。

⑤ （清）严可均辑，陈延嘉、王同策、左振坤等校点主编：《全上古三代秦汉三国六朝文》第7册，河北教育出版社1997年版，第520页。

悟。”[①] 释惠津的《与瑗律师书》载：“加有怀铅握锥之好，聚萤流麦之勤，或剖蚌求珠，开河出宝，而惠津一介无取，内外靡闻。”[②] 均由车胤囊萤之典而来，从不同的角度和侧面体现勤奋之意。

（三）精雕细琢的咏萤诗歌

从南北朝时期唯一的咏萤赋作——萧和的《萤火赋》，基本上可以看出该时期咏萤精雕细琢的特色。《萤火赋》云：

> 聊披书以娱性，悦草萤之夜翔。乍依栏而回亮，或傍牖而舒光；或翔飞而暂隐，时凌空而更飏。竹依窗而度影，兰因风而送香。此时逸趣方遒，良夜淹留。眺姮娥之澄景，观熠燿之群游，类干沙之飞火，若清汉之星流。入元夜而光净，出明灯而色幽。时临池而泛影，与列宿而俱浮。觉更筹之稍竭，见微光之惭收。尔其斜月西倾，独照蓬楹，瞩曙河之低汉，闻伺庙之远声；望落星之掩色，见晨禽之晓征。悲扶桑之吐曜，翳微躯而不明。写余襟其未尽，聊染翰以书情。[③]

赋作对萤火虫的外观和动作进行了铺排渲染，体现出刻画入微的写作特色。作者先从萤火虫夜飞的光亮写起，描绘了它们忽隐忽现的行动轨迹。接下来宕开一笔，描绘萤火虫所在的环境，竹影幽幽，风送兰香，逸趣方遒。萤火虫的群飞是壮观的，作者将其形容为“干沙之飞火”“清汉之星流”，在夜空里闪闪发光，在明灯下颜色幽暗。“月倾”“落星”句，说明作者一夜无眠，“翳微躯而不明”形容萤火虫在清晨隐其身形、萤光消失的样子。

南北朝咏物文学的兴盛，带动了咏虫诗的发展。萤火虫因其发光的生物属性，成为南北朝文人喜爱的咏物对象。萤火虫的歌咏和南北朝时期其

① （清）严可均辑，陈延嘉、王同策、左振坤等校点主编：《全上古三代秦汉三国六朝文》第8册，河北教育出版社1997年版，第174—175页。

② 同上书，第179页。

③ （清）严可均辑，陈延嘉、王同策、左振坤等校点主编：《全上古三代秦汉三国六朝文》第7册，河北教育出版社1997年版，第258页。

他物象一样，也经历了不断翻新、极尽挖掘，完全称得上精雕细琢的创作过程。南北朝专题咏萤火虫的诗歌共五首。分别是：

纪少瑜的《月中飞萤诗》：“远度时依幕，斜来如畏窗。向月光还尽，临池影更双。”①

简文帝萧纲的《咏萤诗》：“本将秋草并，今与夕风轻。腾空类星陨，拂树若花生。屏疑神火照，帘似夜珠明。逢君拾光彩，不恡此身倾。”②

梁元帝萧绎的《咏萤火诗》：“著人疑不热，集草讶无烟。到来灯下暗，翻往雨中然。”③

沈旋的《咏萤火诗》：“火中变腐草，明灭靡恒调。雨坠弗亏光，阳昇反夺照。泊树类奔星，集草疑余燎。望之如可灼，揽之徒有耀。”④

阳缙的《照帙秋萤诗》：“秋窗余照尽，入暗早萤来。忽聚还同色，恒然讵落灰。飞影黄金散，依帷缥帙开。含明终不息，夜月空徘徊。”⑤

这五首诗的作者都是当时文人群体中声名远扬的人物，其中还有两位酷爱文学创作的帝王。另外三人中，纪少瑜是南朝有名文士；沈旋是著名文史学家沈约之子，亦是梁武帝萧衍的“招远将军、南康内史”，官居高位；阳缙是陈朝中书舍人，以辞学知名，陈亡，自江左徙关中。因为显赫的身份地位和文学成就，他们在咏物诗中的关注点，足以引发其他文人的追随，这种追随成为萤火虫频频出现在诗歌中的原因之一。

南北朝时期的文人追求放大萤火虫的某一种特性而加以深入细致的刻画。纪少瑜诗中不着一个萤字，却处处切着萤火虫的飞行姿态特征来写，

① 逯钦立辑校：《先秦汉魏晋南北朝诗》中册，中华书局1983年版，第1779页。

② （南朝梁）萧纲著，肖占鹏、董志广校注：《梁简文帝集校注》，南开大学出版社2012年版，第373页。

③ 逯钦立辑校：《先秦汉魏晋南北朝诗》下册，中华书局1983年版，第2057页。

④ 同上书，第2078页。

⑤ 同上书，第2558页。

从远处的天幕到近处的窗边，从月下的黯淡到池边的身影，捕捉萤火虫动态的形貌。萧纲则主要写萤火虫的光，像“神火”“夜珠明”，看起来是灼热的，实际上只是“有耀”的特征。萧绎重在刻画萤火虫的温度，阳缙侧重秋萤的发光环境和飞行状态。每首诗都就某一个或一类特征进行了深入而细致的刻画。

这几首咏萤诗中，不仅体现了对萤诗的精雕细琢之功，其间所蕴蓄的情感、志向意识，尤其值得关注。梁元帝萧绎的《咏萤火诗》传达了积极向上的奋斗精神，“著人疑不热”是指萤火虫的光为“冷光”[①]，“无烟”说的是萤火虫虽然像火光，却点不燃枯草。它们的光亮微弱，在灯下一对比就觉得暗淡了。诗歌结尾的“翻往雨中然”生动地写出了雨中萤火虫闪烁的样子，它们不怕被雨打风吹，还要继续发出光亮照亮夜空，体现出“然”的执着与勇气，以及不轻易被外界所影响和左右的品质。沈旋的《咏萤火诗》也是讽喻诗中咏物言志的佳作，“雨坠弗亏光”之句描绘了萤火虫在雨中依然不减光亮，继续飞翔的姿态，表达了虽小却不失其志的追求。

南北朝时文人对萤火虫的精雕细琢，还表现在多重意象的组合上。文人们往往喜欢将萤火虫与不同意象交织在一起，共同描绘。

南北朝时期最先出现了萤与雁的组合意象，成为后世效仿的起源。沈约的《秋夜诗》云：“月落宵向分，紫烟郁氛氲。曀曀萤入雾，离离雁出云。”[②]描绘了夜间萤火虫和大雁在云雾间若隐若现的情形，一远一近，萤火虫的光亮刚刚隐没在云雾间，就看见大雁从云层里飞出，二者交替出现，在夜间营造了一种静谧而淡然的氛围。他的另一首《岁暮愍衰草》亦云：“流萤暗明烛，雁声断才续。”[③]这中间不仅写了萤火虫的光亮，还写到了大雁的鸣声，似乎在提示诗人岁暮将至，人生苦短。北朝的庾信在《和何仪

---

① 萤火虫的光是通过透明的表皮发出的，虽然可以一闪一闪地发光，但由于光能很少能够转化为热能，所以当萤火虫停在手上时，我们不会被萤火虫的光给烫到，感觉依然是“冷”的。

② 逯钦立辑校：《先秦汉魏晋南北朝诗》中册，中华书局 1983 年版，第 1650 页。

③ 同上书，第 1665 页。

同讲竟述怀诗》中也有“萤排乱草出，雁舍断芦飞”[①]的描绘，萤和雁相互映衬。可见，在南北朝时期，萤与雁是公认的比较搭配的组合，能细腻地传达出离别的深意与秋凉的意绪。

萤火虫与各类昆虫的搭配，能突出强烈的时节意识和岁月迁逝之感。江淹《卧疾怨别刘长史》中云：“凉草散萤色，夏树敛蝉声。”[②]将病中离别之感寄寓于自然事物中，萤火虫的光芒在渐凉的草地中散去，蝉声也在夏末的树上收敛，时节感顿生。在庾信的《奉和赐曹美人》中，蟋蟀和萤火虫被拟人化了，诗云：“络纬无机织，流萤带火寒。”[③]络纬就是蟋蟀，因为它发出的声音类似“催织催织”，因此又被称为促织，意味着催促人们要开始制衣了。事实上，蟋蟀并不会上机织布，萤火虫尽管带着“火把”飞行，却依然是冷冷的。这样的描写，在突出昆虫的特征之余，也烘托出了秋的氛围。

昆虫在夜间引起诗人的愁绪，往往是从眼前所见和耳边所闻产生的。虫声和萤光的组合意象，能引起浓郁的时岁悲绪。萧子范的《夏夜独坐诗》云：“寂寞对空窗，清疏临夜竹。虫音乱堦草，萤光绕庭木。帘月度斜辉，风光起余馥。一伤年志罢，长嗟逝波速。”[④]诗人在夜间独坐。虫音乱的不是阶草，而是诗人的心，在萤光飞舞中静思过往，感叹时间流逝的迅疾。简文帝萧纲在《秋夜》诗中也说：“萤飞夜的的，虫思夕嘤嘤……离忧积此宵。”[⑤]虫声和萤飞之貌，加上人的愁思，都堆积在这个秋天的夜晚。萤火虫与不知名的虫声，交汇出秋夜的特殊景致，带给诗人独特的审美体验。

萤与帘常常被用来表达离愁或者闺怨。帘是“怜”的谐音，隐含着爱

① （北周）庾信撰，（清）倪璠注，许逸民点校：《庾子山集注》上册，中华书局1980年版，第225页。

② （明）胡之骥注，李长路、赵威点校：《江文通集汇注》，中华书局1984年版，第130页。

③ （北周）庾信撰，（清）倪璠注，许逸民点校：《庾子山集注》上册，中华书局1980年版，第340页。

④ 逯钦立辑校：《先秦汉魏晋南北朝诗》下册，中华书局1983年版，第1896页。

⑤ （南朝梁）萧纲著，肖占鹏、董志广校注：《梁简文帝集校注》，南开大学出版社2012年版，第308页。

怜、怜惜之意。何逊《送韦司马别诗》曰："帘中看月影，竹里见萤飞。萤飞飞不息，独愁空转侧。"① 诗歌交织着从室内帘中看往屋外，又从屋外的竹林、飞萤反观到室内的视角转换，里里外外只见"飞不息"的萤火虫，感叹独自一人的"空转侧"。此外，他的《和萧谘议岑离闺怨诗》也是将萤和帘搭配："窗中度落叶，帘外隔飞萤。含悲下翠帐，掩泣闭金屏。"② 从不同的视角观看帘外飞行的萤火虫，怜惜着屋内含悲掩泣的女子。刘孝绰的《望月有所思诗》写道："帘萤隐光息，帘虫映光织。"③ 完全是将二者融为一体，月光下的萤火虫时而被帘幕遮挡，时而出现在帘上，活泼而灵动。更为感人的还有谢朓的《玉阶怨》："夕殿下珠帘，流萤飞复息。长夜缝罗衣，思君何此极！"④ 珠帘和萤火虫本是极为美丽的景象，因为感染了思人的愁绪，从而渲染成一幅凄美的夜景，传达出"长夜缝罗衣"的女子，在深夜思君的深重哀怨。

第二节　蛾的双重意义之嬗变

一、"美人之眉"风行于世

（一）先秦蛾代美人的起源

公元前753年，卫庄公娶齐庄公女庄姜为夫人，赵逵夫先生认为，此时的卫人对娶亲之事有感而发，为之作《硕人》，来形容庄姜之美，诗曰："手如柔荑，肤如凝脂，领如蝤蛴，齿如瓠犀，螓首蛾眉。巧笑倩兮，美目盼兮。"⑤ 以蛾来形容眉毛的形状，是对蛾最早的文献记载。《说文》云：

---

① 逯钦立辑校：《先秦汉魏晋南北朝诗》中册，中华书局1983年版，第1687页。

② 同上书，第1692页。

③ 逯钦立辑校：《先秦汉魏晋南北朝诗》下册，中华书局1983年版，第1838页。

④ （南朝陈）徐陵编，（清）吴兆宜注，程琰删补，曹明纲导读，尚成整理集评：《玉台新咏》，上海古籍出版社2007年版，第450页。

⑤ 周振甫著：《诗经译注》（修订本），中华书局2010年版，第76页。

“蛾，罗也。”[①] 邢昺注《尔雅》云：“蛾，罗：蚕蛾。”[②] 虫蛹变化出的飞蛾，也就是蚕蛹所变者。“《大戴礼》云：食桑者，有丝而蛾。《类聚》引《广志》云：有蚕蛾，有天蛾，凡草木虫以蛹化为蛾甚众，然则蛾罗通名，凡蛱蝶之类皆是。郭郛注：蛾、罗、蚕蛾，鳞翅目异角亚目成虫。成虫特别是雄蛾触角如羽状，张开挥动如网罗，可探知异性所在。与蝶类不同，蛾类触角丝状，在飞翔中寻偶。”[③]

蛾眉，女子细长而好看的眉毛。一以为“蛾”是“娥”的假借。段玉裁的《小笺》云：“娥眉，古书或作蛾。假借字耳。娥者，美好轻扬之意。”马瑞辰的《通释》云：“蛾眉，亦娥之借。《方言》：‘娥，好。’《广雅》：‘娥，美也。’”《太平御览》三百八十、《艺文类聚》十八引《诗》并作“娥眉”。一以为眉毛细长如蚕蛾触须，故称蛾眉。《汉书·扬雄传》颜师古注：“蛾眉，形若蚕眉也。”朱熹的《集传》云：“蛾，蚕蛾也。其眉细长而曲。”王先谦的《集疏》云：“三家，蛾作娥……蛾、娥二义并通。蛾眉者，眉以长为美，蚕蛾眉角最长，故以为喻。”[④]

此后，文学作品中的蛾多次被用来形容女性之美。“蛾眉”的说法在楚辞中多次出现，屈原的《离骚》中有：“众女嫉余之蛾眉兮，谣诼谓余以善淫。”[⑤] 以局部代整体，写众女流妒忌我容貌秀丽，才造谣诽谤说这是淫态。宋玉的《招魂》中有：“蛾眉曼睩，目腾光些。”[⑥] 形容细长眉毛水灵眼、一泓秋波光闪闪的美女。还有《大招》中也写道：“嫮目宜笑，蛾眉曼只；容则秀雅，穉朱颜只。魂乎归来，静以安只！”[⑦] 都是以蛾眉代指容颜之美。

总体来看，先秦文献中的蛾，有三种不同的意义：其一是以蛾代眉，

① （汉）许慎撰，（宋）徐铉校定：《说文解字》，中华书局 2013 年版，第 281 页。
② （晋）郭璞注，（宋）邢昺疏：《尔雅注疏》，上海古籍出版社 2010 年版，第 497 页。
③ 郭郛注证：《尔雅注证》，商务印书馆 2013 年版，第 579 页。
④ 向熹编著：《诗经词典》（修订本），商务印书馆 2014 年版，第 106 页。
⑤ 董楚平译注：《楚辞译注》，上海古籍出版社 2014 年版，第 10 页。
⑥ 同上书，第 196 页。
⑦ 同上书，第 215 页。

形容女子容貌之美，如《诗经》中的“螓首蛾眉”，《楚辞》中的“众女嫉余之蛾眉兮”“蛾眉曼睩”，宋玉《神女赋并序》中的“眉联娟以蛾扬兮，朱唇的其若丹”等即如此。二是指自然界的飞蛾，如《楚辞·天问》“蜂蛾微命，力何固”中的蜂蛾。三是《墨子》城守诸篇中，“蚁附”与“蛾附”的同义互用，“蛾附”可能是“蚁附”在流传中的误用或者通用，即密密麻麻附着于物表的状貌。

（二）秦汉仍以状貌为多

秦汉文献中的蛾，是对先秦时期三种不同意义的直接承续，未出现新变。其中又以“蛾眉代女子”的用法较多，如《汉书·扬雄传》中直接化用《离骚》而来的“知众嫭之嫉妒兮，何必飏累之蛾眉?”① 和“玉女无所眺其清卢兮，虙妃曾不得施其蛾眉”②，皆以蛾眉指代女子。司马相如《美人赋》云：“云发丰艳，蛾眉皓齿。颜盛色茂，景曜光起。”③ 刘歆的《遂初赋》载：“扬蛾眉而见妒兮，固丑女之情也。”④ 在形容女性之外，也有不点明人物性别，仅以蛾代眉的用法，如《后汉书·崔骃传》中有“扬蛾眉于复关兮，犯孔戒之冶容”⑤，化用《楚辞》“众女皆妒余之蛾眉”而来，以蛾代人，彰显君子品性。

秦汉文献关于自然之蛾的记载较少，一般只记录其状貌。如班固在《汉书·元帝纪》中载：“秋八月，有白蛾群飞蔽日，从东都门至枳道。”颜师古注：“蛾，若今之蚕蛾类也。”⑥ 形容蛾动态状貌的如傅毅《舞赋》曰：“纤縠蛾飞，纷猋若绝。”⑦ 以蛾纷飞之状，形容舞姿飘逸变幻。还有蔡邕

① （汉）班固撰，（唐）颜师古注：《汉书》第3册，中华书局2000年版，第2610页。

② 同上书，第2620页。

③ （清）严可均辑，陈延嘉、王同策、左振坤等校点主编：《全上古三代秦汉三国六朝文》第1册，河北教育出版社1997年版，第459页。

④ 同上书，第621页。

⑤ （南朝宋）范晔撰，（唐）李贤等注：《后汉书》第2册，中华书局2000年版，第1151页。

⑥ （汉）班固撰，（唐）颜师古注：《汉书》第1册，中华书局2000年版，第206页。

⑦ （清）严可均辑，陈延嘉、王同策、左振坤等校点主编：《全上古三代秦汉三国六朝文》第2册，河北教育出版社1997年版，第405页。

在《太尉陈球碑》文中记载的“蜂聚蛾动”[1]之状，描写了敌军聚集的样子。《扬雄传》中有关外族入侵的描绘也用了蛾之聚集状：“皆稽颡树颔，扶服蛾伏。”[2]此处的蛾与蚁同，言其伏如虫蚁也。

二、魏晋从禅意到执着的蛾意象

（一）禅意的“飞蛾扑火”

魏晋时期的文化之变，是“飞蛾扑火”禅意情怀的来源。文化之变往往随政治之变而来。汉代以前，中国的政治主权是完全掌握在汉族人手里的，而魏晋时期的民族融合以及部分民族同化的趋势，动摇了儒学的统治地位。天下大乱的状态，改变了士族文人的政治心态，旷达之士开始崇尚清谈。魏晋之际玄风兴起，加之佛教的东传、道教的勃兴等因素，从而使中原文化出现了儒释道融合的状况，但是儒学始终还是居于正统地位。在这样日趋复杂的文化背景下，文学不可避免地沾染上玄学的气息，增加了些许佛学、道学的气质，具有特定历史时期的禅意情怀。

禅意是清静寂定的心境，“飞蛾扑火”的禅意情怀，体现出面对生死时的坦然与淡定。最早对“飞蛾扑火”特性进行描述的，是三国时期译出的佛教作品《六度集经》，载：“常思睹佛，闻经妙旨，时世秽浊，背正向邪，华伪趣利，犹蛾之乐火，四等六度，永康之宅，而世废佛斯法，就彼危祸，以自破碎也，故为愁荒哀恸且行。”[3]说的是常悲菩萨因见恶世之人身受苦恼而悲哀哭泣。文中将蛾的“乐火”与人的危祸相比较，劝告人们不要贪图一时之快而导致“破碎”之结局，体现了佛教对生死福祸的反思意识。《六度集经》中“吾睹诸佛明化，以色为火，人为飞蛾，蛾贪火色，身见烧煮”[4]之句，目的在于宣传佛教止欲持戒的重要作用，更为直接地体

① （清）严可均辑，陈延嘉、王同策、左振坤等校点主编：《全上古三代秦汉三国六朝文》第2册，河北教育出版社1997年版，第718页。

② （汉）班固撰，（唐）颜师古注：《汉书》第3册，中华书局2000年版，第2644页。

③ 蒲正信注：《六度集经》，巴蜀书社2012年版，第285页。

④ 同上书，第307页。

现出人与色之间的矛盾，有明显的传道意识，希望回归禅意的“戒色”来存身。

西晋时期，崔豹的《古今注·卷中·鱼虫第五》载：“飞蛾善拂灯烛，一名火花，一名慕光。”① 形象地描绘了飞蛾喜欢灯烛的特征，“善拂”体现了拟人的生动性。张协在《杂诗十首》中曰：

> 秋夜凉风起，清气荡暄浊。蜻蛚吟阶下，飞蛾拂明烛。君子从远役，佳人守茕独。离居几何时，钻燧忽改木。房栊无行迹，庭草萋以绿。青苔依空墙，蜘蛛网四屋。感物多所怀，沈忧结心曲。②

诗中营造了淡淡的禅境，清冷的秋夜，凉风乍起，吹走了平时的喧嚣与污浊。蜻蛚在台阶下打破了这份宁静，飞蛾向着燃起的烛光拂去，映衬出一个孤苦茕独的女子，失落地坐等着远方服役的亲人。在无边的黑暗中，飞向灯烛的蛾，成为夜间唯一灵动的身影，在死寂沉沉的屋子里，随青灯而舞，传递出禅意的怜悯。

（二）执着的飞蛾形象

“飞蛾扑火”的执意之举，是其走向死亡的开端。从昆虫科学的角度来看，蛾的扑火行为并非其本意赴死，而是它们有趋光的自然属性，夜间在烛光或者明火的影响下，行为出现了误判，以为是自然界的光源引导，从而导致投火而身死。这种舍生忘死的行为，在文人眼中就具有了弃暗投明的悲壮意味，如《全晋文》载：“不安其昧而乐其明也，是犹飞蛾去暗，赴灯而死者也。”③

“飞蛾扑火”的执着举动，并不被人所理解。东晋高僧支昙谛的《赴火蛾赋并序》沿袭《六度集经》以来佛教界对蛾的看法，用纪实的方式，详

① 本处引自陕西师范大学历史文化学院的《汉籍全文检索系统（第四版）· 古今注》。

② （南朝陈）徐陵编，（清）吴兆宜注，程琰删补，曹明纲导读，尚成整理集评：《玉台新咏》，上海古籍出版社 2007 年版，第 103 页。

③ （清）严可均辑，陈延嘉、王同策、左振坤等校点主编：《全上古三代秦汉三国六朝文》第 5 册，河北教育出版社 1997 年版，第 1591 页。

细描绘了赴火蛾各方面的特征，其序曰："悉达有言曰：'愚人忘身，如蛾投火。'诚哉斯言，信而有征也。"① 他认为蛾投火之举，是不足取的愚人忘身行为，赋曰：

翔无常宅，集无定栖。类聚群分，尘合电移。因温风以舒散，乘游气以徘徊。于是朱明御节，时在盛阳，天地郁蒸，日月昏茫，烛耀庭宇，灯朗幽房，纷纷群飞，翩翩来翔，赴飞焰而体焦，投煎膏而身亡。②

赋中从蛾的居无定所写到群飞之貌，再写蛾的活动时间在"盛阳"之季，当日月无光时，便以灯烛为引，翩翩而来，却纷纷赴死。通过对此惨状的直白描述，以禅意的眼光看待这种本不应该发生的举动，有警示的意味和直面的淡然。

（三）执着的蓼虫形象

和"飞蛾扑火"的执着特性相似，在很多人眼中，还有一种同样不可理喻的昆虫——蓼虫，它也是一种执着到近乎愚蠢的昆虫。孔臧的《蓼虫赋》曰：

季夏既望，暑往凉还。逍遥讽诵，遂历东园。周旋览观，憩于南藩。睹兹茂蓼，结葩吐荣。猗那随风，绿叶紫茎。爰有蠕虫，厥状似螟。群聚其间，食之以生。于是寤物托事，推况乎人！幼长斯蓼，莫哉知辛。膏粱之子，岂曰不人？苟非德义，不以为家。安逸无心，如禽兽何！逸必致骄，骄必致亡。匪唯辛苦，乃丁大殃。③

赋中写蓼虫长期生存于蓼草之中，既不知其苦，也不知迁徙，一味执着坚守原处而不知改变，故东方朔的《七谏·沉江》载"桂蠹不知所淹留

① （清）严可均辑，陈延嘉、王同策、左振坤等校点主编：《全上古三代秦汉三国六朝文》第5册，河北教育出版社1997年版，第1738页。

② 同上。

③ （清）严可均辑，陈延嘉、王同策、左振坤等校点主编：《全上古三代秦汉三国六朝文》第1册，河北教育出版社1997年版，第381页。

兮，蓼虫不知徙乎葵菜”[①]，说蓼虫执着而不知变，死守着苦涩的蓼草而不知道迁移到葵菜上去。左思在《魏都赋》中也说“习蓼虫之忘辛，玩进退之惟谷”[②]。鲍照的《放歌行》中也有“蓼虫避葵堇，习苦不言非。小人自龌龊，安知旷士怀”[③]之句，说蓼虫坚持生活在充满苦辛之味的蓼草中。这种认识直到梁代依然有记载，如王僧孺在其《初夜文》中就说到“蓼虫习苦，桂蠹喜甘”[④]。可见，执着于某一习性，蓼虫和蛾是一样的。

三、南北朝咏蛾的新变与回归

(一)“飞蛾扑火”的新变

南北朝文学中的蛾，一小部分承魏晋“飞蛾扑火”之意而来，但又有新的变化，如《全宋文》卷46鲍照的《飞蛾赋》就体现了对飞蛾之勇的赞同：

> 仙鼠伺暗，飞蛾候明。均灵舛化，诡欲齐生。观齐生而欲诡，各会性以凭方。凌爑烟之浮景，赴熙焰之明光。拔身幽草下，毕命在此堂。本轻死以邀得，虽糜烂其何伤。岂学山南之文豹，避云雾而岩藏。[⑤]

与魏晋时对“飞蛾扑火”的禅意悯惜、劝诫态度有所不同，鲍照赋中对飞蛾舍生忘死的表现持肯定的态度。飞蛾情愿让身躯被烧毁，毙命于灯下，也要向着明光飞翔，这种勇气，是那些看似厉害实则为了“避云雾而岩藏”的“山南文豹”所不能企及的。

以飞蛾赴火的趋附特征比喻某种态势，如《北史》载：“垂承父祖之

---

① （清）严可均辑，陈延嘉、王同策、左振坤等校点主编：《全上古三代秦汉三国六朝文》第1册，河北教育出版社1997年版，第487页。

② （南朝梁）萧统编，（唐）李善注：《文选》第1册，上海古籍出版社1986年版，第297页。

③ （南朝梁）萧统编，（唐）李善注：《文选》第3册，上海古籍出版社1986年版，第1328页。

④ （清）严可均辑，陈延嘉、王同策、左振坤等校点主编：《全上古三代秦汉三国六朝文》第7册，河北教育出版社1997年版，第519页。

⑤ （清）严可均辑，陈延嘉、王同策、左振坤等校点主编：《全上古三代秦汉三国六朝文》第6册，河北教育出版社1997年版，第444页。

资，生便尊贵，同类归之，若夜蛾之赴火，少加倚仗，便足立功。”① 是说崔浩认为刘裕在祖辈父辈的庇护下，出生尊贵，能够得到人们的归附，就像火光对飞蛾有着极大的吸引力一样，因此极力向皇帝举荐。《南史》中也有类似的比喻，史载梁武帝与臣子到溉聊天，谈到到溉之孙到荩才华横溢时，希望到荩出仕，还特意写了一首《连珠》给到溉，《南史》载："研磨墨以腾文，笔飞毫以书信。如飞蛾之赴火，岂焚身之可吝。必耄年其已及，可假之于少荩。"② 梁武帝笑称到溉已经年迈，尽管依然有飞蛾扑火的热情和勇气，但更应该让后辈来承担起将来的重任。此后不久，到荩就被任命为丹阳尹丞。

飞蛾本是在天然光源指引下飞行的，它的前进方向与光线的夹角始终是固定值，可是在灯烛这种近距离光源影响下，飞蛾还是按照固有的习惯飞行，它们飞出的路线就不再是直线，而是一条不断折向灯烛的阿基米德螺线，最终丧命于火中。在南北朝时期，就有用飞蛾不断逐灯的持久性特征，来表示对某种行为的长期坚持，如《全梁文》载元帝的《归来寺碑》曰："幡影扬于绛台，梵声依于应塔。三相不留，萧蚕终坏。八苦遐长，灯蛾未已。"③

（二）"美人意象"的回归

南北朝文学中的蛾，还有一大部分与魏晋玄风相背离，呈现出鲜明的女性色彩，回归到先秦以来的"美人意象"。通过对六朝仅存的两部诗文总集《昭明文选》和《玉台新咏》进行定量分析，可知，《昭明文选》正文（非注释部分）内容中 10 次写蛾，写美人蛾眉的达到 7 次。④《玉台新咏》共 36 次写到蛾，除晋代有 3 处写蛾外，其他 33 处均是南北朝时期的作品，而这 33 处中，以蛾指代美人的多达 28 处。另外，在《先秦汉魏晋南北朝

① （唐）李延寿撰：《北史》第 1 册，中华书局 2000 年版，第 508 页。

② （唐）李延寿撰：《南史》第 3 册，中华书局 1975 年版，第 680 页。

③ （清）严可均辑，陈延嘉、王同策、左振坤等校点主编：《全上古三代秦汉三国六朝文》第 7 册，河北教育出版社 1997 年版，第 197 页。

④ 另外，《昭明文选》写自然之蛾共三次，其中有一处是西晋张协的"飞蛾拂明烛"。

诗》中有45篇75次写到蛾，其中南北朝时期66次，较《玉台新咏》的数量增加近一倍。其中“美人意象”之蛾有60余次。可见，南北朝时期蛾的基本文学面貌是“美人意象”。

“美人意象”这类作品在南朝后宫读物《玉台新咏》中最为突出。诗作通过对蛾眉的书写，刻画了各种不同身份的女性形象，“蛾眉”成为她们共同的容貌特征。从西晋傅玄《有女篇艳歌行》的“蛾眉分翠羽，明目发清扬”①开始，到南朝梁简文帝萧纲所作《华月》中的“兔丝生云夜，蛾形出汉时”②，大量对美女的褒赞之诗借蛾而抒发。

“蛾眉”覆盖了从社会底层普通女子到皇家贵女等不同地位的女性形象，其中写社会底层女性的，如谢朓书写歌女的《夜听妓》：“蛾眉已共笑，清香复入襟。”③写诗人晚上到歌舞场所听歌女的弹唱，与她们同声欢笑，歌女脂粉的阵阵清香随风入袖的情韵。江洪《咏歌姬》中的“孤转忽徘徊，双蛾乍舒敛”④，通过描写歌姬的一双蛾眉忽然放开和收拢的模样，来突出其表演时动人的神态。何逊写舞女也特别突出对蛾眉的刻画，他在《咏舞妓》中这样写道：“逐唱回纤手，听曲动蛾眉。”⑤生动展现了舞女一边听曲，一边轻扬蛾眉默默无语的含情状态。还有刘邈写织女的作品《见人织聊为之咏》：“纤纤运玉指，脉脉正蛾眉。”⑥写织女灵活地运动着她的手指织布，“脉脉”即眉目含情正在沉思的样子，体现了作者细腻的观察与情感的表现力。

写身份地位崇高的贵女如沈约的《昭君辞》：“于兹怀九逝，自此敛双蛾。”⑦屈原在《九章》中有“魂一夕而九逝”，思乡心切魂梦往返，昭君之

① （南朝陈）徐陵编，（清）吴兆宜注，程琰删补，曹明纲导读，尚成整理集评：《玉台新咏》，上海古籍出版社2007年版，第70页。

② 同上书，第466页。

③ 同上书，第152页。

④ 同上书，第190页。

⑤ 同上书，第202页。

⑥ 同上书，第330页。

⑦ 同上书，第172页。

怨，也莫过于此，“自此敛双蛾”意为别家远去后紧缩双眉，不再展颜。所谓眉眼传情，即以此忧郁之状，来刻画昭君失去欢乐和自由后压抑的心情。写富贵人家女子的如沈约的《拟三妇》：“大妇扫玉墀，中妇结罗帷。小妇独无事，对镜画蛾眉。良人且安卧，夜长方自私。”①以三媳妇闲着无事做，对着镜子画蛾眉的情状，展示了富贵人家和睦安详、令人羡慕的情形。

南朝梁时期，还有以女性之笔书写蛾眉的诗作，如范靖的妻子沈满愿所写《咏步摇花》：“珠华萦翡翠，宝叶间金琼。剪荷不似制，为花如自生。低枝拂绣领，微步动瑶瑛。但令云髻插，蛾眉本易成。”②以女子细弯的美眉来代美人。

南北朝时期还有大量以“对镜贴花黄”等生活细节，来衬托“美人之蛾”的作品，如谢朓的《咏邯郸故才人嫁为厮养卒妇》：“开笥方罗縠，窥镜比蛾眉。”③高爽《咏镜》曰：“初上凤皇墀，此镜照蛾眉。”④名咏境，实为咏镜中有着美丽蛾眉的女子。何子朗的《和虞记室骞古意》载：“清镜对蛾眉，新花映玉手。”⑤清亮的镜子中间，照见了女子弯弯的蛾眉，她在盼望着丈夫早日归来，思念之情优美而绵长。他还有写蛾眉与月相映成趣的作品，如《和缪郎视月》：“清夜未云疲，细帘聊可发。泠泠玉潭水，映见蛾眉月。”⑥将月牙形容为蛾眉之状，读来清丽可人。

齐梁之间的蛾眉，与女性举止神态、面部表情息息相关，体现出美好婉约的韵致。谢朓的《七夕赋奉护军命作》云：“临瑶席而宴语，绵含睇而蛾扬。”⑦梁代皇帝热衷于“美人蛾眉”的描写，《全梁文》载武帝《净业赋》

① （南朝陈）徐陵编，（清）吴兆宜注，程琰删补，曹明纲导读，尚成整理集评：《玉台新咏》，上海古籍出版社 2007 年版，第 181 页。

② 同上书，第 196 页。

③ 同上书，第 153 页。

④ 同上书，第 193 页。

⑤ 同上书，第 195 页。

⑥ 同上书，第 195 页。

⑦ （清）严可均辑，陈延嘉、王同策、左振坤等校点主编：《全上古三代秦汉三国六朝文》第 6 册，河北教育出版社 1997 年版，第 841 页。

中有“美目清扬，巧笑蛾眉”[①]的形容。载简文帝的《七励》中有“舒蛾眉之窈窕，委弱骨之逶迤”[②]之句。还有昭明太子萧统的《铜博山香炉赋》中的“齐姬合欢而流盼，燕女巧笑而蛾扬”[③]。梁元帝萧绎在做湘东王时曾写《登颜园故阁》：“高楼三五夜，流影入丹墀。先时留上客，夫婿美容姿。妆成理蝉鬓，笑罢敛蛾眉。”[④]形容贵族女子笑过之后，敛起蛾眉端庄矜持的样子。

第三节　蝴蝶意象的产生与发展

一、缘起庄周，翩跹自由

先秦时期，翩跹蝴蝶飞入自由的殿堂。蝴蝶意象缘起于庄周，他的青睐与寄情，让蝴蝶一进入文学就打上了富有哲学思考的烙印，注定了它与众不同的文学命运。作为最重要的观赏性昆虫，蝴蝶很早就进入了先秦诸子的视线，在已知的先秦文献记载中，蝴蝶悉数出自诸子散文。和对其他昆虫的认知规律一样，诸子对蝴蝶的认识同样源于对其外观特点的观察。《庄子·至乐》篇记载：

> 种有几，得水则为继，得水土之际则为蛙蠙之衣，生于陵屯则为陵舄，陵舄得郁栖则为乌足，乌足之根为蛴螬，其叶为胡蝶。胡蝶胥也化而为虫，生于灶下，其状若脱，其名为鸲掇。[⑤]

这是单纯从物态的相似性上进行的比附，蝴蝶的翅膀和叶子长得相像，

① （清）严可均辑，陈延嘉、王同策、左振坤等校点主编：《全上古三代秦汉三国六朝文》第7册，河北教育出版社1997年版，第6页。

② 同上书，第124页。

③ 同上书，第201页。

④ （南朝陈）徐陵编，（清）吴兆宜注，程琰删补，曹明纲导读，尚成整理集评：《玉台新咏》，上海古籍出版社2007年版，第288页。

⑤ （清）郭庆藩撰，王孝鱼点校：《庄子集释》中册，中华书局2012年版，第624页。

蛴螬和乌足之根也形似，故以为蝴蝶是树叶化成的。蝴蝶化而为虫则是下一个生理阶段的写照，这样的循环往复，体现了庄子对万物化生的认知观念，已具有朴素的唯物主义因素。

蝴蝶的翅膀是人们关注的焦点，它们的蹁跹之姿在诸子眼中是美好而惊艳的。《庄子·齐物论》载：

> 昔者庄周梦为胡蝶，栩栩然胡蝶也，自喻适志与！不知周也。俄然觉，则蘧蘧然周也。不知周之梦为胡蝶与？胡蝶之梦为周与？周与胡蝶，则必有分矣。此之谓物化。①

庄子羡慕蝴蝶的飞翔，甚至在梦中都不自觉地与蝴蝶融为一体，流露出内心世界对蝴蝶飞翔的羡慕，表达自己祈盼也能自由飞翔的渴望。

“庄周梦蝶”之所以成为千百年来历久弥新的美丽故事，和人类内心对自由世界的本能向往相关联。庄子借蝴蝶的自由之翅，表达生和死、醒与梦，以及一切事物间的差距都是相对的概念。庄子认为万事万物皆因“道”而来，根本上是一致的。现实生活中的庄子多愁善感，只有在化身蝴蝶的梦中才翩翩起舞。遗失了自我意识时他是快乐的，梦醒了，继续跌回现实做庄周。他认为圣人就是取消了人与物、物与物之间的界限，弱化了主体自身的执着，也就实现了精神上的放松和逍遥，才能进入“物化”的境界。

审美移情是庄子“物化”思想的特征，是天人合一的忘我精神境界。蝴蝶是庄子的一个梦，庄子是蝴蝶的一个梦，蝴蝶和庄子又是大自然的一个梦。庄子和蝴蝶不仅有形体的互换，也有情感的沟通。“蘧蘧然”惊醒的庄周，以婴儿初醒时对于生命的惊奇和喜悦，诠释了生命的价值和意义。②此后，蝴蝶飞翔的双翅，便有了自由意识的烙印，在春天带给人们美好的视觉享受之余，也拓展了更为广远的思索空间。

---

① （清）郭庆藩撰，王孝鱼点校：《庄子集释》上册，中华书局 2012 年版，第 118 页。

② 参见成云雷著：《庄子·逍遥的寓言》，上海古籍出版社 2009 年版，第 182 页。

二、秦汉魏晋，保持岑寂

作为名副其实的春季观赏性昆虫，蝴蝶最早却并非如人们所想象的那么幸运。早在《乐府古辞·杂曲歌辞·蜨蝶行》中就有这样的描述："蜨蝶之遨游东园，奈何卒逢三月养子燕，接我苜蓿间。持之我入紫深宫中，行缠之传欂栌间，雀来燕。燕子见衔哺来，摇头鼓翼何轩奴轩。"① 此处的蝴蝶既非庄周笔下的自由化身，又非后世文人笔下花蝶共舞的精灵，而是落入危机重重的苑囿，沦为"三月养子燕"的腹中美食。这个备受后世文人追捧的美好意象，竟然是以这种狼狈而无奈的姿态登场，难免会让人觉得有些错愕和遗憾。

现有的秦汉文献中，几乎没有任何关于蝴蝶的文学作品传世。魏晋时期的蝴蝶，几乎全部是以释名②、自然特征、来源等内容得以留存。

记载蝴蝶释名的如《晋书·郭璞·客傲》载："蚊泪与天地齐流，蜉蝣与大椿齿年。然一阖一开，两仪之迹，一冲一溢，悬象之节，涣沍期于寒暑，凋蔚要乎春秋。青阳之翠秀，龙豹之委颖，骏狼之长晖，玄陆之短景。故皋壤为悲欣之府，胡蝶为物化之器矣。"③

记载蝴蝶自然特征的如《全晋文·王该·日烛》载："贵乎能飞，则蛾蝶高翚。奇乎难老，则龟蛇修考。"④

记载蝴蝶来源的有《搜神记》，其载："故腐草之为萤也，朽苇之为蛬也，稻之为蛩也，麦之为蝴蝶也，羽翼生焉……然朽草之为萤，由乎腐也；

---

① 逯钦立辑校：《先秦汉魏晋南北朝诗》上册，中华书局1983年版，第281页。

② 《古今注·卷中·鱼虫第五》："蜻蛉，一名青亭，一名蝴蝶，色青而大者是也。小而黄者曰胡黎，一曰胡梨。小而赤者曰赤卒，一名绛驺，一名赤衣使者，好集水上，亦名赤弁丈人。""蛱蝶，一名野蛾，一名风蝶。江东呼为挞末，色白背青者是也。其有大于蝙蝠者，或黑色，或青斑，名为凤子，一名凤车，一名鬼车，生江南柑橘园中。""绀蝶，一名蜻蛉，似蜻蛉而色玄绀。辽东人呼为绀幡，亦曰童幡，一名天鸡。好以七月连飞暗天，海边夷貊食之，谓海中青虾化为之也。"《汉魏六朝笔记小说大观》，上海古籍出版社1999年版，第242页。

③ （唐）房玄龄等撰：《晋书》第2册，中华书局2000年版，第1266页。

④ （清）严可均辑，陈延嘉、王同策、左振坤等校点主编：《全上古三代秦汉三国六朝文》第5册，河北教育出版社1997年版，第1488页。

麦之为蝴蝶，由乎湿也。尔则万物之变，皆有由也。”“木蠹生虫，羽化为蝶。”① 诸如此类。

独有张协在其作品《杂诗十首》中，留下了蝴蝶在魏晋时期唯一的诗歌剪影。诗曰：“述职投边城，羁束戎旅间。下车如昨日，望舒四五圆。借问此何时，胡蝶飞南园。流波恋旧浦，行云思故山。闽越衣文蛇，胡马愿度燕。风土安所习，由来有固然。”② 诗歌系作者于外地羁旅任职期间，感悟思乡时的伤春之作，“胡蝶飞南园”交代了春季的写作时间，蝶的“南飞”之举，则暗示着远行的诗人心心念念的南方故山。此时期文学中的蝴蝶，也仅仅止步于此。

这种岑寂的现象，都指向一个现实：蝴蝶至少在南北朝以前尚未大规模进入人们的审美视野。到了南北朝时期，对蝴蝶的咏赞篇章突然增多，百余篇诗文中都出现了蝴蝶的身影，其中诗歌超过六十篇，专题咏蝴蝶的诗歌五首。上自帝王皇族，下及文人士子、僧侣，莫不以抒写春日花蝶为乐事。于是，南北朝诗文对蝴蝶的咏赞以及春日看花赏蝶活动与日俱增，从而使蝴蝶审美文化成为南北朝文学中一道靓丽的风景。

三、南北朝宫廷咏蝶的迅速兴盛

蝴蝶本是最早活跃在人类生活中的昆虫之一，然而，在古人大量讴歌蚕、蝉，书写蟋蟀、蚂蚁，甚至投笔批判蝇蚊为害的时候，蝴蝶却罕见地失踪于文人的笔下。它们的身影仅仅只是随着庄周的自由一梦，忽忽地舞过先秦的天空，之后便悄然隐遁在魏晋的花丛中，再也难以寻觅其踪。直到南北朝的一片莺歌软语，才又千呼万唤地将它引来。它以轻盈的翅膀，扇动了整个南北朝的诗坛风气，似乎连呼吸中都点缀了粉蝶的馨香。蝴蝶就这样飞入了春天的画廊，成为昆虫文学中最曼妙的意象。

南北朝时期，体物思想逐渐渗入诗歌，诗学观念也在悄然发生巨变，

① （晋）干宝撰，汪绍楹校注：《搜神记》，中华书局 1979 年版，第 146—147、165 页。

② 逯钦立辑校：《先秦汉魏晋南北朝诗》上册，中华书局 1983 年版，第 746—747 页。

文学不再是汉魏时期的仕进工具，而是增强了观赏娱乐功能，成为一种装饰。充满娱乐和装饰意蕴的文学观念，是以稳定的社会环境为基础的，这种现象在南朝梁尤为突出。偏安江南一隅的现状，导致南朝诸多皇帝不思进取，沉湎于温柔富贵的憧憬与梦幻中。在帝王的影响下，大批文人竞相崇奢，贪于感官享受，享乐之风遍及朝野上下，歌舞升平的现实生活导致文章成为娱乐的工具。鲜明的宫廷气息在文学中蔓延，宫廷文化独特的审美气质流淌在字里行间，以春花绽放之势，一夜之间改变了文学园地的面貌，蝴蝶诗由此兴盛。

（一）蝴蝶成为春景的重要意象

咏蝶诗繁荣的前提，是蝴蝶获得独立的审美价值。蝶是花之魂，《洛阳伽蓝记》载："王城西南五百里有善持山。甘泉美果，见于经记。山谷和暖，草木冬青。当时太簇御辰，温炽已扇，鸟鸣春树，蝶舞花丛。"[①] 这种诗意的书写，记录了王城之外的春景之美，蝶舞花丛成为春季的代表性审美意象。

以帝王为中心的创作主体，开启了春花粉蝶交相映的审美画卷。梁简文帝萧纲是历代帝王中文学造诣最高之人，吟诗作赋，才华横溢，以其280首诗歌作品高居先唐帝王创作榜首。在他尚为皇太子之时，便有多首以春花春蝶抒情的作品问世，《杂句春情一首》："蝶黄花紫燕相追，杨低柳合路尘飞。已见垂钩挂绿树，诚知淇水沾罗衣。两童夹车问不已，五马城南犹未归。莺啼春欲驶，无为空掩扉。"[②] 他对蝴蝶有一种近乎执着的喜爱，连咏花的作品中，都少不了蝴蝶的陪伴，如《咏芙蓉诗》："圆花一蒂卷，交叶半心开。影前光照耀，香里蝶徘徊。欣随玉露点，不逐秋风催。"[③] 诗中的芙蓉之香，吸引了翩跹蝴蝶徘徊其间，静止的画面顿时生动，花蝶之间互为

---

① 范祥雍校注：《洛阳伽蓝记校注》，上海古籍出版社1978年版，第300页。

② （南朝陈）徐陵编，（清）吴兆宜注，程琰删补，曹明纲导读，尚成整理集评：《玉台新咏》，上海古籍出版社2007年版，第398页。

③ （南朝梁）萧纲著，肖占鹏、董志广校注：《梁简文帝集校注》，南开大学出版社2012年版，第392页。

点缀，美不胜收，雍容华贵的气度因为蝴蝶的到来多了一份灵气与诗意。

在萧纲的咏春诗中，几乎每一首都能捕捉到花与蝶的身影。两首《春日》诗里，均活跃着花叶舞蝶，描绘出有声有画、动静结合的春景：

> 年还乐应满，春归思复生。桃含可怜紫，柳发断肠青。落花随燕入，游丝带蝶惊。邯郸歌管地，见许欲留情。
>
> 花开几千叶，水覆数重衣。蝶飏萦空舞，燕作同心飞。歌妖弄曲罢，郑女挟琴归。①

春天是欣欣向荣的季节，在写景的画面中，有桃李初绽的紫色，新柳嫩芽的青色，落花与蝴蝶在空中相遇，这种唯美的画面，再配上声声乐曲，营造了一幅自然气息浓郁而又富贵婉约、声情并茂的春日丽景。当然，萧纲写蝶也不仅仅止步于白天的户外，他在《晚日后堂》中写道："幔阴通碧砌，日影度城隅。岸柳垂长叶，窗桃落细跗。花留蛱蝶粉，竹翳蜻蜓珠。赏心无与共，染翰独踟蹰。"② 浸染着后堂"独踟蹰"之人的落寞，在蛱蝶飞舞的热闹之后，空余满地花粉，进行着无言的诉说。

在帝王的身后，不仅有一大批志趣相近、文化修养较高的文人组成的文学集团，皇室成员之间也常常互为唱和，歌花咏蝶。萧纲在《和湘东王首夏》中写道："冷风杂细雨，垂云助麦凉。竹水俱葱翠，花蝶两飞翔。燕泥衔复落，鶗吟敛更扬。卧石藤为缆，山桥树作梁。欲待华池上，明月吐清光。"③ 书写了春末夏初的生动景象，细雨在天气转热之前依然冷凉，山上新发的竹子与碧绿的水面两相照应，花飞蝶舞，春燕衔泥，杜鹃声声，每一处景象皆细细描摹刻画而来。他的《奉答南平王康赉朱樱》中，同样以花蝶之舞相争飞为趣，书写了浓墨重彩而富丽堂皇的景象："倒流映碧丛，点露擎朱实。花茂蝶争飞，枝浓鸟相失。已丽金钗瓜，仍美玉盘橘。宁异梅似丸，不羡萍如日。永植平台垂，长与云桂密。徒然奉推甘，终以

① （南朝梁）萧纲著，肖占鹏、董志广校注：《梁简文帝集校注》，南开大学出版社 2012 年版，第 351、390 页。

② 同上书，第 341 页。

③ 同上书，第 304 页。

愧操笔。”①

梁元帝萧绎有《后临荆州诗》生动描绘了花蝶的动态之美，诗云：“拥旄去京县，褰帷辞未央。弱冠复王役，从容游岂张。不学胡威绢，宁挂裴潜床。所冀方留犊，行当息饮羊。戏蝶时飘粉，风花乍落香。高栏来蕙气，疏帘度晚光。绮钱临仄宇，阿阁绕长廊。”② 观察细腻入微，有景有情亦有志。戏蝶时纷落的花粉，风吹过新花带来的香味，都展现出春天的独特韵味，是萧绎书写在宫廷外荆州之行的真实感受。

（二）蝴蝶成为抒情的理想载体

宫廷文化中，蝶往往与女性形象、女性情感结合在一起，既见证了两情相悦的深宫长情，也承载了数不尽的悲欢离合。蝴蝶似乎与爱情有着某种天生的联系，让萧梁皇室颇为青睐。梁武帝萧衍写有《子夜四时歌·春歌四首》：“花坞蝶双飞，柳堤鸟百舌。不见佳人来，徒劳心断绝。”③ 对仗工稳，情深意长。春季在花坞看蝴蝶双飞，闻柳堤百鸟歌唱，本是一处有声有画、极为妍丽动人而赏心悦目的美景，然而作者笔锋一转，良辰美景少了佳人，怎称得上美好呢？不由悲从中来，徒增烦恼。

蝴蝶与梨花的组合是南朝常见的现象。梨与离谐音，往往能够营造出淡淡的春愁，令人生出遗憾之叹。萧子云的《东郊望春詶王建安雋晚游诗》云：“金塘绿泉满，上园梨蕊落。蛺蝶恋残花，黄莺对妖萼。芳菲满郊甸，惠风生兰薄。子家冠盖里，我馆幽棲郭。绿杨垂长溪，便桥限清洛。相去能几许，一水终疏索。”④ 这时候已到暮春时节，梨花凋谢，蛺蝶只能围绕残花飞舞，“子家”与“我馆”之间的距离，隔着一道长溪绿水。花蝶的零落，烘托出了离情别绪的忧思。

爱情是蝴蝶诗最动人的，也是后世诗歌中使用最多的主题。萧纲有三

① （南朝梁）萧纲著，肖占鹏、董志广校注：《梁简文帝集校注》，南开大学出版社 2012 年版，第 316 页。

② 逯钦立辑校：《先秦汉魏晋南北朝诗》下册，中华书局 1983 年版，第 2040 页。

③ 逯钦立辑校：《先秦汉魏晋南北朝诗》中册，中华书局 1983 年版，第 1517 页。

④ 逯钦立辑校：《先秦汉魏晋南北朝诗》下册，中华书局 1983 年版，第 1885 页。

首借蝶抒情的爱情诗：

空园暮烟起，逍遥独未归。翠鬣藏高柳，红莲拂水衣。复此从风蝶，双双花上飞。寄与相知者，同心终莫违。(《咏蛱蝶》)

双燕有雄雌，照日两差池。衔花落北户，逐蝶上南枝。桂栋本曾宿，虹梁早自窥。愿得长如此，无令双燕离。(《双燕诗》)

春色映空来，先发院边梅。细萍重叠长，新花历乱开。连珂往淇上，接幰至丛台。丛台可怜妾，当窗望飞蝶。忌跌行衫领，熨斗成裙襵。(《采桑》)①

这三首咏物诗中，《咏蛱蝶》是文学史上第一首以蝴蝶为主题来书写爱情的诗歌，从暮色刚起的空园下笔，想到同伴在外尚未归来。蝴蝶总是成双成对地在花间飞舞，就像一对相伴相惜的伉俪。诗人将美好的爱情寄托付诸蝴蝶之上，期待“同心”的长久。后两首或在咏双燕衔花时，以蝴蝶为点缀，或在刻画女子痴痴等待时，以窗外飞蝶为对照，流露出对爱情的向往和相思的苦楚。

蝴蝶意象亦能抒发爱情相思的离愁别绪。梁武帝萧衍的《古意二首》：“当春有一草，绿花复重枝。云是忘忧物，生在北堂陲。飞飞双蛱蝶，低低两差池。差池低复起，此芳性不移。飞蝶双复只，此心人莫知。”②描写了蝴蝶双双两两的飞逐之貌，表达了对“性不移”的坚守。陈后主叔宝的《长相思》：“长相思，怨成悲，蝶萦草，树连丝，庭花飘散飞入帷。帷中看只影，对镜敛双眉。两见同见月，两别共春时。”③借蝴蝶萦绕绿草的缠绵之状，书写相思之人的种种愁绪，形单影只的孤独人，分处两地，流露出同见一轮月，共感一份春，却无法相聚的“怨成悲”。

① （南朝梁）萧纲著，肖占鹏、董志广校注：《梁简文帝集校注》，南开大学出版社 2012 年版，第 372、369、70 页。

② （南朝陈）徐陵编，（清）吴兆宜注，程琰删补，曹明纲导读，尚成整理集评：《玉台新咏》，上海古籍出版社 2007 年版，第 256 页。

③ 逯钦立辑校：《先秦汉魏晋南北朝诗》下册，中华书局 1983 年版，第 2512 页。

四、咏蝶诗的创作走向成熟

南北朝赏蝶、咏蝶的繁盛，确立了咏蝶诗独立的审美价值。蝴蝶题材日益受到文人雅士的重视与关注，他们开始“体蝶之情”“状蝶之态”，极尽笔墨地从不同侧面去描摹蝴蝶的特性，淋漓尽致地展示出生机勃勃的美感，形成了季节感明显的独特审美意象。在社会主流文化的推动下，人们日常生活普遍诗化的氛围逐渐形成，平凡的生活中流动着诗情画意，创作的灵感和激情无处不在。文人们对闲情逸趣的喜好和追捧，是蝴蝶成为春季重要审美意象的重要原因，从而为咏蝶文化的繁盛开花，准备了优质的土壤和舒适的气候。

咏蝶诗的创作在南北朝时期走向成熟，文人咏蝶创作的繁盛情况与艺术魅力，可从形与神兼备、物与我合一、曲与直同见、同与异共存这四方面分述之。

（一）形与神兼备

程千帆先生说：“任何文学作品都是写人类的生活的，它们通过生动的形象，展示人物的内心活动，即以形传神，所以我国古代文艺理论一贯地要求形神兼备，而反对徒具形似。进一步，则要遗貌取神，即承认作家、艺术家，为了更本质地表现生活的真实，使其所塑造的形象更典型化，他们有夸张的权利，有改变日常生活中某些既成秩序的权利。这种对于形的改变，其终极目的也无非是为了更好地传神。”[①] 蝴蝶的文学书写，正是人类情感的记载与传达，是形与神在文学世界中的契合。

咏蝶诗形与神兼备的气质与庄周梦蝶典故密不可分，范缜在《答曹思文〈难神灭论〉》中旗帜鲜明地阐述形神关系：“难曰：‘其寐也魂交，故神游于蝴蝶，即形与神分也。其觉也形开，遽遽然周也，即形与神合也。’答曰：‘此难可谓穷辩，未可谓穷理也。子谓神游蝴蝶，是真作飞虫耶？若然者，或梦为牛，则负人辕辀；或梦为马，则入人跨下。明旦应有死牛死马，

① 程千帆著：《唐代进士行卷与文学古诗考索》，商务印书馆 2014 年版，第 153 页。

而无其物，何也？'”[①] 这是站在无神论的角度进行的论辩，对后来诗歌创作的理趣有一定的影响。

南朝梁刘孝绰的《咏素蝶诗》是历史上第一首专题咏蝶诗歌，也是善于以形传神的代表作。诗中的蝴蝶是刘孝绰精神的化身，描写了蝴蝶作为一个弱小者的形象，如何避开蜂、雀的威胁，祈求芳华勿谢的愿望和寻找嘉树来庇护的举动。其诗云：

> 随蜂绕绿蕙，避雀隐青微。映日忽争起，因风乍共归。出没花中见，参差叶际飞。芳华幸勿谢，嘉树欲相依。[②]

以形传神，本是动静皆宜的。本诗则全篇采用蝴蝶的动态之形，来传达种种不安的情绪和寻求庇护的渴盼。“绕绿蕙”是为了不和采花酿蜜的蜂相冲突，转而上下飞绕，似乎能想象得到，刘孝绰为了在同僚中寻求共存的微妙平衡而作出的努力。“隐青微”则是为了躲避直接的生命威胁而藏身密叶之中。这开篇两句传递的不是赏花观蝶的情调，反而流露出复杂环境里重叠的危机。

“映日忽争起”书写阳光下蝴蝶飞舞的欣喜之态，然而随之而来的大风又将蝴蝶吹向花叶之间。这种反反复复的沉浮，表面上是蝴蝶动态形貌的客观描绘，实际上字字都流露出作者的情感挣扎。当然，蝴蝶的危机与欢欣，并不是作者所要表达的重点。想祈求于花叶的掩护，可“芳华”会谢。唯有长青的“嘉树”才是蝴蝶最可靠的“相依”之所。这也是作者对心中“嘉树”的理想，即希望得到皇帝的庇护与信任。从诗歌描绘蝴蝶的形貌，能窥见诗人内心的情绪，折射出现实生活中的悲欢、沉浮，留下了广阔的想象空间。

在形与神的领域中，蝴蝶与梨花的共舞，能够传递出合二为一的艺术魅力。南齐刘绘《和池上梨花诗》（和王融）中以“萦蘽似乱蝶。拂烛状联

① （清）严可均辑，陈延嘉、王同策、左振坤等校点主编：《全上古三代秦汉三国六朝文》第7册，河北教育出版社1997年版，第451页。

② 逯钦立辑校：《先秦汉魏晋南北朝诗》下册，中华书局1983年版，第1841页。

蛾”[①]来形容池上梨花随风飞舞的姿态，一个“乱”字，足以传达出闺思的矛盾和心绪的不宁。刘孝绰《于座应令咏梨花诗》先写梨花“因风似蝶飞”的状貌，后感叹“岂不怜飘坠，愿入九重闱”[②]的命运。诸如此类的以形传神，在南朝受到了文人的推崇，以状貌动作刻画背后的人物内心世界，达到了艺术手段和艺术效果的合力。

（二）物与我合一

《诗品序》云：“气之动物，物之感人，故摇荡性情，形诸舞咏。”[③]

于咏蝶诗而言，蝶是最明显的“物”，触蝶动情、物我合一是咏蝶诗人们表达意旨的归宿，融情于蝶，可以将诗人的主观感情附着于其上。物我合一后，蝶就和人一样，能够拥有生命，也就有思想情感了。

徐防的《赋得蝶依草应令诗》，充满了哲理的韵味，开咏蝶诗化用“庄周之蝶”的先河。诗云：

> 秋园花落尽，芳菊数来归。那知不梦作，眠觉也恒飞。[④]

秋天是草木凋落的季节，此时繁花落尽，春季的盛景早已不再，仅有迎秋而放的菊花，回归秋的怀抱。蝴蝶此时已经接近生命的尾声，依草而眠，慵散如梦。蝴蝶似乎梦见自己又翻飞在花丛之中，却不知道究竟处在是梦还是醒的状态。诗人之思也与蝶之思化为一体，景中见情，物中有我。

后来，梁简文帝萧纲在《如梦》中也同样体现出物我合一而不自知的情状，诗云：“祕驾良难辩，司梦并成虚。未验周为蝶，安知人作鱼。空闻延寿赋，徒劳岐伯书。潜令六识扰，安能二惑除。当须耳应满，然后会真如。”[⑤]还有庾信的《拟咏怀诗二十七首》，化用庄周梦蝶的哲思，融情于景，期望“知命不忧”。诗云：“寻思万户侯，中夜忽然愁。琴声遍屋里，书卷

---

① 逯钦立辑校：《先秦汉魏晋南北朝诗》中册，中华书局 1983 年版，第 1469 页。

② 逯钦立辑校：《先秦汉魏晋南北朝诗》下册，中华书局 1983 年版，第 1841—1842 页。

③ （南朝梁）钟嵘著，曹旭集注：《诗品集注》（增订本），上海古籍出版社 2011 年版，第 1 页。

④ 逯钦立辑校：《先秦汉魏晋南北朝诗》下册，中华书局 1983 年版，第 2068 页。

⑤ （南朝梁）萧纲著，肖占鹏、董志广校注：《梁简文帝集校注》，南开大学出版社 2012 年版，第 245 页。

满床头。虽言梦蝴蝶，定自非庄周。残月如初月，新秋似旧秋。露泣连珠下，萤飘碎火流。乐天乃知命，何时能不忧？”[①]

李镜远的《蛺蝶行》将物我合一的情感抒发得更为直接和明显：

> 青年已布泽，微虫应节欢。朝出南园里，暮依华叶端。菱舟追或易，风池度更难。群飞终不远，还向玉阶兰。[②]

诗中的微虫在春天里“应节欢”，它们清晨飞出南院嬉戏，夜晚依偎在华叶之间，生活得惬意而自由。“菱舟追或易”是一时兴起，飞着追随菱舟而去的状貌，显得轻盈而容易。然而，“风池度更难”是说要顶着大风，离开这片水域却是困难重重。翩飞的群蝶终究不会远去，还是会回到最初的长满兰花的“玉阶”。“玉阶”又是“朝廷”的别称，言蝶即言人，“玉阶”之于蝴蝶和诗人之于“朝廷”，何尝不是同样的道理呢？

从女性角度来看，徐悱妻刘令娴《答外诗二首·春闺怨》[③]写在“花庭丽景斜，兰牖轻风度”的春日，自己本想梳妆打扮，好好欣赏春天的美景，于是便“落日更新妆，开帘对春树”，可是当她听到屋外“鸣鹂叶中响”，看到眼前“戏蝶枝边骛”的景象时，却突然觉得“调瑟本要欢，心愁不成趣”，这种顿生的愁绪，让她连抚琴的兴趣都没有了，原因就是“良会诚非远，佳期今不遇”，见不到日夜思念的外子，怎能不忧郁呢？“欲知幽怨多，春闺深且暮”全是因为相思之故。女子与蝶的情感合而为一，以蝶为媒，将怀人愁绪抒发得淋漓尽致。

以幕后之人的形式，达到“物我合一”境界的有梁简文帝萧纲的《东飞伯劳歌二首》：“翻阶蛱蝶恋花情，容华飞燕相逢迎。谁家总角歧路阴，裁红点翠愁人心。天窗绮井暧徘徊，珠帘玉箧明镜台。可怜年几十三四，

① （北周）庾信撰，（清）倪璠注，许逸民点校：《庾子山集注》上册，中华书局1980年版，第242页。

② 逯钦立辑校：《先秦汉魏晋南北朝诗》下册，中华书局1983年版，第2117页。

③ （南朝陈）徐陵编，（清）吴兆宜注，程琰删补，曹明纲导读，尚成整理集评：《玉台新咏》，上海古籍出版社2007年版，第243页。

工歌巧舞人人意。白日西落杨柳垂，含情弄态两相知。”① 物我合一的诗人经常以主人公的形式出现在字里行间，而萧纲诗中似乎只有蝶和那个“年几十三四”“工歌巧舞”的小姑娘，而没有自己，也就是“见物不见我”。但再加深究，其实诗人只是将蝶、燕之物推到前台，将“女子”亦当作咏物的对象推到前台，自己依然还在幕后操控着这一切。

（三）曲与直同见

诗歌的“贵曲忌直”本是区别于其他文体的一个重要特征，但在南北朝咏蝶诗中却形成了另一个景象，那就是既有因含蓄曲折取胜的，也有以直抒胸臆见长的，二者都富有独特的艺术魅力。曲与直同见，能够借蝴蝶传达出美好的情感，也体现出咏蝶诗曲折同见的写作特征。

先看温子昇的《咏花蝶诗》：

> 素蝶向林飞，红花逐风散。花蝶俱不息，红素还相乱。芬芬共袭予，葳蕤从可玩。不慰行客心，遽动离居叹。②

全诗未着一个愁字，却深刻地将藏在客子观蝶时心中的深重愁怨透露出来了。白色的蝴蝶向着树林飞去，娇嫩的花瓣却被风吹落一地，凋落之花与风中之蝶不甘地挣扎交织，错乱了红白相间的画面。本应该美好的春景，没能慰藉游子的心，与他相伴的只有满目凋零的花和白色的蝶，这种愁和怨，比“凄凄惨惨戚戚”的写法，更令人深思。其成功之处，正是在于曲。还有谢朓的《同王主簿怨情》中的“相逢咏蘼芜，辞宠悲团扇。花丛乱数蝶，风帘入双燕”③，同样曲折婉转，深刻动人。

与此相反，有的咏蝶诗之所以深刻动人，却是由于直。诗人以最坦率的语言抒发最真挚的情感，如王僧孺的《春闺有怨》：

> 愁来不理鬓，春至更攒眉。悲看蛱蝶粉，泣望蜘蛛丝。月映

① （南朝梁）萧纲著，肖占鹏、董志广校注：《梁简文帝集校注》，南开大学出版社 2012 年版，第 170 页。

② 逯钦立辑校：《先秦汉魏晋南北朝诗》下册，中华书局 1983 年版，第 2222 页。

③ （南朝陈）徐陵编，（清）吴兆宜注，程琰删补，曹明纲导读，尚成整理集评：《玉台新咏》，上海古籍出版社 2007 年版，第 151 页。

寒蛩褥，风吹翡翠帷。飞鳞难托意，驶翼不衔辞。①

诗中这位满心悲怨的闺中女子，容颜衰败，忧愁的时候连头发都不愿意梳理，伤春之际更是“攒眉”不展，郁郁寡欢。她眼中的粉蝶是含悲的，看到蛛网都能感伤流泪。本是春暖花开的季节，却寒意四起，月光都流露出清冷刻骨的意味。孤独的思妇，渴望君子的归来，却始终“飞鳞难托意，驶翼不衔辞”，愁苦之情到了极致却无法得到安慰。这种直抒胸臆的描绘，同样达到了和“曲折含蓄”一样感人的艺术效果。

直抒胸臆的还有鲍泉的《奉和湘东王春日诗》：

新莺始新归，新蝶复新飞。新花满新树，新月丽新辉。新光新气早，新望新盈抱。新水新绿浮，新禽新听好。新景自新还，新叶复新攀。新枝虽可结，新愁讵解颜。新思独氛氲，新知不可闻。新扇如新月，新盖学新云。新落连珠泪，新点石榴裙。②

这首春日主题的诗写得非常直接而富有个性，诗人处处切着“新”字来说，春天象征着新的一年开始，春天的一切事物都透露出让人欣喜的“新意”，这种直白的写法，同样成功地传达了花蝶交映的美好春景和春的希望。

（四）同与异共存

咏蝶诗除了有情景合一的表达之外，还有另一种极端的表现手法，即以反常的书写，传达另类的心声。文人创作习惯的多样化，便产生了咏蝶“千人千面”的书写差异。比如另类的蝴蝶书写有吴均的《吴城赋》，其中的冬蝶传递出无限诡异之感，文曰：“古树荒烟，几百千年，云是吴王所筑，越王所迁。东有铸剑残水，西有舞鹤故墟。萦具区之广泽，带姑苏之远山。仆本蓄怨，千悲亿恨；况复荆棘萧森，丛萝弥蔓。亭梧百尺，皆历地而生枝；阶筠万丈，或至杪而无叶。不见春荷夏槿，唯闻秋蝉冬蝶。木

① （南朝陈）徐陵编，（清）吴兆宜注，程琰删补，曹明纲导读，尚成整理集评：《玉台新咏》，上海古籍出版社2007年版，第226页。

② 逯钦立辑校：《先秦汉魏晋南北朝诗》下册，中华书局1983年版，第2026页。

魅晨走，山鬼夜惊。不知九州四海，乃复有此吴城。”① 本来蝴蝶在秋季就基本死亡了，绝少能在冬季看到活着的蝴蝶，而赋中竟然说“唯闻秋蝉冬蝶”，简直让人觉得如入鬼境，毛骨悚然。这里的蝴蝶已经完全背离了“春景花蝶”的传统美好意象。

大致来说，南北朝时期咏蝶诗大多都是同与异共存的，表现出同中有异、异中有同的关系。同异之辨有两种，其一是景同情异，其二是情同景异。

咏蝶诗的“景同情异”是指在书写同样的景象时，却能表现出不同的情感，例如，梁武帝萧衍的《古意二首》载：“飞飞双蛱蝶，低低两差池。差池低复起，此芳性不移。飞蝶双复只，此心人莫知。”② 是写蝴蝶双飞的情形，表达了“此芳性不移”的坚定，尽管有“此心人莫知”之意，却又有自己内心的选择。袁翻的《思归赋》云：“蝶两戏以相追，燕双飞而鼓翼。怨驱马之悠悠，叹征夫之未息！”③ 也是描绘了蝴蝶双飞相互追逐的情景。还有萧纲的《咏蛱蝶诗》所述：“复此从风蝶，双双花上飞。寄与相知者，同心终莫违。”④ 都是描写蝴蝶双飞景象。三者都是写蝴蝶双飞，此为同。第一首以拟人化的手法，第一次写出了以蝴蝶象征爱情的衷情；第二首是表达征夫远在他乡的思归之情；第三首则是对坚贞爱情“同心莫违”的长久祈盼，三者的感情指向都是不同的，此为异。

再例如，同样描写花蝶交相映的春日景象，丘迟的《答徐侍中为人赠妇》云：“丈夫吐然诺，受命本遗家。糟糠且弃置，蓬首乱如麻。侧闻洛阳客，金盖翼高车。谒帝时来下，光景不可奢。幽房一洞启，二八尽芬华。罗裾有长短，翠鬓无低斜。长眉横玉脸，皓腕卷轻纱。俱看依井蝶，共取

① 林家骊校注：《吴均集校注》，浙江古籍出版社 2005 年版，第 1 页。

② （南朝陈）徐陵编，（清）吴兆宜注，程琰删补，曹明纲导读，尚成整理集评：《玉台新咏》，上海古籍出版社 2007 年版，第 256 页。

③ （清）严可均辑、陈延嘉、王同策、左振坤等校点主编：《全上古三代秦汉三国六朝文》第 8 册，河北教育出版社 1997 年版，第 617 页。

④ （南朝梁）萧纲著，肖占鹏、董志广校注：《梁简文帝集校注》，南开大学出版社 2012 年版，第 372 页。

落檐花。何言征戍苦？抱膝空咨嗟。”[①] 刻画了一个落寞弃妇的怨诉，丈夫和新妇在井边看蝶，一同拾起屋檐边的春花，这种和美之景，深深地刺激了弃妇的心。而王筠的《楚妃吟》云：“窗中曙，花早飞，林中明，鸟早归。庭前日，暖春闺，香气亦霏霏。香气漂，当轩清唱调。独顾慕，含怨复含娇。蝶飞兰复熏，袅袅轻风入翠裙。春可游，歌声梁上浮。春游方有乐，沈沈下罗幕。”[②] 诗中的蝴蝶和花，则传递出春游花蝶间，爱情幸福的味道。还有虞义的《春郊诗》云：“光风转蕙晦，香雾郁兰津。暄迟蝶弄藹，景丽鸟和春。樵歌喧垄暮，渔栅乱江晨。山中芳杜若，依依独思人。”[③] 描绘的也是蝴蝶弄花的情景，“依依独思人”则体现了春景中的浓浓相思。此三首花蝶之景同，而情感迥异。

裴子野和梁简文帝萧纲都作有《咏雪诗》，裴诗云：“飘遥千里雪，倏忽度龙沙。从云合且散，因风卷复斜。拂草如连蝶，落树似飞花。若赠离居者，折以代瑶华。”[④] 萧诗云：“盐飞乱蝶舞，花落飘粉奁。奁粉飘落花，舞蝶乱飞盐。”[⑤] 他们以蝶与花的飞舞之态形容雪落之象，这一点是相同的。而二者情感体验确实是截然不同的，前者为赠离居者，就像折柳送别一样，传递出雪天的离情寄意；后者则是纯粹的咏物描写，体现宫体诗追求文字之功的写作特色，没有什么特殊的情感指向。

此类景同情异之诗很多，且不赘述。

咏蝶诗的“情同景异”是指在书写不同景象时，却能表现出相同的情感因素，例如在表达怀人之情时，有人写双蝶，有人写粉蝶，还有人写初蝶，分别见：

---

① （南朝陈）徐陵编，（清）吴兆宜注，程琰删补，曹明纲导读，尚成整理集评：《玉台新咏》，上海古籍出版社 2007 年版，第 170 页。

② （南朝梁）王筠撰，黄大宏校注：《王筠集校注》，中华书局 2013 年版，第 113—114 页。

③ 逯钦立辑校：《先秦汉魏晋南北朝诗》中册，中华书局 1983 年版，第 1609 页。

④ 同上书，第 1790 页。

⑤ （南朝梁）萧纲著，肖占鹏、董志广校注：《梁简文帝集校注》，南开大学出版社 2012 年版，第 442 页。

花坞蝶双飞，柳堤鸟百舌。不见佳人来，徒劳心断绝。[①]（梁武帝萧衍《子夜四时歌·春歌四首》）

寄止邻城阙，徒然失游聚。卧闻杂沓路，坐对空寂宇。风扉乍开阖，粉蝶时翻舞。若人不在兹，烦忧何得愈。[②]（高爽《寓居公廨怀何秀才逊诗》）

昨暝春风起，今朝春气来。莺鸣一两啭，花树数重开。散粉成初蝶，剪彩作新梅。游客伤千里，无暇上高台。[③]（宗懔《早春诗》）

有人从双飞的蝶想起了思念的人，有人从翻舞的蝶想起思念的人，也有人看到春风送来的粉蝶而思念远方的人。

再比如同时传达闺怨的情绪，不同人笔下的物象也是不同的，有人写飞蝶，有人写草蝶，有人哀景写哀，有人乐景写哀，但都能体现出同样的情感，分见如下四首：

春色映空来，先发院边梅。细萍重叠长，新花历乱开。连珂往淇上，接幰至丛台。丛台可怜妾，当窗望飞蝶。忌跌行衫领，熨斗成裙襵。[④]（梁简文帝萧纲《采桑》）

长相思，怨成悲，蝶萦草，树连丝，庭花飘散飞入帷。帷中看只影，对镜敛双眉。两见同见月，两别共春时。[⑤]（陈后主叔宝《长相思》）

愁来不理鬓，春至更攒眉。悲看蛱蝶粉，泣望蜘蛛丝。月映寒蛩褥，风吹翡翠帷。飞鳞难托意，驶翼不衔辞。[⑥]（王僧孺《春

第二章 观赏性昆虫的文学书写

---

① 逯钦立辑校:《先秦汉魏晋南北朝诗》中册，中华书局 1983 年版，第 1517 页。

② 同上书，第 1542 页。

③ 逯钦立辑校:《先秦汉魏晋南北朝诗》下册，中华书局 1983 年版，第 2326 页。

④（南朝梁）萧纲著，肖占鹏、董志广校注:《梁简文帝集校注》，南开大学出版社 2012 年版，第 70 页。

⑤ 逯钦立辑校:《先秦汉魏晋南北朝诗》下册，中华书局 1983 年版，第 2512 页。

⑥（南朝陈）徐陵编，（清）吴兆宜注，程琰删补，曹明纲导读，尚成整理集评:《玉台新咏》，上海古籍出版社 2007 年版，第 226 页。

闺有怨》)

花庭丽景斜，兰牖轻风度。落日更新妆，开帘对春树。鸣鹂叶中响，戏蝶枝边骛。调瑟本要欢，心愁不成趣。良会诚非远，佳期今不遇。欲知幽怨多，春闺深且暮。① (刘令娴《春闺怨》)

借蝴蝶来传达女性的闺阁之情，是南朝尤其是梁陈之际的宫体诗特色，面对这样一个长盛不衰的“闺怨”写作主题，萧纲借倚窗望的飞蝶，刻画了丛台女子的落寞；陈叔宝诗中的主人公碎心于蝶萦草、树连丝的缠绵，在形单影只时暗自伤神；王僧孺笔下的女子更是“悲看”“泣望”粉蝶、蛛丝等象征缠绵之意的物象，传达了“飞鳞难托意”、悲从中来的闺阁压抑。前三首是男性站在女性的角度上，模仿女性口吻进行的书写，第四首则是真正的女诗人刘令娴的本色书写，她站在希望愉快赏春的基础上，却因枝边“戏蝶”的热闹情状触动心扉，抒发了不期而至的幽怨。

“景同情异”和“情同景异”的事实，可以从创作手法上看出南北朝时期民间咏蝶文学创作的盛况，形神、物我、曲直、异同等都是基于创作实际的客观存在，以这种方式来分析咏蝶诗的原始面貌和特征，能看出当时宫体诗盛行对咏物诗的大环境之影响，也就不难理解，为什么沉寂了800年的蝴蝶，会忽然以缤纷的姿势，强势地进入了文学世界。从诗人谢朓的“花丛乱数蝶，风帘入双燕”② 的描写，将蝴蝶引入生活化的文学世界；到萧衍的《春歌》《古意》诗中第一次刻画了象征爱情的双飞蝴蝶；再到庾信与庄周的神交，重新将蝴蝶之梦再现于文学视野，南北朝的文人儒士，以细腻的感受和精彩的诗笔，在春天的画廊里，放飞了文学世界中最美的蝴蝶。

① (南朝陈)徐陵编，(清)吴兆宜注，程琰删补，曹明纲导读，尚成整理集评:《玉台新咏》，上海古籍出版社2007年版，第243页。

② 同上书，第151页。

第四节　蜉蝣彰显的生命意识

一、对蜉蝣自然特征的描绘

先秦时期，蜉蝣[①]又称渠略，寿命极短，飞行时姿态美好。《毛传》载："蜉蝣，渠略也，朝生夕死。犹有羽翼以自修饰。"邢昺疏："蜉蝣，渠略。释曰：舍人曰：蜉蝣，一名渠略，南阳以东曰蜉蝣，梁、宋之间曰渠略。身狭而长，有角，黄色，丛生粪土中，朝生暮死，猪好啖之。《夏小正》曰：'蜉蝣，渠略也，朝生而暮死。'陆机的《疏》云：'蜉蝣，方土语也。通谓之渠略，有角，大如指，长三四寸，甲下有翅，能飞，夏月阴雨时地中出，今人烧炙噉之，美如蝉也。樊光谓之粪中蝎虫，随阴雨时为之朝生而夕死。'"[②]引文中显然说了两种不同的昆虫，另一种"似蛣蜣""似甲虫"的甲壳状昆虫[③]当为误名，暂且不记入本书的考察。

蜉蝣幼虫生活在水中，成虫褐绿色，不饮不食，喜群聚群飞，"蜉蝣、渠略，蜉蝣目，蜉蝣、泥蜉。幼虫生活在水中，以植物、杂物为食，脱皮次数较多。至最后一龄时，浮在水面，外翅已长成，但未伸展。在水面再脱一次皮，成虫不饮不食，喜群聚，交配产卵后即死亡"[④]。《荀子·大略》

① 蜉蝣具有古老而特殊的性状，是最原始的有翅昆虫。现代昆虫门类划分为古翅次纲，它们的翅膀不能折叠，体形细长柔软，腹部末端有一对很长的尾须，部分种类还有中央尾丝。蜉蝣稚虫在水中生存，成虫不取食，生存期极短，一般在一天左右，故有朝生暮死之说。蜉蝣一生离不开水，一只雌蜉蝣可产卵成百到上千粒，在合适水温中半个月即可成为稚虫，稚虫在水中生活，成熟后浮升到水面，日落后羽化为亚成虫，经过 24 小时蜕皮为成虫，傍晚成虫群飞于水面，完成交配产卵后死去。

② （晋）郭璞注，（宋）邢昺疏：《尔雅注疏》，上海古籍出版社 2010 年版，第 490 页。

③ 即上文中"似蛣蜣，身狭而长，有角，黄色，丛生粪土中，朝生暮死，猪好啖之"和"似甲虫，有角，大如指，长三四寸，甲下有翅，能飞，夏月阴雨时地中出，今人烧炙噉之，美如蝉也。樊光谓之粪中蝎虫，随阴雨时为之朝生而夕死"这种甲壳状昆虫。

④ 郭郛注证：《尔雅注证》，商务印书馆 2013 年版，第 565 页。

记载："饮而不食者，蝉也；不饮不食者，蜉蝣也。"[①] 说既不喝水又不吃东西的是蜉蝣。

秦汉时期的文献中，蜉蝣的文学意义没有出现新变，仍然是对其生物属性进行描绘，例如蜉蝣饮食特性中的"不饮不食"，《大戴礼记·易本命》是这样记载的："万物之性各异类，故蚕食而不饮，蝉饮而不食，蜉蝣不饮不食，介鳞夏食冬蛰。"[②]《淮南子·坠形训》中有相同的记载："万物之生而各异类：蚕食而不饮，蝉饮而不食，蜉蝣不饮不食，介鳞者夏食而冬蛰。"[③] 而在另一篇《说林训》中载："蚕食而不饮，二十二日而化；蝉饮而不食，三十日而脱；蜉蝣不食不饮，三日而死。"[④] 不仅说到了蜉蝣"不饮不食"，还说到了它们生命的时限，即"三日而死"。蜉蝣一般是在夏季的阴天出现，故王褒在《四子讲德论》中说："故虎啸而风寥戾，龙起而致云气，蟋蟀俟秋吟，蜉蝣出以阴。"[⑤] 魏晋以后，对蜉蝣自然特性的描绘渐趋淡化，伴随其生命意识的不断发展，开始过渡到言志言情的方向。

二、先秦蜉蝣生命意识的文学书写

（一）《蜉蝣》中生命意识的初现

关于蜉蝣的最早文献记载始于《古文周书》[⑥]：

周穆王姜后昼寝而孕。越姬嬖，窃而育之，毙以玄鸟二七，涂以彘血，置诸姜后，遽以告王。王恐，发书而占之，曰："蜉蝣之羽，飞集于户。鸿之戾止，弟弗克理。重灵降诛，尚复其所。"

---

① 张觉撰：《荀子译注》，上海古籍出版社2012年版，第430页。

② （清）王聘珍撰，王文锦点校：《大戴礼记解诂》，中华书局1983年版，第258页。

③ 刘文典撰，冯逸、乔华点校：《淮南鸿烈集解》上册，中华书局2013年版，第173页。

④ 刘文典撰，冯逸、乔华点校：《淮南鸿烈集解》下册，中华书局2013年版，第692页。

⑤ （清）严可均辑、陈延嘉、王同策、左振坤等校点主编：《全上古三代秦汉三国六朝文》第1册，河北教育出版社1997年版，第639页。

⑥ 谨案，《古文周书》亦汲冢所得，今仅《文选》注引有两条，或以《逸周书》当之，非也。见（清）严可均辑，陈延嘉、王同策、左振坤等校点主编：《全上古三代秦汉三国六朝文》第1册，河北教育出版社1997年版，第207页。文后注：《文选·思玄赋》注引《古文周书》，案，梅鼎祚《文纪》引此作《汲冢·师春》，未详所出。

问左史氏，史豹曰：“虫飞集户，是曰失所。惟彼小人，弗克以育君子。”史良曰：“是谓阙亲，将留其身。归于母氏，而后获宁。册而藏之，阙休将振。”王与令尹册而藏之于椟。居三月，越姬死，七日而复，言其情曰：“先君怒予甚，曰：‘尔夷隶也，胡窃君之子不归母氏？将置而大戮，及王子于治。’”①

文中的蜉蝣属于早期占卜词中的一个自然物象，描绘蜉蝣群飞之貌，集于户，属不正常之象，故将此现象解释为流离失所之寓意。

关于蜉蝣的第一篇文学作品是《诗经·曹风·蜉蝣》。据赵逵夫先生考证，该篇大约写于公元前661至前653年，即曹昭公在位时期：

蜉蝣之羽，衣裳楚楚。心之忧矣，於我归处。
蜉蝣之翼，采采衣服。心之忧矣，於我归息。
蜉蝣掘阅，麻衣如雪。心之忧矣，於我归说。②

蜉蝣是昆虫中比较特殊的一类，有极为漂亮的外观，双翅半透明状，轻盈动人、富有光泽，像女子身着美丽的长裙。诗歌盛赞蜉蝣之美，将其比喻为楚楚动人、华彩光鲜的衣裳。马瑞辰的《毛诗传笺通释》云：“盖诗人不忍言人之似蜉蝣，故转言蜉蝣之羽翼有似于人之衣裳，此正诗人立言之妙。”③

蜉蝣“掘阅”的动作，得益于古人对昆虫穿穴而出的细致观察。古代“阅”与“穴”相通，蜉蝣羽化的过程，就像历经“掘阅”之后，穿着一身如雪般鲜洁明亮的衣服，这和刚成为成虫的蜉蝣生物特性是一致的。蜉蝣初生其翼半透明，故诗兴比以麻衣，可是当它“掘阅”而出后，等待的却是羽化后所剩无多的短暂生命。

蜉蝣生命大多数只有一天，死后直接落水而随波流逝，这种“朝生暮

① （清）严可均辑，陈延嘉、王同策、左振坤等校点主编：《全上古三代秦汉三国六朝文》第1册，河北教育出版社1997年版，第207页。

② 向熹译注：《诗经译注》，商务印书馆2013年版，第203页。

③ 白凤鸣著：《先民生存的艰难与悲喜〈国风〉读注》，中国社会科学出版社2011年版，第422页。

死”的特性，象征着美好事物无法持续的遗憾。因此，在对蜉蝣的短暂之美大加赞扬的同时，作者反复咏叹自己“心之忧矣”，在表达对其无限的怜惜之余，进而联想到人类自身的生命危机，自己的归宿究竟在哪里？人生的荣华富贵如梦如幻，正如蜉蝣之楚楚衣裳。这一惊心动魄的联想，引发了诗人浓浓的焦虑以及对个人生命的紧迫之感。

蜉蝣因“朝生暮死”故“不食不饮”，还象征古人欣赏的高洁生命品质。中国古人认为餐风饮露、不食人间烟火者乃高洁的象征。而蜉蝣和蚕、蝉相比，生命的历程似乎更为壮烈，从而成为高洁生命品质的象征。

（二）朝生暮死与蜉蝣刺奢的关联

蜉蝣的幻灭，像极了当时瞬息万变的社会现状。一个国度的灭亡，也往往就在一夜之间。《蜉蝣》出自《曹风》，曹国于公元前487年为宋国所灭，灭亡之前的曹国沦为晋楚争霸拉锯战的受害者。曹国国君曹共公“甚荒唐”[①]，《左传·僖公二十三年》载：“闻其骈胁，欲观其裸。浴，薄而观之。”[②]君主尚且如此，曹国的命运也就可想而知。《曹风》中，不同处境的人们将叹息与无奈、怨刺与祈盼交织在一起，奏出了一支忧国忧民的煎熬之曲。

《蜉蝣》是曹地诗人借以讽谏刺奢的作品。“刺奢”，即婉转表达对统治阶级沉湎于奢华现状的忧虑。蜉蝣的羽翅薄而鲜洁，停于水面休息时，双翅张开，直立背面，非常漂亮却不能久存。诗人通过对蜉蝣朝生暮死特性的描写，表达了对国家朝不保暮的担心。

蜉蝣虽有楚楚衣裳，美轮美奂，却朝生暮死，无法持久。在曹昭公的统治下，上下臣子都喜欢奢美的享受和华丽的装饰，导致内外交困，隐患重重。诗人看到蜉蝣便不禁联想到改朝换代的危机。《毛诗序》云：“蜉蝣，

---

① 公元前637年，晋公子重耳经过曹国时，当时作为一国之君的曹共公，竟然置当前混乱的战争形势而不顾，躲在帘子后面偷看重耳洗澡。上梁不正下梁歪，由此可见，昏君手下的大臣也好不到哪里去。

② 白凤鸣著：《先民生存的艰难与悲喜〈国风〉读注》，中国社会科学出版社2011年版，第421页。

刺奢也。昭公国小而迫，无法以自守，好奢而任小人，将无所依焉。”① 在郑玄《笺》中亦认为：“喻昭公之朝，其群臣皆小人也。徒整饰其衣裳，不知国之将迫胁，君臣死亡无日，如渠略然。”② 朱熹在《诗集传》中说：“此诗盖以时人有玩细娱而忘远虑者，故以蜉蝣为比而刺之。言蜉蝣之羽翼，犹衣裳之楚楚可爱也。然其朝生暮死，不能久存，故我心忧之，而欲其于我归处耳。”③ 诗中借喻蜉蝣的生命特性，讽喻君臣只重视华饰而轻朝政，这种做法是不会长久的。

但对这个“刺奢”的观点也有反驳的声音，方玉润的《原始》驳之云：“盖蜉蝣为物，其细已甚，何奢之有？取以为比，大不相类。天下刺奢之物甚多，诗人岂独有取于掘土而出、朝生暮死之微虫耶？”④ 不管他们是否认可蜉蝣具有刺奢的功能，至少可以明确的是，这首诗善于状物，叹息深沉，喻义警人，大有“生年不满百，常怀千岁忧”的生命情感。

三、六朝蜉蝣生命意识的文学演进

三国时期，文人的气质在战乱纷繁的时代背景下悄然发生了变化，文学中正在不断增添对人生、命运的反思之作。蜉蝣极其美丽却又极为短暂的“朝生暮死”之生命历程，引起了文人的关注。阮籍在《咏怀诗八十二首·其七十一》中，借蜉蝣等昆虫来表达生命意识：

> 木槿荣丘墓，煌煌有光色。白日颓林中，翩翩零路侧。蟋蟀吟户牖，蟪蛄鸣荆棘。蜉蝣玩三朝，采采修羽翼。衣裳为谁施？俯仰自收拭。生命几何时？慷慨各努力。⑤

蜉蝣是表达生命意识的主要意象，“玩三朝”极言其短，“采采”言其自修羽翼的美好状态，美丽的衣裳为谁绽放呢？俯仰之间自我欣赏，自己

① 周振甫著：《诗经译注》(修订本)，中华书局 2010 年版，第 193 页。
② 同上。
③ 同上。
④ 聂石樵主编：《诗经新注》，齐鲁书社 2000 年版，第 274 页。
⑤（三国魏）阮籍著，陈伯君校注：《阮籍集校注》，中华书局 2012 年版，第 384 页。

努力。诗歌用直白的结句“生命几何时”来抒发时光易逝的感慨，“慷慨各努力”表面是说蟋蟀、蟪蛄的卖力鸣唱，蜉蝣的努力自修其羽翼，实则倾注了自己对人生将老、修名不立的感叹。嵇康也在文中书写了蜉蝣生命的短暂，他的《答黄门郎向子期难养生论一首》中写道：“欲验之以年，则朝菌无以知晦朔，蜉蝣无以识灵龟。”① 将生命不过“朝夕之间”的蜉蝣与有千岁寿命的灵龟相对比，更体现出蜉蝣生命之短暂。

晋代时开始流行以蜉蝣来象征生命的短促。在晋诗中最先写蜉蝣的是傅玄，他在《短歌行》中以蜉蝣等自然特征来引起情感的抒发：

> 长安高城，层楼亭亭。干云四起，上贯天庭。蜉蝣何整，行如军征。蟋蟀何感，中夜哀鸣。蚍蜉愉乐，粲粲其荣。寤寐念之，谁知我情。昔君视我，如掌中珠。何意一朝，弃我沟渠。昔君与我，如影如形。何意一去，心如流星。昔君与我，两心相结。何意今日，忽然两绝。②

蜉蝣是群飞性昆虫，傍晚时分在水面上飞行，因此傅玄形容其貌“行如军征”，一指其出现时的快速，忽然之间就有大量的蜉蝣出现；二指其整齐划一的节奏，因为朝生暮死的短暂性，蜉蝣到了羽化后那天集中出现，进行“婚飞”，随即消亡。

傅玄之子傅咸对蜉蝣的生命意识有更为深刻的见地，他为蜉蝣作了一首专题赋，并在序言中写道：“读《诗》至《蜉蝣》，感其虽朝生暮死，而能修其翼，可以有兴，遂赋之。”赋曰：

> 有生之薄，是曰蜉蝣。育微微之陋质，羌采采而自修。不识晦朔，无意春秋。取足一日，尚又何求？戏停淹而委余，何必江湖而是游。③

在作者看来，这么短暂的生存时间，无疑是极“薄命”的。然而蜉蝣

① 戴明扬校注：《嵇康集校注》，人民文学出版社 1962 年版，第 186 页。

② 逯钦立辑校：《先秦汉魏晋南北朝诗》上册，中华书局 1983 年版，第 553—554 页。

③ （清）严可均辑，陈延嘉、王同策、左振坤等校点主编：《全上古三代秦汉三国六朝文》第 4 册，河北教育出版社 1997 年版，第 537 页。

却没有体现出对自己“唏嘘不已”、颓废消极的一面，它们以自己最大的能量，去绽放生命的美丽。《文心雕龙·物色篇》云：“春秋代序，阴阳惨舒，物色之动，心亦摇焉”，“岁有其物，物有其容；情以物迁，辞以情发。一叶且或迎意，虫声有足引心。况清风与明月同夜，白日与春林共朝哉！”[①] 傅咸褒赞了蜉蝣朝生暮死却依然不忘“修其羽翼”的举动，强调君子要修身养性、洁身自好、品行高洁。

傅咸承袭父爵后，历任御史中丞、司隶校尉等职。他在朝“竟敢冒犯外戚杨骏，一时京都肃然，权贵慑服。自他在朝表现来看，风格峻整，疾恶如仇，颇得父风”[②]。《曹风·蜉蝣》把蜉蝣羽翼同妇女衣裙联系起来，像轻云舒卷，如嫩柳拂水，美不胜收却转瞬即逝，蕴含了惜时与刺奢的自觉的文学意识。傅咸赋中则增加了哲学的问辩，即便身份卑微，“育微微之陋质”，却依然能够“自修”，这是与其一贯的正统儒学思想分不开的。蜉蝣“不识晦朔，无意春秋”，不因为别人认为自己的生存时间短而自暴自弃，从来不知道月有阴晴圆缺，春夏会有往返轮回，但这不是蜉蝣的遗憾，就算只有一天的生命，它也要活出自己的精彩。“取足一日，尚又何求”生动地表达了蜉蝣淡定处世、坚持自我秉性的生活本真，真正体现出“不以物喜，不以己悲”的生命境界。

陆机在《与弟清河云》中表达出对生命的悲剧体验意识：

> 天步多艰，性命难誓。常惧殒毙，孤魂殊裔。存不阜物，没不增壤。生若朝风，死犹绝景。视彼浮游，方之侨客。眷此黄垆，譬之毙宅。匪身是吝，亮会伊惜。其惜伊何，言纡其思。其思伊何，悲彼旷载。[③]

诗中“浮游”即“蜉蝣”，“视彼浮游，方之侨客”之意为视人生如蜉蝣，转瞬即逝，又像寄寓于世间的匆匆过客。陆机诗中的生命悲剧体验源

---

① 王运熙、周锋撰：《文心雕龙译注》，上海古籍出版社 2012 年版，第 309 页。

② 徐公持编著：《魏晋文学史》，人民文学出版社 1999 年版，第 281 页。

③（晋）陆机著，刘运好校注整理：《陆士衡文集校注》下册，凤凰出版社 2007 年版，第 1155—1156 页。

自他的亲身经历，其父陆抗在公元 274 年卒，陆机兄弟四人分领父亲的军队。后其兄晏、景于公元 280 年一同在晋军伐吴中遇害，公元 281 年陆机扶灵送兄归葬。本诗作于公元 296 年，是时，陆机与弟陆云约好同归故里，陆机先行，跋山涉水，重走当年送兄归葬之路，回想起那段不堪回首的岁月，满怀追忆之情，字字伤痛，句句含悲。在巨大的变故与死亡面前，感叹人生就如同蜉蝣一样，在历史长河中，都只是匆匆的过客。

晋代郭璞在《游仙诗十九首》中借蜉蝣生命的短暂，表达对人生的感慨。诗中云“借问蜉蝣辈，宁知龟鹤年”“蕣荣不终朝，蜉蝣岂见夕”[①]，这两处均用了对比，不同的是，前者是将蜉蝣之短暂和龟鹤之长久延年相对比；后者是将两种非常短暂的事物相类比，“蕣荣”是指木槿花，非常漂亮却早开晚落，一朝一夕就消逝了，而“蜉蝣”和它同样短暂，也是转瞬即逝。他的《客傲》篇中还有“蚊泪与天地齐流，蜉蝣与大椿齿年”[②]之句，以强烈的反差，体现出对比的明显。另外，葛洪在《抱朴子外篇卷·守塉》中云：“晦朔甚促，朝菌不识。蜉蝣忽忽于寸阴，野马六月而后息。”[③]这也是用两类对比，来形容蜉蝣生命的短促，与朝菌的短暂相比，说的是一个月时间很短，可是朝菌对此仍然不能理解，因为它们根本活不到一个月这么长。“野马”为“大鹏”之误，大鹏整整飞行六个月才停下来休息，与蜉蝣的短暂生命形成明显对比。

蜉蝣用于刺奢的意义，自秦代开始就几乎不被人提及，直到晋代才又重现。和洽在《论选用不宜专尚俭节》中说：“魏承汉乱，风俗侈泰，诚宜仰思古制，训以约简，使奢不陵肆，俭足中礼，进无蜉蝣之制，退免采莫之讥；如此则治道隆而颂声作矣。”[④]他以《蜉蝣》篇刺奢之意，阐述在用度上达到“中礼”的要求，不能一味求俭省而有损礼制，认为“矫枉过正则

① 逯钦立辑校：《先秦汉魏晋南北朝诗》中册，中华书局 1983 年版，第 865—866 页。

② （清）严可均辑，陈延嘉、王同策、左振坤等校点主编：《全上古三代秦汉三国六朝文》第 5 册，河北教育出版社 1997 年版，第 1233 页。

③ 张松辉、张景译注：《抱朴子外篇》下册，中华书局 2013 年版，第 697 页。

④ （清）严可均辑，陈延嘉、王同策、左振坤等校点主编：《全上古三代秦汉三国六朝文》第 4 册，河北教育出版社 1997 年版，第 654 页。

巧伪滋生，以克训下则民志险隘，非圣王所以陶化民物，闲邪存诚之道”[①]，认为要在《蜉蝣》篇所描绘的极度奢华与极度俭省之间寻求一个平衡点，才能教化民众，有益于统治。

晋以后，南北朝文人对蜉蝣的关注近乎停滞，直到隋代才又得以重现。隋代对蜉蝣的书写有两层含义：其一是沿用刺奢之意，《北史·隋本纪》载隋之灭亡前夕社会乱状，其间以“振蜉蝣之羽，穷长夜之乐”[②]之句，形容统治阶级穷奢极欲的状况，借蜉蝣之羽的华美之貌，讽刺隋王朝所追求的奢靡之风。其二是感叹于蜉蝣所引发的生命意识，卢思道在《升天行》中有“不觉蜉蝣子，生死何纷纷”[③]的诗句，从其描绘的一幅长生之美景中展开，以蜉蝣之生死命运，来感叹人生的短暂。

① （清）严可均辑，陈延嘉、王同策、左振坤等校点主编：《全上古三代秦汉三国六朝文》第4册，河北教育出版社1997年版，第654页。

② （唐）李延寿撰：《北史》第1册，中华书局2000年版，第311页。

③ 逯钦立辑校：《先秦汉魏晋南北朝诗》下册，中华书局1983年版，第2629页。

第三章
害虫的文学书写

对社会生产生活而言，人们区分益虫、害虫的唯一标准是“有用论”：有用的就是益虫，无用的、起反作用的就是害虫。比如蚕，因为能带来巨大的实用价值和经济利益，因而一直备受尊崇。那些有害人畜、庄稼的害虫，如直接对人类生活造成危害的蝇、蚊，还有给农业生产带来不利影响，甚至导致庄稼严重减产的蟊贼、螟蛉、蜮等，人们都持以贬斥的态度，对其加以讽刺和抨击。

古人认为害虫是“五害”之一，一定要加以遏制。《管子·度地》载：“故善为国者，必先除其五害。人乃终身无患害而孝慈焉。”桓公曰：“愿闻五害之说。”管仲对曰：“水，一害也。旱，一害也。风雾雹霜，一害也。厉，一害也。虫，一害也。此谓五害。五害之属，水最为大。五害已除，人乃可治。”[①] 可见时人对虫害的担忧和痛恨。也因为这种从先秦而来的鲜明的好恶感，这些以负面形象存在的害虫，在文学史上长期处于被贬斥的地位。

---

① 黎翔凤撰，梁运华整理：《管子校注》下册，中华书局 2004 年版，第 1054 页。

第一节　蝇的文学书写

蝇意象的起源和人类对自然界其他昆虫的认知一样，是始于其特定的生物属性的。蝇与人类生活紧密联系，只要是有食物、有香臭味的地方，蝇几乎随处可见。人们对蝇的认识首先从显性部分开始，即对蝇的声音、外观等进行观察、评价，其次才是由此生物特征引发出来的其他隐含的意义。

蝇是以负面意义著称的害虫。早在先秦时期，蝇就已经被认定为肆意作乱的害虫。人们之所以对蝇持贬抑的态度，首先是它飞行时发出的“嗡嗡”声令人生厌；其次是蝇偷食并污染食物的习性令人厌恶。基于这两个客观存在的特性，人们对生活中遇到的事情加以某些相似的联系，便产生了富有寓意性的文学联想。

在先唐文学中，文人对害虫意象书写数量最多的是蝇，讽刺含义最丰富的也是蝇，因此蝇理所当然地成为该时期害虫书写的首要代表。蝇的负面形象在《诗经》中开始出现，随着时间的推移不减反增，逐渐固定了青蝇点素、逐臭之蝇、托骥之蝇、蝇头小利等不同的文学意义。

一、青蝇恶劣形象的起源

（一）《青蝇》是喻指谗言的源头

人们将蝇比喻为谗言致祸、品行不端的小人，在文学作品中进行讽刺和抨击。蝇最早载人文献是在《诗经·齐风·鸡鸣》中：“鸡既鸣矣，朝既盈矣。匪鸡则鸣，苍蝇之声。东方明矣，朝既昌矣。匪东方则明，月出之光。虫飞薨薨，甘与子同梦。会且归矣，无庶予子憎。”[①]苍蝇有家蝇、麻蝇、绿头蝇等多种，《毛传》：“苍蝇之声，有似远鸡之鸣。”诗中的男主人

① （清）王先谦撰，吴格点校：《诗三家义集疏》，中华书局 1987 年版，第 375 页。

公将鸡鸣说成苍蝇之声，借此作为他继续赖床的理由，他对唤他早起上朝的妻子说，不是天亮鸡叫，而是讨厌的苍蝇嗡嗡声在吵。

苍蝇在文学史中一出场就带有令人排斥的感觉，隐约中暗含了对统治者的忧虑。《尔雅翼》认为《鸡鸣》这首诗与齐哀公相关联，“苍蝇，蝇之絜者。苍蝇比于青蝇而大，其色苍，好集几按食欲上者，是也。段成式以为‘苍蝇声雄壮，青蝇声清恬’。而《埤雅》亦云：‘青蝇首赤如火，背若负金。苍蝇又其大者，肌色正苍，今俗谓之麻蝇。’段氏则以青蝇与苍蝇交互言之，陆氏言苍蝇则非。今虽有麻蝇一种，然比此二种绝少。又蝇之小者，其色自苍，今人正谓之苍蝇，不待别引。且《诗》以齐哀公荒淫怠慢，故陈贤妃贞女夙夜警戒相成之道。宫寝之间，怀茝握兰之所，岂大于青蝇者所宜集耶？”[①] 朱熹《诗集传》以为是直接赞美贤妃对君主的提醒和约束，谓其“言古之贤妃御于君所，至于将旦之时，必告君曰：鸡既鸣矣，会朝之臣既已盈矣，欲令君早起而视朝也”，而宋人严粲《诗缉》以为是“刺荒淫”。按，齐哀公在位年间为公元前879年至前868年，故蝇在文学作品中的系年也大约始于此。

不仅是声音惹人心生厌烦，那些如苍蝇之声的谗言，才是真正为人所憎的东西。《小雅·青蝇》载：

营营青蝇，止于樊。恺悌君子，无信谗言。

营营青蝇，止于棘。谗人罔极，交乱四国。

营营青蝇，止于榛。谗人罔极，构我二人。[②]

《青蝇》是一首鲜明的刺谗之作。据赵逵夫先生考证：“公元前774年，卫武公作《青蝇》之诗，刺幽王信谗言，废申后、放太子。据《古本竹书纪年》，此年幽王废申后、放太子，诗或即作于此时。”[③] 青蝇是蝇的一种，《说文》释曰：“营营青蝇，虫之大腹者。余陵切。”[④]《尔雅》中有“蝇丑扇”，

① （宋）罗愿撰，石云孙校点：《尔雅翼》，黄山书社2013年版，第325页。

② （清）王先谦撰，吴格点校：《诗三家义集疏》，中华书局1987年版，第781—782页。

③ 赵逵夫主编：《先秦文学编年史》，商务印书馆2010年版，第397页。

④ （汉）许慎撰，（宋）徐铉校定：《说文解字》，中华书局2013年版，第287页。

即“青蝇之类，好摇翅自扇”①。都是形容青蝇模样及扇动翅膀时的丑陋。

青蝇之害在于随意颠倒黑白，诬陷良善之人，成为统治阶级的一大隐忧，“蝇之为虫，汙白使黑，汙黑使白，喻佞人变乱善恶也”。“谗言伤善，青蝇污白，同一祸败”②。从此以后，在历代中国文人笔下，青蝇的形象就定格为谗言惑乱的代表，成为危害统治稳固的罪魁祸首。如《楚辞·九叹》就说：“若青蝇之伪质兮，晋骊姬之反情。”③将骊姬颠倒黑白之祸与青蝇反复无常的习性相类比。

借《青蝇》之喻表达对小人混淆视听、传布谗言的讽刺时有出现。《春秋左传·襄公十四年》载：“‘今官之师旅无乃实有所阙，以携诸侯，而罪我诸戎！我诸戎饮食衣服不与华同，贽币不通，言语不达，何恶之能为？不与于会，亦无瞢焉。’赋青蝇而退。”④据赵逵夫先生考证，“公元前559年，春，姜戎之使者赋《诗·小雅·青蝇》，对范宣子”⑤。当时，中原与夷狄之间，文化交流已经达到了前所未有的广度与深度。姜戎之使者来朝，受谗。使者细数时局，不卑不亢地引用《小雅·青蝇》一诗，在被谗之际尚能借青蝇托物言志，表明立场，折服了能言善辩的范宣子，使宣子向其致歉，并如其愿参加诸侯盟会。说明春秋时期青蝇已成为人们普遍认可并广泛运用的刺谗工具，为后世“青蝇点素”之说的产生埋下了伏笔。

（二）汉代始有“青蝇点素”之喻

青蝇是刺谗的工具，随着文人对其运用的逐渐增加，以及接受者的普遍知悉和认可，“青蝇”在文学中的内涵基本固定下来，用以形容谗言祸国的小人。《汉书·蒯伍江息夫传》中载：“《书》放四罪，《诗》歌《青蝇》，《春秋》以来，祸败多矣。”⑥王充在《论衡·累害》中说：“清受尘，白取

① （晋）郭璞注，（宋）邢昺疏：《尔雅注疏》，上海古籍出版社2010年版，第505页。
② （清）王先谦撰，吴格点校：《诗三家义集疏》，中华书局1987年版，第781页。
③ 黄寿祺、梅桐生译注：《楚辞全译》，贵州人民出版社2008年版，第270页。
④ 杨伯峻编著：《春秋左传注》（修订本）第3册，中华书局1990年版，第1007页。
⑤ 赵逵夫主编：《先秦文学编年史》，商务印书馆2010年版，第712页。
⑥ （汉）班固撰，（唐）颜师古注：《汉书》，中华书局2000年版，第1683页。

垢，青蝇所污，常在练素。”① 指的就是青蝇产生的污秽，常附着在洁白的布料之上，这种极为鲜明的对比，让人见之憎恶。

汉顺帝在《策祠杨震》中为杨震冤死而深表自责，行文回顾其忠君事迹，痛斥青蝇小人的陷构，文中第一次将谗言形象地凝练为“青蝇点素”：

> 故太尉震，正直是与，俾匡时政，而青蝇点素，同兹在藩。上天降威，灾眚屡作，尔卜尔筮，惟震之故。朕之不德，用彰厥咎，山崩栋折，我其危哉！今使太守丞以中牢具祠，魂而有灵，傥其歆享。②

这是一国之君在天降灾害时的反思与追悔，导致悲剧发生的直接原因就是“青蝇点素”之事，顺帝在发现自己因谗言而错杀忠臣后，极为后悔，因而建祠撰文来弥补。在记录杨震生平事迹的《大尉杨震碑》中载：“而青蝇嫉正，丑直实繁。横共构谮，慷慨暴薨。”③ 阐述的是杨震为忠获罪，文中的青蝇之喻可与前文相呼应。从顺帝这篇诏书中可以看出，当时对“青蝇点素”的批判，已经上升到了危害统治安危的国家层面，在昭告天下、广为流传之后，“青蝇点素”逐渐成为讽谏谗害的固定用语。

青蝇和统治的预兆联系在一起，有着深层的历史原因。因为青蝇之喻是从《诗经》中的《青蝇》原诗逐步化用出来的，其初始含义就是谗言误国的象征。《汉书·武五子传》中记载了蝇矢之梦的故事：

> 既即位，后王梦青蝇之矢积西阶东，可五六石，以屋版瓦覆，发视之，青蝇矢也。以问遂，遂曰：“陛下之《诗》不云乎？‘营营青蝇，至于藩；恺悌君子，毋信谗言。’陛下左侧谗人众，多如是青蝇恶矣。宜进先帝大臣子孙亲近以为左右。如不忍昌邑故人，信用谗谀，必有凶咎。愿诡祸为福，皆放逐之。臣当先逐矣。”贺

---

① （汉）王充著，张宗祥校注，郑绍昌标点：《论衡校注》，上海古籍出版社 2013 年版，第 8—9 页。

② （清）严可均辑，陈延嘉、王同策、左振坤等校点主编：《全上古三代秦汉三国六朝文》第 2 册，河北教育出版社 1997 年版，第 78 页。

③ 同上书，第 955 页。

不用其言，卒致于废。①

龚遂在替昌邑王解梦时，引用了《诗经·青蝇》之喻，意在劝谏君王不要相信身边聚集的进谗小人，他认为青蝇之兆是与统治稳固相连甚紧的，青蝇的大量出现，喻指大量进谗之人即将左右君王的视听，祸害统治，希望能借用这番“预兆”来引起统治者的重视和醒悟。

与之观点相异的是汉代著名的无神论者王充，他在《论衡·商虫篇》谈及龚遂此事，体现了朴素唯物主义者的观点：

> “营营青蝇，止于藩。恺悌君子，无信谗言。”谗言伤善，青蝇污白，同一祸败，《诗》以为兴。昌邑王梦西阶下有积蝇矢，明旦，召问郎中龚遂。遂对曰：“蝇者，谗人之象也。夫矢积于阶下，王将用谗臣之言也。”由此言之，蝇之为虫，应人君用谗。何故不谓蝇为灾乎？如蝇可以为灾，夫蝇岁生，世间人君常用谗乎？②

王充认为自然界的蝇与进谗言的小人之间其实并没有直接联系，仅凭这种预兆，来预示统治的安危也是不可取的。这两种不同的“青蝇”观点，折射出社会进步时期，逐渐趋向理性分析的“科学”与传统“吉凶之兆”间的角力。

从书写青蝇的主体来看，皇室贵族、高官大臣由于身处政治旋涡中心，往往容易遭到陷构，因此，青蝇之喻常发生在他们的诗文中，且往往伴随着忠臣遭谗之后的愤慨情绪一同出现。作者通过对青蝇小人的斥责，表达自己的忠国忠君之心。如《后汉书·邓寇列传》记录寇荣之事时，载：“而臣兄弟独以无辜为专权之臣所见批抵，青蝇之人所共构会。以臣婚姻王室，谓臣将抚其背，夺其位，退其身，受其势。于是遂作飞章以被于臣，欲使坠万仞之坑，践必死之地，令陛下忽慈母之仁，发投杼之怒。”③

忠臣在为国家的稳定和社会的进步殚精竭虑时，还要为自身树大招

① （汉）班固撰，（唐）颜师古注：《汉书》，中华书局2000年版，第2090页。

② （汉）王充著，张宗祥校注，郑绍昌标点：《论衡校注》，上海古籍出版社2013年版，第336页。

③ （南朝宋）范晔撰，（唐）李贤等注：《后汉书》，中华书局2000年版，第416页。

风、才高招嫉而忧心。他们往往在忠贞不贰时反遭谗言诋毁，因此成为书写“青蝇点素”的主要群体。冯衍在《与妇弟任武达书》中述说自身遭际：“年衰岁暮，恨入黄泉，遭遇嫉妒，家道崩坏，五子之母，足尚在门。五年已来，日甚岁剧，以白为黑，以非为是，造作端末，妄生首尾，无罪无辜，谗口嗷嗷。乱匪降天，生自妇人。青蝇之心，不重破国，嫉妒之情，不惮丧身。牝鸡之晨，维家之索，古之大患，今始于衍。”[①] 丁仪在曹丕即位后，因为被人陷构“与曹植善”而下狱被杀，他曾在《厉志赋》中说：“疾青蝇之染白，悲小弁之靡托。”[②] 将青蝇之害与小弁之伤相对照，体现出感同身受的理解与悲愤。毛玠在《对状》中陈列出不计其数的冤杀错案时，痛斥青蝇小人颠倒黑白，误导君王，危害社稷，文中说：“青蝇横生，为臣所谤；谤臣之人，势不在他。”[③] 因为朝堂的“青蝇”肆虐，让正直忠臣战战兢兢，尽管恐于获罪，但仍疾笔书愤，痛斥奸人。

（三）“青蝇点素”批判性的承续

三国时期的青蝇之喻是沿“谗言”而来的。曹植在《赠白马王彪》中写道：“苍蝇间白黑，谗巧令亲疏。”[④] 这是在自身处境维艰的情况下所发的感慨，借《诗经·青蝇》中的被谗之意，以蝇为喻，用讽刺周幽王听信谗言之事，来喻指现状，有小人变乱，是非颠倒，导致君主不信，仕途艰难。诗人生动地表达了遭受谗毁的愤慨心情。还有吴国的胡综在《伪为吴质作降文三条》中说：“又臣今日，见待稍薄，苍蝇之声，绵绵不绝，必受此祸，迟速事耳。”[⑤] 也是结合自身境遇，借青蝇之喻抒发的真实感怀。

三国时的管辰在《叙管辂》中记载自己的兄长、曹魏术士管辂所说的

---

① （清）严可均辑，陈延嘉、王同策、左振坤等校点主编：《全上古三代秦汉三国六朝文》第2册，河北教育出版社1997年版，第202—203页。

② 同上书，第878页。

③ 同上书，第883页。

④ 张可礼、宿美丽编选：《曹操曹丕曹植集》，凤凰出版社2014年版，第223页。

⑤ （清）严可均辑，陈延嘉、王同策、左振坤等校点主编：《全上古三代秦汉三国六朝文》第3册，河北教育出版社1997年版，第645页。

"青蝇之兆"："又京房目见遭谗之党，耳听青蝇之声，面谏不从，而犹道路纷纭。"管辂见吏部尚书何晏时，管辰文载："辂见何晏，何曰：'顷连梦青蝇数十，来在鼻上，趋之不肯去，何也？'辂曰：'夫鼻者，艮也。天中之山而蝇集之，位骏者危，轻者亡。'后遂被诛。"[①] 管辂善于占卜，在他预测的谗言误国之事中，多次以青蝇出现的次数、时间、位置、多少等因素作为预兆，借此委婉地传达了统治危机的预防之道。

谗言是忠臣良将等正直之士最痛恨的，因为谗言带来的后果极为凶险且无法当面辩驳，往往是无端受害却无法消除君主的内心疑虑。陆机的《塘上行》托后宫之事来抒怀，体现了早期宫怨诗的艺术特色。诗言女子因风云际会而入宫见宠，然因岁月流逝，年老色衰而见弃，最后唯愿免遭谗言，终其暮年，诗人发出了"天道有迁易，人理无常全。男欢智倾愚，女爱衰避妍。不惜微躯退，但惧苍蝇前。愿君广末光，照妾薄暮年"[②] 这般感慨，借宫怨书写君臣遇合，不怜惜渺小的自己被君王所弃，只是担心谗人在君王面前颠倒是非，恨苍蝇之物，望君王念及旧情，别有一番情感寄托。

晋代书写"青蝇点素"有了新的延展，出现了专题的咏蝇之作，从斥责青蝇的只言片语发展到专门行文。傅咸是第一个书写《青蝇赋》的人，赋曰：

幸从容以闲居，且游心于典经。览诗人之有造，刺青蝇之营营。无纤芥之微用，信作害之不轻。既反白而为黑，恒怀蛆以自盈。秽美厚之鲜絜，虫嘉肴之芳馨。满堂室之薨薨，孰闺寓之得清。[③]

傅咸的咏物小赋常有深刻的寓旨，这篇《青蝇赋》就是讽刺蝇营狗苟的进谗小人之流的。这类进谗小人和青蝇一样，没有"纤芥之微用"，一无

① （清）严可均辑，陈延嘉、王同策、左振坤等校点主编：《全上古三代秦汉三国六朝文》第4册，河北教育出版社1997年版，第750页。

② （晋）陆机著，刘运好校注整理：《陆士衡文集校注》上册，凤凰出版社2007年版，第594页。

③ （清）严可均辑，陈延嘉、王同策、左振坤等校点主编：《全上古三代秦汉三国六朝文》第4册，河北教育出版社1997年版，第537页。

是处却常常反白为黑，为害不轻。青蝇的各种丑态在赋中得以生动呈现，它们与肮脏不堪的蛆为伴，用污秽的身体污染鲜洁的食物，还能任意穿梭在堂室之中。这正是朝堂上的“青蝇”做派，因此傅咸对此深恶痛绝，痛加指斥。

忠直而有才的人往往更容易遭小人陷构，因为他们才华过人、成绩突出，更容易得到君主赏识。那些小人担心自己的无能，会导致被君主逐步疏离。为了保住自己的地位，被君主信任和重视，小人们千方百计制造谗言，暗中诋毁有才能的忠臣，而臣子的忧惧就在于此。晋代位高权重的王敦认为小人挑唆了君臣关系，便上书言志，力图澄清，史载：“敦复上表陈古今忠臣见疑于君，而苍蝇之人交构其间，欲以感动天子。”① 中间的“苍蝇之人”就是指用谗言陷害忠臣的小人，没有本事却只会通过捏造罪名，陷害别人来引起君主的好感，获得信任。慕容垂在受谗时上表苻坚云：“臣窃惟进无淮阴功高之虑，退无李广失利之愆，惧有青蝇，交乱白黑。”② 表达了自己对被谗的无奈、忧虑和不安。

南北朝的文人诗作发展了“青蝇点素”的现实意义，如鲍照的《代白头吟》：

> 直如朱丝绳，清如玉壶冰。何惭宿昔意，猜恨坐相仍。人情贱恩旧，世义逐衰兴。毫发一为瑕，丘山不可胜。食苗实硕鼠，点白信苍蝇。凫鹄远成美，薪刍前见陵。申黜褒女进，班去赵姬升。周王日沦惑，汉帝益嗟称。心赏犹难恃，貌恭岂易凭。古来共如此，非君独抚膺。③

自文君《白头吟》后，同题之文多以“直道被谗见疏于君”而悲。鲍照诗中表达了自己因奸人进谗言，而被君王疏远之后的感慨。“食苗实硕鼠，点白信苍蝇”明确指出，自己由曾经的被恩宠转为如今的被猜恨见疏，

① （唐）房玄龄等撰：《晋书》，中华书局 2000 年版，第 1708 页。

② 同上书，第 2071 页。

③ （南朝宋）鲍照著，丁福林、丛玲玲校注：《鲍照集校注》上册，中华书局 2012 年版，第 163 页。

而这一切的始作俑者就是进谗的小人，肆意玷污自己的声名。

君臣之道往往受到多重影响而变味。南北朝时期，书写青蝇之害的文人作品较常见，多为批判其颠倒黑白的恶劣行径，导致君臣失和，统治告急。宋文帝之子桂阳王休范在《与袁粲褚渊刘秉书》中谈先帝执政“失德”时，描述朝堂上的现状：“交间苍蝇，驱扇祸戮，爵以货重，才由贫轻，先帝旧人，无罪黜落，荐致乡亲，遍布朝省。”①这样的统治直接导致了“谄谀亲狎者，飞荣玉除；静立贞粹者，柴门生草”②的局面。还有北魏清河王怿的常侍韩子熙等人为不幸被元叉所谗害的清河王申诉时，上书云：“宋维反常小子，性若青蝇，汙白点黑，谗妄是务。”③此外，论及谗言致祸的青蝇之喻还有“北海义昧鹡鸰，奢淫自丧，虽祸发青蝇，亦行贻伊戚”④，以及“如臣列无证，宜放臣于四裔，以息青蝇之白黑”⑤。此外，阳固在《刺谗疾嬖幸诗》中云：“巧佞巧佞，谗言兴兮？营营习习，似青蝇兮。以白为黑，在汝口兮。汝非蝮虿，毒何厚兮。”⑥

因“青蝇之间”而导致君臣失和，常是因统治者一时的失察，一旦认识到是小人的谗毁，明君就会作出及时的纠正和补救，以正视听。史载晋王伐陈时元帅长史高颎，曾与晋王之间有过青蝇之隙，后来晋王认识到问题原因，在犒劳高颎时曰：“公伐陈后，人云公反，朕已斩之。君臣道合，非青蝇所间也。”⑦说明了青蝇小人对君臣关系的破坏，表明了严惩青蝇小人的态度。北魏文成帝在《遣使者诏源贺》中也有类似记载：“卿以忠诚款至，著自先朝，以丹青之洁，而受苍蝇之污。”⑧源贺曾被奸人陷

① （清）严可均辑，陈延嘉、王同策、左振坤等校点主编：《全上古三代秦汉三国六朝文》第6册，河北教育出版社1997年版，第144页。

② 同上。

③ （北齐）魏收撰：《魏书》，中华书局2000年版，第901页。

④ （唐）李延寿撰：《北史》，中华书局2000年版，第471页。

⑤ 同上书，第966页。

⑥ 同上书，第1140页。

⑦ 同上书，第1648页。

⑧ （清）严可均辑，陈延嘉、王同策、左振坤等校点主编：《全上古三代秦汉三国六朝文》第8册，河北教育出版社1997年版，第202页。

害，说他谋反，这是给源贺澄清事实的肯定之语，斥责了青蝇之人的诬陷行径。

元顺的《蝇赋并序》是先唐时期论述“青蝇点素”意义的集大成之作：

余以仲秋休沐，端坐衡门，寄想琴书，托情纸翰，而苍蝇小虫，往来床几，疾其变白，聊为赋云：

遐哉大道，廓矣洪氛。肇立秋夏，爰启冬春。既含育于万姓，又刍狗而不仁。随因缘以授体，齐美恶而无分。生兹秽类，靡益于人。名备群品，声损众伦。欶胫纤翼，紫首苍身。飞不能回，声若远闻。点缁成素，变白为黑。寡爱芳兰，偏贪秽食。集桓公之尸，居平叔之侧。乱鸡鸣之响，毁皇宫之饰。习习户庭，营营榛棘。反覆往还，譬彼谗贼。肤受既通，谮润罔极。缉缉幡幡，交乱四国。于是妖姬进，邪士来，圣贤拥，忠孝摧。周昌拘于牖里，天乙囚于夏台。伯奇为之痛结，申生为之蒙灾。《鸱鸮》悲其室，《采葛》惧其怀。《小弁》陨其涕，灵均表其哀。自古明哲犹如此，何况中庸与凡才。

若夫天生地养，各有所亲。兽必依地，鸟亦凭云。或来仪以呈祉，或自扰而见文；或负图而归德，或衔书以告真。或天胎而奉味，或残躯以献珍，或主皮而兴礼，或牢豢以供神。虽死生之异质，俱有益于国人。非如苍蝇之无用，唯构乱于蒸民。①

赋前有序，说明作赋缘由，见到往来窜飞的苍蝇，有感而发。通过典故回顾历史上众多忠贤因谗言而获罪的史实，喻之为“譬彼谗贼”，表达了“自古明哲犹如此，何况中庸与凡才”的愤慨与无奈。全文落脚在苍蝇“唯构乱于蒸民”一句，作者认为世间万物皆有所用，唯独这苍蝇一无是处，到处害人。

① （清）严可均辑，陈延嘉、王同策、左振坤等校点主编：《全上古三代秦汉三国六朝文》第8册，河北教育出版社1997年版，第371页。

二、“青蝇吊客”是对逐味习性的延伸

蝇是多食性昆虫，形形色色的腐败发酵有机物，都是它的美味佳肴。喜欢逐味是蝇特有的生理习性，它对糖、醋、氨味、腥味等味道具有极强的趋向性，敏锐的嗅觉总能引导它们找到臭味的源头去大快朵颐。如果要驱赶蝇类，就一定要用蝇不喜爱的味道去驱逐，否则就会收到相反的结果。《韩非子·外储说左下》载：“子绰左右画，去蚁驱蝇，安得无桓公之忧索官，与宣王之患臞马也。”① 左手画圆形，同时用右手画方形，必不得俱成。“喻用左右言，亦不能得贤也。以骨去蚁，以鱼去蝇，则蝇蚁愈至。喻温言训左右，愈谄。”② 另，子绰曰：“人莫能左画方而右画圆也。以肉去蚁蚁愈多，以鱼驱蝇蝇愈至。”③ 意义同上，用鱼肉去驱赶蝇，只会招致更多的蝇。

《吕氏春秋·功名》亦载：

> 缶醯黄，蚋聚之，有酸，徒水则必不可。以狸致鼠，以冰致蝇，虽工不能。以茹鱼去蝇，蝇愈至，不可禁，以致之之道去之也。桀、纣以去之之道致之也，罚虽重，刑虽严，何益！④

以臭“茹鱼”来驱赶蝇，正迎合了蝇喜腥臭的习性，当然只会招致越来越多的苍蝇。以此为喻，来说明用招致它的办法去驱赶它，是达不到目标的，无异于缘木求鱼，导致南辕北辙的结局，借此讽刺以鱼驱蝇的愚蠢做法。

陈蕃在书谏当时“封赏逾制，内宠猥盛”的局面时说：“夫不有臭秽，则苍蝇不飞。”⑤ 指出苍蝇喜欢飞去的地方，必定臭秽不堪，说明朝廷之乱是因为有吸引“苍蝇”的味道。班固的《难庄论》曰：“众人之逐世利，如青

① （清）王先慎撰，钟哲点校：《韩非子集解》，中华书局 1998 年版，第 291 页。

② 同上。

③ 同上书，第 302 页。

④ 许维遹撰，梁运华整理：《吕氏春秋集释》上册，中华书局 2009 年版，第 55 页。

⑤ （南朝宋）范晔撰，（唐）李贤等注：《后汉书》，中华书局 2000 年版，第 1461 页。

蝇之赴肉汁也。青蝇嗜肉汁而忘溺死，众人贪世利而陷罪祸。”[①]以青蝇贪婪之性为喻，为了肉汁美味而不顾生死，告诫世人不要一味贪图利益而招致灾祸。

死尸是蝇最喜爱的食物之一，《梁书》载：“夏日疾疫，死者相枕，蝇虫昼夜声相合。”[②]说的是夏天瘟疫过后，尸横遍地，导致蝇虫大量繁殖，飞行时的嗡嗡声昼夜不息。

“青蝇吊客”之说即来源于其这一逐味特性。《孟子·滕文公上》载孟子曰：“盖上世尝有不葬其亲者。其亲死，则举而委之于壑。他日过之，狐狸食之，蝇蚋姑嘬之。”[③]正是描绘蝇食腐尸的特性，这是与“青蝇吊客”相关的最早记载。

后来，“青蝇吊客”逐渐演变成形容人死后被逐渐遗忘的凄凉，孤寂的墓地周边，只有青蝇飞来凭吊，如刘孝威的《骢马驱》云：“十五官期门，二十屯边徼。犀羁玉镂鞍，宝刀金错鞘。一随骢马驱，分受青蝇吊。且令都护知，愿被将军照。誓使毡衣乡，扫地无遗噍。”[④]

三、“托骥之蝇”反衬力量强弱的对比

时至今日，蝇头小利、蝇营狗苟这类词语依然被用于形容追逐微小利益的行为，鄙视那些聚集在一起干坏事的小人物。究其发端，可以追溯到先秦时期对蝇翼毫末的描写，如宋玉在《小言赋》中极言之小时这样形容：“馆于蝇须，宴于毫端。”[⑤]指能在极为微细的蝇须上开馆，在毫上设宴。还有《庄子·徐无鬼》中的“郢人垩慢其鼻端若蝇翼”[⑥]、傅亮《感物赋》中的

---

① （清）严可均辑，陈延嘉、王同策、左振坤等校点主编：《全上古三代秦汉三国六朝文》第2册，河北教育出版社1997年版，第249页。

② （唐）姚思廉撰：《梁书》，中华书局2000年版，第197页。

③ 金良年撰：《孟子译注》，上海古籍出版社2012年版，第82页。

④ 逯钦立辑校：《先秦汉魏晋南北朝诗》下册，中华书局1983年版，第1866页。

⑤ （清）严可均辑，陈延嘉、王同策、左振坤等校点主编：《全上古三代秦汉三国六朝文》第1册，河北教育出版社1997年版，第128页。

⑥ （清）郭庆藩撰，王孝鱼点校：《庄子集释》下册，中华书局2012年版，第836页。

“习习飞蚋，飘飘纤蝇，缘幌求隙，望爓思陵”[①]等，都是刻意描写蝇之微细，从而影响了后世“以蝇喻小”的文学书写习惯。

“以蝇喻小”能显示出力量强弱大小的鲜明对照。枚乘在《上书重谏吴王》中这样说：“夫举吴兵以訾于汉，譬犹蝇蚋之附群牛，腐肉之齿利剑，锋接必无事矣。”[②]指的就是那些看起来哄哄闹闹，飞得猖狂的蝇，对于一群壮硕的牛而言，就是极为微小的存在，完全不能构成任何威胁。

蝇之类的小人，在真正的强者面前是猖狂不起来的。王褒在《四子讲德论并序》中赞夷、齐之志，曰：“夫青蝇不能秽垂棘，邪论不能惑孔、墨。”[③]《抱朴子·刺骄》载：“若夫伟人巨器，量逸韵远，高蹈独往，萧然自得，身寄波流之闲，神跻九玄之表，道足于内，遗物于外，冠摧履决，蓝缕带索，何肯与俗人竞干佐之便僻，修佞幸之媚容，效上林喋喋之啬夫，为春蜩夏蝇之聒耳！”[④]

因为力量的微小，蝇还往往被用于描写自不量力的举动。《抱朴子内篇序》中载：“岂敢力苍蝇而慕冲天之举，策跛鳖而追飞兔之轨，饰嫫母之陋丑，求媒扬之美谈，推沙砾之贱质，索千金于和肆哉！”[⑤]文中反其意而用之，是序中之谦用。

“托骥之蝇”的描绘始于汉代，指微小的苍蝇借强大外力的帮助，达到其依靠自身力量不可能达到的高度。张敞的《书》曰：“夫苍龙非不神，不能白日升天。飘风虽疾，不以霖雨，不能扬尘。故苍蝇之飞，不过十步。自托骐骥之发，乃腾千里之路。然无损于骐骥，得使苍蝇绝群也。”[⑥]这是“托骥之蝇”善于借力，无损骐骥之能而成功“绝群”的首次记载。

---

① （清）严可均辑，陈延嘉、王同策、左振坤等校点主编：《全上古三代秦汉三国六朝文》第6册，河北教育出版社1997年版，第249页。

② （清）严可均辑，陈延嘉、王同策、左振坤等校点主编：《全上古三代秦汉三国六朝文》第1册，河北教育出版社1997年版，第448页。

③ 同上书，第638页。

④ 张松辉、张景译注：《抱朴子外篇》下册，中华书局2013年版，第26页。

⑤ 王明撰：《抱朴子内篇校释》（增订本），中华书局1985年版，第367页。

⑥ （清）严可均辑，陈延嘉、王同策、左振坤等校点主编：《全上古三代秦汉三国六朝文》第1册，河北教育出版社1997年版，第537页。

“托骥之蝇”既可以用于表示对自身成就的谦逊态度，也可以用于表达自己对不当得利的贬抑看法。例如光武帝看重武将隗嚣的美德和声誉，以重礼相待，并在《手书报隗嚣》中说自己：“数蒙伯乐一顾之价，而苍蝇之飞，不过数步，即托骥尾，得以绝群。”① 这是典型的礼贤下士的自谦之喻，希望以这种诚恳的态度感召隗嚣。梁代陆倕在《感知己赋赠任昉》一文中说：“附苍蝇于骥尾，托明镜于朝光。”② 与此不同的是，姚兴在《答安成侯嵩难述佛义书》中说“但《光明》之作，本不为善男子善女人，所以得蒙余波者，其犹蝇附骥尾，得至千里之举耳”③，则体现了对“托骥之蝇”的不同态度，认为是不可取的投机行为。

第二节　蝗虫的文学书写

中国古代常发生蝗灾，蝗虫是典型的农业害虫，它最早被称为螽斯，山东人称为螽，陕西人称为蝗，后来，螽、蝗并用。据现代生物学分类，蝗虫属直翅目，“该目昆虫为头下口式，口器咀嚼式，触角丝状，复眼发达，多数单眼三个，前翅为覆翅，后足跳跃足或前足开掘足。渐变态。部分种类的雄虫能以声求偶、示敌，雌虫则无声”④。

关于螽斯的别称，《尔雅》给出了五个相类似的义项，邢昺释曰：“蛗螽之族，厥类寔烦，此辨之也。”⑤ 他认为螽的分类实在是很麻烦，故而全部

---

① （清）严可均辑，陈延嘉、王同策、左振坤等校点主编：《全上古三代秦汉三国六朝文》第1册，河北教育出版社1997年版，第24页。

② （清）严可均辑，陈延嘉、王同策、左振坤等校点主编：《全上古三代秦汉三国六朝文》第7册，河北教育出版社1997年版，第522页。

③ （清）严可均辑，陈延嘉、王同策、左振坤等校点主编：《全上古三代秦汉三国六朝文》第5册，河北教育出版社1997年版，第1606页。

④ 陈振耀著：《昆虫世界与人类社会》（第2版），中山大学出版社2008年版，第30页。该目有螽斯亚目或螽斯总科、螽斯科和蝗亚目或蝗总科、蝗科。

⑤ （晋）郭璞注，（宋）邢昺疏：《尔雅注疏》，上海古籍出版社2010年版，第494—495页。《尔雅疏卷第九释虫第十五》列出了蛗螽、草螽、蜇螽、蟿螽、土螽以及它们的别名。

列出来用以辨别，这五种即𨗋螽[①]、草螽[②]、蜇螽[③]、蟿螽[④]、土螽[⑤]。总名为螽，《螽斯》《草虫》等诗歌可为之证。《说文解字》中曰："蝗，螽也。从虫，皇声，乎光切。""螽，蝗也"[⑥]，宋代《类篇》中载螽蝗的互译："蝗，胡光切，虫名，说文螽也。""螽，之戎切，说文蝗也。"[⑦]简言之，"𨗋螽是蠜，俗称蝈蝈；草螽是负蠜，俗称纺织娘；蜇螽是蜙蝑，俗称蛩螽；蟿螽是蚱蜢、螇螰，俗称负蝗；土螽是蠰谿，俗称土蚱蜢"[⑧]。

---

① 𨗋螽，蠜（fán）。𨗋螽，一名蠜，是蝗类的总名。郝懿行义疏："螽为总名，𨗋螽亦螽之统称矣。"一说蝗子。在邢昺的疏中，援引了多人的类似看法，有：李巡曰："蝗子也。"陆机疏云："今人谓蝗子为螽子，兖州人谓之螣。"许慎云："蝗，螽也。"蔡邕云："螽，蝗也。明是一物。"郭郛注："𨗋螽、蠜、蝈蝈，螽斯科。翅变形，短促，能鸣，以瓜、豆等为食。北京街头所售的鸣虫。"详见郭郛注证：《尔雅注证》，商务印书馆 2013 年版，第 573 页。

② 草螽，负蠜。草螽，一名负蠜，一名常羊。"是蝗虫的一种，雄者鸣如织机声，俗称蝈蝈、织布娘。"详见管锡华译注：《尔雅》，中华书局 2014 年版，第 578 页。邢昺疏引陆机云："小大长短如蝗也，奇音，青色，好在茅草中。"又一名草虫，《诗》云："喓喓草虫，趯趯𨗋螽。"郭郛注："草螽、露螽；负蠜；草虫：露螽、纺织娘，即《诗》中的草虫，能鸣，声如纺车声，有高低不同的音节律，青色。螽斯科。"详见郭郛注证：《尔雅注证》，商务印书馆 2013 年版，第 573 页。

③ 蜇（sī）螽，蜙（sōng）蝑（xū）。蜇螽又称为蜙蝑，一名蜙（zōng），俗呼蟀。"蝗类昆虫，即斯螽，亦称螽斯。体长寸许，绿褐色。雄虫的前翅能发声。"详见管锡华译注：《尔雅》，中华书局 2014 年版，第 578—579 页。《周南》作"螽斯"，《七月》作"斯螽"，虽字异文倒，其实一也。陆机云："幽州人谓之春箕，春箕即春黍，蝗类也。长而青，长角长股。""股鸣者也。或谓似蝗而小，'班黑，其股似瑇瑁文。五月中以两股相切作声，闻数十布'者，是也。"详见（晋）郭璞注，（宋）邢昺疏：《尔雅注疏》，上海古籍出版社 2010 年版，第 494 页。郭郛注："螽斯科，体长大，青绿色，触角长，能鸣。"详见郭郛注证：《尔雅注证》，商务印书馆 2013 年版，第 573 页。

④ 蟿（qì）螽，螇蚸（lì）。蟿螽又称为螇蚸或者螇螰（lì），即蚣答板。"形似蜙，而细长，飞翅作声者，是也。"详见（晋）郭璞注，（宋）邢昺疏：《尔雅注疏》，上海古籍出版社 2010 年版，第 494 页。"蝗类昆虫。绿色或黄褐色。头尖，后翅大，飞时札札发声。善跳跃。郭璞注：'今俗呼似蜙，而细长、飞翅作声者为螇螰。'蜙，即上蜙蝑。郝懿行义疏：'郭说得之。今验螇螰全似蜙蝑而细小，飞翅作声，犹清长，俗呼之蚣答板是也。'"详见管锡华译注：《尔雅》，中华书局 2014 年版，第 579 页。郭郛注："蝗科，头向前尖突，青绿色，翅基淡红色，飞时作响声。"详见郭郛注证：《尔雅注证》，商务印书馆 2013 年版，第 573 页。

⑤ 土螽，蠰谿。土螽又称为蠰谿，即灰蚱蜢。蝗类昆虫。邢昺疏："江南呼虴蛨，又名虴蜢。形似蝗而小，善跳者是也。"详见管锡华译注：《尔雅》，中华书局 2014 年版，第 579 页。郭郛注："蝗科，体中等，后退粗短，内侧黑红色，善跳跃，偶尔飞翔。以杂草为食。"详见郭郛注证：《尔雅注证》，商务印书馆 2013 年版，第 573 页。

⑥ （汉）许慎撰，（宋）徐铉校定：《说文解字》，中华书局 2013 年版，第 281、285 页。

⑦ （宋）司马光等编：《类篇》，中华书局 1984 年版，第 495、502 页。

⑧ 郭郛注证：《尔雅注证》，商务印书馆 2013 年版，第 574 页。

一、子孙振振：最初的美好寄托

先秦时期，人们认为蝗虫有子孙繁盛的象征意义。《诗经·周南·螽斯》载：

螽斯羽，诜诜兮。宜尔子孙，振振兮。

螽斯羽，薨薨兮。宜尔子孙，绳绳兮。

螽斯羽，揖揖兮。宜尔子孙，蛰蛰兮。①

这是先民对蝗虫唯一的褒义作品。从这首寄寓了多子多孙美好祈愿的诗歌来看，我们可以知道蝗虫的若干特性，这些特性成为后来贬斥蝗虫的控诉之源。

首先是蝗虫生活区域极广的特性。蝗虫在我国大部分地区普遍存在，《螽斯》是周南的诗歌，朱熹《诗集传》中载："周，国名。南，南方诸侯之国也。周国本在《禹贡》雍州境内，岐山之阳。后稷十三世孙古公亶父始居其地，传子王季历，至孙文王昌，辟国寖广。于是徙都于丰，而分岐周故地，以为周公旦、召公奭之采邑……于是德化大成于内。而南方诸侯之国，江沱汝汉之间，莫不从化……至子武王发，又迁于镐，遂克商而有天下。武王崩，子成王诵立。周公相之，制作礼乐，乃采文王之世风化所及民俗之诗……杂以南国之诗，而谓之《周南》，言自天子之国而被于诸侯。"② 周南是指周公领导的南国，旧说陕西岐山一带，多数人认为是在雍州境内岐山之阳。但也有人认为在南郡南阳之间，南山之阳，钟南山南面。郦道元《水经注》引《韩诗序》认为"二南其地在南郡南阳之间"的位置，即今天的河南省西南部和湖北省北部。不论是哪一种说法，这一大块地域范围的气候条件，都适宜蝗虫生存。

其次是蝗虫群聚、善飞的集体迁徙特性。时人对"螽斯羽，诜诜兮"有一个比较直观的印象，蝗虫有"羽"，但"羽"不是指羽毛，而是它的翅膀。蝗虫的双翅如羽毛般富有光泽，成虫能够因双翅摩擦发声。再根据诗

① 周振甫著：《诗经译注》(修订本)，中华书局 2010 年版，第 8 页。

② (宋)朱熹注，赵长征点校：《诗集传》，中华书局 2011 年版，第 1—2 页。

中描绘的特征，蝗虫“诜诜兮”“薨薨兮”“揖揖兮”的声音①，说明发出的声音颇大，也印证了蝗虫喜欢集群生活的习性特征，这种大家庭的其乐融融正是古人所向往的。

最后是蝗虫极易繁殖的特性。当时人类的繁衍生息是极为重要的家族大事。我们从《螽斯》产生的时间②，可知古人对种族繁衍的热切期待是由来已久的。蝗虫区别于其他昆虫最明显的特征就是“子孙振振”。因为蝗虫的繁殖能力很强，雌性蝗虫可产卵约 100 枚于土壤中。经过一段休眠期后，卵孵出外观与成虫相似而体型微小的若虫，若虫蜕皮数次而发育为成虫。在温暖地区每年可为一化至多化性。对蝗虫天生的这种繁殖能力古人是极为渴望的。

祝福多子多孙的作品，代表着家族的祈愿。《螽斯》从蝗虫的外观、声音起兴，落脚在寓意，即“宜尔子孙”上，表达“你的子孙”应该是“非常多的”美好祝福。因此。《毛诗序》云：“《螽斯》，后妃子孙众多也。言若螽斯不妒忌，则子孙众多也。”《笺》：“忌有所讳恶于人。”③从古公亶父往后的这几代人，也都还保持着这种笃信仁义的原则。

二、蝗虫害谷：庄稼的灭顶之灾

蝗虫繁衍本是自然的生物现象，然而，繁衍一旦超过合适的度，就会转化为灾难。繁殖能力极强的蝗虫并没有因为人类“美好的误会”而停下侵略的脚步，它们迅速地给了先民们惨痛的教训。

---

① 蝗虫中有翅的种类，雄体能将两片前翅摩擦而发声，或将后肢以翅缘划过而发声。

② 《螽斯》与当时周公辅佐成王，制作礼乐有直接联系。周武王姬发在位 4 年，即公元前 1046—前 1043 年，死后传位于其子周成王姬诵，周成王在位 22 年，即公元前 1042—前 1021 年，这段时期应当就是《周南》诸篇文本集中成册的时间。不过《周南》诸诗成册时间不等于成诗时间，也就是说诗歌并不是在这 20 余年中产生的，而应当产生于更早的文王时期，也就是成王的爷爷那时候，“采文王之世风化所及民俗之诗”可为之证。周公旦在文王时期就有封地，至少说明他当时已经成年，可以执政一方了，以男子 20 岁弱冠到 70 岁古稀估算，假设周公最晚 70 岁辅佐成王继位（公元前 1042 年）的话，可知《螽斯》的创作时间大约在公元前 1046 年之前的 50 年之内，也就是说《螽斯》记载的是公元前 1096 年以后产生的故事。据此，我们可将蝗虫进入文学的时间系于公元前 1096 年以后。

③ 周振甫著：《诗经译注》（修订本），中华书局 2010 年版，第 8 页。

虫灾与水灾、旱灾并称为中国古代三大自然灾害，其中的虫灾主要就是蝗灾。中国是蝗灾频发的国家，自春秋战国以来的2600多年里，仅中原地区发生较严重的蝗灾就有800多次，平均每三年发生一次，并且每隔5—7年就发生一次大规模的蝗灾。《春秋》在鲁桓公五年（公元前707年）秋季的历史档案中，沉重地记下了一个“螽”字，这是中国蝗灾的最早记录。《农书》的作者王桢曾根据《春秋》统计出“春秋二百四十二年，书‘大有年’仅二，而水、旱、螽蝗屡书不绝”的沉重数据。

先唐的文献记载直观反映出了蝗灾发生的时间与灾害的程度。例如《春秋穀梁传》中记载的就有从桓公五年（公元前707年）[①]到哀公十三年（公元前482年）间11次大的蝗灾：[②]

（1）桓公五年（公元前707年）秋，螽。“传：螽，虫灾也。甚则月，不甚则时。”[③]这是中国历史上对蝗灾的第一次文献记载。

（2）僖公十五年（公元前645年）八月，螽。“传：螽，虫灾也。甚则月，不甚则时。”[④]说螽是蝗虫成灾，如果严重就记载发生的月份，不甚严重就记载发生的季节。

（3）文公三年（公元前624年），雨螽于宋。这条记载是关于宋国的，说的是宋国蝗虫像下雨般落下来。“传：外灾不志，此何以志也？曰：灾甚也。其甚奈何？茅茨尽矣。著于上，见于下，谓之雨。”[⑤]按说发生在鲁国以外的国家的灾害，照例是不会记载进来的，而这次可能是因为灾害十分严重，引起鲁国统治者的危机意识，当时宋国的蝗虫将茅草、蒺藜都吃光了，可想庄稼地里的惨状。用“雨”来形容宋国的蝗灾，非常形象地描绘了蝗虫铺天盖地、令人恐慌的飞进规模。

（4）文公八年（公元前619年）冬，螽。

---

① 历次蝗灾时间参见方诗铭编著：《中国历史纪年表》（新修订本），上海书店出版社2013年版。

② 这11次蝗灾的具体记载参见承载撰：《〈春秋穀梁传〉译注》，上海古籍出版社2004年版，第69、250、325、341、396、418、423、522、769、773页。

③ 承载撰：《春秋穀梁传》译注，上海古籍出版社2004年版，第69页。

④ 同上书，第250页。

⑤ 同上书，第324—325页。

（5）宣公六年（公元前 603 年）秋，八月，螽。

（6）宣公十三年（公元前 596 年）秋，螽。

（7）宣公十五年（公元前 594 年）秋，螽。

（8）襄公七年（公元前 566 年）八月，螽。

（9）哀公十二年（公元前 483 年）冬，十有二月，螽。

（10）哀公十三年（公元前 482 年）九月，螽。

（11）哀公十三年（公元前 482 年）十有二月，螽。

这 11 次蝗灾的爆发，体现了蝗灾连年性发生的特点。连发性是由蝗虫强大的繁殖能力导致的，尤其是遇到气候条件适合的时候更甚，成为古代蝗灾连续爆发的根源。“蝗虫排卵之后，若冬季气温适宜，蝗卵会很快进入下一轮生长期。这样蝗虫会愈来愈多，第二年会接连成灾。”① 如公元前 483 年，鲁国爆发了蝗灾，次年（前 482 年）又记载蝗灾爆发，而且这一年之中还接连爆发了两次，即秋季的 9 月和冬季的 12 月。

先唐文献中，记载了大量蝗虫害谷的事件，《全汉文》载王莽的诏书云：“阴阳未和，风雨不时，数遇枯旱蝗螟为灾，谷稼鲜耗，百姓苦饥。”②“枯旱霜蝗，饥馑荐臻，蛮夷猾夏，寇贼奸宄，百姓流离。”③ 据《汉书》记载，武帝时期曾“蝗虫大起，赤地数千里，或人民相食，畜积至今未复”④。还有《全后汉文》记载的钟离意《谏起北宫疏》中所写的蝗灾：“未数年，豫章遭蝗，谷不收，民饥死，县数千百人。”⑤

魏晋时期记载的蝗灾只增不减，《晋书・五行》中有专门记录蝗灾情况的《蝗虫》篇，如：“怀帝永嘉四年五月，大蝗，自幽、并、司、冀至于秦、

---

① 谢翠维撰：《唐代蝗灾研究管见》，《兰台世界》2009 年 11 月上月刊，第 58 页。

② （清）严可均辑，陈延嘉、王同策、左振坤等校点主编：《全上古三代秦汉三国六朝文》第 1 册，河北教育出版社 1997 年版，第 811 页。

③ 同上书，第 812 页。

④ （汉）班固撰，（唐）颜师古注：《汉书》，中华书局 2000 年版，第 2361 页。

⑤ （清）严可均辑，陈延嘉、王同策、左振坤等校点主编：《全上古三代秦汉三国六朝文》第 2 册，河北教育出版社 1997 年版，第 266 页。

雍，草木牛马毛鬣皆尽。”① “元帝太兴元年六月，兰陵合乡蝗，害禾稼。乙未，东莞蝗虫纵广三百里，害苗稼。七月，东海、彭城、下邳、临淮四郡蝗虫害禾豆。八月，冀、青、徐三州蝗，食生草尽，至于二年。”“二年五月，淮陵、临淮、淮南、安丰、庐江等五郡蝗虫食秋麦。是月癸丑，徐州及扬州江西诸郡蝗，吴郡百姓多饿死。”“十六年五月，飞蝗从南来，集堂邑县界，害苗稼。”② 还有隋文帝在《下诏伐突厥》中提及：“去岁四时，竟无雨雪，川枯蝗暴，卉木烧尽，饥疫死亡，人畜相半。”③ 民无五谷不生，可见，先唐时期的蝗虫不仅给庄稼带来灭顶之灾，同时还造成了饿殍满地的社会悲剧。

三、社稷之危：蝗灾与人祸勾连

蝗灾让百姓苦不堪言，而另一种人为危害则堪比蝗灾。《吕氏春秋·不屈》载：

> 匡章谓惠子于魏王之前曰：“蝗螟，农夫得而杀之，奚故？为其害稼也。今公行，多者数百乘，步者数百人；少者数十乘，步者数十人。此无耕而食者，其害稼亦甚矣。”④

文章从农夫杀蝗的设问中起兴，引起对“无耕而食者”的批判，认为这些人的危害比蝗灾更甚。农夫灭蝗是因为蝗虫吃掉了庄稼，影响粮食生产，从而威胁到人类的生存。如今的君王出行，多的时候要出动几百辆车，还要加上百人步行相随；少的话也至少要几十辆车一起走，再加几十个人跟随。这种不耕田反而大肆享受的人，造成浩浩荡荡出行的巨大浪费，其危害不是远远大于蝗灾吗？可见，统治阶级的奢靡腐化，往往使得蝗灾最后演变为社会矛盾的导火索，进而自取灭亡。

蝗灾还往往成为战争的导火索。在古代，蝗灾导致庄稼减产甚至绝收，

① （唐）房玄龄等撰：《晋书》，中华书局2000年版，第571页。

② 同上书，第572页。

③ （清）严可均辑，陈延嘉、王同策、左振坤等校点主编：《全上古三代秦汉三国六朝文》第9册，河北教育出版社1997年版，第325页。

④ 许维遹撰，梁运华整理：《吕氏春秋集释》下册，中华书局2009年版，第495页。

因此，各国出兵争夺粮食的事件便屡有发生，蝗灾从而演变为兵祸。汉代淮南王刘安曾因反对出兵而写了《上书谏伐南越》，其中记载："四年不登，五年复蝗，民生未复。今发兵行数千里，资衣粮，入越地，舆桥而逾领，柁舟而入水，行数百千里，夹以深林丛竹，水道上下击石，林中多蝮蛇猛兽，夏月暑时，欧泄霍乱之病相随属也，曾未施兵接刃，死伤者必众矣。"① 说明在蝗灾重创下贸然出兵的危害。东汉臧宫在《与马武上书请灭匈奴》中说："匈奴贪利，无有礼信，穷则稽首，安则侵盗，缘边被其毒痛，内国忧其抵突。虏今人畜疫死，旱蝗赤地，疫困之力，不当中国一郡，万里死命，县在陛下。福不再来，时或易失，岂宜固守文德而堕武事乎？"② 建议君主抓住时机，趁着匈奴刚好遭到蝗灾的打击时出兵讨伐。

四、君臣之责："灾异说"的盛行

（一）"灾异说"认为蝗灾是检验统治者的试金石

在中国古人的认知中，究竟是什么原因导致蝗灾呢？在科学尚不能有力抗蝗的年代，"灾异说"便大行其道。人们将蝗灾与政治的清明程度相联系，认为政治清明的时候，便不容易产生蝗灾，蝗灾就是上天对统治者发出的警告。东汉张文的《蝗虫疏》云：

> 《春秋》义曰："蝗者，贪扰之气所生。天意若曰：贪狼之人，蚕食百姓，若蝗食禾稼，而扰万民。兽啮人者，象暴政若兽而啮人。"京房《易传》曰："小人不义而反尊容，则虎食人，辟历杀人，亦象暴政，妄有喜怒。"政以贿成，刑放于宠，推类叙意，探指求源，皆象群下贪狼，威教妄施，或若蝗虫。宜敕正众邪，清审选举，退屏贪暴。
>
> 鲁僖公小国诸侯，敕政修己，斥退邪臣，尚获其报六月甚雨

① （清）严可均辑，陈延嘉、王同策、左振坤等校点主编：《全上古三代秦汉三国六朝文》第1册，河北教育出版社1997年版，第370页。

② （清）严可均辑，陈延嘉、王同策、左振坤等校点主编：《全上古三代秦汉三国六朝文》第2册，河北教育出版社1997年版，第210页。

之应，岂况万乘之主修善求贤？宜举敦朴，以辅善政。陛下体尧、舜之圣，秉独见之明，恢太平之业，敦经好学，流布远近，可留须臾神虑，则可致太平，招休征矣！①

文中认为蝗虫是伴随贪扰之气而来的，蝗虫不生则代表政治清明，蝗虫多生则代表贪吏群生，因此，蝗灾便成了检验统治清浊的试金石、政治好坏的标尺。《后汉书》载卓茂治县之功云："初，茂到县，有所废置，吏人笑之，邻城闻者皆蚩其不能。河南郡为置守令，茂不为嫌，理事自若。数年，教化大行，道不拾遗。平帝时，天下大蝗，河南二十余县皆被其灾，独不入密县界。督邮言之，太守不信，自出案行，见乃服焉。"② 说的是卓茂在任期间治理有方，因此，在大蝗之年都能幸免遭罪。

与清正廉明的执政方式相比，先唐时期对"蝗喻贪吏"的记载更多，例如东汉番忠在《上书劾朱瑀》中向君主列举朱瑀罪状时，说他"不惟禄重位尊之责，而苟营私门，皮剥小民，甚于狼虎；多蓄财货，缮治第舍，连里竟巷。盗取御水，以作鱼钓；车马服玩，拟于天家。群公卿士，杜口吞声，莫敢有言。州郡牧守，承顺风旨，辟召选举，释贤取愚"③。因此导致了"虫蝗为之生，夷寇为之起"的局面，请求君主"埽灭丑类，以答天怒"。蔡邕在《上封事陈政要七事》中也说："夫权不在上，则雹伤物；政有苛暴，则虎狼食人；贪利伤民，则蝗虫损稼。"④ 他认为官吏中如有贪财之人，与民谋利，就会导致蝗虫损害庄稼。《晋书·五行·嬴虫之孽》载："（太康九年）九月，虫又伤秋稼。是时，帝听谗谀，宠任贾充、杨骏，故有虫蝗之灾，不绌无德之罚。"⑤ 蝗虫灾异不仅仅是底层贪官所导致的，还有朝中高官甚至君主的"无德"施政。

---

① （清）严可均辑，陈延嘉、王同策、左振坤等校点主编：《全上古三代秦汉三国六朝文》第2册，河北教育出版社1997年版，第763页。

② （南朝宋）范晔撰，（唐）李贤等注：《后汉书》，中华书局2000年版，第582页。

③ （清）严可均辑，陈延嘉、王同策、左振坤等校点主编：《全上古三代秦汉三国六朝文》第2册，河北教育出版社1997年版，第636页。

④ 同上书，第679页。

⑤ （唐）房玄龄等撰：《晋书》，中华书局2000年版，第577页。

蝗灾是上天降下的灾异，那么去除蝗虫自然也“当以德消”。《东观汉记》载：“司部灾蝗，台召三府驱之。司空掾梁福曰：‘普天之下，莫非王土，不审使臣驱蝗何之？灾蝗当以德消，不闻驱逐。’”① 说梁福坚持用“德行”来消灾，而不是采取积极驱逐的治理办法。可见，在“灾异说”盛行的背后，不仅反映了科学水平的落后，还暴露出一系列的统治隐忧，体现了积患已久的社会矛盾。

（二）“罪己诏”与“上疏文”

面对来势汹汹的蝗灾，统治阶级必须拿出相应的措施，才能稳固江山，安抚百姓。从君王开始，一系列措施自上而下有序进行。《全后汉文》载和帝《蝗灾罪己诏（九月）》曰：“蝗虫之异，殆不虚生，万方有罪，在予一人，而言事者专咎自下，非助我者也。朕寤寐恫矜，思弭忧衅。昔楚严无灾而惧，成王出郊而反风。将何以匡朕不逮，以塞灾变？百僚师尹，勉修厥职，刺史、二千石详刑辟，理冤虐，恤鳏寡，矜孤弱，思惟致灾兴蝗之咎。”② 君主的抗灾“罪己诏”反思为政之道，希望能以清明的政令来遏制灾害。

面对因蝗灾而减产甚至绝收的困境，朝廷多次采取减税的方法来减轻百姓负担，帮助百姓渡过难关。如：

> 六月，蝗、旱。戊辰，诏：“今年秋稼为蝗虫所伤，皆勿收租、更、刍稿；若有所损失，以实除之，余当收租者亦半入。其山林饶利，陂池渔采，以赡元元，勿收假税。”八月丙寅，京师大风，蝗虫飞过洛阳。诏赐民爵。郡国被蝗伤稼十五以上，勿收今年田租；不满者，以实除之。③
>
> 《旱蝗除田租诏》（四年十二月）：“今年郡国秋稼为旱蝗所伤，其什四以上，勿收田租、刍稾；有不满者，以实除之。”④

① （汉）刘珍等撰，吴庆峰点校：《东观汉记》，齐鲁书社 2000 年版，第 213 页。

② （清）严可均辑，陈延嘉、王同策、左振坤等校点主编：《全上古三代秦汉三国六朝文》第 2 册，河北教育出版社 1997 年版，第 60 页。

③ （南朝宋）范晔撰，（唐）李贤等注：《后汉书》，中华书局 2000 年版，第 125、147 页。

④ （清）严可均辑，陈延嘉、王同策、左振坤等校点主编：《全上古三代秦汉三国六朝文》第 2 册，河北教育出版社 1997 年版，第 57 页。

《蝗灾免租诏》(九年六月戊辰)："今年秋稼为蝗虫所伤，皆勿收租、更、刍藁。若有所损失，以实除之，余当收租者，亦半入。其山林饶利，陂池渔采，以赡元元，勿收假税。"①

朝廷在减租之余，还积极提供补救措施，确保民生。《东观汉记》载威宗孝桓皇帝诏司隶："蝗水为灾，五谷不登，令所伤郡国皆种芜菁，以助民食。"②

君主因蝗灾而处罚办事不力的官员，东汉安帝《蝗灾诏》(元初二年五月甲戌)云："朝廷不明，庶事失中，灾异不息，忧心惶惧。被蝗以来，七年于兹，而州郡隐匿，裁言顷亩。今群飞蔽天，为害广远，所言所见，宁相副邪？三司之职，内外是监，既不奏闻，又无举正，天灾至重，欺罔罪大。今方盛夏，且复假贷，以观厥后。其务消救灾眚，安辑黎元。"③

面对因蝗致灾的现状，臣子也常积极行文上书，劝谏帝王勤俭治国。汉宣帝即位初，想要为先帝立庙褒供，但长信少府胜上书反对，他认为"武帝虽有攘四夷广土斥境之功，然多杀士众，竭民财力，奢泰亡度，天下虚耗，百姓流离，物故者半。蝗虫大起，赤地数千里，或人民相食，畜积至今未复。亡德泽于民，不宜为立庙乐"④。认为在这样的背景下，大张旗鼓地立庙褒供，是不妥的。

五、走向科学：蝗灾的有效应对

(一)《论衡》对"灾异说"的反驳

在蝗虫"灾异说"与政治关联的传闻流行之时，王充在《论衡·感虚篇》中表达了截然相反的态度。《论衡》云：

世称："南阳卓公为缑氏令，蝗不入界。"盖以贤明至诚，灾

① （清）严可均辑，陈延嘉、王同策、左振坤等校点主编：《全上古三代秦汉三国六朝文》第2册，河北教育出版社1997年版，第60页。

② （汉）刘珍等撰，吴庆峰点校：《东观汉记》，齐鲁书社2000年版，第31页。

③ （清）严可均辑，陈延嘉、王同策、左振坤等校点主编：《全上古三代秦汉三国六朝文》第2册，河北教育出版社1997年版，第68页。

④ （汉）班固撰，（唐）颜师古注：《汉书》，中华书局2000年版，第2361页。

虫不入其县也。此又虚也。夫贤明至诚之化，通于同类，能相知心，然后慕服。蝗虫，闽蛇之类也，何知何见，而能知卓公之化？使贤者处深野之中，闽蛇能不入其舍乎？闽蛇不能避贤者之舍，蝗虫何能不入卓公之县？如谓蝗虫变与闽蛇异，夫寒温亦灾变也，使一郡皆寒，贤者长一县，一县之界，能独温乎？夫寒温不能避贤者之县，蝗虫何能不入卓公之界？夫如是，蝗虫适不入界，卓公贤名称于世，世则谓之能却蝗虫矣。何以验之？夫蝗之集于野，非能普博尽蔽地也，往往积聚多少有处。非所积之地，则盗跖所居；所少之野，则伯夷所处也。集过有多少，不能尽蔽覆也。夫集地有多少，则其过县有留去矣。多少不可以验善恶，有无安可以明贤不肖也？盖时蝗自过，不谓贤人界不入，明矣。①

王充认为，蝗虫不入卓公治理之界，并不是因为他的贤明至诚。贤明与否是针对人类而言，蝗虫与人类毫无可通之性，人类的贤明蝗虫是无法感知的。就像大自然的气候，不会因为一个官员的贤明，就能将一个寒冷的地方变成温暖的地方。

王充认为，世人将蝗虫不进入卓公之界与其为官贤明相提并论，是没有科学依据的。蝗虫再多，也不可能遍及世间的每一个角落，它们的聚集是有范围的，不能说它们聚集多的地方就一定是贼寇之地，也不能说它们聚集少的地方就是因为有伯夷这样高洁的人。因此，从科学的角度来分析，蝗灾根本就不是判断“贤与不肖”的标准，只有明白了蝗虫过境只是一种自然现象，才是明智的认识。

（二）对蝗灾科学认知的过程

古代蝗灾来临的时候，景象是非常惊人的，蝗群遮天蔽日飞扑而来，轰轰烈烈如风卷残云般啃光一切庄稼、树叶等绿色植物。飞蝗行经之处，草木无遗，猛烈的时候甚至袭击人类，对人们的生活造成极大的威胁，蝗

① （汉）王充著，张宗祥校注，郑绍昌标点：《论衡校注》，上海古籍出版社 2010 年版，第 118 页。

灾一直是历代统治者高度关注的问题。

对于蝗灾的认识，古人的起步是很早的。因为对生活中的事物具有敏锐的观察力和感知力，先秦时期的人们就已经知道了蝗灾产生的真正原因。《吕氏春秋·孟夏纪》记载：

> 行之是令，而甘雨至三旬。孟夏行秋令，则苦雨数来，五谷不滋，四鄙入保。行冬令，则草木早枯，后乃大水，败其城郭。行春令，则虫蝗为败，暴风来格，秀草不实。[①]

汉代高诱注："是月当继长增高，助阳长养，而行春启蛰之令，故有虫蝗之败。春木气，多风，故暴疾之风应气而至，使当秀之草不长茂。"[②]就是孟夏季节如果"行春令"，就会为蝗虫提供丰富的食物，导致蝗虫的大量生长。这是现存文献记载中对蝗虫最早的科学发现。

知道了蝗灾产生的自然条件，就能够采取有针对性的防治。自农耕史以来，人们就与蝗虫进行了一场绵延数千年的战争。据范毓周的研究，殷代的甲骨文中就有蝗虫的标记。先秦文献记载了消除蝗虫、螟等蟊贼类农业害虫的办法，《诗经·小雅·大田》载："去其螟，及其蟊贼。田祖有神，秉畀炎火。"[③]说的是当时灭蝗所采用的"火烧之法"。《吕氏春秋·审时》记载："得时之麻，必芒以长，疏节而色阳，小本而茎坚，厚枲以均，后熟多荣，日夜分复生；如此者不蝗。"[④]说的是要"得时"，即不违农时，按规律进行农业生产。麻要种得适时，蝗虫不食麻结，就是只要麻长到一定程度，蝗就无法食用。"得时而不蝗"的办法，正是错开了二者的生长期，用这种按植物生长时间防治和物候干预的方式，来达到预防蝗灾的效果。而且，"从汉代开始，中国正史中就有《五行志》来专门记载历代灾害情况，至迟到宋代已经有专门记载消灭蝗虫的方法的书籍"[⑤]。

① （战国）吕不韦著，陈奇猷校释：《吕氏春秋新校释》上册，上海古籍出版社 2002 年版，第 189 页。

② 同上书，第 197 页。

③ 周振甫著：《诗经译注》（修订本），中华书局 2010 年版，第 328 页。

④ 许维遹撰，梁运华整理：《吕氏春秋集释》下册，中华书局 2009 年版，第 699 页。

⑤ 彭展著：《20 世纪唐代蝗灾研究综述》，《防灾技术高等专科学校学报》2005 年第 3 期。

蝗灾大规模产生的原因是多方面的：第一，蝗虫有群居的习性，一旦聚集，就危害无穷。第二，蝗虫属于多食性昆虫，多种植物都能供它们食用，为其快速生长提供条件。第三，蝗虫有极强的繁殖力，它们把卵深藏于地下，人们想要破坏有难度，干旱季节更甚。第四，蝗虫善于飞行，尤其是群飞迁移的速度很快，影响面极大，容易扩散，难以防治。第五，最主要的是合适的气候。蝗虫喜欢干燥暖和的环境，“久旱必蝗”是因为干旱气候有利于它们的繁殖、生长，它们将卵产在干旱的土壤中，每到干旱季节，蝗虫的存活率就会大大提高，从而形成蝗灾。此外，还有因水土和植被保护不够导致旱地增多、缺少有效天敌、暖冬时预见性不够、人工灭蝗干预力度小、缺乏有效灭蝗方法等因素。

我国蝗灾发生地是相对固定的。因为地理位置与生态环境的关系，自古以来黄河流域就是蝗灾的主要地区。黄河地区夏季雨量集中，由于黄河河床宽阔，河水漫流，旱灾往往随洪涝灾害后产生。黄河两岸滩地得不到正常利用，旱季加之温度适宜，就为蝗虫生长发育提供了较好的地理条件，成为蝗虫的滋生场所。黄河中下游地区是小麦等农作物的重要产区，河滩又是芦苇生长的良好场所，这些都是蝗虫喜食的植物，从而为蝗虫提供了食物来源。史书上有记载的蝗灾发生区域就多位于粮食产区，因为自古以来统治者都很重视京师附近和经济命脉地区各方面情况，才使得这些地区的灾情能畅通上达，也易被史书所记载。

第三节　农业害虫的文学书写

能对农业产生危害的害虫多种多样。文献记载中，较早被抨击且有持续影响力的害虫当属蟊贼、螟螣与蜮等。虽然它们并不能完全代表农业害虫的全貌，但可以管中窥豹式地观测先秦时期人们重点贬斥的昆虫种类及其背后的喻指。

据赵逵夫先生考证，从时间排序上看，最早被贬斥的害虫是螟螣和蟊贼，约在公元前1035年，即周成王八年，农事诗《小雅·大田》载：“即方即皁，既坚既好，不稂不莠。去其螟螣，及其蟊贼，无害我田穉！田祖有神，秉畀炎火。”①《大田》是周王祭祀田祖以祈年的乐歌②，“周人述成王举行烝祭及祈、报社稷的情形而作《楚茨》《信南山》《甫田》《大田》”③，描写备耕、播种、除草、去虫、下雨、丰收等景象，对研究周代农业生产很有价值。其中去虫是农业中非常重要的一环，是人和天的博弈。诗中明确指出要去掉螟螣和蟊贼，不让它们伤害田穉。

蟊贼常被用来比喻昏庸贪暴的君主。君主的统治稳定与否，关系到国家的根基，蟊贼食根，象征根基不稳。《尔雅》云：“食苗心，螟。食叶，蟘。食节，贼。食根，蟊。”④即吃苗心的昆虫称为螟，吃苗叶的昆虫称为蟘，吃苗秆的昆虫称为贼，吃苗根的昆虫称为蟊。螣，说文认为是“神蛇也，徒登切”⑤。芮良夫作《桑柔》，伤厉王之贪暴，是造成国家灾难的根源。《桑柔》云：“天降丧乱，灭我立王。降此蟊贼，稼穑卒痒。哀恫中国，具赘卒荒！”⑥原意是说虫孽为害，五谷尽病，卿士芮良夫借此哀叹周厉王昏庸暴

---

① 周振甫著：《诗经译注》（修订本），中华书局2010年版，第328页。

② 《大田》所言：“来方禋祀，以其骍黑，与其黍稷。”当是成王秋报社稷的情形，孔疏明确指出“祭当在秋”。诗中“彼有不获穉，此有不敛穧，彼有遗秉，此有滞穗，伊寡妇之利”明显是写秋收后的情景，也可为秋报社稷的佐证。

③ 赵逵夫主编：《先秦文学编年史》上册，商务印书馆2010年版，第256页。

④ 分别虫啖食禾所在之名耳，皆见《诗》。螟，亡丁反。虫食苗心者。《说文》云：“虫食穀叶者。吏冥冥犯法即生螟。”蟘，虫合叶者。《说文》云：“虫食草叶者。吏乞贷即生蟘。蟊，亡侯反。本亦作蛑。”《说文》作蟊。蛑，古蟊字。云吏抵冒取民则生蟊也。《字林》蟊音亡牛反。邢昺疏释曰：此分别虫啖食禾所在之名也。李巡云：食禾心为螟，言其姦冥冥难知也。食禾叶者言假贷无厌，故曰蟘也。食禾节者，言贪狼，故曰贼也。食禾根者，言其税取万民财货，故云蟊也。孙炎曰：皆政贪所致，因以为名也。郭璞直以虫食所在为名，而李巡、孙炎并因讬恶政，则灾由政起，难以食所在为名，而所在之名缘政所至，理为兼通也。陆机《疏》云：“螟似子方而头不赤螣蝗也，贼似桃李中蠹虫，赤头身长而细耳。或说云：蟊，蝼蛄也，食苗根，为人患。许慎云：‘吏冥冥犯法即生螟’，‘吏乞贷则生蟘’，‘吏抵冒取民则生蟊’。旧说云：螟，螣蟊贼，一种虫也。如言寇贼姦宄内外言之尔。故揵为文学曰：此四种虫皆蝗也，实不同，故分别释之。”注“皆见诗”释曰：“《小雅·大田》云：‘去其螟螣，及其蟊贼，无害我田穉’是也。”参见（晋）郭璞注，（宋）邢昺疏：《尔雅注疏》，上海古籍出版社2010年版，第505页。

⑤ （汉）许慎撰，（宋）徐铉校定：《说文解字》，中华书局2013年版，第279页。

⑥ （清）王先谦撰，吴格点校：《诗三家义集疏》，中华书局1987年版，第947页。

虐，任用非人，人民痛苦，国家将亡。据赵逵夫先生考证，《桑柔》约作于周厉王流彘之初，即公元前841年，《史记·周本纪》载："厉王即位三十年，好利，近荣夷公，大夫芮良夫谏厉王曰：'王室其将卑乎？夫荣公好专利，而不知大难。夫利，百物之所生也，天地之所载也，而有专之，其害多矣！天地百物皆将取焉，何可专也？所怒甚多，而不备大难。以是教王，王其能久乎？'……'今王学专利，其可乎？匹夫专利，犹谓之盗，王而行之，其归鲜矣。荣公若用，周必败也。'厉王不听，卒以荣公为卿士，用事。"①可见，即便如此直言进谏，周厉王还是不听，足见其利令智昏的程度。

蟊贼还被用来指称统治阶级内部的祸乱，既有后宫干政的危害，也有群臣内乱的动荡。周幽王十年，即公元前772年，凡伯刺幽王，嬖褒姒乱政作《瞻卬》，曰："瞻卬昊天，则不我惠。孔填不宁，降此大厉。邦靡有定，士民其瘵，蟊贼蟊疾，靡有夷届。罪罟不收，靡有夷瘳。"②刺幽王内乱地削作《召旻》，曰："天降罪罟，蟊贼内讧。昏椓靡共，溃溃回遹，实靖夷我邦。"③讽刺周幽王任用小人，胡作非为，朝政败坏，国土日削，将至灭亡。蟊贼在此比喻国之蛀虫，危害甚巨。

还有一些并不常见的昆虫，也扮演着反面角色。关于蜮这种专门害人的害虫，有一种神秘的色彩。据赵逵夫先生考证，在公元前773年，即周幽王九年时，苏信公所作的《诗经·小雅·何人斯》载："为鬼为蜮，则不可得。有靦面目，视人罔极。作此好歌，以极反侧。"④蜮是用以比喻背后搞鬼的人，"蜮：短狐也，似鼈三足，以气，射害人，从虫，或声，于逼切"⑤。苏信公作《何人斯》以绝暴公。谴责谗害自己、居心险恶、行踪诡秘、反复无常的小人，决心与之绝交。《诗序》："《何人斯》，苏公刺暴公也。暴公为卿士而谮苏公焉，故苏公作是诗以绝之。"⑥这首绝交诗应该作于

① （汉）司马迁撰：《史记》第1册，中华书局2013年版，第179—180页。

② （清）王先谦撰，吴格点校：《诗三家义集疏》，中华书局1987年版，第990页。

③ 同上书，第995页。

④ 同上书，第714页。

⑤ （汉）许慎撰，（宋）徐铉校定：《说文解字》，中华书局2013年版，第283页。

⑥ 赵逵夫主编：《先秦文学编年史》上册，商务印书馆2010年版，第400—401页。

西周末年风气日下、朝臣热衷结党营私的乱局中，作者怒斥蜮之害犹佞巧善谀好利者于统治之害。

其后，《关尹子》曰：“蜮射影能毙我，知夫无知者亦我，则普天之下，我无不在。”[①]《大招》曰：“魂乎无南，蜮伤躬只！”[②]灵魂啊，别到南方去，小心鬼蜮伤你体，以蜮之伤人而发出警告。

“螟蛉有子，蜾蠃负之”的故事，被用来讽刺凭借小聪明而上位者。“螟：虫食穀叶者，吏冥冥犯法，即生螟，从虫、从冥，冥亦声，莫经切。”“蛉：蜻蛉也。从虫、令声。一名桑根，郎丁切。”“蜾：蜾蠃，蒲庐，细要土蜂也，天地之性，细要纯雄无子，诗曰：螟蛉有子，蜾蠃负之。从虫，果声，古火切。蜾或从果。”“蠃：蜾蠃也，从虫，蠃声，一曰虎蝓，郎果切。”[③]《小雅·小宛》：“中原有菽，庶民采之。螟蛉有子，蜾蠃负之。教诲尔子，式穀似之。”[④]据赵逵夫先生考证，公元前772年，周幽王十年时，周之大夫所作，刺幽王以小智而登高位。朱熹的《诗集传》载：“此大夫遭时之乱，而兄弟相戒以免祸之诗。”[⑤]诗中“螟蛉有子，蜾蠃负之”[⑥]的故事，讲蜾蠃趁螟蛉不在的时候，将螟蛉的孩子据为己有，偷回去抚养，视同己出，希望螟蛉长大后变成蜾蠃，以此讽刺幽王以小智而居高位，但根源上

---

① 方勇编纂：《子藏·道家部·关尹子卷》第1册，国家图书馆出版社2014年版，第53页。

② 董楚平译注：《楚辞译注》，上海古籍出版社2014年版，第210页。

③ （汉）许慎撰，（宋）徐铉校定：《说文解字》，中华书局2013年版，第280—281页。

④ （清）王先谦撰，吴格点校：《诗三家义集疏》，中华书局1987年版，第693页。

⑤ （宋）朱熹注，赵长征点校：《诗集传》，中华书局2011年版，第183页。

⑥ 果蠃，蒲庐。即细腰蜂也，俗称蠮螉。螟蛉，桑虫。俗谓之桑蟃，亦曰戎女。果，本又作蜾，又作蜗，同。工大反。蠃，鲁果反。细要，一遥反。本今作腰。蠮，於结反，又於计反。螉，乌红反。《广雅》云：蠮螉，土蜂也。案，今俗呼细腰小蜂为螉，螉在物中做房，用土为隔，非上蜂也。螟，亡丁反。蛉，力丁反。蟃音萬。疏：“果蠃，蒲庐。螟蛉，桑虫。”释曰：案，《诗经·小雅·小苑》云：“螟蛉有子，蜾蠃负之。”果蠃，一名蒲庐，即细腰蜂也，俗呼为蠮螉。《方言》云：“蜂，燕、赵之间谓之蠓螉，其本名谓之蠮螉。”郑注《中庸》以蒲庐为土蜂。《说文》云：“细要土蜂。”“地之性，细要，纯雄，无子。”螟蛉，一名桑虫，一名桑蟃，一名戎女。陆机云：螟蛉者，桑上小青虫也，似步屈，其色青而细小，或在草菜上。蜾蠃，土蜂也，似蜂而小腰，取桑虫，负之于木空中，七日而化为子。《法言》云：螟蛉之子殪而逢蜾蠃，祝之曰“类我类我”，久则肖之。是也。参见（晋）郭璞注，（宋）邢昺疏：《尔雅注疏》，上海古籍出版社2010年版，第502页。

是不好的，当种种劣迹表现无遗时，注定难逃被颠覆的命运。

上述种种害虫，不管是对人体产生危害或者是对庄稼产生危害的，最终都被作者用于比附对统治阶级、对国家产生的危害。这种贬斥的意义一经产生，就不再发生大的变化，基本上固定了害虫在后代文学书写中的基本面貌和情感选择。

第四章
毁誉参半的昆虫书写

第一节　蚂蚁的书写特征

蚂蚁是典型的社会性昆虫，常以群体形象出现。从春秋时期法家学派管仲间接提及蚂蚁，到战国时期韩非子赋予蚂蚁多样化的意蕴①，期间经历了长达五百年的历史。此后，六朝更替的风云际会，赋予了蚂蚁更多的文学意义。两汉时期，不仅沿袭了先秦重视观察蚂蚁自然状貌的习惯，书写时以褒赞为主，并且增加了"自谦之蚁""绿蚁之酒"等生动的描绘。汉代以后，文人对蚁群的态度转向以贬斥为主，褒赞之意逐渐淡化甚至消亡，这种现象在南北朝尤其突出。本节重点考察先唐文人对蚂蚁群体意象毁誉参半的认知、评价及其书写特征。

一、对蚂蚁自然特征的书写

在蚂蚁进入文献记载的最初时期，人们对它的观察是直接而具体的，主要是直观描述其自然习性。蚂蚁喜欢生活在近水湿润的环境中，早在春

① 蚂蚁在诸子作品中出现了二十余次，数量上仅次于蝉和蚕。儒家、墨家、道家、法家等不同学派，对蚂蚁自然习性各有其侧重的观察点和描述倾向，有些甚至大相径庭。

秋时期的管仲就发现了这个特点[①]，他在《轻重丁》中记载“决濩洛之水通之杭庄之间，则屠酤之汁肥流水，则蠡虻巨雄、翡燕小鸟皆归之，宜昏饮。此水上之乐也”[②]。蠡虻就是捕蚊为食的蠡母鸟，是典型的亲水鸟类。[③]《尔雅·释鸟》有“鷏，蚊母”[④]之句，蠡母的自然特性是昼伏森林，夕则飞翔河边，食蚊虻羽蚁。可见，在古人最初的印象中，蚂蚁在傍晚时分伴随蠡母鸟而来，多在水边、草丛边等处出现，这就对“蚁从哪里来”的问题给予了回答。虽然从现代科学上来说，“蠡母鸟羽蚁”无疑是凭空想象的，但它却间接地描绘出了蚂蚁的活动区域和近水喜好。

后来，在管仲与隰朋的对话中又谈到了蚂蚁的习性，被记载在《韩非子·说林上第二十二》中：“管仲、隰朋从于桓公而伐孤竹，春往冬反，迷惑失道，管仲曰：‘老马之智可用也。’乃放老马而随之，遂得道。行山中无水，隰朋曰：‘蚁冬居山之阳，夏居山之阴，蚁壤一寸而仞有水。’乃掘地，遂得水。以管仲之圣，而隰朋之智，至其所不知，不难师于老马与蚁，今人不知以其愚心而师圣人之智，不亦过乎。”[⑤]表明在管仲生活的年代，已

① 管仲是最早间接提及蚂蚁的人，他是齐国著名的政治家、哲学家，齐桓公向他请教如何改变农民与商人贫富悬殊的问题，管仲建议使用“决濩洛之水，通之杭庄之间”的计策，即将洼地的水引向平坦大道之间的水渠中。行令不到一年，成效明显。管仲回答齐桓公的疑问时，解释说：“决濩洛之水，通之杭庄之间，则屠酤之汁肥流水，则蚊虻巨雄、翡燕小鸟皆归之，宜昏饮，此水上之乐也。贾人蓄物而卖为雠，买为取，市未央毕，而委舍其守列，投蚊虻巨雄。新冠五尺，请挟弹怀丸游水上，弹翡燕小鸟，被于暮。故贱卖而贵买。四郊之民卖贱，何为不富哉？商贾之人何为不贫乎？”就是说屠户和酒店的肥水流入渠中，会吸引蚊母鸟那样的大鸟，翡翠那样的小鸟，生动的水景能引来人们到此休闲娱乐，从而影响并改善农村经济的走向，人们捕捉的“蚊母鸟”就是和蚂蚁的产生相关的鸟。参见刘柯、李克和译注：《管子译注》，黑龙江人民出版社 2003 年版，第 545 页。

② 马非百撰：《管子轻重篇新诠》，中华书局 1979 年版，第 663 页。

③ 张佩纶云：“案‘蠡虻’当作‘蠡母’。《尔雅·释鸟》‘鷏，蚊母’，郭注：‘似乌鸔而大，黄白杂文，鸣如鸽声，今江东呼为蚊母。俗说此鸟常吐蚊，因以名云。’”元材案：此说是也。蠡母即今之蚊母鸟，大如鸡，体灰白色，颈及背腹部有黑斑，尾黑褐色。夏日居于黑龙江等处，冬赴热地。昼伏森林，夕则飞翔河边。食蚊虻羽蚁。嘴小深裂，张之则成大口，食蚊无算，故为益鸟。唐《国史补》云：“江东有蚊母鸟，亦谓吐蚊鸟。夏则夜鸣，吐蚊于丛草间。”即此鸟也。参见马非百撰：《管子轻重篇新诠》，中华书局 1979 年版，第 665 页。

④ 管锡华译注：《尔雅》，中华书局 2014 年版，第 626 页。

⑤ 张觉等撰：《韩非子译注》，上海古籍出版社 2012 年版，第 194 页。

经熟悉蚂蚁的生活特性，即冬天喜阳，夏天喜阴，会随着气候变化而搬家，蚁穴往往紧邻水源等。郭璞在《尔雅图赞·释虫》中写蚂蚁的自然特征是“蚍蜉琐劣，虫之不才。感阳而出，应雨讲台。物之无怀，自然知来”[①]。

王充在《变动篇》中，记载了蚂蚁与天地之间的关联：“故天且雨，蝼蚁徙，丘蚓出，琴弦缓，固疾发。此物为天所动之验也。故天且风，巢居之虫动；且雨，穴处之物扰。风雨之气，感虫物也。故人在天地之间，犹蚤虱之在衣裳之内，蝼蚁之在穴隙之中。蚤虱、蝼蚁为逆顺横从，能令衣裳、穴隙之间，气变动乎？蚤虱、蝼蚁不能，而独谓人能，不达物气之理也。”[②]王充认为蚂蚁是自然界的一员，筑巢、行为、动作均是处于客观世界之中，具有朴素唯物主义意识。

说到先秦对蚂蚁居住习性的描绘，除了上述蚁穴的近水性、遇雨会搬家等特征之外，还有对蚁穴之小的形容。《尸子·仁意》[③]中记载：“舜南面而治天下，天下太平。烛于玉烛，息于永风，食于膏火，饮于醴泉。舜之行，其犹河海乎？千仞之溪亦满焉，蝼蚁之穴亦满焉。由此观之，禹汤之功不足言也。”[④]文中赞美舜的美行善德就像大河大海一样，广泽天下，不仅能够注满千仞深的溪流，甚至连蝼蚁的小穴也注满了，以千仞之溪和蝼蚁之穴的大小对比，来突出舜之功德遍及各处。

王充又在《变虚篇》中以蚂蚁的细小与宇宙相比较：“人坐楼台之上，察地之蝼蚁，尚不见其体，安能闻其声。何则？蝼蚁之体细，不若人形大，

① （清）严可均辑，陈延嘉、王同策、左振坤等校点主编：《全上古三代秦汉三国六朝文》第5册，河北教育出版社1997年版，第1239页。

② （汉）王充著，张宗祥校注，郑绍昌标点：《论衡校注》，上海古籍出版社2010年版，第302页。另，《东观汉记卷七·沛献王辅》载：“沛献王辅，善京氏易。永平五年秋，京师少雨，上御云台，召尚席取卦具自卦，以周易卦林占之，其繇曰：‘蚁封穴户，大雨将集。’明日大雨。上即以诏书问辅曰：‘道岂有是耶？’辅上书曰：‘案易卦震之蹇，蚁封穴户，大雨将集。蹇，艮下坎上，艮为山，坎为水。山出云为雨，蚁穴居而知雨，将云雨，蚁封穴，故以蚁为兴文。’诏报曰：‘善哉！王次序之。’”这也是古人利用蚂蚁的自然习性作为天气的征兆，并加以利用的实例。

③ 尸子即尸佼，生卒年约在公元前390—前330年，相传尸佼曾做过商鞅的老师或门客。

④ （周）尸佼著，（清）汪继培辑，黄曙辉点校：《尸子》，华东师范大学出版社2009年版，第26页。

声音孔气，不能达也。今天之崇高，非直楼台；人体比于天，非若蝼蚁于人也。谓天非若蝼蚁于人也。谓天闻人言，随善恶为吉凶，误矣。”① 这就是说，天文家测候天象，渐渐地知道宇宙有无穷的大，人类在这个大宇宙之中，真算不得什么东西。知道了人类的微细，便不会妄自尊大，妄想感动天地了。

为了意义表达的需要，文人往往对蚁的自然特征夸张描绘，趋向无限缩小。如《抱朴子·内篇·论仙》载：“此所谓以分寸之瑕，弃盈尺之夜光，以蚁鼻之缺，捐无价之淳钧，非荆和之远识，风胡之赏真也。”② 这中间的“蚁鼻”比喻极为微小的缺憾。

对蚁“小”这一特征后来出现了很多夸张的描述。傅咸的《小语赋》是其中以蚁为小事物的代表之作，赋曰：

> 楚襄王登阳云之台，景差、唐勒、宋玉侍。王曰：“能为小语者处上位。”景差曰：“幺蔑之子，形难为象。晨登蚁垤，薄暮不上。朝炊半粒，昼复得酿。亨一小虱，饱于乡党。”唐勒曰：“攀蚊髯，附蚋翼，我自谓重彼不极，邂逅有急相切逼。窜于针孔以自匿。”宋玉曰：“折薛足以为擢，舫粒糠而为舟，将远游以遐览，越蝉溺以横浮。若涉海之无涯，惧湮没于洪流。弥数荀而汔济，陟虮蚁之崇丘。未升半而九息，何时远乎杪头？”③

同样借蚁极言其“小”的还有南朝梁代王规的《细言应令诗》：“针锋于焉止息，发杪可以翱翔。蚊眉深而易阻，蚁目旷而难航。”④ 以及同时期张缵的《细言应令诗》：“遨游蚁目辨轻尘，蚊睫成宇虱如轮。”⑤ 皆以夸张手法言蚁之小。

---

① （汉）王充著，张宗祥校注，郑绍昌标点：《论衡校注》，上海古籍出版社 2010 年版，第 95 页。

② 王明撰：《抱朴子内篇校释》（增订本），中华书局 1985 年版，第 21 页。

③ （清）严可均辑，陈延嘉、王同策、左振坤等校点主编：《全上古三代秦汉三国六朝文》第 4 册，河北教育出版社 1997 年版，第 528 页。

④ 逯钦立辑校：《先秦汉魏晋南北朝诗》中册，中华书局 1983 年版，第 1815 页。

⑤ 逯钦立辑校：《先秦汉魏晋南北朝诗》下册，中华书局 1983 年版，第 1861 页。

二、对蚁的褒义书写

蚂蚁是社会性昆虫，常以群体形象出现。它们群体活动时体现出行动整齐、有规律、有秩序的特征，对先秦时期的军事演练、兵家思想产生了一定影响。蚂蚁群体和军事领域的联系，始于对蚂蚁排列队伍整齐划一的观察，因此产生了"师战蚁"的排列方式，衍生了"蚁附"的进攻说法。蚂蚁虽小，却不卑不亢，能担重担，因而受到礼遇，成为自谦之喻。加上蚁群形态的客观性，还常被比附为形容美酒的专用词。此外，先秦时期还流传下来许多关于蚂蚁的历史传说，传达了积极、正面的情感，这些都是对蚂蚁的褒义书写，以下分述论之。

（一）"战蚁排布"对部队置兵的启示

最早赞扬蚁群行动整齐，并联系到军事置兵的人是关尹子。他是春秋末期道家学派的推崇者，也是第一个正面褒扬蚂蚁的人。关尹子观察到蚁群集体出动时，目标明确，节奏一致，队形整齐划一，团队中有明确的分工协作，就像一支训练有素的部队。《关尹子·三极篇》载：

> 圣人师蜂，立君臣；师蜘蛛，立网罟；师拱鼠，制礼；师战蚁，置兵。众人师贤人，贤人师圣人，圣人师万物。惟圣人同物，所以无我。①

关尹子首先肯定了圣人能以微小事物为师的道德境界，圣人善于学习战蚁严谨而有序的行为习惯，从而调整部队的置兵方式，认真操练士兵。当然，关尹子对蚁群的学习离不开他的职业习惯，作为函谷关的关长，军事防御是他日常工作中最为重要的部分，他善于向生活学习，由极为普通的蚁群，联想到军队置兵的"秩序"，进而模仿蚁群来完善驻兵的军事排布方式。关尹子的"师战蚁，置兵"思想，体现了人类从自然万物中领悟军事策略的进步。

今人的仿生武器，多从动物中来。昆虫个体小，种类和数量庞大，占

① 朱海雷编著：《关尹子·慎子今译》，浙江大学出版社2012年版，第31页。

现存动物的 75% 以上，它们具有各自的生存绝技，有些技能连人类也自叹不如。而仿生学方面的成就，都来自生物的某种特性。例如人们通过对蝴蝶色彩的研究，发明了军事防御中的迷彩装置；向甲壳虫喷射具有恶臭的高温液体学习，发明二元化炮弹；向苍蝇的翅膀和眼睛学习，发明了导航仪和蝇眼相机；向蜜蜂学习，发明了蜂巢式材料。而早在几千年前，中国古人就开始观察动物并模仿学习了，可以说“师战蚁，置兵”开创了军事仿生学的先河。

关尹子“师战蚁，置兵”的思想体现了道家学派“顺应自然之道”的特质。关尹子慕于老子[①]，其哲学风格脱胎于老子却不完全照搬老子，不同的生活轨迹造就了他独特的哲学风格。关尹子推崇圣人善于向自然万物学习的做法，在大自然面前保持谦恭之态，这是他继承并发展老子“无藏故有余”“损有余而补不足”[②]的处世哲学，是他“以有积为不足”[③]的体现。用蚁群比拟军事，这是对蚂蚁群体特性的认知，借蚂蚁集聚的外观和行动特点，从褒赞、学习的角度，表达圣人道法自然、向天地万物学习的广泛之道，开辟了以蚁群论军事的先河。

（二）“蚁附进攻”对战争态势的刻画

战蚁群聚而发的样子，容易让人联想到战争的气氛。继关尹子“师战蚁，置兵”，将蚁群的行动优势搬到军事中之后，春秋时期著名的军事家孙武在著述中也提到了蚂蚁。《孙子·谋攻第三》曰：

---

① 关尹子是道家学派老子的忠实追随者，《史记·老子韩非列传》中有：“老子修道德，其学以自隐无名为务，居周久之。见周之衰，乃遂去。至关，关令尹喜曰：‘子将隐矣，强为我著书。’于是老子乃著书上下篇，言道德之意五千言而去，莫知其所终。”说的是老子西游到达函谷关时，关尹子勉强挽留老子著述《道德经》上下篇，从而成就了《道德经》流传后世的经典。

② 陈鼓应著：《老子注译及评介》（修订增补本），中华书局 2009 年版，第 334 页。

③ 从“师战蚁”来理解关尹子“以有积为不足”的思想，可以从两个方面进行：一是物质追求上如果有了丰厚的积累，应该藏而不露，表示出不足的样子；二是从精神上的修养来看，即便是有了一定的知识积累，也应该表现出谦虚恭敬的姿态，这就是说“圣人师万物”的原因。蚂蚁当然也是万物中的一类，它的“秩序性”是其种群存在的自然属性，而发现这一特性，如何看待以及运用这一特性，则取决于人的主观选择。此外，关尹子还提到蜂的集群结构属性，也很容易被人联想到君臣之道，即必须遵循一定的规制，方能成事。蚁、蜂虽微小，却能折射出在道家思想影响下的军事之道、治国之道，所谓微言可见大义也。

凡用兵之法，全国为上，破国次之；全军为上，破军次之；全旅为上，破旅次之；全卒为上，破卒次之；全伍为上，破伍次之。是故百战百胜，非善之善者也；不战而屈人之兵，善之善者也。故上兵伐谋，其次伐交，其次伐兵，其下攻城。攻城之法，为不得已，修橹轒辒，具器械，三月而后成；距堙，又三月而后已。将不胜其忿而蚁附之，殺士三分之一，而城不拔者，此攻之灾也。①

文中的“蚁附”已然成为专用军事术语，形容像蚂蚁一样趋集援附，即战争中大量士兵从城墙下密密麻麻地爬布而上。进入“蚁附”阵营的士兵，都是冲在最前面的攻城勇士，前面的倒下了，后面的马上跟上，一批又一批不断往上攀缘。这是“杀敌一千自损八百”的拼命招数，是用将士血肉之躯铺就的攻城之路，因而孙武认为全靠战士“蚁附”方法强行攻城，是最次的用兵之法，虽然士兵勇猛，而且一旦攻城成功，就能迅速决定战争形势，但如果失败，则可能造成进攻方极为惨重的伤亡。

认为“蚁附”之法在战场上极具威胁的还有战国时期的墨子，《墨子·备城门》载：

禽滑厘问于子墨子曰：“由圣人之言，凤鸟之不出，诸侯叛殷周之国，甲兵方起于天下，大攻小，强执弱，吾欲守小国，为之奈何？”子墨子曰：“何攻之守？”禽滑厘对曰：“今之世常所以攻者，临、钩、冲、梯、堙、水、穴、突、空洞、蚁附、轒辒、轩车，敢问守此十二者奈何？”②

禽滑厘向墨子请教如何解决攻城者常用的十二种手段，墨子为了防范和破解“蚁附”式的攻击，专门想出了很多办法来应对。《墨子·备蚁附》就是专门叙述防备和抵御“蚁附”的：

禽子再拜再拜曰：“敢问敌人强梁，遂以附城，后上先断，以

---

① （春秋）孙武撰，（三国）曹操等注，杨丙安校理：《十一家注孙子校理》，中华书局 2012 年版，第 55—62 页。

② 谭家健、孙中原译注：《墨子今注今译》，商务印书馆 2009 年版，第 419 页。

为法程，堑城为基，掘下为室，前上不止，后射既疾，为之奈何？”子墨子曰，子问蚁附之守耶？蚁附者将之忿者也，守为行临射之，技机掷之，擢之，太泛迫之，烧答覆之，沙石雨之，然则蚁附之攻败矣。①

“蚁附”用现在的话来说就是人海战术，即进攻方像蚂蚁一样密集爬城的方法。禽子“再拜再拜”指一再行礼后，向墨子询问防御之法，墨子介绍破“蚁附”的战斗方式有多种，如居高临下抛射投掷、用开水浇、用火帘烧、抛洒沙石、战士隐藏在木仓中利用滑车牵引刺杀爬城敌人等。这是对战蚁群体认知付诸实践最直观的写照，充分展示了蚁群数量大、能战斗、重配合、善抱团等特征。岑仲勉在《墨子城守各篇简注》中形容军队如蚁一般的群体形象时，比喻为“犹今之密集队冲城”②。他说“蚁附”之状貌如同“密集冲锋，有几分就是以人肉为搏战之具，墨子称为将之忿者，批评正合”③。

墨子和关尹子“师战蚁，置兵”军事比喻有同有异，“师战蚁，置兵”侧重于战前的训练和次序观念的培育；“蚁附”是战争中勇往直前的进攻方式，重在描写兵士密集进攻的态势。相同之处则在于蚂蚁的确给了军事家相应的启发，并被积极地运用在战争实践中。可见，蚂蚁在中国古代战争史上是被赋予了正面意义的。

“蚁附”的意义发生改变是在汉代，人们将其用来形容众多的追随者。王充两次提到“蚁附”，意义却不一样，其一为赞赏，其二却是心酸。他在《定贤篇》中说：“以人众所归附，宾客云合者为贤乎？则夫人众所附归者，或亦广交多徒之人也，众爱而称之，则蚁附而归之矣。”④ 而他在《自纪篇》中则说：“俗性贪进忽退，收成弃败。充升擢在位之时，众人蚁附；废退穷

---

① 谭家健、孙中原译注：《墨子今注今译》，商务印书馆 2009 年版，第 449 页。

② 岑仲勉撰：《墨子城守各篇简注》，中华书局 1958 年版，第 4 页。

③ 同上书，第 75 页。

④（汉）王充著，张宗祥校注，郑绍昌标点：《论衡校注》，上海古籍出版社 2010 年版，第 533 页。

居，旧故叛去。”① 从中可见俗人知“寡恩”，实际上，这时候的“蚁附”已经从褒赞趋于贬斥之意了。后来马超在《立汉中王上表汉帝》中说：“自操破于汉中，海内英雄，望风蚁附，而爵号不显，九锡未加，非所以镇卫社稷，光昭万世也。”② 这时期的“蚁附”基本上已经脱离了最初的战术之意，成为象征附和、跟随的代名词。

三国时期的“蚁附”尽管有了新的内涵，但依然可以用来描述作战方式，其含义则放大到可褒可贬的范围。陈寿在《三国志·魏书》中记载钟会、姜维战事：“斯须，门外倚梯登城，或烧城屋，蚁附乱进，矢下如雨，牙门、郡守各缘屋出，与其卒兵相得。”③ 表示的就是贬义，蔑称敌军的“蚁附”状态。而在《三国志·吴书》中载孙坚作战之勇猛时，则曰：“坚身当一面，登城先入，众乃蚁附，遂大破之。”④ 这里的“蚁附”是明显的褒赞之意。

（三）蚁与自谦的相得益彰

从蚂蚁之“小”而衍生出的“自谦”之意始于汉代。《后汉书》载：“使者曰：‘大王忠孝慈仁，敬贤乐士。臣虽蝼蚁，敢不以实？’”⑤ 班固上书东平王苍时曰：“固幸得生于清明之世，豫在视听之末，私以蝼蚁，窃观国政，诚美将军拥千载之任，蹑先圣之踪，体弘懿之姿，据高明之势……”⑥ 文中说的“蝼蚁”谓细微也，就是班固的自谦之语。《后汉书》载黄香之事，他自言：“愿乞余恩，留备冗官，赐以督责小职，任之宫台烦事，以毕臣香蝼蚁小志，诚瞑目至愿，土灰极荣。”⑦ 此外，还有班昭对太后的恳请之词：“自知言不足采，以示虫蚁之赤心。”⑧ 均借蚁之微小，表达了自谦之意。

---

① （汉）王充著，张宗祥校注，郑绍昌标点：《论衡校注》，上海古籍出版社 2010 年版，第 577 页。

② （清）严可均辑，陈延嘉、王同策、左振坤等校点主编：《全上古三代秦汉三国六朝文》第 3 册，河北教育出版社 1997 年版，第 571 页。

③ （晋）陈寿撰，（南朝宋）裴松之注：《三国志》，中华书局 2000 年版，第 589 页。

④ 同上书，第 810 页。

⑤ （南朝宋）范晔撰，（唐）李贤等注：《后汉书》，中华书局 2000 年版，第 370 页。

⑥ 同上书，第 894 页。

⑦ 同上书，第 1764 页。

⑧ 同上书，第 1882 页。

汉代借蚁自谦的说法，一直沿用到晋代。《晋书》载："皇帝嘉命，使者某重宣中诏，令月吉辰，备礼以迎。上公宗卿兼至，副介近臣百两。臣蝼蚁之族，猥承大礼，忧惧战悸。钦承旧章，肃奉典制。"[①] 文中的"蝼蚁之族"是对自身为人臣子的称谓，与皇帝的高大形象形成鲜明对照，突出了皇家威仪。

晋代对蚂蚁的褒赞态度依然是居于主流地位的。郭璞有感于蚂蚁的感时而动，专题作赋来说明审察时势的重要性。《蚍蜉赋》云：

> 惟洪陶之万殊，赋群形而遍洒。物莫微于昆虫，属莫贱乎蝼蚁。淫淫奕奕，交错往来，行无遗迹，鹜不动埃。迅雷震而不骇，激风发而不动，虎贲比而不慑，龙剑挥而不恐。乃吞舟而是制，无小大与轻重。因无心以致力，果有象乎大勇。出奇胶于九真，流赪液其如血。饰殷人之丧舆，在四隅而交结。济齐国之穷师兮，由东山之高垤。感萌阳以潜出兮，知将雨而封穴。伊斯虫之愚昧，乃先识而似悊。[②]

郭璞在文中对小蚂蚁的态度是似贬实褒的。从说蚂蚁的微贱开始，逐层描述蚂蚁的各种生活习性，表现出蚂蚁面对各种局面时，能够保持淡定、稳重的应对态度，这种处之泰然的品质，值得人们加以借鉴和反思。蚂蚁感时而动，顺应自然的习性，看起来是愚昧的，实际上是最具有生存智慧的举动。

（四）蚁与美酒的形貌契合

我国的酿酒历史十分悠久，酒助诗兴，因此，在中国历朝历代诗词中，出现了不少咏酒的佳作。有意思的是，文学作品中的"酒"字往往不是直接出现的，而是被冠以多样化的别称。因为各时各地酒的品种非常繁多，好酒之人积累的文化典故也很丰富，加之酒的味道、颜色、功能、作用、浓淡及酿造方法各有所长，所以在民间便流传了很多酒的绰号，如杜康、

① （唐）房玄龄等撰：《晋书》，中华书局 2000 年版，第 431 页。

② （清）严可均辑，陈延嘉、王同策、左振坤等校点主编：《全上古三代秦汉三国六朝文》第 5 册，河北教育出版社 1997 年版，第 1228 页。

壶觞、冻醪、杯中物、香蚁、浮蚁、绿蚁、碧蚁等，这些民间别称被文人墨客带进文学，随着作品的流传而声名远播。

东汉时期，第一次出现用蚁代指酒的用法，张衡在《南都赋》中写道："酒则九酝甘醴，十旬兼清，醪敷径寸，浮蚁若蓱。"①汉末刘熙在《释名·释饮食》中这样解释："汎齐，浮蚁在上汎汎然也。"②汎即泛，浮在表面的样子。

"蚁代酒"的流行不仅是因为诗词中的使用次数非常多，主要是古代美酒尤其是新酿造出来的酒和蚂蚁独特的聚集外观极为相似。人们使用这种引人入胜的借代方式，使"蚁代酒"的表述更具形象性，这种含蓄生动的书写意趣，是"蚁代酒"说法长盛不衰的原因。曹植在《节游赋》中形容酒在杯中的状貌是："沉浮蚁于金罍，行觞爵于好仇。"③在其《酒赋》中描述酿好的美酒"或秋藏冬发，或春酝夏成。或云沸川涌，或素蚁如萍"④。"素蚁"指的就是表面上的一层酒沫，像浮萍一样漂于酒上，轻盈透亮。曹植写酒的文赋常用蚁来代酒，他的《七启》更为具体地呈现了酒的全貌："乃有春清缥酒，康狄所营。应化则变，感气而成。弹徵则苦发，叩宫则甘生。于是盛以翠樽，酌以雕觞。浮蚁鼎沸，酷烈馨香。可以和神，可以娱肠。"⑤

晋代依然很注重美酒的形貌描写。袁崧的《酒赋》描述酒的外观是"素醪玉润，清酤渊澄。纤罗轻布，浮蚁竞升"⑥，酒中以有"浮蚁"状为佳品。张载的《酃酒赋》中也重点写到了漂浮于酒面之上的"漂蚁萍布，芬

---

① （清）严可均辑，陈延嘉、王同策、左振坤等校点主编：《全上古三代秦汉三国六朝文》第2册，河北教育出版社1997年版，第518页。

② （汉）刘熙撰，（清）毕沅疏证，王先谦补：《释名疏证补》，中华书局2008年版，第144页。

③ （清）严可均辑，陈延嘉、王同策、左振坤等校点主编：《全上古三代秦汉三国六朝文》第3册，河北教育出版社1997年版，第141页。

④ 同上书，第148页。

⑤ 同上书，第172页。

⑥ （清）严可均辑，陈延嘉、王同策、左振坤等校点主编：《全上古三代秦汉三国六朝文》第4册，河北教育出版社1997年版，第585页。

香酷烈”[①]。可见，酒的外观特征往往和蚁相联系。张协的《七命》中有："乃有荆南乌程、豫北竹叶，浮蚁星沸，飞华萍接；玄石尝其味，仪氏进其法。倾罍一朝，可以流湎千日，单醪投川，可使三军告捷。"[②]张华的《轻薄篇》和《游猎篇》均以"素蚁"代酒，描述了美酒的色、形、味："苍梧竹叶清，宜城九醖醝。浮醪随觞转，素蚁自跳波。""玄酒甘且旨，燔炙播遗芳。金觞浮素蚁，珍羞坠归云。"[③]

蚁代酒可以有多重用途，既能作为宴饮之用，如王廙的《春可乐》描绘了春日饮酒的情形，浮蚁与缥醪一同出现："濯茆兮菹韭，啮蒜兮擗鲊。缥醪兮浮蚁，交觞兮并坐。"[④]也能代为祭奠之酒，如陶渊明的《拟挽歌辞三首》其二中有："在昔无酒饮，今但湛空觞。春醪生浮蚁，何时更能尝？肴案盈我前，亲旧哭我傍。欲语口无音，欲视眼无光。昔在高堂寝，今宿荒草乡。荒草无人眠，极视正茫茫。一朝出门去，归来夜未央。"[⑤]就是以亡人口吻书写面对祭酒时的所思所感，"浮蚁"代称后人的祭奠之酒。

南北朝文人在诗中常以蚁代酒来寄怀，谢朓在《在郡卧病呈沈尚书诗》中云："嘉鲂聊可荐，绿蚁方独持。"[⑥]这是病中孤寂的感受，美味的嘉鲂本想与朋友共赏，如今却一个人病卧榻上，"绿蚁"就是杯中酒。沈约在《休沐寄怀诗》中感慨："爨熟寒蔬剪，宾来春蚁浮。来往既云倦，光景为谁留。"[⑦]以"春蚁"浮酒面，来描绘客人到家斟酒之景，为后面书写休假在家期间的感悟作了铺垫。身心俱疲，年华不再，光景难留。简文帝萧纲的《伤离新体诗》中则写道："碗中浮蚁不能酌，琴间玉徽调别鹤。"[⑧]借浮蚁抒发离别伤情。岑之敬在《对酒》中以蚁酒抒发边塞情怀："色映临池竹，香

① （清）严可均辑，陈延嘉、王同策、左振坤等校点主编：《全上古三代秦汉三国六朝文》第5册，河北教育出版社1997年版，第882页。

② 同上书，第889页。

③ 逯钦立辑校：《先秦汉魏晋南北朝诗》上册，中华书局1983年版，第611、613页。

④ 逯钦立辑校：《先秦汉魏晋南北朝诗》中册，中华书局1983年版，第856页。

⑤ 袁行霈撰：《陶渊明集笺注》，中华书局2011年版，第292页。

⑥ 逯钦立辑校：《先秦汉魏晋南北朝诗》中册，中华书局1983年版，第1427页。

⑦ 同上书，第1641页。

⑧ 逯钦立辑校：《先秦汉魏晋南北朝诗》下册，中华书局1983年版，第1979页。

浮满砌兰。舒文泛玉碗，漾蚁溢金盘。箫曲随鸾易，笳声出塞难。唯有将军酒，川上可除寒。”① 这些借酒抒怀的方式极大地影响了后世的诗歌创作，成为诗歌中蚁酒意象的发源。

南北朝时期借蚁言酒的还有不少是即景之作，尤其是指酒席上的应景之作。谢朓的《三日侍华光殿曲水宴代人应诏诗》(十章)中有“浮醪聚蚁，灵蔡呈姿”② 的描绘。庾信的《正旦蒙赵王赉酒诗》即景融情：“正旦辟恶酒，新年长命杯。柏叶随铭至，椒花逐颂来。流星向椀落，浮蚁对春开。成都已救火，蜀使何时回。”③ 他还有《蒲州刺史中山公许乞酒一车未送诗》：“细柳望蒲台，长河始一回。秋桑几过落，春蚁未曾开。莹角非难驭，搥轮稍可催。只言千日饮，旧逐中山来。”④ 皆喻含了当时当地之情境。张正见的《置酒高殿上》形容酒的外观是“清醪称玉馈，浮蚁擅苍梧”⑤。他的《和衡阳王秋夜诗》则体现了典型而鲜明的季节特征：“睢苑凉风举，章台云气收。萤光连烛动，月影带河流。绿绮朱弦泛，黄花素蚁浮。高轩扬丽藻，即是赋新秋。”⑥ 颜色层次非常丰富，素蚁之沫浮在澄黄的酒面上，展现出秋夜饮酒的动人情致。

蚁群的外观特性和酒的相遇相生，赋予了酒新的文学书写形式。古代文人对酒的喜好可以通过类似蚁群的形容来呈现，体现了灵动、自然的意趣。因此，这一时期的“蚁代酒”是以褒赞、欣赏的眼光来看待的。

(五) 蚁与传说的生动写照

在中国古代文学史中流传下来很多关于蚂蚁的神话故事，其内涵均能给人以具有哲学思考的启示，体现了古人对蚂蚁独特的情感寄托。《搜神记》中有“蚁王报恩”的故事，表达了人们对蚁王知恩图报的赞赏，蚁王是人格化的昆虫，文曰：

---

① 逯钦立辑校：《先秦汉魏晋南北朝诗》下册，中华书局 1983 年版，第 2549 页。

② 逯钦立辑校：《先秦汉魏晋南北朝诗》中册，中华书局 1983 年版，第 1423 页。

③ 逯钦立辑校：《先秦汉魏晋南北朝诗》下册，中华书局 1983 年版，第 2392 页。

④ 同上书，第 2392 页。

⑤ 同上书，第 2473 页。

⑥ 同上书，第 2494 页。

吴富阳县董昭之，尝乘船过钱塘江，中央，见有一蚁，著一短芦，走一头，回复向一头，甚惶遽。昭之曰："此畏死也。"欲取着船。船中人骂："此是毒螫物，不可长。我当蹋杀之。"昭意甚怜此蚁，因以绳系芦着船，船至岸，蚁得出。其夜梦一人，乌衣，从百许人来谢云："仆是蚁中之王。不慎，堕江，惭君济活。若有急难，当见告语。"历十余年，时所在劫盗，昭之被横录为劫主，系狱余杭。昭之忽思蚁王梦，缓急当告，今何处告之？结念之际，同被禁者问之，昭之具以实告。其人曰："但取两三蚁着掌中，语之。"昭之如其言。夜果梦乌衣人云："可急投余杭山中，天下既乱，赦令不久也。"于是便觉，蚁啮械已尽，因得出狱。过江，投余杭山。旋遇赦，得免。①

这个故事托蚁王遇难被救，引出蚁王知恩图报，在恩人身陷囹圄时入梦相救，表达了人们"好人有好报"的美好愿望。蚁在文中是有情有义的代表，这个故事对蚁王的报恩之举是充分肯定的。

南朝梁人殷芸在《殷芸小说》中记载了孔子利用聪明的蚂蚁寻味破解难题的故事：

孔子去卫适陈，途中见二女采桑。子曰："南枝窈窕北枝长。"答曰："夫子游陈必绝粮。九曲明珠穿不得，著来问我采桑娘。"夫子至陈，大夫发兵围之，令穿九曲珠，乃释其厄。夫子不能，使回、赐返问之。其家谬言女出外，以一瓜献二子。子贡曰："瓜，子在内也。"女乃出，语曰："用蜜涂蛛，丝将系蚁，蚁将系丝；如不肯过，用烟熏之。"孔子依其言，乃能穿之。于是绝粮七日。②

蚂蚁本有寻味的自然习性，孔子在蚕桑女的提示下，巧妙地利用这一特性，将丝线穿过九曲珠，从而化解了危机。这两则故事从不同侧面反映

① 马银琴、周广荣译注：《搜神记》，中华书局2009年版，第366页。

② （南朝梁）殷芸编纂，周楞伽辑注：《殷芸小说》，上海古籍出版社1984年版，第48页。

了劳动人民对自然的观察和认识，体现了朴素的道德观念，对社会思想的教化意义是积极向上的，对蚂蚁投入的感情也是正面的、肯定的。

三、对蚁的贬义书写

蚁群喜欢生活在阴暗潮湿的洞穴中，因而在人们眼中便蒙上了一层阴暗的色彩。这层阴暗的色彩和战场上群蚁勇猛的形象形成了鲜明的反差，从而产生了不同于关尹子等人的对蚂蚁的负面评价。对蚂蚁的贬义书写主要集中在四个方面：一是对“蝼蚁欺鱼”的鄙夷，二是对“蝼蚁食腐”的厌弃，三是对“千里之堤毁于蚁穴”的忌惮，四是对“蚁群聚乱”的贬斥。

（一）对“蝼蚁欺鱼”的鄙夷

“蝼蚁欺鱼”的出现，是因为“鲸鱼”与“蝼蚁”出现了错位。尽管现代科学证明，蚂蚁身体特殊的受力结构，可以帮助它举起数倍于自身体重的物品，但是蚂蚁本身毕竟属于自然界中的小型昆虫，普通蚂蚁品种普遍不足 0.5 厘米，大的也不过 1 厘米，身轻体微，本不足为惧，然而在某些特定的条件之下，却可能成为巨大动物的“终结者”。比如鱼失去了水的时候，任何小小的伤害都足以致命，更何况是成千上万气势汹汹的蚂蚁。《亢仓子·全道篇》载：

> 亢仓子曰：“嘻！来！夫二子者知乎？函车之兽，介而离山，罔罟制之；吞舟之鱼，荡而失水，蝼蚁苦之。故鸟兽居欲其高，鱼鳖居欲其深。夫全其形生之人，藏其身也，亦不厌深渺而已。”①

“蝼蚁苦之”是指本可忽略不计的微弱蝼蚁，竟然能让“大鱼”深受其苦，甚至被蝼蚁所食。讽刺“大鱼失水”时，连渺小的蚂蚁都无法抵抗的事实。借此说明力量的大小是有具体条件的，这种条件可以随具体情况而转变。譬如面对一条失水的大鱼，就是蚂蚁大快朵颐的好时候了。这时的蚁群，和大鱼在水中的情形发生了力量的错位，蚁群成为伺机而动的捕食者，一方面显出个体微小的特性，另一方面却又体现出群体饕餮、趋之若

① 陈茂仁著：《王士源〈亢仓子〉研究》，文津出版社 2007 年版，第 120 页。

鹜的贪婪性。

庄子《庚桑楚》中对此意义的记载与《亢仓子》相同："庚桑子曰：'小子，来！夫函车之兽，介而离山，则不免于罔罟之患；吞舟之鱼，砀而失水，则蝼蚁能苦之。故鸟兽不厌高，鱼鳖不厌深。'"[①] 鸟兽从不厌烦自己住得高，鱼鳖从不厌烦自己住得深，唯有这样的高、深之处，才是安全的所在，以此说明所处位置的重要性。蚁与吞舟之鱼形成强烈对比，凸显出蚁极善逐利的贪婪本性。

由蚂蚁的贪婪之性引申到人君治国的方略，文子[②] 在《文子疏义·上仁》中曰："鲸鱼失水，则制于蝼蚁；人君舍其所守，而与臣争事，则制于有司。"[③] 说明"鱼不可失水，君不可亡道"[④] 的道理，借鲸鱼失水会被蝼蚁制约，说明君主弃道而与臣子争利，同样会带来毁灭性后果。

吕不韦在《吕氏春秋·慎势》中进一步认为蝼蚁是"祸"。作为社会属性非常鲜明的昆虫，蚂蚁彼此之间有明确的分工，再进行集体的协作。它们每天会派出一定数量的工蚁寻找食物，找到以后发出信号，大部队就会列队出发一起搬运食物，回到洞穴再进行食物的有序分配。正因为这种协作，它们往往能够运走大于自身体重很多倍的食物。吞舟之鱼是水中的王者，庞大的体积令人望而生畏，在水中可以睥睨一切，可它致命的弱点就在于不能脱离水域，一旦时移势易，搁浅在岸，就连最低贱的蝼蚁都能轻易制服它。《吕氏春秋·慎势》就阐述了时移势易、力量对比转变的观念：

> 失之乎数，求之乎信，疑。失之乎势，求之乎国，危。吞舟之鱼，陆处则不胜蝼蚁。权钧则不能相使，势等则不能相并，治乱齐则不能相正，故小大、轻重、少多、治乱不可不察，此祸福之门也。[⑤]

---

① 杨柳桥撰：《庄子译注》，上海古籍出版社 2012 年版，第 222 页。

② 文子，即辛钘，生卒年约在公元前 551 年—前 479 年。

③ 王利器撰：《文子疏义》，中华书局 2000 年版，第 440 页。

④ 同上。

⑤ 张双棣等注译：《吕氏春秋译注》(修订本)，北京大学出版社 2011 年版，第 495 页。

《韩非子·说林下第二十三》载：

> 靖郭君将城薛，客多以谏者。靖郭君谓谒者曰："毋为客通。"齐人有请见者曰："臣请三言而已，过三言，臣请烹。"靖郭君因见之，客趋进曰："海大鱼。"因反走。靖郭君曰："请闻其说。"客曰："臣不敢以死为戏。"靖郭君曰："愿为寡人言之。"答曰："君闻大鱼乎？网不能止，缴不能絓也，荡而失水，蝼蚁得意焉。今夫齐亦君之海也，君长有齐，奚以薛为？君失齐，虽隆薛城至于天犹无益也。"靖郭君曰："善。"乃辍，不城薛。[①]

这是战国时齐人门客讽谏靖郭君田婴在薛地筑城行动的一个例子，说的是在水中的大鱼无往而不利，一旦失去赖以生存的水源的支持，则会马上陷于绝境，连最微小的蝼蚁都能随意欺凌它。该门客借蝼蚁肆虐的生动比喻，让田婴想到齐国就是自己的"海"，如果丧失了齐国的政权，在薛地筑再高的城墙也是没有意义的，从而达到"借蚁欺鱼"讽谏的目的，成功地阻止了薛地筑城的计划。文中"蝼蚁得意"之句，平时微贱的蝼蚁躲在暗处，等待大鱼失水的机会去落井下石，生动刻画出小人得志、伺机而动、贪婪、功利的反面形象。

汉代"蝼蚁欺鱼"典故的使用依旧比较常见，之后这一用法却大为减少。韩婴的《韩诗外传》中有"夫吞舟之鱼大矣，荡而失水，则为蝼蚁所制，失其辅也"[②]的描述。《淮南子·主术训》也载："吞舟之鱼，荡而失水，制于蝼蚁者，离其居也；猿狖失木，禽于狐貉者，非其处也。"[③]又载："鱼得水而游焉则乐，塘决水涸，则为蝼蚁所食。"[④]说的都是蝼蚁趁巨鲸离居缺水时，分而食之。贾谊在《惜誓》中说："神龙失水而陆居兮，为蝼蚁之所裁。"[⑤]感叹贤者逢乱世而不能实现其理想抱负，有所成就，只能像失水的

---

① 张觉等撰：《韩非子译注》，上海古籍出版社2012年版，第217页。

② （汉）韩婴撰，许维遹校释：《韩诗外传集释》，中华书局1980年版，第305页。

③ 刘文典撰，冯逸、乔华点校：《淮南鸿烈集解》上册，中华书局2013年版，第359页。

④ 同上书，第379页。

⑤ （清）严可均辑，陈延嘉、王同策、左振坤等校点主编：《全上古三代秦汉三国六朝文》第1册，河北教育出版社1997年版，第408页。

神龙，落魄到连小小的蝼蚁都能制约它的地步。他还在《吊屈原文》中说："横江湖之鳣鲸兮，固将制于蝼蚁。"[①]在为屈原叫屈的时候，也表达了自己对失水巨鲸被欺命运的无奈叹息。

汉代以后，就很少看到此类典故，只有南朝宋谢世基的《连句诗》还记有"伟哉横海鲸，壮矣垂天翼。一旦失风水，翻为蝼蚁食"[②]。诗歌极为形象地描绘了伟岸的海鲸，因失水而被最弱小的蝼蚁群食的惨状。这一时期，蚂蚁的文学书写在内容和特征上都已经发生了巨大的变化，例如对"逐臭"的鄙夷、对"蚁穴"的警惕，尤其是在面对两军交战局面和结党营私之风时，对"蚁群"的贬斥数量大增，成为文学书写的主流。

（二）对"逐臭食腐"的厌弃

庄子是鄙视蚂蚁的，在他的眼里，蚂蚁是卑贱的代表，因为它们群居于地下巢穴，阴暗而鄙陋。《庄子・知北游》中记载：

> 东郭子问于庄子曰："所谓道，恶乎在？"庄子曰："无所不在。"东郭子曰："期而后可。"庄子曰："在蝼蚁。"曰："何其下邪？"曰："在稊稗。"曰："何其愈下邪？"曰："在瓦甓。"曰："何其愈甚邪？"曰："在屎溺。"东郭子不应。[③]

蝼蚁此处指卑下之物，和稊稗、瓦甓、屎溺等更为卑贱之物形成视觉上、嗅觉上的统一体。这是庄子观察蚂蚁的自然属性后得出的结论。庄子认为道是"无所不在"的，即便世间最为鄙陋的地方也是存在的。观察"道"的地方可以卑下，因而他首先以蝼蚁生活之处喻之，其次为稊稗，再为瓦甓，甚至屎溺，一个比一个低贱。充分体现了庄子对蚂蚁的鄙视态度。

蚂蚁不仅身处阴暗、恶臭的环境，还喜欢追逐味道重的食物。《庄子・徐无鬼》载：

> 羊肉不慕蚁，蚁慕羊肉，羊肉羶也。舜有羶行，百姓悦之，

---

① （清）严可均辑，陈延嘉、王同策、左振坤等校点主编：《全上古三代秦汉三国六朝文》第1册，河北教育出版社1997年版，第420页。

② 逯钦立辑校：《先秦汉魏晋南北朝诗》中册，中华书局1983年版，第1143页。

③ 杨柳桥撰：《庄子译注》，上海古籍出版社2012年版，第214—215页。

故三徙成都，至邓之虚而十有万家。尧闻舜之贤，举之童土之地，曰："冀得其来之泽。"舜举乎童土之地，年齿长矣，聪明衰矣，而不得休归，所谓卷娄者也。是以神人恶众至，众至则不比，不比则不利也。故无所甚亲，无所甚疏，抱德炀和，以顺天下，此谓真人。于蚁弃知，于鱼得计，于羊弃意。以目视目，以耳听耳，以心复心。若然者，其平也绳，其变也循。古之真人！以天待人，不以人入天，古之真人！①

庄子一方面指出了蚁群"逐味而至"的自然习性，羊肉不羡慕蚂蚁，蚂蚁羡慕羊肉，因为羊肉有膻气。由这个观点比附到"舜有膻行，百姓悦之"，说明舜有让人羡慕的行为，因此百姓都喜欢追逐于他。另一方面指出了蚂蚁群聚特性，即从众性。以羊肉比舜，蚁况百姓，羊肉羶腥，无心慕蚁，蚁闻而归之。舜有仁行，不慕百姓，百姓悦之。此处形容的蚂蚁群体，也就是百姓的代指。

后，韩非子对蚁群"逐味而至"特性曾有刻画，《韩非子·外储说左下第三十三》曰：

利所禁，禁所利，虽神不行；誉所罪，毁所赏，虽尧不治。夫为门而不使入，委利而不使进，乱之所以产也。齐侯不听左右，魏主不听誉者，而明察照群臣，则钜不费金钱，孱不用璧，西门豹请复治邺足以知之。犹盗婴儿之矜裘，与刖危子荣衣。子绰左右画，去蚁驱蝇，安得无桓公之忧索官，与宣王之患臞马也。

子绰曰："人莫能左画方而右画圆也。以肉去蚁蚁愈多，以鱼驱蝇蝇愈至。"②

子绰说用肉去驱赶蚂蚁，蚂蚁会越赶越多，因为肉是蚂蚁喜爱的食物，就和用鱼驱赶苍蝇一样，肯定会招来更多的苍蝇，这是对蚂蚁群体逐味特性的延伸描绘，将蚂蚁与苍蝇并举，表达对它们的贬抑态度。

---

① 杨柳桥撰：《庄子译注》，上海古籍出版社 2012 年版，第 252 页。

② 张觉等撰：《韩非子译注》，上海古籍出版社 2012 年版，第 336、349 页。

对蚂蚁喜欢逐味的自然习性描述，后来发展为“蝼蚁啮尸”的描写，这是对蚂蚁逐味特性发展到极致的形容，也体现出对蝼蚁极度贬低的态度。蚂蚁善于寻洞、打洞，在地下觅食、进食，由于这个隐患的存在，人们担心深埋地底的尸体会成为蝼蚁口中的美味。庄子作为道家学派的继承者，其生死观显得尤为豁达，《庄子·列御寇》载：

庄子将死，弟子欲厚葬之。

庄子曰：“吾以天地为棺椁，以日月为连璧，星辰为珠玑，万物为赍送。吾葬具岂不备邪？何以加此？”

弟子曰：“吾恐乌鸢之食夫子也。”

庄子曰：“在上为乌鸢食，在下为蝼蚁食，夺彼与此，何其偏也？”①

庄子将要死的时候，学生们打算厚葬他。他却将自己的死认为是天地中最自然的回归，反对厚葬，主张以最简单和原始的方式安置尸身。学生担心其尸身被乌鸦和鹞鹰毁食，庄子却说在地上面被乌鸦和鹞鹰吃，在地下面被蝼蚁吃，夺了鸟儿口中的食物给蚂蚁吃，这不是很偏心吗？由此可见，庄子已经将蚁定性为逐味、食腐的昆虫。这是他最看不起的昆虫，却可以任由其吃掉自己的尸体，庄子这种对包括人类在内的天地万物宇宙生命的认识，物我同一地融入天地，是他物化的落脚点。“蝼蚁啮尸”进而被引为证明“节丧观”的论据。

吕不韦以蚁为隐患，体现出与道家庄子相同的“节丧”观念，他认为“善棺椁，所以避蝼蚁蛇虫也”②，说的是好的棺木是为了避免尸身遭受蝼蚁蛇虫的毁坏，但是过分地加入很多昂贵的陪葬之物，则会导致贪婪之人去盗墓，从而使逝者无法得到真正的安息。因此吕不韦认为，要避免逝者尸身被蝼蚁蛇虫吃掉，需要以棺木为保护，但是只考虑活人的面子，而在墓葬中大兴奢华攀比之风，是与“安死”之愿望背道而驰的。

① 杨柳桥撰：《庄子译注》，上海古籍出版社 2012 年版，第 340 页。

② 张双棣等注译：《吕氏春秋译注》(修订本)，北京大学出版社 2011 年版，第 228 页。

唯物主义者王充对“蝼蚁啮尸”持科学的态度，以客观叙事的方式来阐述蝼蚁的行为。他在《论衡·祸虚篇》中载：“尸损不收，骨暴不葬，在水为鱼鳖之食，在土为蝼蚁之粮。”①《北史》载占工靳安见大凶之兆所说的占卜之语，云：“今将死于他乡，尸骸委于草野，为乌鸢蝼蚁所食，不复见家族。”② 预测到燕王垂将会命丧他乡，甚至死后尸骨都为蝼蚁所食。《抱朴子·内篇·勤求》载：“且夫深入九泉之下，长夜罔极，始为蝼蚁之粮，终与尘壤合体，令人怛然心热，不觉咄嗟。”③ 以身死后为蝼蚁所食作比照，映衬在世的当务之急。张华的《博物志·史补》记载“澹台子羽子溺水死，欲葬之，灭明曰：‘此命也，与蝼蚁何亲？与鱼鳖何仇？’遂使葬”④。人葬后尸身为蝼蚁所食是必然的。《晋书》载郭文答温峤关于独处穷山、“若疾病遭命”，为“乌鸟所食”之问时，说：“藏埋者亦为蝼蚁所食，复何异乎！”⑤ 这种面对生死的豁达与庄子的态度是一致的。

生者借死后不可避免的“蝼蚁啮尸”，来抒发生死相隔的痛楚。陆机在《挽歌三首》之三中，悬想死者在墓中的感受：“丰肌响蝼蚁，妍姿永夷泯。寿堂延魑魅，虚无自相宾。蝼蚁尔何怨，魑魅我何亲。拊心痛荼毒，永叹莫为陈。”⑥ 诗歌反复渲染生死相隔，死亡之悲表现得极为强烈，死亡意识极为浓郁，蝼蚁食尸刻画得真切而悲恸。与之类似的还有鲍照的《代挽歌》：“独处重冥下，忆昔登高台。傲岸平生中，不为物所裁。埏门只复闭，白蚁相将来。生时芳兰体，小虫今为灾。玄鬓无复根，枯髅依青苔。忆昔好饮酒，素盘进青梅。彭韩及廉蔺，畴昔已成灰。壮士皆死尽，余人安在哉？”⑦

① （汉）王充著，张宗祥校注，郑绍昌标点：《论衡校注》，上海古籍出版社 2010 年版，第 127 页。

② （唐）李延寿撰：《北史》，中华书局 2000 年版，第 2038 页。

③ 王明撰：《抱朴子内篇校释》（增订本），中华书局 1985 年版，第 254 页。

④ （晋）张华撰，范宁校证：《博物志校证》，中华书局 2014 年版，第 96 页。

⑤ （唐）房玄龄等撰：《晋书》，中华书局 2000 年版，第 1629 页。

⑥ （晋）陆机著，刘运好校注整理：《陆士衡文集校注》上册，凤凰出版社 2007 年版，第 667 页。

⑦ （南朝宋）鲍照著，丁福林、丛玲玲校注：《鲍照集校注》下册，中华书局 2012 年版，第 616 页。

庾肩吾的《西城门死》："追念平生时，遨游上苑囿。一没松柏下，春光徙倏昱。结根素因假，枝叶缘骨肉。自应蝼蚁驱，值此风刀逐。"[①]这几首挽歌都是想象死后在泥土里被蝼蚁所侵蚀的伤感，从而凸显了人生在世的可贵与短暂。

（三）对"蚁穴溃堤"的忌惮

蚂蚁不仅仅能对失水大鱼等动物产生危害，也能对人工建筑产生危害。与贪食地下之腐物相关联，蚂蚁善于在地下打洞群居，若大量蚁穴密密麻麻排布在堤坝下，就会形成大片的空洞层，一旦洪水灌入，便会瞬间摧毁原本坚固无比的千里之堤。先秦文献对蚂蚁所持的贬斥态度，很大程度上就是因为对蚁穴的忌惮。一个个看似毫不起眼的蚁穴，连起来就是堤毁人亡的罪魁祸首。韩非子看到了"千丈之堤以蝼蚁之穴溃"的危机，指出蚂蚁虽小，却是巨大的隐患。这一认知直接影响了后世人们对隐患的防备意识。《韩非子·喻老》载：

有形之类，大必起于小；行久之物，族必起于少。故曰：天下之难事必作于易，天下之大事必作于细。是以欲制物者于其细也，故曰："图难于其易也，为大于其细也。"千丈之堤，以蝼蚁之穴溃；百尺之室，以突隙之烟焚。故曰：白圭之行堤也塞其穴，丈人之慎火也涂其隙。是以白圭无水难，丈人无火患。此皆慎易以避难、敬细以远大者也。[②]

这是"千里之堤，毁于蚁穴"名句最早的出处。韩非子是第一个正视因蚁穴而致灾的人，之前诸子写蚁无非是将蚂蚁置于从属的次要地位，或借用它们的姿态，模拟军事行为，或描述它们的群聚"欺鱼"，但"欺鱼"有一个前提，就是鱼首先出了问题，鱼要先失了水才会受到群蚁的肆虐。而上千丈的河堤是固定不动的，完全是因为蚂蚁的主动行为而导致垮塌溃决。韩非子的警示在于，不能小看蚂蚁所造成的严重后果，要做到防微杜渐。

---

① 逯钦立辑校：《先秦汉魏晋南北朝诗》下册，中华书局 1983 年版，第 2007 页。

② 张觉等撰：《韩非子译注》，上海古籍出版社 2012 年版，第 178 页。

一味地批判是无用的，当蚂蚁的隐患出现时，韩非子给出了谨慎预防的对策。时人都赞扬战国时期水利专家白圭巡视堤岸的时候，边走边填塞住蝼蚁打的洞穴，因此经他小心守护的地方没有发生水灾。用谨慎的态度来对待细微的漏洞，以容易解决的方式进行事先预防，能够避免不可挽回的祸事，这种态度是值得称道和借鉴的。蚂蚁虽微小，单独一只的力量也微乎其微，但其聚合效应很可怕，就像我们现在所说的“蝴蝶效应”产生的连锁反应，一只蝴蝶扇动翅膀也许就是一场飓风的来源。先秦诸子早已从生活经验中总结出了这一规律，这种防微杜渐的思想一直影响着中国人的思维方式和行事习惯。

汉代对蚁穴之忧记载较多，防微杜渐意识逐渐趋于普遍。《说苑》中载：“江河大溃从蚁穴，山以小陁而大崩。”①《后汉书》载陈忠上疏的话：“臣闻轻者重之端，小者大之源，故堤溃蚁孔，气泄针芒。是以明者慎微，智者识几。”②边韶的《河激颂》载君主重视兴修水利的政令，对此举加以赞颂，他在描述当时的水患危机时，说“其势郁懞涛怒，湍急激疾，一月决溢，弥原淹野。蚁孔之变，害起不测”③。在汹涌的水势前，如果平时不注意防微杜渐，留下的无数小蚁孔就会成为河岸的巨大隐忧，一旦发生决堤，就会导致毁灭性的灾难。

孔融的《临终诗》极有意味，文中可以看出他死得镇静却也非常懊丧：

> 言多令事败，器漏苦不密。河溃蚁孔端，山坏由猿穴。涓涓江汉流，天窗通冥室。谗邪害公正，浮云翳白日。靡辞无忠诚，华繁竟不实。人有两三心，安能合为一。三人成市虎，浸渍解胶漆。生存多所虑，长寝万事毕。④

孔融“蚁孔”之喻，说的是祸患的发端往往微小，却因为日积月累而

---

① （汉）刘向撰，向宗鲁校证：《说苑校证》，中华书局1987年版，第398页。

② （南朝宋）范晔撰，（唐）李贤等注：《后汉书》，中华书局2000年版，第1051页。

③ （清）严可均辑，陈延嘉、王同策、左振坤等校点主编：《全上古三代秦汉三国六朝文》第2册，河北教育出版社1997年版，第595页。

④ 逯钦立辑校：《先秦汉魏晋南北朝诗》上册，中华书局1983年版，第197页。

导致不可逆转的局面。就像开篇所说“言多令事败”，终究会导致“三人成市虎”。他是因多次公开反对曹操，激起了曹操的杀心，曹操及其部属列举了他的各种罪状，如讪谤朝廷、违反孝道等言论。孔融的临终感言针对性强，回顾了自己“生存多所虑”的原因，形象地用“河溃蚁孔端”来象征自己的悲剧。

“蚁穴溃堤”象征小祸端带来大隐患之意，这一说法一经产生，就得到了持续的响应。魏国应璩在《百一诗》中强调细微处可能招致大隐患时说：“细微可不慎，堤溃自蚁穴。”①《抱朴子外篇·百里》载：“夫百寻之室，焚于分寸之飙；千丈之陂，溃于一蚁之穴。何可不深防乎？何可不改张乎？”②借蚁穴之溃堤，来预防可能发生的隐患。《晋书》载陈人陈頵语曰：“故百寻之屋突直而燎焚，千里之堤蚁垤而穿败，古人防小以全大，慎微以杜萌。”③应持“千里之堤，毁于蚁穴”的谨慎态度，借古人“防小以全大”的意识，指导当下的活动。鲍照也在其诗《代陆平原君子有所思行》中云：“蚁壤漏山阿，丝泪毁金骨。”④借蚁穴之典，告诫富贵之人应当虑患而防微杜渐，尤其是规劝君王不应奢侈过度，以免亏空国力，导致“江山之漏”的局面。

（四）对“蚁群聚乱”的贬斥

对蚁群状貌的贬斥从东汉开始陆续出现，如《后汉书》载冯衍上书时曰：“今三王背畔，赤眉危国，天下蚁动，社稷颠陨，是忠臣立功之日，志士驰马之秋也。”⑤此处“蚁动”喻众，用蚁聚之貌来形容天下动乱的形势。随着历史的前进，蚁的贬义用途被不断加强，在南北朝时期达到高峰，几乎完全掩盖了先秦时期对蚂蚁的褒义书写。魏收在《为魏孝静帝伐元神和等诏》中形容结私乱党“东西残掠，毒被村坞，扇合蛾蚁，终此乱阶，叛

① 逯钦立辑校：《先秦汉魏晋南北朝诗》上册，中华书局1983年版，第470页。

② 张松辉、张景译注：《抱朴子外篇》下册，中华书局2013年版，第604页。

③ （唐）房玄龄等撰：《晋书》，中华书局2000年版，第1257页。

④ （南朝宋）鲍照著，丁福林、丛玲玲校注：《鲍照集校注》上册，中华书局2012年版，第273页。

⑤ （南朝宋）范晔撰，（唐）李贤等注：《后汉书》，中华书局2000年版，第649页。

恩背德，莫此之甚”①。

汉魏六朝对蚁由褒及贬的称呼是“蚁附”和“蚁聚”。“蚁附”意义从褒义转向贬义开始于东汉，如崔寔《政论》中写“举弥天之网，以罗海内之士。同类翕集而蚁附，计士频蹴而胁从。党成于下，君孤于上”②，这里的“蚁附”开始有了结党营私、蝇营狗苟的意味。《宋书》载：“而群凶恣虐，协扇童孺，蕞尔东垂，复沦丑迹，邪回从慝，蜂动蚁附。”③形容群凶祸国之貌，就像群蜂群蚁一样繁杂可恶。

“蚁聚”成为贬义是在三国时期，钟繇的《荐关内侯季直表》载：“先帝神略奇计，委任得人。深山穷谷，民所米豆，道路不绝。遂使强敌丧胆，我众作气。旬月之间，廓清蚁聚。当时实用故山阳太守关内侯季直之策，克期成事，不差毫发。”④三国时期，吴国华覈闻蜀亡，诣宫门上表：“间闻贼众蚁聚向西境，西境艰险，谓当无虞。”⑤《三国志·吴书·周鲂》载：“钱唐大帅彭式等蚁聚为寇，以鲂为钱唐侯相，旬月之间，斩式首及其支党，迁丹杨西部都尉。”⑥蚁聚为寇就是明显的贬义。

《晋书》中记载国家战事时，多处将敌军比附成“蚁聚”。载熊远在国家面对内忧外患之时，向元帝发出劝谏：“今杜弢蚁聚湘川，比岁征行，百姓疲弊，故使义众奉迎未举。”⑦建议元帝心怀警惕，重视礼义，勤俭治国。史臣总结张昌之事时曰：“张昌等或鸱张淮浦，或蚁聚荆衡，招乌合之凶徒，逞豺狼之贪暴，凭陵险隘，倔强江湖，未淹岁稔，咸至诛戮，实自取

① （清）严可均辑，陈延嘉、王同策、左振坤等校点主编：《全上古三代秦汉三国六朝文》第9册，河北教育出版社1997年版，第48页。

② （清）严可均辑，陈延嘉、王同策、左振坤等校点主编：《全上古三代秦汉三国六朝文》第2册，河北教育出版社1997年版，第445页。

③ （南朝梁）沈约撰：《宋书》，中华书局2000年版，第1431—1432页。

④ （清）严可均辑，陈延嘉、王同策、左振坤等校点主编：《全上古三代秦汉三国六朝文》第3册，河北教育出版社1997年版，第242页。

⑤ （晋）陈寿撰，（南朝宋）裴松之注：《三国志》，中华书局2000年版，第1078页。

⑥ 同上书，第1023页。

⑦ （唐）房玄龄等撰：《晋书》，中华书局2000年版，第1252页。

之，非为不幸。”[①] 其间用“蚁聚”之貌，贬斥张昌召集凶徒的所作所为。史载慕容廆面临素延大军压境时，号令军士大胆迎战：“素延虽犬羊蚁聚，然军无法制，已在吾计中矣。诸君但为力战，无所忧也。”[②] 后果然“俘斩万余人”。还有“犹将席卷京洛，肆其蚁聚之徒；宰割黎元，纵其鲸吞之势”[③]，也将“蚁聚”作为聚众作乱的负面用词。

《北史》载仲文狱中上书：“河南蚁聚之徒，应时戡定。”[④] 希望能有机会将功补过，一扫“蚁聚”乱军。房彦谦给张衡的书信中说：“况乎蕞尔一隅，蜂扇蚁聚，杨谅之愚鄙，群小之凶慝，而欲凭陵畿甸，觊幸非望者哉。”[⑤] 其中“蚁聚”也是鄙夷之意。《陈书》载帝下诏铲除华皎时，云：“志危宗社，扇结边境，驱逼士庶，蚁聚巴、湘，豕突鄢、郢，逆天反地，人神忿嫉。”[⑥] 华皎的罪名就是集聚军事力量危害社稷，“蚁聚”是指叛军聚集的样子。《南齐书》载孔稚珪面对征役不息、百姓死伤时上表曰：“而蚁聚蚕攒，穷诛不尽，马足毛群，难与竞逐。”[⑦] 用“蚁聚”之貌来形容当时匈奴入侵的混乱局势。《南史·梁本纪》载叛军：“惟此群凶，同恶相济，缘江负险，蚁聚加湖。”[⑧]《周书》载段永上书魏孝武帝讨伐贼魁元伯生：“此贼既无城栅，唯以寇抄为资，安则蚁聚，穷则鸟散，取之在速，不在众也。”[⑨] 指出贼寇的特点，安逸的时候就像群蚁一样集中，因此主张速战速决、攻其不备，果然一击即中。

魏晋之后，在传统的“蚁附”“蚁聚”意义发生由褒到贬的改变之外，还新出现了诸如“蚁寇”“蚁徒”“蚁众”“蚁贼”等专指乌合之众的贬义词汇，贬斥意味更为直接和强烈。《晋书》载刘琨给石勒写信分析局势时说：

① （唐）房玄龄等撰：《晋书》，中华书局 2000 年版，第 1762 页。
② 同上书，第 1874 页。
③ 同上书，第 1915 页。
④ （唐）李延寿撰：《北史》，中华书局 2000 年版，第 560 页。
⑤ 同上书，第 938 页。
⑥ （唐）姚思廉撰：《陈书》，中华书局 2000 年版，第 188 页。
⑦ （南朝梁）萧子显撰：《南齐书》，中华书局 2000 年版，第 568 页。
⑧ （唐）李延寿撰：《南史》，中华书局 2000 年版，第 118 页。
⑨ （唐）令狐德棻等撰：《周书》，中华书局 2000 年版，第 429 页。

"采纳往诲，翻然改图，天下不足定，蚁寇不足扫。"[①]就以"蚁寇"蔑指不断出现的起义军。《北史》载叛军曰："今朐山蚁寇，久结未殄，贼愆狡诈，或生诡劫，宜遣锐兵，备其不意。"[②]将蚁与寇贼相关联，具有明显的贬斥意义。北魏宣武帝在《以侯刚为右卫大将军诏》中说："太和之季，蚁寇侵疆，先皇于不豫之中，命师出讨。"[③]这里的"蚁寇"是形容外族入侵的军队。而在《诏田益宗》中说的"量此蚁寇，唯当逃奔"[④]则是形容朝廷内部的反叛之党。

"蚁徒"即蚁聚之徒，也是形容"乌合之众"的。《晋书》载："及惠皇失统，宇内崩离，遂乃招聚蚁徒，乘间煽祸，虔刘我都邑，翦害我黎元。"[⑤]这里的"蚁徒"具有明显的贬斥意义，意指苟聚作乱的亡命之徒。北魏宣武帝在《遣兵赴卢昶诏》中说："而蚁徒送死，规侵王略，天亡小贼，数在无远。"[⑥]安排卢昶带军队去剿灭敌军，"蚁徒"带有明显的贬斥意义。

南北朝墓志铭中，常用"蚁徒"衬托墓主生前勇猛善战。《魏故镇远将军华州刺史杨君墓志铭》曰："俄而伪临川王萧宏敢率蚁徒，歼我梁城。"[⑦]说的是进犯的敌军人数众多。《使持节侍中司徒公都督雍华岐三州诸军事车骑大将军雍州刺史章武庄武王（元融）墓志铭》中也有当时的战事描述："季秋之末，蚁徒大至，并力而攻。"[⑧]用"蚁徒"之多，反衬元融应战之勇，以少御多，虽死犹荣，痛斥了敌军倚"多"胜"寡"的卑劣行径。还有北齐朱敬范所撰《朱岱林墓志铭》中形容"蚁徒"是一群乌合之众，云："乌

① （唐）房玄龄等撰：《晋书》，中华书局 2000 年版，第 1815 页。

② （唐）李延寿撰：《北史》，中华书局 2000 年版，第 1056 页。

③ （清）严可均辑，陈延嘉、王同策、左振坤等校点主编：《全上古三代秦汉三国六朝文》第 8 册，河北教育出版社 1997 年版，第 282 页。

④ 同上书，第 286 页。

⑤ （唐）房玄龄等撰：《晋书》，中华书局 2000 年版，第 1870 页。

⑥ （清）严可均辑，陈延嘉、王同策、左振坤等校点主编：《全上古三代秦汉三国六朝文》第 8 册，河北教育出版社 1997 年版，第 296 页。

⑦ 赵超著：《汉魏南北朝墓志汇编》，天津古籍出版社 2008 年版，第 95 页。

⑧ 同上书，第 206 页。

合蚁徒，聚三齐之地；竖牙鸣角，凭十二之险。”[①] 南北朝时期的“蚁徒”基本上已经固定了其贬义的性质。

南北朝时期还用“蚁众”来形容敌军的聚集貌。如北魏献文帝在《诏尉元》中形容进寇的军队为“蚁众”，诏曰：“贼将沈攸之、吴憘公等，驱率蚁众，进寇下邳。”[②] 孔伯恭《喻下邳宿豫城内书》一文，指斥送死的敌军：“刘彧肆逆滔天，弗鉴灵命，犹谓绝而复兴，长江可恃，敢遣张永、周凯等，率此蚁众，送死彭城。”[③]

“蚁贼”是非常鲜明的贬义词，与前几处贬低蚂蚁的词相比，“蚁贼”的贬斥程度显得更重。北魏孝文帝在《诏皮懽喜》中有“霜戈始动，蚁贼奔散，仇池旋复，民夷晏安”[④] 的描述，形容乌合之众一哄而散的溃败模样。夏侯道迁在《请拔汉中归诚表》中叙述自己的战功：“臣顷亡蚁贼，匹马归阙，自斯搏噬，罄竭丹款。”[⑤] 还有《魏故侍中司徒尚书左仆射封公墓志铭》中记载封延之之事，“及秦贼蚁集洛阳，黑泰游魂河渚”[⑥]，也是用“蚁贼”来形容进犯的敌兵。

总体看来，先唐对蚂蚁群体的意象是毁誉参半的。人们从一般的认知习惯开始，先是对蚂蚁自然习性的直观写照，再引申为具有社会意义的比附。管仲和尸子描绘了蚂蚁群聚的亲水特性。不同派别的诸子站在不同的立场赋予蚂蚁多样化的个性，关尹子、孙子、墨子等人在军事领域对其进行了褒义的书写，从“战蚁”排布获得对军队置兵的启示，看到“蚁附”之法在战场上的进攻作用，从而积极思考应对办法。接踵而至的是庄子等人的贬义反衬，讽刺“鲸鱼失水”与“蝼蚁苦之”的力量错位，将蝼蚁形

---

① （清）严可均辑，陈延嘉、王同策、左振坤等校点主编：《全上古三代秦汉三国六朝文》第9册，河北教育出版社1997年版，第95页。

② （清）严可均辑，陈延嘉、王同策、左振坤等校点主编：《全上古三代秦汉三国六朝文》第8册，河北教育出版社1997年版，第204页。

③ 同上书，第511页。

④ 同上书，第214页。

⑤ 同上书，第628页。

⑥ 赵超著：《汉魏南北朝墓志汇编》，天津古籍出版社2008年版，第345页。

容为饕餮的小人，并表达了对蚁群逐臭的鄙夷。从韩非子时起，开始对溃堤的罪魁祸首蚁穴有了警惕意识和防范意识，防微杜渐的思想逐渐为人们所接受。汉代以后，蚂蚁的贬斥意味逐渐和褒赞之意并驾齐驱，南北朝时期的贬斥之意已经基本取代了其在文学上的褒赞地位，贬斥成为蚂蚁文学书写中的主流特征。蚂蚁以微小的身姿，在先唐文学史上留下了复杂的痕迹，并持续影响着后世的文学书写。

第二节　螳螂勇士形象褒贬交替的形成

在《吕氏春秋·仲夏纪》将螳螂当作物候标记之前的整个先秦时期[①]，螳螂仅仅被记载在军事著作《六韬》和文学作品《庄子》中。要探究螳螂在文学中的初始面貌[②]，需要对二者进行时代的还原和内容的比较。据目前已知历史文献和出土文物的证明，学界多认可《六韬》的成书时间大约在战国中晚期以后[③]，这恰好与庄子活跃在历史舞台的时间相吻合。这一时间上的可能性，为探索同一时期军事家和文学家眼中的螳螂形象，提供了可比性，从而可知螳螂同时具备两种完全不同的勇士形象。

---

① 《吕氏春秋·仲夏纪》载："仲夏之月：日在东井，昏亢中，旦危中。其日丙丁。其帝炎帝。其神祝融。其虫羽。其音徵。律中蕤宾。其数七。其味苦。其臭焦。其祀灶。祭先肺。小暑至。螳螂生。"详见许维遹撰，梁运华整理：《吕氏春秋集释》，中华书局2009年版，第103页。

② 现代生物学分类中，螳螂目螳螂科昆虫以螳螂为代表，"螗蠰，螳蜋、螳螂、刀螳、螳螂目。体大中型，头呈三角形，复眼突出，口器咀嚼式，肉食性。前足攫捕式，有尖刺，能捕捉小动物"。参见郭郛注证：《尔雅注证》，商务印书馆2013年版，第568页。螳螂又称不过，"不过，蟷蠰。其子蜱蛸"。不过又称蟷蠰，郭璞注："蟷蠰，螗蜋别名。"邢昺疏："不过，一名蟷蠰，一名螳蜋，螵蛸母也。其子一名蜱蛸，一名蟳蟭，一名螵蛸，蟷蠰卵也。《方言》云：谭、鲁以南谓之蟷蠰，三河之域谓之螳蜋，燕、赵之际食庬，齐杞以东谓之马穀，其子同名螵蛸也。《月令》仲夏云：'螳蜋生。'是也。"参见（晋）郭璞注，（宋）邢昺疏：《尔雅注疏》，上海古籍出版社2010年版，第492页。蜱蛸是它的卵块，郭璞注："蟷蠰卵也。""螵蛸初著树木，未凝时，有似鼻涕，及至坚，如茧包裘裹，黏着树枝，不能解也。三月四月中，一枝出螳螂数百（《蜀图经》）。螳螂卵连续成块状产在树枝上，卵胶鞣化固化而坚硬成卵块，名叫螵蛸，产于桑树称桑螵蛸。至第二年春季孵化出小螳螂。螵蛸是药材，螳螂是益虫。"参见郭郛注证：《尔雅注证》，商务印书馆2013年版，第568页。

③ 徐玉清、王国民注译：《六韬》，中州古籍出版社2008年版，第27页。

一、先秦军事家眼中的精神勇士

在军事家眼中，螳螂是战神，是勇敢与力量的象征。《六韬》分为《文韬》《武韬》《龙韬》《虎韬》《豹韬》《犬韬》六部分。其中的《虎韬》包括军用、三阵、疾战、必出、军略、临境、动静、金鼓、绝道、略地、火战、垒虚等12篇，主要讲在宽阔地区作战时需要注意的问题。《六韬》中有四处写螳螂，均出自《六韬·虎韬·军用》篇中，先看前两处：

大扶胥冲车三十六乘，螳螂武士共载，可以击纵横，可以败敌。

矛戟扶胥轻车一百六十乘。螳螂武士三人共载，兵法谓之霆击；陷坚阵，败步骑。①

《六韬》对螳螂的描写着力于描绘它勇敢的形态特征。这两处的“螳螂武士”均指骁勇善战的战士。“螳螂举臂有奋击之势，所以被用来作武士的称号。”②“螳螂武士”又可以指“形似螳螂的手持双刀的武士”③“双手持刀的武士”④。这种写法，符合人类对大自然的认知规律。

《六韬》对螳螂勇敢的形象和意义持正面的肯定态度。“螳螂武士”的反复使用，说明它已经成为形容赞扬勇敢士兵的专用代名词，是士气和军心的象征，能在战场上起到鼓舞人心的作用。

螳螂的外观、动作是军事仿生学产生的基础。军事家从螳螂得到启发，是人类向昆虫学习的具体体现。在对战争武器的命名上，也不乏螳螂的身影。它代表着骁勇善战的内涵，在当时已经得到兵家的认同。螳螂在军事仿生学中的应用，始于战国中晚期的《六韬》。《六韬·虎韬·军用》载：

三军拒守，木螳螂剑刃扶胥，广二丈，百二十具，一名行马；平易地，以步兵败车骑。

天浮铁螳螂，矩内圆外，径四尺以上，环络自副，三十二具。

---

① 曹胜高、安娜译注：《六韬·鬼谷子》，中华书局2007年版，第133—138页。

② 徐玉清、王国民注译：《六韬》，中州古籍出版社2008年版，第119—120页。

③ 曹胜高、安娜译注：《六韬·鬼谷子》，中华书局2007年版，第133页。

④ 唐书文撰：《六韬·三略译注》，上海古籍出版社2012年版，第65页。

以天浮张飞江，济大海，谓之天潢，一名天舡。①

《六韬》是最早应用螳螂进行军事仿生学比附的。“木螳螂”和“铁螳螂”直接以螳螂命名，是实实在在存在的战争工具，有其特殊的形制和专用功能。“木螳螂”和“铁螳螂”作为支持“螳螂武士”作战的重要武器，共同形成了螳螂兵团的生动形象。“木螳螂”是“用以拒守的木质战车，形似螳螂，有尖刃向外”②，文中“木螳螂剑刃扶胥”是行马的一种，“用于阻遏敌人的带刺的或尖状物的路障。其框架用木，上带形似螳螂、如剑刃的利器”③。“铁螳螂”是一种适合水中作战的锚，“天浮铁螳螂”中“天浮”是指在江河中有较大浮力的浮游器材，铁螳螂是“固定天浮的铁锚”④。

可见，不管是针对陆战还是水战，螳螂都有重要的军事仿生学意义，模仿螳螂的习性特征而发明出来的武器，体现了军事家的智慧，能带来军事力量的强大，对军事训战有重要的启发意义。这也就不难看出，在无数的昆虫中，先秦的军事家为何如此偏爱勇敢而颇有战斗智慧的螳螂了。

二、先秦文学家眼中的无谋逞能

螳螂从庄子笔下走进文学画廊。可是，与军事家在《六韬·虎韬·军用》中对螳螂的大加肯定、现实应用和高度推崇的态度相比，《庄子》诸篇虽然也对螳螂的勇士特征进行描写，却持截然相反的态度。庄子认为螳螂不仅有勇无谋、刚愎自用，还自不量力以致危难。《庄子》载：

汝不知夫螳螂乎？怒其臂以当车辙，不知其不胜任也，是其才之美者也。戒之，慎之！积伐而美者以犯之，几矣。⑤

蒋闾葂见季彻曰：“鲁君谓葂也曰：‘请受教。’辞不获命，既

① 曹胜高、安娜译注：《六韬·鬼谷子》，中华书局2007年版，第133—138页。

② 徐玉清、王国民注译：《六韬》，中州古籍出版社2008年版，第119—120页。

③ 曹胜高、安娜译注：《六韬·鬼谷子》，中华书局2007年版，第138页。

④ 唐书文撰：《六韬·三略译注》，上海古籍出版社2012年版，第67页。

⑤ （清）郭庆藩撰，王孝鱼点校：《庄子集释》上册《人间世》，中华书局2012年版，第172页。

已告矣，未知中否，请尝荐之。吾谓鲁君曰：‘必服恭俭，拔出公忠之属而无阿私民孰敢不辑！’”季彻局局然笑曰：“若夫子之言，于帝王之德，犹螳螂之怒臂以当车轶，则必不胜任矣！”且若是，则其自为处危，其观台多，物将往，投迹者重。蒋闾葂觑觑然惊曰：“葂也汒若于夫子之所言矣。”①

庄周游于雕陵之樊，睹一异雀自南方来者，翼广七尺，目大运寸，感周之颡而集于栗林。庄周曰：“此何鸟哉，翼殷不逝，目大不睹？”蹇裳躩步，执弹而留之。睹一蝉，方得美荫而忘其身；螳螂执翳而搏之，见得而忘形；异鹊从而利之，见利而忘其真。庄周怵然曰：“噫！物固相累，二类相召也！”捐弹而反走，虞人逐而谇之。②

《人间世》阐述了螳螂因过分自负而遭到失败的必然性，对于“螳臂当车”之举，要“戒之，慎之”！在庄子看来，螳螂不知道衡量自身的真正实力与处境，就贸然行动，这种自视甚高的举动，是光有勇气而无智慧的，因此为庄子所不齿。《天地》的对话中，季徹以“螳臂当车”之比较作为劝告，认为蒋闾葂的看法虽无阿私，却不足以胜狡诈之任。疏曰：“夫必能恭俭，拔出公忠，此皆伪情，非忘淡者也。故以此言为南面之德，何异乎螳螂怒臂以敌车辙！用小拟大，故不能任也。”“夫恭俭公忠，非能忘淡，适自显熠以炫众。人既高危，必遭隳败，犹如台观峻耸，处置危县，虽复行李观见，而崩毁非久。”③《山木》中螳螂是生物链条中的重要一环，捕蝉为食而又被黄雀食，引发了庄子对自身处于同样一个大循环环境的思考，螳螂只看到眼前利益而不顾及自身的危机，这种得不偿失的做法让庄子怵然惊醒，对螳螂又增加一层负面的看法。

如果说《六韬》中的螳螂偏向于写实，那么《庄子》中的螳螂则有一层浪漫的色彩，庄子以富有寓意的内涵搭配夸张的动作，塑造了“螳臂当

① （清）郭庆藩撰，王孝鱼点校：《庄子集释》中册《天地》，中华书局2012年版，第436页。
② （清）郭庆藩撰，王孝鱼点校：《庄子集释》中册《山木》，中华书局2012年版，第693页。
③ （清）郭庆藩撰，王孝鱼点校：《庄子集释》中册《天地》，中华书局2012年版，第436页。

车”“螳螂捕蝉，黄雀在后”的生动画面，营造出剑拔弩张的氛围，将人带进焦急忧虑的情境。

庄子笔下的螳螂还有明显的、糟糕的人格特征，螳螂会暴怒到“怒其臂以当车辙”，会自大到“不知其不胜任”，会骄傲到“见得而忘形”。这种看法的形成，与庄子所持的“道”的思想有一定联系。庄子倡导“无为”的思想，螳螂奋臂挡车的防御行为，与“无为”的追求是相冲突的，这应该是庄子贬低螳螂的由来。螳螂无视自己“螳臂”与车轮力量的悬殊，被庄子看成自视甚高、徒逞匹夫之勇的表现。

总之，作为“螳臂当车”“螳螂捕蝉，黄雀在后”意义的创始人，庄子直接塑造了文学世界中螳螂有勇无谋、自不量力的反面形象，并且广为流传。这种负面形象在很长一段时间内，几乎成为螳螂的“盖棺论定”。

三、勇士形象早于《庄子》而产生

螳螂的勇士形象源自《六韬》的可能性比《庄子》大。我们都知道，两军交锋时，军队的士气极为重要，《曹刿论战》中就有“一鼓作气，再而衰，三而竭”的著名论断。如果我们假设《庄子》的成书在前面，先于《六韬》就固定了“螳臂当车”和“螳螂捕蝉，黄雀在后”的负面意义，那么，螳螂还有没有可能得到兵家的如此青睐？结果应该是否定的，“螳臂当车”和“螳螂捕蝉，黄雀在后”直接昭示了“自不量力”“身死黄雀”的“螳螂必败”悲剧。而庄子赋予螳螂“骄兵必败”“自不量力”“有勇无谋”“隐患重重”“内外交困”和被“虎视眈眈”等象征意义，历来都是兵家大忌。在明知道螳螂有这些不吉的寓意后，对士气极为重视的兵家，又怎么可能去自触霉头，冒着打击军队士气的风险，将自己的军队强行与螳螂相比附呢？

可见，如果《庄子》在前，《六韬》就一定会对螳螂相当忌讳，基本上不大可能在明知“螳螂必败”的前提下，还处处照着螳螂去学习，更不可能宣扬这种“有勇无谋”“只重眼前”的螳螂之勇，甚至将其当作军魂一般的存在去推崇！反过来推测，如果是《庄子》在《六韬》之后，作出的论断则是可行的。以庄子百无禁忌的自由个性，他不一定会尊崇兵家对螳螂的赞赏，而完全有可能另辟蹊径，赋予螳螂之勇迥异的看法。

从上述文献内容来推测，只有在《六韬》先于《庄子》的前提下，才有可能出现《军用》篇中螳螂的勇气比附和仿生学应用，我们将记载螳螂的最早文献定位在《六韬》上，才显得合情合理。

螳螂是兵家的宠儿，它的军事仿生学意义始于《六韬》，开启了中国古代军事仿生应用的源头，是人类向昆虫学习的重要进步，奠定了螳螂勇气人格的象征意义。螳螂从庄子笔下走进文学画廊，以带有浪漫主义色彩的寓言特征，揭示了“生物利益链”和“一物降一物”的文化意义，使“螳臂当车”和“螳螂捕蝉，黄雀在后”广为人知。尽管螳螂意象出现在文学作品中的总量不多，但它蕴含的关于勇气的意义却是极为鲜明和张扬的，即便军事家和文学家对此持截然不同的看法，却并不影响螳螂形象在世间的传播，螳螂也为后世关于勇气的文学书写提供了可贵的素材。

四、汉代：螳螂成为说理的工具

因“螳螂捕蝉，黄雀在后”的典故，螳螂在汉代逐渐成为规劝君主的工具。《韩诗外传》载孙叔敖进谏楚庄王兴师伐晋，曰：

> 于是遂进谏曰：“臣园中有榆，其上有蝉。蝉方奋翼悲鸣，欲饮清露，不知螳螂之在后，曲其颈，欲攫而食之也。螳螂方欲食蝉，而不知黄雀在后，举其颈，欲啄而食之也。黄雀方欲食螳螂，不知童子挟弹丸在榆下，迎而欲弹之。童子方欲弹黄雀，不知前有深坑，后有掘株也。此皆贪前之利，而不顾后害者也。非独昆虫众庶若此也，人主亦然。君今知贪彼之土，而乐其士卒。”楚国不殆，而晋以宁，孙叔敖之力也。①

螳螂的自然习性在文中被化用为劝谏君王的工具，这则寓言能够提示君王在兴兵之时，保持足够的警惕，作出正确的抉择。在《说苑卷·正谏》

① （汉）韩婴撰，许维遹校释：《韩诗外传集释》，中华书局1980年版，第359—360页。

中也载有此典，只是进谏的主人公发生了改变，可见“螳螂捕蝉，黄雀在后”的警示意义。文曰：

吴王欲伐荆，告其左右曰：“敢有谏者死。”舍人有少孺子者，欲谏不敢，则怀丸操弹，游于后园，露沾其衣，如是者三旦，吴王曰：“子来，何苦沾衣如此。”对曰：“园中有树，其上有蝉，蝉高居悲鸣饮露，不知螳螂在其后也；螳螂委身曲附欲取蝉，而不知黄雀在其傍也；黄雀延颈欲啄螳螂，而不知弹丸在其下也；此三者，皆务欲得其前利，而不顾其后之有患也。”吴王曰：“善哉。”乃罢其兵。①

《后汉书·蔡邕传》还记载了一个与“螳螂捕蝉，黄雀在后”相关的故事，说蔡邕善琴，且警惕性极高。他应邀去邻人家赴宴，在门口听到传出的琴声带杀机，就马上折返。后来主人问原因，他具以告之。弹琴者向他解释说：“我向鼓弦，见螳螂方向鸣蝉，蝉将去而未飞，螳螂为之一前一却。吾心耸然，惟恐螳螂之失之也，此岂为杀心而形于声者乎？”② 原来是弹琴者拨弦时，见螳螂正准备捕捉鸣蝉，鸣蝉将飞，螳螂因之一前一退。因担心螳螂捉不到蝉，而将这种“捕杀”的情绪带进琴声中，导致了误会，从而可见蔡邕琴艺之高。

整体上看，汉代文人并没有像庄子那样一味地对螳螂抱以苛责的态度，《淮南子·人间训》记载了齐庄公借对待螳螂的惜才态度，赢得了天下勇士的归附之心：

齐庄公出猎，有一虫举足将搏其轮，问其御曰：“此何虫也？”对曰：“此所谓螳螂者也。其为虫也，知进而不知却，不量力而轻敌。”庄公曰：“此为人，而必为天下勇武矣！”回车而避之。勇武闻之，知所尽死矣。故田子方隐一老马而魏国载之，齐庄公避一螳螂而勇武归之。③

① （汉）刘向撰，向宗鲁校证：《说苑校证》，中华书局 1987 年版，第 212—213 页。

② （南朝宋）范晔撰，（唐）李贤等注：《后汉书》，中华书局 2000 年版，第 1355 页。

③ 刘文典撰，冯逸、乔华点校：《淮南鸿烈集解》下册，中华书局 2013 年版，第 758 页。

在齐庄公看来，螳螂的勇气是非常可贵的，他非常欣赏这种身死而不顾的勇士精神。齐庄公避螳螂之举体现了其求贤若渴的心态，无疑是向世人宣告他对勇士的尊重与期待，因此收获了天下诸多勇士的信任，使其纷纷来奔。

《列女传》载齐孤逐女向齐王分析局势的话，也表达出对螳螂之勇的肯定。文曰："越王敬螳螂之怒，而勇士死之；叶公好龙，而龙为暴下。物之所征，固不须顷。"① 越王敬重一只发怒的螳螂，勇士就乐于为他效命；叶公喜欢龙，龙就迅速降临。世间万物的成效，本来就不需要很长的时间才能见到。螳螂在这两处的运用，体现出汉代文人所持的客观态度，螳螂是用来说理的工具，既可表达贬义，也能表达褒义。

汉代螳螂的文学书写对先秦有继承也有新变，《后汉书·袁绍传》载："乃欲运螳螂之斧，御隆车之隧。"② 化用了其自不量力之意，而螳螂枯瘦之形态特征，则被用于书法的描绘之上，如崔瑗《草书势》中形容书法与昆虫间的神似："傍点邪附，似螳螂而抱枝。"③ 再如贬低螳螂看似凶恶的外观时，王逸在《伤时》中写道："下堂兮见虿，出门兮触蜂。巷有兮蚰蜒，邑多兮螳螂。睹斯兮嫉贼，心为兮切伤。"④

五、魏晋：客观看待螳螂举斧

魏晋时期的文人大多能以客观的态度看待螳螂举斧的行为，对螳螂的感情因素不超越客观事实，成为这一时期螳螂书写的主要特征。郭璞在《尔雅图赞·释虫》中就很客观地记载："螳螂飞虫，挥斧奋臂。当辙不回，句践是避。勇士致毙，励之以义。"⑤

① 绿净译注：《古列女传译注》，上海三联书店 2014 年版，第 287 页。

② （南朝宋）范晔撰，（唐）李贤等注：《后汉书》，中华书局 2000 年版，第 1620 页。

③ （清）严可均辑，陈延嘉、王同策、左振坤等校点主编：《全上古三代秦汉三国六朝文》第 2 册，河北教育出版社 1997 年版，第 434 页。

④ 同上书，第 550 页。

⑤ （清）严可均辑，陈延嘉、王同策、左振坤等校点主编：《全上古三代秦汉三国六朝文》第 5 册，河北教育出版社 1997 年版，第 1239 页。

为适应不同的情感表达需要，人们灵活地赋予螳螂合适的文学色彩。曹植在《矫志诗》中写道："逢蒙虽巧，必得良弓；圣主虽知，必得英雄。螳螂见叹，齐士轻战；越王轼蛙，国以死献。"①典出《韩诗外传》螳螂阻车受到人们赞赏，齐国勇士轻死勇于作战。王胡之在《赠庾翼诗》(八章)中说："戎马生郊，王路未夷。螳螂举斧，鲸鲵轩鳍。矫矫吾子，劬劳王师。单醴投川，饮者如归。昆领载崇，太阳增辉。"②站在褒赞的立场，客观叙述了螳螂的勇气。《抱朴子外篇·君道卷五》亦载："轼怒蛙以劝勇，避螳螂以励武。"③以避开螳螂来勉励武士，对螳螂之勇也是持正面态度的。

客观对待不等同见地一致，有人看到勇气的可贵，也有人关注举斧的后果。《晋书》载："所谓高蝉处乎轻阴，不知螳螂袭其后也。"④说的就是螳螂举斧对蝉的打击。《晋书·王濬传》载王濬分析局势时说："假令孙皓犹有螳螂举斧之势，而臣轻军单入，有所亏丧，罪之可也。"⑤还有人看到螳螂虽举斧却无能为力，如左思《魏都赋》中形容关卡守卫力量的薄弱："薄戍绵幂，无异蛛蝥之网。弱卒琐甲，无异螳螂之卫。"⑥说的就是防卫工作就像蛛网一样薄弱，像螳臂当车一样无用。

对螳螂持有客观评价的专题赋作是成公绥的《螳螂赋》：

> 仰乃茂阴，俯缘条枝，冠角峨峨，足翅岐岐，寻乔木而上缀，从蔓草而下垂。戢翼鹰峙，延颈鹄望，推翳徐翘，举斧高抗，乌伏蛇腾，鹰击隼放。俯飞蝉而奋猛，临蟪蛄而逞壮，距车轮而轩翥，固齐侯之所尚。乃有翩翩黄雀，举翮高挥，连翔枝干，或鸣或飞。睹兹螳螂，将以疗饥，厉嘴胁翼，其往如归。⑦

---

① （三国魏）曹植著，赵幼文校注：《曹植集校注》，人民文学出版社1984年版，第317页。

② 逯钦立辑校：《先秦汉魏晋南北朝诗》中册，中华书局1983年版，第886页。

③ 张松辉、张景译注：《抱朴子外篇》上册，中华书局2013年版，第151页。

④ （唐）房玄龄等撰：《晋书》，中华书局2000年版，第658页。

⑤ 同上书，第798页。

⑥ （清）严可均辑，陈延嘉、王同策、左振坤等校点主编：《全上古三代秦汉三国六朝文》第4册，河北教育出版社1997年版，第775页。

⑦ 同上书，第615—616页。

这篇赋是魏晋时期对待螳螂客观态度最详尽的表达，既不过分夸大螳螂的勇气，也不贬低螳螂的举动，只是再现了螳螂的生命悲剧，从正面、侧面对螳螂的动作、外观进行了细致的刻画，叹息螳螂虽勇，最终却不免成为黄雀的果腹之食。

面对刚毅的螳螂举斧，西晋傅咸反其意而为之，写有一首昆虫赋，即《叩头虫赋》，其序载："叩头虫，虫之微细者，然触之辄叩头。人以其叩头，伤之不祥，故莫之害也。"赋曰：

> 盖齿以刚克而尽，舌存以其能柔。强梁者不得其死，执雌者物莫之仇。无咎生于惕厉，悔吝来亦有由。仲尼唯诺于阳虎，所以解纷而免尤。韩信非为懦儿，出胯下而不羞。何兹虫之多畏，人才触而叩头？犯而不校，谁与为仇？人不我害，我亦无忧。彼螳螂之举斧，岂患祸之能御？此谦卑以自牧，乃无害之可贾。将斯文之焉贵，贵不远而取譬。虽不能触类是长，且书绅以自示。旨一日而三省，恒跼蹐以祗畏，然后可以蒙自天佑之吉无不利。①

与螳螂的直接对抗相比，叩头虫更显得有生活的智慧，它们会委婉地示弱，从而获得生存下去的可能。叩头虫象征用谦卑的态度，换来平安的生活，而螳螂则刚好相反，用刚毅的态度，或赢得赞赏，或身死轮下，或沦为食物。

螳螂在魏晋时期得到了较为公正而客观的对待，一方面是对前朝选择性的继承，另一方面则是由文人逐渐成熟的咏物观念所影响的。

六、南北朝：螳螂多沦为贬义

南北朝时期的螳螂逐渐被置于贬低的地位。萧绎在《金楼子·立言篇》中云："世人有才学不胜朋友，而好作文章，苦辱朋友，此谓学螳螂之铁，

---

①（清）严可均辑，陈延嘉、王同策、左振坤等校点主编：《全上古三代秦汉三国六朝文》第4册，河北教育出版社1997年版，第538页。

运蛣蜣之甲，何足以云。”① 杜弼在《檄梁文》中贬斥敌军为“连营聚众，依山傍水，举螳螂之斧，被蛣蜣之甲，当穷辙以待轮，坐积薪而候燎。及其锋刃暂援，埃尘且接，便已亡戟弃戈，土崩瓦解”②，蔑视看似强大的敌军，实际上只是外强中干，就像高举战斧的螳螂，实际上没有一点威胁。邢峦在《言钟离必无克状表》中说：“且萧衍尚在，凶身未除，螳螂之志，何能自息。”③ “螳螂之志”是指自不量力却喜欢主动挑战的行为。还有释道安在《平心露布文》中贬斥贼军：“阿黎耶识固重昏而莫晓，执穷计而不移，譬螳螂之拒轮，等蜂虿之含毒。”④ 都体现出南北朝时期书写螳螂趋向贬抑的态度。

与其他昆虫相比，螳螂举斧的勇气容易引起创作者和受众的共鸣，它还能够形象而生动地阐释“一物降一物”和“生物利益链条”的文化意义，达到托物言志的目的。螳螂虽然在先唐受到了褒贬不一的对待，但始终活跃在文学的世界中。先秦文学家认为它无谋而逞能，军事家却盛赞它的勇往直前。汉代以后趋于理性的书写，给了螳螂较为公正客观的对待，成为说理的常用典故。而在南北朝乱世交替中，螳螂举斧不免又被当成攻击敌军的“讽刺工具”。总的来说，尽管螳螂出现在先唐文学中的次数并不算多，却被赋予了较为丰富、褒贬交替的文化含义，成为先唐昆虫文学中颇有特色的一类。

第三节　从毒蜂到蜜蜂的文学蜕变

蜂是人们熟知的一种社会性昆虫，与人类的生活非常贴近。它们在树

---

① （南朝梁）萧绎撰，陈志平、熊清元疏证校注：《金楼子疏证校注》下册，上海古籍出版社2014年版，第678页。

② （清）严可均辑，陈延嘉、王同策、左振坤等校点主编：《全上古三代秦汉三国六朝文》第9册，河北教育出版社1997年版，第64页。

③ （清）严可均辑，陈延嘉、王同策、左振坤等校点主编：《全上古三代秦汉三国六朝文》第8册，河北教育出版社1997年版，第587页。

④ 同上书，第722页。

洞、屋檐下、墙洞或大树上筑多层、大型蜂巢，一窠蜂可多达数千只。《说文》记载蜂，曰："飞虫，螫人者，从虫。"[①]《列子·天瑞》载："纯雌其名大腰，纯雄其名稚蜂。"[②]人类对蜂的认识，经历了由最初的恐惧、贬斥到利用、喜爱的转变过程。随着科学养殖技术的进步，蜜蜂从野生昆虫逐步被驯化成家养昆虫，为人类的生活带来了甜蜜的享受，也为昆虫文学提供了丰富的素材。

一、对毒蜂的恐惧反应

（一）毒蜂之害的书写呈递减趋势

记载毒蜂最为集中的时期是先秦，因为毒蜂可能危及人类的生存，深为古人所忌惮。"蜂在捕食和自卫时，都会利用坚强而又锋利的嘴以及腹部末端的毒针。特别是当窠巢受到威胁时，它们会毫不犹豫地向敌人发起攻击。由于螫针上有倒钩，刺入后便不能拔出来，而且从腹中毒囊着生处断离后，留在敌体上的毒囊还可以作有节律的收缩，保证把毒囊中所有的毒液都注射到敌体中去，准备同归于尽。"[③]现代科学研究发现，"蜂毒中的主要成分有组氨、色氨、乙酰胆碱等化学物质，进入人体后引起疼痛、肿胀等反应"[④]。可见，古人最初对毒蜂是无能为力而只能生生忍受的。

对蜂最早的文献记载是《诗经·周颂·小毖》，时间约在公元前1035年，即周成王八年。据赵逵夫先生考证，《小毖》是当年"正月一日，成王正式亲政"[⑤]时作，登基典礼时，歌奏了《闵予小子》《访落》《小毖》《烈文》《敬之》这几首庙祭乐歌。《周颂·小毖》载：

莫予荓蜂，自求辛螫。肇允彼桃虫，拚飞维鸟。[⑥]

① （清）段玉裁：《说文解字注》，浙江古籍出版社1998年版，第675页。

② 杨伯峻撰：《列子集释》，中华书局2013年版，第16页。

③ 胡淼著：《〈诗经〉的科学解读》，上海人民出版社2007年版，第496页。

④ 胡淼著：《〈诗经〉的科学解读》，上海人民出版社2007年版，第497页。

⑤ 赵逵夫主编：《先秦文学编年史》上册，商务印书馆2010年版，第236页。

⑥ 程俊英、蒋见元著：《诗经注析》，中华书局1991年版，第979页。

"荓蜂"就是捅马蜂窝，这首诗也可看作"捅马蜂窝"的源头。蜂并不会主动袭击人类，除非自身遭到危机，才会不得已用这种方式自保，或者反击，毕竟每一次的蜂螫，几乎都是用生命作为代价的。人主动去捅马蜂窝就是自讨苦吃，因为蜂群一定会群起而攻之。

《小毖》是周成王诛管、蔡，消灭武庚以后，自我惩戒并请求群臣辅助的诗篇。周成王即位时年幼，管叔、蔡叔对周公执政不满，联合殷商后代武庚叛乱，被周公东征予以剿灭。周成王把管蔡和武庚之乱，比作家门上的马蜂窠，不捅不行，小患不除必引大祸。《小毖》中这样的比喻可谓含蓄生动，捅马蜂窝会被毒针螫，形容自己面临的麻烦和困境，但又给出了自己不得不捅马蜂窝的理由，暗指周成王伐管蔡之举的危险性。

毒蜂在一定时期内确实给古人造成了极大的困扰与危害，王充在《论衡·言毒篇》中记载："天地之间，万物之性，含血之虫，有蝮蛇、蜂虿，咸怀毒螫，犯中人身，谓护疾痛，当时不救，流遍一身。""毒螫渥者，在虫则为蝮蛇、蜂虿。"[①] 将蜂与毒蛇等并列对待。《后汉书》载："古人以蜂虿为戒，盖畏此也。"[②] 亦载董卓不愿追击时对皇甫嵩说的话："兵法，穷寇勿迫，归众勿追。今我追国，是迫归众，追穷寇也。困兽犹斗，蜂虿有毒，况大众乎！"[③] 董卓将穷寇视为可怕的蜂虿而想放弃追击。可见，从先秦到汉代之间，毒蜂一直都是人们非常忌惮的事物。

然而，这种忌惮并不是一成不变的。伴随着认知水平的进步，人们对自然界蜂毒之害的恐惧感逐渐开始转移，更多的是用以表达厌恶之情，例如汉代以后，出现了"人害甚于蜂毒"的言论，单纯书写毒蜂自然特性的习惯发生了改变，侧重于以蜂来喻示人心的险恶。《韩诗外传》载："彼反顾其上，如憯毒蜂虿。"[④] 历史上，表现"人害甚于蜂毒"的著名故事是"伯

---

① （汉）王充著，张宗祥校注，郑绍昌标点：《论衡校注》，上海古籍出版社 2010 年版，第 455—457 页。

② （南朝宋）范晔著：《后汉书》，中华书局 2007 年版，第 164 页。

③ （南朝宋）范晔撰，（唐）李贤等：《后汉书》，中华书局 2000 年版，第 1557 页。

④ （汉）韩婴撰，许维遹校释：《韩诗外传集释》，中华书局 1980 年版，第 126 页。

奇掇蜂”[1]，在这一出典型的道德悲剧中，伯奇后母的恶毒之心远甚于蜂毒。《抱朴子外篇·嘉遁》曰：“故江充疏贱，非亲于元储，后母假继，非密于伯奇；而掘梗之诬，灭父子之恩；袖蜂之诳，破天性之爱。”[2]《抱朴子外篇·君道》曰：“偏爱，则虑袖蜂之谤巧，飞燕之专宠。”[3]《晋书》载愍怀太子因贾后多年来的蓄意陷构最终被废身死，曰：“掇蜂构隙，归胙生灾。”[4]这是对后宫干政的痛恨，也是对皇室内部钩心斗角一针见血的指斥。陆机《君子行》中也有“掇蜂灭天道，拾尘惑孔颜”[5]的诗句，据典表达亲眼所见的也未必是事实，更何况是复杂的社会现状，用以体现“君子防未然”的态度。

魏晋之后，单纯书写自然界毒蜂的情况几乎销声匿迹，取而代之的是控诉人心险恶的书写方式，写蜂毒之害的基本上都在写人心之毒。《全齐文·移虏淮阳太守文》载：“元帅逞枭鸢之心，锐卒畜蜂虿之毒。蝇飞藩棘，蚁附池隍。”[6]就是指斥当时扰乱统治的乱军。《南齐书》载帝诏萧景先出战剿灭入侵的蛮虏之兵，曰：“蜂虿有毒，宜时剿荡。”[7]《南齐书》载王融上疏应对是否给虏使所求之书一事时说：“夫虏人面兽心，狼猛蜂毒，暴悖天经，亏违地义。”[8]将虏人的危害等同于凶猛的狼和有毒的蜂。《陈书》载到仲举和韩子高结党营私，曰：“韩子高蕞尔细微，擢自卑末，入参禁卫，

① 汉诗中载：伯奇母死，吉甫更娶后妻，生子曰伯封。乃谮伯奇于吉甫曰：“伯奇见妾有美色，然有欲心。”吉甫曰：“伯奇为人慈仁，岂有此也。”妻曰：“试置妾空房中，君登楼而察之。”后妻知伯奇仁孝，乃取毒蜂缀衣领，令伯奇缀之。伯奇前持之。吉甫大怒，放伯奇于野。伯奇编水荷而衣之，采楟花而食之，清朝履霜，自伤无罪见逐。乃援琴而鼓之曰云云。宣王出游，吉甫从之，伯奇乃作歌，以言感之于宣王。宣王闻之曰：“此孝子之辞也。”吉甫乃求伯奇于野而感悟，遂射杀后妻。

② 张松辉、张景译注：《抱朴子外篇》，中华书局2013年版，第28页。

③ 同上书，第148页。

④ （唐）房玄龄等撰：《晋书》，中华书局2000年版，第970页。

⑤ （晋）陆机著，刘运好校注：《陆士衡文集校注》，凤凰出版社2007年版，第502页。

⑥ （清）严可均辑，陈延嘉、王同策、左振坤等校点主编：《全上古三代秦汉三国六朝文》第6册，河北教育出版社1997年版，第876页。

⑦ （南朝梁）萧子显撰：《南齐书》，中华书局2000年版，第448页。

⑧ 同上书，第554页。

委以腹心。蜂虿有毒，敢行反噬。”[①] 因此皇帝下诏将其赐死。温子升《印山寺碑》中记载乱世之象：“永安之末，时各异谋，蜂虿有毒，豺狼反噬，彀弩临城，抽戈犯跸，世道交丧，海水群飞。”[②] 可见，从先秦到南北朝，随着认识水平的提高，人们对自然界蜂毒之害的文学书写逐渐减少，而对人心之“毒”的刻画则与日俱增。

（二）以礼去毒的思想如昙花一现

也许是因为曾受到过蜂类的攻击，先民们对蜂望而生畏。《老子·道德经》中说：“含德之厚者，比于赤子。蜂虿虺蛇不螫，攫鸟猛兽不搏。”[③] “蜂虿虺蛇”指的就是“毒虫之物”，老子把蜂当成非常毒的事物。他认为君王要真正能够体道行德而无私无欲，其柔弱冲和，无欲无为，能把“德”蕴含在自己的身心，有如初生的婴儿一般，因此各种毒虫都不会行毒而伤害他。他也不去主动伤害毒虫，所以不会招致毒虫的伤害。

与老子这一“以礼去毒”思想相呼应的并不多，如《大戴礼记·诰志》载：“于时龙至不闭，凤降忘翼，蛰兽忘攫，爪鸟忘距，蜂虿不螫婴儿，蝱虻不食夭驹，雒出服，河出图。”[④] 还有韩婴的《韩诗外传》中云：“稷蜂不攻，而社鼠不薰，非以稷蜂社鼠之神，其所托者善也。故圣人求圣者以辅。”[⑤] 老子把蜂排在了毒虫之首，并描绘出厚德之人的超然境界，希望能以礼和德去除毒蜂的危害，然而这种理想仅仅是昙花一现，除了《大戴礼记》和《韩诗外传》对此有过记载之外，以道德的力量来应对毒蜂的说法并没有得到更多的传承与发扬。

（三）排斥贬低的态度在长期延续

在没有学会正确利用蜂之前，人们对蜂的态度是极为排斥的。惮于蜂所蕴含的可怕毒性，人们将厌恶而又惧怕的人比附成毒蜂，“蜂目豺声”之

---

① （唐）姚思廉撰：《陈书》，中华书局 2000 年版，第 186 页。

② （清）严可均辑，陈延嘉、王同策、左振坤等校点主编：《全上古三代秦汉三国六朝文》第 8 册，河北教育出版社 1997 年版，第 648 页。

③ 辛战军译注：《老子译注》，中华书局 2008 年版，第 212 页。

④ （清）王聘珍撰，王文锦点校：《大戴礼记解诂》，中华书局 1983 年版，第 185 页。

⑤ （汉）韩婴撰，许维遹校释：《韩诗外传集释》，中华书局 1980 年版，第 305 页。

意的由来就始于此。左丘明在《春秋左传·文公》中说："君之齿未也，而又多爱。黜乃乱也，楚国之举。在少者，且是人也。蜂目而豺声，忍人也，不可立也。"①

"蜂目豺声"形容人眼睛像蜂，声音像豺，相貌凶恶、声音可怕，透露出令人害怕的征服欲望。"蜂目"是内心险恶之人才会有的，"忍"用来形容不义之人。《列女传·楚成郑瞀》载："君之齿未也，而又多宠子。既置而黜之，必为乱矣。且其人蜂目而豺声，忍人也，不可立也。"② 即有此意。《抱朴子外篇·清鉴》："范子所以绝迹于五湖者，以句践蜂目而鸟喙也。"③《晋书》记载王敦是极有心计又善于隐忍之人，"处仲蜂目已露，但豺声未振，若不噬人，亦当为人所噬"④。故史臣对其定论为"蜂目既露，豺声又发，擅窃国命，杀害忠良，遂欲篡盗乘舆，逼迁龟鼎"⑤。还有潘岳《沧海赋》中描绘的"其鱼则有吞舟鲸鲵，乌贼龙须，蜂目豺口，狸斑雉躯"⑥，以此来形容沧海之鱼兽的凶猛怪异。

南北朝时期，文学作品中的"蜂目豺声"大大增加，《魏书》中有"城阳本自蜂目，而豺声复将露也"⑦之说。《南齐书》载："沈攸之苞祸，岁月滋彰，蜂目豺声，阻兵安忍。"⑧ 另载："臣以为戎狄兽性，本非人伦，鸱鸣狼踞，不足喜怒，蜂目虿尾，何关美恶。"⑨《全北齐文》曰："景豺声蜂目之首，狼心狐魅之徒，义无父子，弃同即异，捐亲背德。"⑩《梁书》云："且嗣主在东宫本无令誉，媟近左右，蜂目忍人。一总万机，恣其所欲，岂肯虚

---

① 杨伯峻编：《春秋左传注》（修订本）第2册，中华书局1990年版，第513—514页。

② 绿净译注：《古列女传译注》，上海三联书店2014年版，第197页。

③ 张松辉、张景译注：《抱朴子外篇》，中华书局2013年版，第417页。

④ （唐）房玄龄等撰：《晋书》，中华书局2000年版，第1705页。

⑤ 同上书，第1715页。

⑥ （清）严可均辑，陈延嘉、王同策、左振坤等校点主编：《全上古三代秦汉三国六朝文》第5册，河北教育出版社1997年版，第938页。

⑦ （北齐）魏收撰：《魏书》，中华书局2000年版，第345页。

⑧ （南朝梁）肖子显著：《南齐书》，大众文艺出版社1999年版，第13页。

⑨ 同上书，第342页。

⑩ （清）严可均辑，陈延嘉、王同策、左振坤等校点主编：《全上古三代秦汉三国六朝文》第9册，河北教育出版社1997年版，第55页。

坐主诺，委政朝臣。”[①] 还有《陈书》中世祖下诏擒留异时说他：“蜂目弥彰，枭声无改，遂置军江口，严戍下淮，显然反叛，非可容匿。”[②] 以及尚书八座上奏高宗时说始兴王叔陵是逆贼，“蜂目豺声，狎近轻薄，不孝不仁，阻兵安忍，无礼无义，唯戮是闻”[③] 等，都是将人心与“蜂目豺声”的外在特征所进行的比附，体现出对狠毒的“蜂目”之人的贬斥和反感。

较之对“蜂目豺声”的排斥，先唐时期人们对群蜂的出现更为厌恶。这一时期对“蜂起”的鄙夷是记载中数量最多的。单只的蜂和人类的身躯相比，几乎是微不足道的，然而很多的蜂同时出现，就会对人类造成大的威胁。[④]《汉书·艺文志》中用“是以九家之术蜂出并作”[⑤] 来展示数量之多，“蜂出”就是这种集群形态，用来比喻事物出现的壮观态势。

“群蜂争起”常被用来形容不好的事物大量出现，《汉书》中有多处借贬斥“群蜂”来言志，例如中山靖王胜闻乐声而泣，对武帝说道：“今臣雍阏不得闻，谗言之徒蜂生。”[⑥]《晋书》载刘伶的《酒德颂》辞曰：“有贵介公子、缙绅处士，闻吾风声，议其所以，乃奋袂攘襟，怒目切齿，陈说礼法，是非蜂起。”[⑦]

“蜂起”之祸还多被用于形容灾难的集中高发，如《汉书》中“水、旱、饥，蝝、螽、螟蜂午并起”[⑧] 这种杂沓之貌的描绘；《后汉书》载：“灾异蜂起，寇贼纵横，夷狄猾夏，戎事不息，百姓匮乏，疲于征发。重以蝗虫滋生，害及成麦，秋稼方收，甚可悼也。”[⑨] 还有冯衍对尚书仆射鲍永的劝

① （唐）姚思廉撰：《梁书》，中华书局 2000 年版，第 2 页。

② （唐）姚思廉撰：《陈书》，中华书局 2000 年版，第 336 页。

③ 同上书，第 343 页。

④ 蜂的集体行动是由其生物属性决定的，当一只蜂向人进行螫刺排毒时，其中一种类似香蕉味的挥发性物质立即向空气中扩散开来，其他蜂闻到气味后迅速从各个方面“蜂拥”而来，发起攻击，严重时可以致人死亡。

⑤ （汉）班固撰，（唐）颜师古注：《汉书》，中华书局 2000 年版，第 1378 页。

⑥ 同上书，第 1849 页。

⑦ （唐）房玄龄等撰：《晋书》，中华书局 2000 年版，第 910 页。

⑧ （汉）班固撰，（唐）颜师古注：《汉书》，中华书局 2000 年版，第 1506 页。

⑨ （南朝宋）范晔著：《后汉书》，中华书局 2007 年版，第 60 页。

说之话："众强之党，横击于外，百僚之臣，贪残于内，元元无聊，饥寒并臻，父子流亡，夫妇离散，庐落丘墟，田畴芜秽，疾疫大兴，灾异蜂起。"[①]都是用蜂群的乱状来形容混乱的灾情。

从汉代开始，使用最为频繁的"蜂起"之意是与战争相关的，《汉书·陈胜项籍传》有"今君起江东，楚蜂起之将皆争附君者"[②]的形容，有"夫秦失其政，陈涉首难，豪桀蜂起，相与并争，不可胜数"[③]的态势，还有《景十三王传》中用"谗言之徒蜂生"[④]来形容众多的小人如群蜂之态。《后汉书·岑彭传》曰："今赤眉入关，更始危殆，权臣放纵，矫称诏制，道路阻塞，四方蜂起，群雄竞逐，百姓无所归命。"[⑤]说明战乱的危急。《后汉书·刘盆子传》载："时青、徐大饥，寇贼蜂起，群盗以崇勇猛，皆附之，一岁间至万余人。"[⑥]《后汉书·谢弼传》："方今边境日蹙，兵革蜂起，自非孝道，何以济之！"[⑦]《后汉书》写袁绍时曰："是时豪杰既多附绍，且感其家祸，人思为报，州郡蜂起，莫不以袁氏为名。"[⑧]还有记载东汉时期羌戎之患的："故永初之间，群种蜂起。遂解仇嫌，结盟诅，招引山豪，转相啸聚，揭木为兵，负柴为械。"[⑨]可见"蜂起"一词在汉代已经广为使用，且大多是专指寇贼集聚作乱。

魏晋时期，形容"蜂起"之态的战事空前增多，这些描绘全部为贬义。如《三国志·许靖传》："会苍梧诸县夷、越蜂起，州府倾覆，道路阻绝，元贤被害，老弱并杀。"[⑩]《三国志·朱桓传》："后丹杨、鄱阳山贼蜂起，攻

① （南朝宋）范晔撰，（唐）李贤等注：《后汉书》，中华书局2000年版，第646页。
② （汉）班固撰，（唐）颜师古注：《汉书》，中华书局2000年版，第1411页。
③ 同上书，第1429页。
④ 同上书，第1849页。
⑤ （南朝宋）范晔撰，（唐）李贤等注：《后汉书》，中华书局2000年版，第433页。
⑥ （南朝宋）范晔著：《后汉书》，中华书局2007年版，第140页。
⑦ （南朝宋）范晔撰，（唐）李贤等注：《后汉书》，中华书局2000年版，第1254页。
⑧ 同上书，第1605页。
⑨ 同上书，第1959页。
⑩ （晋）陈寿撰，（南朝宋）裴松之注：《三国志》，中华书局2000年版，第716页。

没城郭，杀略长吏，处处屯聚。”[①]《三国志·诸葛恪传》：“其战则蜂至，败则鸟窜，自前世以来，不能羁也。”[②]《晋书》载王浚之事：“于时，朝廷昏乱，盗贼蜂起，浚为自安之计，结好夷狄，以女妻鲜卑务勿尘，又以一女妻苏恕延。”[③]《晋书·阮种传》载：“是以盗贼蜂起，山东不振。”[④]《晋书》还载：“惠帝失驭，寇盗蜂起。”[⑤]《晋书·冉闵传》载：“贼盗蜂起，司冀大饥，人相食。”[⑥]均为贬斥之意。

南北朝时期延续魏晋“蜂起”之意，依然是持贬斥态度。《北齐书·封隆之传》载：“逆胡尔朱兆穷凶极虐，天地之所不容，人神之所捐弃，今所在蜂起，此天亡之时也。”[⑦]《北齐书·李元忠传》载：“魏孝明时，盗贼蜂起，清河有五百人西戍，还经南赵郡。”[⑧]《北史》载隋帝暴政的社会现状是“区宇之内，盗贼蜂起，劫掠从官，屠陷城邑”[⑨]。齐高帝既立，也是乱象纷纭，“多遣间谍，扇动新人，不逞之徒，所在蜂起”[⑩]。房彦谦书谕黄门侍郎张衡曰：“况乎蕞尔一隅，蜂扇蚁聚，杨谅之愚鄙，群小之凶慝，而欲凭陵畿甸，觊幸非望者哉。”[⑪]《南史》中也有“江东人户殷盛，风俗峻刻，强弱相陵，奸吏蜂起，符书一下，文摄相续”[⑫]，以“蜂起”象征小人作乱群起之状。

二、对蜂的仿生学应用

先唐时期对蜂的记载是呈现多元化状态的。人们在对蜂螫之毒进行书写的同时，也开始对自然之蜂的生物特性予以利用，对蜂群的社会属性加

① （晋）陈寿撰，（南朝宋）裴松之注：《三国志》，中华书局2000年版，第969页。
② 同上书，第1054页。
③ （唐）房玄龄等撰：《晋书》，中华书局2000年版，第751页。
④ 同上书，第957页。
⑤ 同上书，第1768页。
⑥ 同上书，第1868页。
⑦ （唐）李百药撰：《北齐书》，中华书局2000年版，第205页。
⑧ 同上书，第213页。
⑨ （唐）李延寿撰：《北史》，中华书局2000年版，第309页。
⑩ 同上书，第607页。
⑪ 同上书，第938页。
⑫ （唐）李延寿撰：《南史》，中华书局2000年版，第353页。

以借鉴，并记载了因蜂而引发的人生思索。

（一）对蜂局部的仿生利用

汉代以后，人们逐渐从科学的角度认识了蜂，开启了仿生利用的征途。

蜂以螫针之毒闻名，但并不是所有的蜂都会主动攻击人类。古人在长期的观察中发现，蜂平时不会随便螫人，螫针是其最重要的自卫工具。《管子·轻重戊》载："桓公曰：'鲁梁之于齐也，千穀也，蜂螫也，齿之有唇也。'"① 说鲁梁对于齐国的重要性，就像螫针对蜂的重要性。螫针是蜂的必备武器，就如同嘴唇对于齿一样。《尸子》中记载："蜂虿挟毒以卫身，智禽衔芦以扞网。貛曲其穴以避径至之锋，水牛结阵以却虎豹之暴。"② 也说蜂的螫针是用来自卫的。

因为蜂螫不仅有毒而且锋利，人们开始有意识地仿照螫针而制作武器。商鞅曾拜尸子为师，他在《商君书·弱民》中说："楚国之民，齐疾而均，速若飘风；宛钜铁鉇，利若蜂虿；胁蛟犀兕，坚若金石。"③ 宛是楚国地名，盛产铁，句中谓此地生产的长矛如蜂蝎的刺一样锋利。后，荀卿在其《荀子·议兵》中有近似的记载："楚人鲛革犀兕以为甲，鞈坚如金石；宛钜铁鉇，惨如蜂虿，轻利僄遬，卒如飘风；然而兵殆于垂沙，唐蔑死。庄蹻起，楚分而为三四，是岂无坚甲利兵也哉！"④ 也是形容楚地生产的战矛和蜂虿一样狠毒、厉害。可见，蜂的螫针在先秦时期成为仿生学应用的一个重要方面。

蜂的医用价值在汉代开始出现，《马王堆汉墓帛书》中不仅介绍了被蜂螫后的治疗办法，还有多处关于蜂的医学记载，蜂蜜、蜂房、蜂蛹都成为当时可供入药的材料。《神农本草经》中有 6 处与蜂相关的记载，《肘后备急方》中有 22 处，《名医别录》中有 33 处，其中既有以蜂为药的，也有治疗蜂螫的。

---

① 黎翔凤撰：《管子校注》，中华书局 2004 年版，第 1514 页。

② （周）尸佼撰：《尸子》，华东师范大学出版社 2009 年版，第 96 页。

③ 石磊著：《商君书》，中华书局 2009 年版，第 176 页。

④ 张觉撰：《荀子译注》，上海古籍出版社 2012 年版，第 209 页。

南北朝时期，“蜂腰”成为文人们津津乐道的对象。“蜂腰”是诗歌八病之一，指五言诗第二字不得与第五字同声，言两头粗，中央细，有似蜂腰。《南史》载：“弘直方雅敦厚，气调高于次昆。或问三周孰贤，人曰：‘若蜂腰矣。’”①“蜂腰”成为诗歌品鉴的理论术语始于南北朝时期，《南史》载沈约等人“永明体”的特征曰：“约等文皆用宫商，将平上去入四声，以此制韵，有平头、上尾、蜂腰、鹤膝。”②钟嵘在《诗品·序》中说音韵时曰：“至平上去入，则余病未能；蜂腰、鹤膝，闾里已具。”③文学中“蜂腰鹤膝”的说法就是由此而来的。

（二）对蜂群等级观的借鉴

蜂是组织严密的社会性昆虫，彼此之间职责划分相当清楚，绝不会出错。周代函谷关令尹喜的《关尹子·三极》载：“关尹子曰：‘圣人师蜂，立君臣；师蜘蛛，立网罟；师拱鼠，制礼；师战蚁，置兵。众人师贤人，贤人师圣人，圣人师万物。惟圣人同物，所以无我。”④这说明时人已经认识到蜂明确的社会属性，有雌（后）、职、雄蜂等区别，组织严密，分工细致，各司其职，如工蜂负责采蜜和防卫，故《汉书》载息夫躬上疏历诋大臣“京师虽有武蜂精兵，未有能窥左足而先应者也”⑤，就是用蜂代指精兵之意。

不同等级的蜂们共同为同一个蜂群尽职尽责，就像一个国家，有君主有臣子，君臣之间各有职责，共遵礼制，为国家的长治久安共同努力。因此，关尹子认为，圣人善于向大自然的万事万物学习，向蜂学习用来设置君臣关系就是其中的一种。蜂的集群结构属性，很容易被人联想到君臣之道，即必须遵循一定的规制，方能成事。蜂虽微小，却能折射出在道家思想影响下的治国之道，所谓微言可见大义也。

---

① （唐）李延寿撰：《南史》，中华书局2000年版，第599页。
② 同上书，第796页。
③ （梁）钟嵘著，曹旭集注：《诗品集注》（增订本），上海古籍出版社2011年版，第452页。
④ 朱海雷编著：《关尹子·慎子今译》，浙江大学出版社2012年版，第31页。
⑤ （汉）班固撰，（唐）颜师古注：《汉书》，中华书局2000年版，第1678页。

（三）对蜂以小见大的感悟

人们对蜂进行细致的形态描绘。《楚辞》中有“蜂蛾微命，力何固”[①]之句，蜂虽小，但能够以小观大，《关尹子·六匕》中载：“一蜂至微，亦能游观乎天地；一虾至微，亦能放肆乎大海。”[②]说的是一只蜜蜂体形虽然非常微小，但它却能自由地飞翔在天地之间，并游观天地。一只小小的游虾，也同样可以在深邃无边的大海里尽情遨游。两相对比，以小观大，将微小的自我融入广阔的宇宙世界之中。不会因为自身之小，而忽略生命的广度；也不会因为自身之微，而菲薄生命的深度。关尹子通过对这种宏阔境界的展望，从而将蜂的意象提升到思考人生与世界的高度。

蜂虽小，却往往以小博大，不容忽视。屈原在《天问》中云：“中央共牧，后何怒？蜂蛾微命，力何固？”[③]舒大清先生从史料出发，认为《天问》讲的是“楚国与中原周王朝及拥戴诸侯国间斗争的历史”[④]。结合当时的历史情况来看，屈原是将“中央”与“蜂蛾”进行大小的对比。他所指的“中央”应该就是中原周王朝及拥戴诸侯国，“蜂蛾”指的就是屈原的祖国，当时被称为蛮夷之地的楚国。“中央共牧，后何怒”这一句是说在中原中国的土地上，楚国要与周王朝争夺统治天下的权力，为什么激起周天子及其拥戴诸侯的愤怒？[⑤]周王的王位都快要被楚王给抢走了，周王怎么会不暴怒呢？“蜂蛾微命，力何固”中，“蜂蛾”二字皆虫类，性近，好螫击人，是害人虫。“微命”是对“蜂蛾”之小的形容，如“蜂蛾”般渺小但又凶恶的

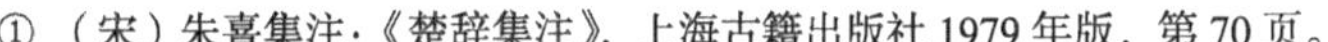

① （宋）朱熹集注：《楚辞集注》，上海古籍出版社 1979 年版，第 70 页。

② 朱海雷编著：《关尹子·慎子今译》，浙江大学出版社 2012 年版，第 77 页。

③ 董楚平译注：《楚辞译注》，上海古籍出版社 2014 年版，第 91 页。

④ 参见舒大清撰：《〈天问〉“中央共牧，后何怒？蜂蛾微命，力何固？”考》，《中国韵文学刊》2008 年第 2 期，第 30 页。

⑤ 至春秋时代，楚国国力日盛，桀骜之性又张，楚武王在位的第三十七年，公开与周王朝摊牌，而自称武王，这是“中央共牧”的真正开始。近两百年的时间中，楚与中原周王朝及其拥护诸侯国之间的关系，就是一部“中央共牧”的争斗史。在此过程中，每次都激起周王朝及其支持诸侯国的愤怒，自然就是“后何怒”了，王位是他的，你要去争，哪有不怒的呢？参见舒大清撰：《〈天问〉“中央共牧，后何怒？蜂蛾微命，力何固？”考》，《中国韵文学刊》2008 年第 2 期，第 30—32 页。

蛮荆楚国，生命力和斗志怎么这么顽固呢？[①] 文中体现屈原作为楚国的大臣，在对于楚国逐鹿中原所展示的顽强精神深表赞同时，还暗含了对楚怀王、顷襄王不思进取的愤慨。借蜂蛾之微，以古况今，其义自见。

三、采花酿蜜的文学审美

蜂在汉代以前以毒蜂的形象出现，是人们避之唯恐不及的事物。随着社会生产力的发展进步，人们对蜂的认识有了一定程度的改观，出现了对蜂不同的认知，有些看法已经较为科学，人们甚至能够初步利用蜂蜜来改善生活条件，许慎的《说文解字》中就有“蜜甘饴也”[②] 的记载。蜜蜂的功效一经发现，就为文学提供了新的素材。

（一）《蜜蜂赋》颠覆了以往的“毒蜂”形象

汉代首次出现了“群蜂酿蜜”的相关记载。扬雄在《方言》中就讲到了什么样品种的蜂可以用来酿蜜，即“其大而蜜谓之壶蜂”[③]。王充在《论衡》中说“美酒为毒，酒难多饮；蜂液为蜜，蜜难益食”[④]。至此，毒蜂的形象距人类实际生活越来越远，而蜜蜂的身影逐渐清晰。

晋人郭璞著有我国第一篇专题咏蜂的《蜜蜂赋》，详细介绍了蜜蜂的各种特性和作用，从而颠覆了蜂长期背负的“毒蜂”形象，使之成为人们喜爱的对象：

> 嗟品物之蠢蠢，惟贞虫之明族。有丛琐之细蜂，亦策名于羽属。近浮游于园荟，远翱翔乎林谷。爰翔爰集，蓬转飙回。纷纭雪乱，混沌云颓。景翳耀灵，响迅风雷。尔乃眩猿之崖，下林天

---

① 楚国生命力的顽强，从夏、商朝，到西周时代，楚人多次与中原王朝为敌，到了春秋时代楚武王之后的两百年，更咄咄逼人，也更坚固。参见舒大清：《〈天问〉“中央共牧，后何怒？蜂蛾微命，力何固？”考》，《中国韵文学刊》2008 年第 2 期，第 30—32 页。

② （汉）许慎著，班吉庆、王剑、王华宝点校：《说文解字校订本》，凤凰出版社 2004 年版，第 396 页。

③ 周祖谟校笺：《方言校笺》（附索引），中华书局 1993 年版，第 70 页。

④ （汉）王充著，张宗祥校注，郑绍昌标点：《论衡校注》，上海古籍出版社 2010 年版，第 459 页。

井。青松冠谷，赤萝绣岭。无花不缠，无陈不省。吮琼液于悬峰，吸赮津乎晨景。于是回鹜林篁，经营堂窟。繁布金房，叠构玉室。应青阳而启户，□□□□□□，咀嚼华滋，酿以为蜜。自然灵化，莫识其术。散似甘露，凝如割肪。冰鲜玉润，髓滑兰香。穷味之美，极甜之长。百药须之以谐和，扁鹊得之而术良。灵娥御之以艳颜，□□□□□□。尔乃察其所安，视其所托。恒据中而虞难，营翠微而结落。徽号明于羽族，阍卫固乎管籥。诛戮峻于铁钺，招徵速乎羽檄。集不谋而同期，动不安而齐约。大君以总群民，又协气于零雀。每先驰而葺宇，番岩穴之经略。①

该赋从蜜蜂的品种入手，详细介绍了蜜蜂的生活习性，近处在人们生活的园林附近采花，远的飞到郊外山谷中，说明了蜜源的广泛性。它们的群飞之态“响迅风雷”，在选择花卉时，群蜂“无花不缠”“无陈不省”。在广袤的天地中吸取了花卉的精华后，便回到蜂房精心酿蜜。以“繁布金房，叠构玉室”来形容蜂房的精致，用“咀嚼华滋，酿以为蜜”说明酿蜜的过程。蜂蜜成品极为诱人，“散似甘露，凝如割肪”分别指液态和固态的蜂蜜、蜜蜡。这些“冰鲜玉润，髓滑兰香”的蜜有巨大的功效，“百药须之以谐和，扁鹊得之而术良”。常食蜂蜜还能起到美容驻颜的作用，因此，“灵娥御之以艳颜”。赋的末尾还写到了蜜蜂明显的社会属性，蜂王统领全族，工蜂采蜜、防卫，甚至蜂巢门口还安排了专门负责把守的蜜蜂。《蜜蜂赋》说明人们已经熟悉了蜜蜂的生活规律，并探索出了蜂群详细的职责分工，这种认知可以作为晋代人工养蜂成功实现的有力佐证。

（二）人工养蜂与赏蜂迎春的文学书写

晋人第一次记载了大规模的人工养蜂盛况。西晋皇甫谧在《高士传·姜岐》中有：“其母死，丧礼毕，尽让平水田与兄岑。遂隐居，以畜蜂豕为事，教授者满于天下，营业者三百余人。”② 这是我国最早的养蜂授徒的

① （清）陈元龙编：《历代赋汇》，江苏古籍出版社、上海书店 1987 年版，第 551 页。

② 吴玉贵、华飞主编：《四库全书精品文存·高士传》，团结出版社 1997 年版，第 38 页。

记载，姜岐是东汉人，在甘肃天水隐居养蜂为生，是中国养蜂第一人。尽管早在《楚辞·招魂》中就有“粔籹蜜饵”“瑶浆蜜勺”[①]的文字记载，但当时的蜜应当是偶尔获得的野生蜂蜜，而非人工养殖所得。由此可见，至迟到东汉，中国人工养蜂的形成期就已经到来。

裴松之在《上〈三国志注〉表》中以蜜蜂采蜜之“广取兼采”为比，云：“窃惟缋事以众色成文，蜜蜂以兼采为味，故能使绚素有章，甘逾本质。”[②]说明蜜蜂采蜜时博采众花之长，汲取不同的花粉加以综合，才能酿造出比花粉本身更为甜美的蜜，故称“甘逾本质”。庾信在《陪驾幸终南山和宇文内史》中写有“花留酿蜜蜂”[③]等句，也是在生活中对蜂采花酿蜜的贴切观察。

晋代与蜂的形象转型最为密切，不仅出现了历史上第一篇《蜜蜂赋》、第一篇记载人工养蜂的文章，还第一次正面肯定了蜂是春天的代表，它和蝴蝶一样，成为春天的象征。晋代颜幼明在为汉代东方朔的《灵棋经》作注时，题诗曰：“孰知成左若升天，老去多忧夜不眠。忽见故园春色好，飞飞蜂蝶闹芳妍。”[④]蜂与蝶在春天的花园里飞舞，一改蜂之前令人恐惧的外形特征，和翩飞动人的蝴蝶一样，成为春天美好的象征。

从有害的毒蜂转变为有益的蜜蜂，这中间经历了漫长的认识过程。蜜蜂采花酿蜜的文学书写，尤其是蜂蝶闹芳妍的组合意象，开启了后世昆虫文学审美的新视窗。文人从关注蜜蜂本身逐渐扩展到对蜂农的体恤和同情，文学体现社会民情的功能不断凸显，最终使蜜蜂成为文人竞相书写的对象。

蜂在先唐时的文学评价是多元的。首先，基于蜂自身的螫针之毒，令人望而生畏，因而文学世界给予它的是一致的声讨。其次，在不同的背景和环境下，蜂的特性得到了多元应用。它们的螫针特性被应用到仿生学上，

① 黄寿祺、梅桐生译注：《楚辞全译》（修订版），贵州人民出版社 2008 年版，第 169 页。

② （清）严可均辑，陈延嘉、王同策、左振坤等校点主编：《全上古三代秦汉三国六朝文》第 6 册，河北教育出版社 1997 年版，第 171 页。

③ （北周）庾信撰，（清）倪璠注，许逸民点校：《庾子山集注》，中华书局 1980 年版，第 179 页。

④ 吴龙辉主编：《中华杂经集成》第 2 卷，中国社会科学出版社 1994 年版，第 489 页。

社会结构特性被运用到治国之道上，相应地在文学中也体现了这种变化。最后，随着对蜜蜂实用功能的认识不断深化，人们从最初的躲避、焚烧，到野外采集蜂蜜使用，驯养家蜂酿蜜，这个过程环环相接，不断延伸发展，为文学书写提供了一条持续变化的线索。

简言之，当蜜蜂的益处远远超越了之前的害处时，人们开始重新认识蜂。纵观整个先唐对蜂的文学书写，持续的变化是其主流趋势。从毒蜂到蜜蜂这一认识过程的转变，虽然艰难而漫长，但意义非常重大。从社会发展来看，蜂蜜成为提高人们生活品质的重要物资；从文学发展来看，蜜蜂一改过去的负面形象，成为象征春天的新的书写对象。这一时期的蜂文学对唐宋蜂文化的形成和养蜂业的繁荣起到了至关重要的铺垫作用。

第五章
蚕：农桑社会的代表意象

第一节　先秦时期对蚕的尊崇

从现代昆虫学的科学分类来看，蚕是以蚕蛾为代表的鳞翅目昆虫，以桑叶为食料，喜欢干燥环境，温带、亚热带和热带地区均有分布。蚕是与人类生活密切相关的昆虫，蚕经过三眠三起后，吐丝成茧，是丝绸原料的主要来源。因蚕而繁荣的蚕桑业是中国古代农业社会的经济支柱。所以，先秦时期开始，蚕便受到人们特别的尊崇。

蚕又名蠋，《诗经·东山》有“蜎蜎者蠋”，形容屈曲蠕动貌。《毛传》曰：“蜎蜎，蠋貌。”《郑笺》载：“蠋蜎蜎然特行，久处桑野，有似劳苦者。”朱熹《诗集传》载：“蜎蜎，动貌。”[①]都是用于阐释蚕的外观和行动特征的。

自炎帝《神农书》里“太岁在四孟，以蚕眠起时可种禾豆”[②]第一次直接将蚕写进历史后，便开启了蚕历时千年的“文化苦旅”。桑、茧、丝、女、税等要素，亦随蚕进入先秦文献记载。毫不夸张地说，在中国历代文学作品中，蚕是最能承载中国古代农事文化的昆虫，也是最能反映中国历

① （宋）朱熹注，赵长征点校：《诗集传》，中华书局 2011 年版，第 123 页。

② （清）严可均辑，陈延嘉、王同策、左振坤等校点主编：《全上古三代秦汉三国六朝文》第 1 册，河北教育出版社 1997 年版，第 5 页。

代百姓真实生活的昆虫。经过几千年的不断传承和进步，蚕早已融入了中国传统的文化基因。

中国古人很早就已经了解了蚕的特性，并准确掌握了蚕桑业的各种技能。《尔雅》载："蟓，桑茧。雔由，樗茧、棘茧、栾茧。蚢，萧茧。""蟓即桑蚕，吃桑叶结茧，其茧称为桑茧。郭璞注：'食桑叶作茧者，即今蚕。'雔由是三种野蚕的总名：吃臭椿树叶的野蚕结茧，其茧称为樗茧；吃酸枣树叶的野蚕结茧，其茧称为棘茧；吃栾华树叶的野蚕结茧，其茧称为栾茧。邢昺疏：'食樗叶、棘叶、栾叶者名雔由。'蚢也是一种野蚕，吃艾蒿叶结茧，其茧称为萧茧。邢昺疏：'食萧叶作茧者名蚢。'"①《说文解字》载："蚕，任丝也。"②

先秦文学对蚕的描绘还偶见其状貌，如《韩非子·存韩第二》中李斯建议"则诸侯可蚕食而尽，赵氏可得与敌矣"③的计谋，形象比喻吞并诸侯如蚕食桑叶一般逐步包抄吃掉；《韩非子·说林下第二十三》中的"妇人拾蚕，利之所在"④形象地将蚕蠋并举，有利可图就不怕蚕和毛毛虫长得一样，更不会"见之毛起"了。此外，便多是通过对蚕全方位的关注，记载养蚕对社会经济发展、统治稳定的重要作用，肯定蚕的价值，表达对"蚕理"的尊崇。

一、对蚕的全面关注

古人对蚕的认识是一个完整的系统，其间既有蚕本身，也有与蚕相关的其他因素。蚕的食物桑叶就是其中重要的一环。文人因蚕业而关注桑，《尚书·禹贡》载："桑土既蚕，是降丘宅土。厥土黑坟，厥草惟繇，厥木惟条。厥田惟中下，厥赋贞，作十有三载乃同。厥贡漆丝，厥篚织文。"⑤

① 管锡华译注：《尔雅》，中华书局2014年版，第589—590页。
② （汉）许慎撰，（宋）徐铉校定：《说文解字》，中华书局2013年版，第285页。
③ （清）王先慎撰，钟哲点校：《韩非子集解》，中华书局2013年版，第19页。
④ 同上书，第199页。
⑤ 李民、王健撰：《尚书译注》，上海古籍出版社2004年版，第58页。

说的是土地可以栽种桑树，饲养家蚕，老百姓从小山丘上迁移到此地居住。这里的土质是又黑又肥的黑土，草木茂盛，树枝修长。因为有桑树，此地贡物是漆和丝，还有用竹筐装的彩绸。说明因蚕的价值而影响了桑树种植的规划、进贡的品种，甚至是百姓的聚居地选择。《吕氏春秋·季春纪》载："是月也，命野虞，无伐桑柘。鸣鸠拂其羽，戴任降于桑。具栚曲筥筐，后妃斋戒，亲东乡躬桑，禁妇女无观。"①指季春时节有明文规定，"无伐桑柘"意为禁止砍伐桑树。对桑树的重视，间接反映出蚕业的重要性。

文人因蚕而关注勤劳的蚕女，是先秦蚕文学书写的重要特征。基于蚕桑业的重要地位，人们认识到蚕女的突出贡献，肯定蚕女的辛勤劳作。因此，先秦统治阶级对蚕桑女工是持赞赏态度的。周武王《衣铭》云："蚕桑苦，女工难，得新捐故后必寒。"②直接抒发了对蚕桑女性的体恤之情，点明了蚕桑之务极为辛苦的事实，对织女的付出给予肯定的评价。

在先秦文献中，对蚕的分类比较特殊。蚕是昆虫，却常被归在"农桑"中，由此可以看出蚕桑经济在社会生活中的地位。这种分类方法常见于各类总集之中，影响深远。例如陈元龙编的《历代赋汇》，所有的昆虫赋被悉数划分在第一百三十八卷到一百四十卷鳞虫中，唯独蚕出现在第七十一卷"农桑"和第九十八卷"玉帛"以及《历代赋汇补遗》第七卷"典礼"中。这种现象说明，直到清朝时期，人们依然习惯于农耕社会延续下来的分类方式。与蚕的昆虫属性相比，人们更看重"蚕丝"的价值，因而将其归类到"农桑"之中。

先秦时期人们对蚕体现出全方位的关注与重视，从对蚕本身的认知、驯化描写，延展到蚕的食物来源，关心桑叶采摘以及桑树的栽培、桑土的规划，再到蚕女抽丝剥茧的辛勤劳动，这一切都是以蚕的重要经济价值为出发点的。

---

① 许维遹撰，梁运华整理：《吕氏春秋集释》上册，中华书局 2009 年版，第 62—63 页。

② （清）严可均辑，陈延嘉、王同策、左振坤等校点主编：《全上古三代秦汉三国六朝文》第 1 册，河北教育出版社 1997 年版，第 26 页。

二、对蚕的价值肯定

（一）蚕的物候价值

炎帝《神农书》载："太岁在四孟，以蚕眠起时可种禾豆。"[①]通过观察蚕眠起的时间，提示人们到了该播种禾豆的季节，以便不违农时。炎帝《神农占》也载："月朔日入，清明蚕善。"[②]说明清明时节是养蚕极为合适的阶段。周人在豳开垦土地，勤于稼穑，《诗经・豳风・七月》详细记载了蚕作为物候标志的特征：

> 七月流火，八月萑苇。蚕月条桑，取彼斧斨，以伐远扬，猗彼女桑。七月鸣鵙，八月载绩，载玄载黄，我朱孔阳，为公子裳。[③]

春日，蚕女为"卒岁之衣"开始忙碌，端着竹筐，走上田陌，攀折柔软的桑枝，待忙碌的"蚕月"过后，为"公子裳"做好充足的准备。"蚕月"的说法多样，有指蚕事既毕之月，有指蚕长之月，这里用以形容蚕事忙碌的景象。蚕作为重要的物候标志，体现了古人的观察力和利用大自然的智慧。《七月》用了将近一半的篇幅，完整再现了西周时期豳地以蚕为物候指南，而完成的"桑—蚕—衣"全过程。

《管子・轻重甲第八十》中也记载了蚕作为物候标志的积极意义：

> 阳春，蚕桑且至，请以给其口食笾曲之强。若此，则绁丝之籍去分而敛矣。且四方之不至，六时制之。春日倳耜，次日获麦，次日薄芋，次日树麻，次日绝菹，次日大雨且至，趣芸壅培。六时制之，臣给至于国都。善者乡因其轻重，守其委庐，故事至而不妄，然后可以立为天下王。[④]

阳春时节，是一年中养蚕的发端，事关国家的统治基础。管子在与桓

① （清）严可均辑，陈延嘉、王同策、左振坤等校点主编：《全上古三代秦汉三国六朝文》第1册，河北教育出版社1997年版，第5页。

② 同上。

③ 周振甫著：《诗经译注》（修订本），中华书局2010年版，第200页。

④ 黎翔凤撰，梁运华整理：《管子校注》，中华书局2004年版，第1425—1426页。

公论证何谓“一国而二君二王”问题时，从统治基础的“山林菹泽草莱”说起，强调了一定要不违农时，按时节的规律进行蚕桑之业，对于“天下王”是极为重要的。

（二）蚕的社会价值

养蚕制衣，可以满足社会生活的基本需要，是社会安定、老有所养的基础保障。《孟子·尽心上》曰：

> 伯夷辟纣，居北海之滨，闻文王作兴，曰：“盍归乎来！吾闻西伯善养老者。”太公辟纣，居东海之滨，闻文王作兴，曰：“盍归乎来！吾闻西伯善养老者。”天下有善养老，则仁人以为己归矣。五亩之宅，树墙下以桑，匹妇蚕之，则老者足以衣帛矣。五母鸡、二母彘无失其时，老者足以无失肉矣。百亩之田，匹夫耕之，八口之家足以无饥矣。所谓西伯善养老者，制其田里，教之树畜，导其妻子使养其老。五十非帛不暖，七十非肉不饱，不暖不饱谓之冻馁。文王之民无冻馁之老者，此之谓也。①

“天下有善养老，则仁人以为己归矣”，是仁人心目中的理想国。天下安定，足以养老，离不了蚕的作用，有五亩田地，墙下种植桑树，妇女养蚕，老年人就可以穿上丝绸衣服而“无冻馁”，方能实现衣食无忧的“养老”愿望。只有老有所养的社会，才是让人安定的社会，由此可见蚕是社会实用性最强的昆虫，它的社会职责也因此显得尤为重要。

从正面看，蚕是先秦社会稳定发展的保障，反之，若不养蚕或不务蚕织，整个社会就可能陷入困境，直接危害统治的安定。换言之，若是统治不稳，倒行逆施，也会直接表现在蚕桑之业的动荡上。《诗经·大雅·瞻卬》是凡伯刺周幽王宠信褒姒，信用奸邪，逐贤良，导致社会动乱：

> 鞫人忮忒，谮始竟背。岂曰不极，伊胡为慝？如贾三倍，君子是识。妇无公事，休其蚕织。②

① 金良年撰：《孟子译注》，上海古籍出版社2012年版，第203页。

② 胡淼著：《〈诗经〉的科学解读》，上海人民出版社2007年版，第477页。

褒姒祸王乱世的表现是，商人唯求获取三倍甚至更多的利益，女性在褒姒这种轻视“蚕桑事”的后妃影响下，不务女工，停止养蚕和纺织。养蚕织布本是女性应尽的首要社会职责，也是最重要的社会职责，一旦休其蚕织，整个社会就会乱套。由此可见，蚕的实用价值对维护社会稳定发展的巨大作用。

（三）蚕的政治价值

于统治阶层而言，蚕是经济命脉，如何引导百姓养蚕、取丝、制衣，是一项极为重要的工程。先秦的统治者们不仅在文辞中理解、支持养蚕，更在实际行动上进行示范、鼓励。《春秋穀梁传·桓公十四年》载：“天子亲耕以共粢盛，王后亲蚕以共祭服。”① 后妃们以自己的实际行动为榜样，鼓励广大普通劳动女性勤于蚕桑，为社会经济发展作出稳定而持久的贡献。

后妃的亲蚕之举，起到了正面的引导作用，体现了统治阶级对蚕桑业的重视，一定程度上促进了农业经济的繁荣。《吕氏春秋》三则记载可为之证：

> 是月也，命野虞无伐桑柘。鸣鸠拂其羽，戴任降于桑。具栚曲筥筐，后妃斋戒，亲东乡躬桑，禁妇女无观。省妇使，劝蚕事，蚕事既登，分茧称丝效功，以共郊庙之服，无有敢堕。②
>
> 是月也，聚蓄百药。靡草死，麦秋至。断薄刑，决小皋，出轻系。蚕事既毕，后妃献茧。乃收茧税，以桑为均，贵贱少长如一，以给郊庙之祭服。③
>
> 后稷曰：“所以务耕织者，以为本教也。”是故天子亲率诸侯耕帝籍田，大夫士皆有功业，是故当时之务，农不见于国，以教民尊地产也。后妃率九嫔蚕于郊，桑于公田，是以春秋冬夏皆有麻枲丝茧之功，以力妇教也。是故丈夫不织而衣，妇人不耕而食，男女贸功以长生，此圣人之制也。故敬时爱日，非老不休，非疾

① 承载撰：《〈春秋穀梁传〉译注》，上海古籍出版社2004年版，第90页。

② 许维遹撰，梁运华整理：《吕氏春秋集释》上册，中华书局2009年版，第62—63页。

③ 同上书，第87页。

不息，非死不舍。[①]

《季春纪》是后妃通过亲自采桑喂蚕之举，进行劝蚕，引导普通劳动妇女以蚕事为己任，并将蚕茧的成果供奉于郊庙之上，以表示重要性。而《孟夏季》承春季蚕事而来，叙述后妃带头献茧之举，介绍以桑树多少作为收取蚕茧为税的依据，表达了在蚕桑之务上平等公正的态度。《上农》更是将“务耕织”提升到统治的“本教”，达到男耕女织互为衣食，巩固社稷长治久安的根本目的，也就是理想中的“圣人之制”。统治阶层的亲蚕之举，在先秦时成为每年特定月份劝农务桑的重要手段，再通过隆重的皇家祭祀仪式加以固定，在百姓心目中形成了神圣而不可亵渎的印象。

《孟子·滕文公下》也有记载：

周霄问曰：“古之君子仕乎？”孟子曰：“仕。传曰：‘孔子三月无君，则皇皇如也，出疆必载质。’公明仪曰：‘古之人三月无君则吊。’”“三月无君则吊，不以急乎？”曰：“士之失位也，犹诸侯之失国家也。礼曰：‘诸侯耕助，以供粢盛；夫人蚕缫，以为衣服。牺牲不成，粢盛不洁，衣服不备，不敢以祭。惟士无田，则亦不祭。’牲杀器皿衣服不备，不敢以祭，则不敢以宴，亦不足吊乎？”[②]

从“夫人蚕缫，以为衣服”之句，可见先秦诸侯对于蚕缫之务、制作衣服的重视，这项工作是由诸侯的“夫人”带头完成的，“夫人”指诸侯正妻。这种明确的社会分工，说明“夫人蚕缫”和“诸侯耕助”有同等重要的意义，都用来为祭祀做准备。也就是说，唯有男耕女织的社会结构稳定，

---

① 许维遹撰，梁运华整理：《吕氏春秋集释》下册，中华书局2009年版，第684页。另：传为周代庚桑楚撰、宋何粲注《新雕洞灵真经卷第五》载：后妃率嫔御丝（一作又作蚕）於郊桑公田，劝人力妇教也。男子不织而衣，妇人不耕而食，男女贸功资相业，此圣王之制也。注曰：“月令云：‘三月中气命有司无伐桑柘，乃脩蚕器，后妃斋戒，享先蚕，而躬桑以劝蚕事。’祭器云：‘古者天子诸侯各有公桑蚕室，近川而为之，君上三宫之大夫，世妇之吉者，使入蚕於蚕室，世妇卒蚕，奉茧以示乎，君遂献于夫人，夫人缫三盆手遂布于三宫，夫人世妇之吉者，使缫之此劝妇教也。’”庚桑楚撰的《亢仓子》云：“克己复礼，贤良自至。君耕后蚕，苍生自化。”

② 金良年撰：《孟子译注》，上海古籍出版社2012年版，第87—88页。

才符合礼法，能确保统治的稳定与长久。

基于对蚕桑经济的重视，统治阶级出台各种有利于其发展的激励措施，来确保稳定有序的社会生产供给。《管子·山权数第七十五》记载：

> 桓公问于管子曰："请问教数。"管子对曰："民之能明于农事者，置之黄金一斤，直食八石。民之能蕃育六畜者，置之黄金一斤，直食八石。民之能树艺者，置之黄金一斤，直食八石。民之能树瓜瓠荤菜百果使蕃衮者，置之黄金一斤，直食八石。民之能已民疾病者，置之黄金一斤，直食八石，民之知时，曰岁且阨，曰某谷不登，曰某谷丰者，置之黄金一斤，直食八石。民之通于蚕桑，使蚕不疾病者，皆置之黄金一斤，直食八石。谨听其言而藏之官，使师旅之事无所与，此国筴之者也。国用相靡而足，相困揲而咨。然后置四限高下，令之徐疾，敺屏万物，守之以筴，有五官技。"①

文中提出的政策全部是有利于社会经济进步和民生稳定的，如果有人精通蚕桑的技能，可以使蚕不患病的，与其他各种突出贡献一样，有"黄金一斤，直食八石"，足见当时对养蚕的高度重视。《晏子春秋·内篇杂上第五》记载晏子辞官后，"公自治国，身弱于高国，百姓大乱"。于是"公恐，复召晏子"。晏子回归治理国家，非常有威望，种桑养蚕的地方不够，就到燕国去养蚕抽丝，"诸侯忌其威，而高国服其政，田畴垦辟，蚕桑豢收之处不足，丝蚕于燕，牧马于鲁，共贡入朝"。墨子听闻晏子的治国成效，曰："晏子知道，景公知穷矣。"② 赞其治国有道，而种桑养蚕正是其治国方略的具体表现。

以上种种教化手段和激励措施，促进了先秦养蚕之风的盛行和丝织业的发展。养蚕务织对维持社会经济起到了关键作用，成为统治阶级重要的经济支柱和教化工具，对统治稳定意义重大。

① 黎翔凤撰，梁运华整理：《管子校注》，中华书局2004年版，第1309—1310页。

② 张纯一撰，梁运华点校：《晏子春秋校注》，中华书局2014年版，第233—234页。

三、对“蚕理”的尊崇

对“蚕理”的尊崇是蚕桑文化的正统基调，是由战国时期的荀子奠定的。荀子的《蚕赋》是中国历史上第一篇以蚕名篇的作品①，首次全面总结和正面传播了蚕桑文化，表达了对“蚕理”的尊崇，具有重要的政治意义和史料价值。《蚕赋》云：

有物于此，倮倮兮其状，屡化如神，功被天下，为万世文，礼乐以成，贵贱以分。养老长幼，待之焉而后存。名号不美，与暴为邻。功立而身废，事成而家败。弃其耆老，收其后世，人属所利，飞鸟所害。臣愚而不识，请占之五泰。

五泰占之曰：此夫身女好而头马首者与？屡化而不寿者与？善壮而拙老者与？有父母而无牝牡者与？冬伏而夏游，食桑而吐丝，前乱而后治，夏生而恶暑，喜湿而恶雨。蛹以为母，蛾以为父。三俯三起，事乃大已。夫是之谓蚕理。②

第一，《蚕赋》宣扬“隆礼重法”的儒道。“遵礼”是荀子政治立场的核心，被认为是当时维护社会分工、保持社会尊卑、促使天下有序的最好形式。“遵礼”也是荀子在乱世中托物言志，表明政治立场的方式。③他在《修身》中说：“人无礼则不生，事无礼则不成，国家无礼则不宁。”④指出人如果没有礼义就不能生存，事情不遵礼义就不能成功，国家没有礼义就不得安宁。而蚕桑是“礼成”的重要保障。“礼”为“正道”，只有蚕桑之业兴旺起来了，才会使社会“礼乐以成，贵贱以分”，而这正是统治稳定、阶

① 荀子的《蚕赋》来源于他的《赋》篇，《赋》中分述了礼、智、云、蚕、箴（针）五项内容，皆以“讔”的方式向君王表达政见。

② （清）陈元龙编：《历代赋汇》，江苏古籍出版社、上海书店1987年版，第297页。

③ 《史记》载：“荀卿，赵人。年五十始来游学于齐。”“齐襄王时，而荀卿最为老师。齐尚修列大夫之缺，而荀卿三为祭酒焉。齐人或谗荀卿，荀卿乃适楚，而春申君以为兰陵令。春申君死而荀卿废，因家兰陵。李斯尝为弟子，已而相秦。荀卿嫉浊世之政，亡国乱君相属，不遂大道而营于巫祝，信禨祥，鄙儒小拘，如庄周等又滑稽乱俗，于是推儒、墨、道德之行事兴坏，序列著数万言而卒。因葬兰陵。”（汉）司马迁撰：《史记》第7册，中华书局2013年版，第2838—2839页。

④ 张觉撰：《荀子译注》，上海古籍出版社2012年版，第12页。

级分明的象征。

第二,《蚕赋》推崇“功被天下”的君道，肯定了蚕桑福泽天下的重大贡献。蚕“为万世文”与“君天下”的长治久安有着相辅相成的关系。荀子借此含蓄地向齐王表达“功被万世”的愿景。像他这样辗转起伏的人生经历，在战国末期并不是个案。混乱纷争的世道，导致文人的入仕常遭各种各样的掣肘和排挤，他们迫不得已而在各国之间奔走寻觅。这种奔走，一方面宣扬了自身的治国理念，一方面也促进了不同政见的碰撞融汇。蚕象征了荀子辅佐齐王“功被天下”的君道理想。

第三,《蚕赋》寓含“功立身废”的臣道。臣之于君，犹如蚕之于天下，为了成就王业，臣民及臣的子孙都应无条件付出自己的贡献，代代辅君佐王。以“功立而身废，事成而家败”的个人甚至家族的牺牲，换来天下“养老长幼”的安定，即奉养老人抚育小孩的无限功德。这和蚕“弃其耆老，收其后世”的付出是一致的，是为人臣子的职责，更是遵礼守道的要求。荀子从赵往东，仕齐为祭酒，度过了一段受人尊敬的日子，唐司马贞索隐云：“礼食必祭先，饮酒亦然，必以席中之尊者一人当祭耳，后因以为官名，故吴王濞为刘氏祭酒是也。而卿三为祭酒者，谓荀卿出入前后三度处列大夫康庄之位，而皆为其所尊，故云‘三为祭酒’也。”①后来荀子被齐人谗言诋毁，转往南，仕楚为兰陵令。春申君死后，他被免职，最终客死兰陵。

《蚕赋》是义婉辞隐的上谏。从文体来看，荀子的《赋》实际上就是五首“讔”,《文心雕龙·谐讔》曰：“讔者，隐也，遁辞以隐意，谲譬以指事也。”②隐语的结构分为设辞与射覆，也就是《蚕赋》中设问和对答的两部分，形成了客主问答的模式，显现了赋“极声貌以穷文”的语言特征和劝谏的特性。根据赵逵夫先生《〈荀子赋篇〉包括荀卿不同时期两篇作品考》一文的考证,《蚕赋》诸篇当作于荀子初至齐时，他以弟子身份来齐国游

① （汉）司马迁撰:《史记》第7册，中华书局2013年版，第2839页。

② 王运熙、周锋撰:《文心雕龙译注》，上海古籍出版社2012年版，第91页。

学，当时齐宣王在七国中正是以“好隐”而出名，荀子以其杰思巧智，在稷下获得齐宣王赏识，其中就有以“隐”干君的成分。①

如何用蚕来干君？这要讲究策略。《蚕赋》的设问和对答之间的风格明显不同，设问极为隐，而对答极为显。《蚕赋》设问的含蓄，能为齐宣王的猜测带来难度和乐趣，荀子曲尽蚕的外形、功能、特征、作用、命名、归宿，将所要隐藏的特征竭力暗示出来，多角度多层次地进行描摹，却又不能被轻易猜出。在曲折地设问后，荀子说：“臣愚而不识，请占之五泰。”至此，便由设问转向对答，五泰（即隐官）的回答体现了铺排而实用的特征，用于揭开谜底，相比于设问，这对答之间简直是一句比一句直白，“此夫身女好而头马首者与”直接点出了马头娘的传说，“屡化而不寿者与”是继马头娘之后的特征描写，说蚕多次蜕化却不长寿，至“食桑而吐丝，前乱而后治”时，答案几乎已经摆在纸面了，再往后就纯属对蚕生物特性的介绍，最后落脚在“蚕理”作结，谜底一旦猜出，就会令人恍然大悟，从而影响齐宣王对蚕的思考，达到上谏的效果。

“蚕理”是整篇文章的落脚点，既为上谏干君之作，这篇“隐”就应当是庄重的而非诙谐的。《文心雕龙·谐隐》曰：“或体目文字，或图像品物，纤巧以弄思，浅察以衒辞。义欲婉而正，辞欲隐而显。荀卿蚕赋，已兆其体。”②认为《蚕赋》为后代谜语的先声。尽管后世谜语渐趋诙谐，而“隐”又是谜语的发端，但在此时，“隐”并没有产生“谐”的转变，还是庄重的。马世年先生认为“隐语是一种起源于上古巫史仪式中的寓言与隐喻、有着很强实用性的庄严的文学”③。《文心雕龙·才略》中还载：“荀况学宗，而象物名赋，文质相称，固巨儒之情也。”④可见，刘勰认为荀子既为巨儒，其作品也是文质相称的。清人魏源在《诗比兴笺序》中说：“荀卿赋蚕非赋蚕也，赋云非赋云也。诵诗论世，知人阐幽，以意逆志，始知三百篇皆仁

① 赵逵夫著：《屈原与他的时代》，人民文学出版社 1996 年版，第 492—493 页。
② 王运熙、周锋撰：《文心雕龙译注》，上海古籍出版社 2012 年版，第 91 页。
③ 马世年撰：《〈荀子赋篇〉体制新探》，《文学遗产》2009 年第 4 期，第 26 页。
④ 王运熙、周锋撰：《文心雕龙译注》，上海古籍出版社 2012 年版，第 315 页。

圣贤人发愤之所作焉，岂第藻绘虚车已哉！”①

荀子干君，是慎之又慎后，才运笔于蚕的，他在为蚕桑文化正面点赞的时候，巧妙地传布了自己“遵礼之治”的“蚕理”，赋予了蚕桑文化初始的正统基调，奠定了蚕在后世的文学地位。

第二节　六朝时期蚕的文学新变

一、汉代蚕的文学新变

汉代的文献记载中，常见“蚕室”“蚕食”这两种提法，是本时期书写特征的新变：其一是写“蚕室”，以蚕生活的蚕室作为“宫刑”的代称；其二是写“蚕食”，借蚕进食时的动作特征，来形容对外征战、对内吞并时的状态，使描写更为生动、直观。通过文献检索可知，“蚕室”和“蚕食”在汉代文献中各出现60余次，其中，以“下蚕室”言酷刑者高达35次，写战争“蚕食”之态的高达40次，可见其用意之频。

（一）“下蚕室”的废兴与文学书写

“蚕室”，顾名思义是指养蚕的房间，具备养蚕所需的温暖、不透风等特殊条件。而“下蚕室”则指宫刑，在西周时期就已出现，后为秦代所沿用，秦始皇修阿房宫和骊山陵时，动用了隐宫徒刑者七十余万人。“宫：毁损生殖器。又称‘腐刑’、‘淫刑’”②，即“男子割势，妇人幽闭”③。而且，人犯在遭受宫刑以后，要“一百日隐于荫室养之乃可，故曰隐宫，下蚕室是”④。它是仅次于死刑的严厉惩罚。那么，为什么说遭受宫刑又叫“下蚕

---

① （清）魏源著：《魏源集》上册，中华书局2009年版，第232页。

② 张晋藩主编：《中国法制史》（第二版），高等教育出版社2007年版，第63页。

③ （汉）孔安国传，（唐）孔颖达正义，黄怀信整理：《尚书正义》，上海古籍出版社2007年版，第787页。

④ （汉）司马迁撰：《史记》第1册，中华书局2013年版，第324页。

室”呢？颜师古释义为：“谓腐刑也。凡养蚕者，欲其温而早成，故为密室蓄火以置之。而新腐刑亦有中风之患，须入密室乃得以全，因呼为蚕室耳。”[①] 指的是在受宫刑之后，容易中风而死，需要在像蚕室一样温暖而不通风的密室里养伤，待创口愈合后方能出来。

“下蚕室”的废兴始于文景之治时期。汉文帝时期，为了使百姓“休养生息”，在“缇萦救父”之举的触动下，文帝允奏废除肉刑，这一次改革中，已经不再提及宫刑这一刑罚，体现了刑罚残酷程度的逐步减轻和刑罚制度的规范。可到了汉景帝时期，宫刑却又被恢复，用来替代死刑。著名史学家司马迁就是在汉武帝一怒之下被处以宫刑的。

汉代之所以出现大量关于蚕室的文献记载，与“下蚕室”的频繁采用密不可分。从汉文帝开始，经历魏晋，直到南北朝结束这一漫长时期内，对于“下蚕室”之刑的取舍，反复数次，几度被废止，却因统治阶级的震慑需要，而又数度被启用，这种局面尤以东汉为最。《后汉书·光武帝纪》载：“诏死罪系囚皆一切募下蚕室。”李贤注：“蚕室，宫刑狱名。宫刑者畏风，须暖，作窨室蓄火如蚕室，因以名焉。”[②] 后，显宗孝明帝、肃宗孝章帝、孝和帝等均有此类诏书。

纵观汉代的“下蚕室”情况，经历了“汉文帝之废—汉景帝之复—汉武帝之兴”的过程。《汉书·景帝纪第五》载：“孝文皇帝临天下，通关梁，不异远方；除诽谤，去肉刑，赏赐长老，收恤孤独，以遂群生；减耆欲，不受献，罪人不帑，不诛亡罪，不私其利也；除宫刑，出美人，重绝人之世也。”[③] 而后汉则效仿前汉，光武帝刘秀、汉明帝刘庄、汉章帝刘炟等都下过诏书，判人下蚕室，说明“下蚕室”在东汉时期依然很常见。

“蚕室”象征着隐忍的苦难。司马迁曾经在《报任安书》中曰：“故祸莫憯于欲利，悲莫痛于伤心，行莫丑于辱先，而诟莫大于宫刑。”“而仆又茸

① （汉）班固撰，（唐）颜师古注：《汉书》第 2 册，中华书局 2000 年版，第 2011 页。

② （南朝宋）范晔撰，（唐）李贤等注：《后汉书》第 1 册，中华书局 2000 年版，第 54 页。

③ （汉）班固撰，（唐）颜师古注：《汉书》第 1 册，中华书局 2000 年版，第 99 页。

以蚕室，重为天下观笑。悲夫！悲夫！”[①]说自己受宫刑囚禁在蚕室里，被天下人耻笑。他是历史上受“蚕室”之刑者中最著名的人物，后人将“一代君权痛蚕室，千秋史笔溯龙门”作为司马迁一生命运和功绩的注解，他虽然下蚕室遭受宫刑，却忍辱负重，以千秋史笔写出了不朽巨著《史记》。

与司马迁受刑相反，有人千方百计“下蚕室”。尽管汉代“下蚕室”的人绝大多数是被迫的，但也有少数人因为政治投机的目的，而主动进行自宫行为，这些人即宦官，也称阉人。宦官是中国古代京城专供皇帝、君主及其家族役使的人员。自西周时开始，就有使用阉人的记载，《周礼》内有“宫者使守内”[②]，以其人道绝也，因此让他守宫内。秦汉以后，宦官制度日趋详备。先秦和西汉时期的宫廷内侍，并非全是阉人，后为了皇族血统的纯正与皇室内帷的贞洁，才逐渐产生了由阉人服侍内宫的情况。

到东汉时期，明确规定了所有内宫的宦官必须由阉人担任。这一规定的出台，直接助长了蚕室的“生意”，越来越多的人把主意打到了“下蚕室”上，主动进入蚕室的人有增无减。这些人以“下蚕室”为政治跳板，从而进入宫廷中心。他们的存在，使宦官逐渐成为一种特殊政治势力，对许多朝代的政局产生了重大影响。

简言之，蚕室本来只是用来养蚕的房间，因高温和密封性的相似，从而衍生为安置阉人的刑场。可以说，它既见证了汉代宫刑的大行其道，也见证了宦官内侍的鸡犬升天；既承载了含冤受屈的人犯之痛，也助长了官场钻营的歪门邪道。不管是为了政治投机成为宦官而自宫，或者因为触犯法律被阉割，“下蚕室”都是汉代文献中极为阴暗的一笔，这种从废到兴的过程，体现了统治阶级刑罚镇压力度的此消彼长，也是我国刑罚制度史上有进步亦有倒退的真实现场。

（二）“蚕食”折射的谋略

“蚕食”一词，源于蚕吞食桑叶的状貌，后来因《战国策·赵策》所载

---

① （汉）班固撰，（唐）颜师古注：《汉书》第2册，中华书局2000年版，第2063—2065页。

② 杨天宇撰：《周礼译注》，上海古籍出版社2004年版，第541页。

"秦蚕食韩氏之地"[①]，几乎成为秦灭六国的代名词。它生动而贴切地形容了秦吞并六国的历史现场，如同蚕吃桑叶那样，一点一点逐步侵占，最后全部吃掉。扬雄《法言》载："孝公以下，强兵力农，以蚕食六国，事也。"[②]《汉书》中有大量借"蚕食"状而谈及吞并谋略的话语，如：

秦起襄公，章文、缪，献、孝、昭、严，稍蚕食六国，百有余载，至始皇，乃并天下。师古曰："蚕食，谓渐吞灭之，如蚕食叶也。"秦据势胜之地，骋狙诈之兵，蚕食山东，壹切取胜。[③]

秦以熊罴之力，虎狼之心，蚕食诸侯，并吞海内，而不笃礼义，故天殃已加矣。[④]

昔秦皇帝任战胜之威，蚕食天下，并吞战国，海内为一，功齐三代。乃至秦王，蚕食天下，并吞战国，称号皇帝，一海内之政，坏诸侯之城。销其兵，铸以为钟虡示不复用。[⑤]

"蚕食"一词生动折射出战争年代的风云变幻。《全汉文·交州箴》载："四国内侵，蚕食周京。"[⑥]《后汉书》载："又令牧守长吏，上下交竞；封豕长蛇，蚕食天下。"[⑦]《盐铁论·诛秦》载："今匈奴蚕食内侵，远者不离其苦，独边境蒙其败。"[⑧]均以蚕食之迅速、效果之明显，来形容瞬息万变的战争局势。

"蚕食"还表示渐至衰尽之意。汉代张文《蝗虫疏》载："《春秋义》曰：'蝗者，贪扰之气所生。天意若曰：贪很之人，蚕食百姓，若蝗食禾稼，而扰万民。兽齿人者，象暴政若兽而啮人。'"[⑨]引文所载的"蚕食百姓"

① 缪文远、缪伟、罗永莲译注：《战国策》上册，中华书局 2012 年版，第 518 页。

② 汪荣宝撰，陈仲夫点校：《法言义疏》下册，中华书局 1987 年版，第 338 页。

③ （汉）班固撰，（唐）颜师古注：《汉书》第 1 册，中华书局 2000 年版，第 255、282 页。

④ （汉）班固撰，（唐）颜师古注：《汉书》第 2 册，中华书局 2000 年版，第 1782 页。

⑤ （汉）班固撰，（唐）颜师古注：《汉书》第 3 册，中华书局 2000 年版，第 2114、2122 页。

⑥ （清）严可均辑，陈延嘉、王同策、左振坤等校点主编：《全上古三代秦汉三国六朝文》第 1 册，河北教育出版社 1997 年版，第 744 页。

⑦ （南朝宋）范晔撰，（唐）李贤等注：《后汉书》第 2 册，中华书局 2000 年版，第 1244 页。

⑧ 王利器校注：《盐铁论校注》（定本）下册，中华书局 1992 年版，第 488 页。

⑨ （清）严可均辑，陈延嘉、王同策、左振坤等校点主编：《全上古三代秦汉三国六朝文》第 2 册，河北教育出版社 1997 年版，第 763 页。

形象生动地刻画了“贪很之人”的巨大破坏性。《后汉书》中载永元初，国傅何敞上疏谏济南安王康曰：“而今奴婢厩马皆有千余，增无用之口，以自蚕食。”[①]说如同蚕每天需要补充新的桑叶一样，奴婢费资，就像一个填不满的无底洞。

二、魏晋南北朝咏蚕的凝滞

以蚕在文学中的形象与意义特征为划分依据，可以分为截然不同的两个时期，即汉代蚕文学书写和魏晋南北朝蚕文学书写。汉代盛行的“蚕室”与“蚕食”之说，在魏晋到南北朝的300多年里，竟然销声匿迹、鲜有记载。这一时期的蚕文献记载热点，绝大多数集中在对蚕自然本质的描写，即对蚕社会价值的描绘上。一方面倾向于体现蚕卓越的社会经济价值，从文献记载来看，现存的大量描述蚕吐丝结茧这一自然现象，已经成为蚕文学的主流；另一方面，随着对蚕认识水平的不断提高，蚕的医药价值不断被发现、利用，越来越多的医书中记载了蚕的各种药用功能，体现其多重疗效。可以说，这一时期的蚕文学大体呈现出朴实平淡的风格，是蚕文学回归本质属性的体物阶段。由于蚕在该时期言志言情功能的缺位，这一时期成为蚕的文学形象停留不前的凝滞阶段。

（一）“下蚕室”的销声匿迹

魏晋南北朝时期，继承汉初文帝、景帝时期的刑制改革成果，“围绕肉刑的恢复与废止，在统治集团内部进行过多次争论。肉刑作为一种极端野蛮残酷的刑罚，越来越受到人们的谴责和摒弃。魏晋南朝时期的法律制度都没有肉刑的规定，而北魏和东魏的法律仍保留有腐刑制度。直到西魏大统十三年（547年）和北齐天统五年（569年）先后下令，应宫刑者改为没入官府为奴，宫刑终于正式从法律上宣布废止”。[②]

遍检魏晋时期的文献，风行于汉代的“下蚕室”之记载已基本绝迹，

① （南朝宋）范晔撰，（唐）李贤等注：《后汉书》第2册，中华书局2000年版，第966页。
② 张晋藩主编：《中国法制史》（第四版），中国政法大学出版社2011年版，第125页。

仅有三处记载了对废止该刑罚制度的争议。如《晋书》载："忠后复为尚书，略依宠意，奏上三十三条，为《决事比》，以省请谳之弊。又上除蚕室刑，解赃吏三世禁锢，狂易杀人得减重论，母子兄弟相代死听赦所代者，事皆施行。"①《全三国文·复肉刑议》载："臣父纪以为汉除肉刑而增加笞，本兴仁恻而死者更众。所谓名轻而实重者也。名轻则易犯，实重则伤民。《书》曰：'惟敬五刑，以成三德。'《易》著劓、刖、灭趾之法，所以辅政助教，惩恶息杀也。且杀人偿死，合于古制；至于伤人，或残毁其体而裁翦毛发，非其理也。若用古刑，使淫者下蚕室，盗者刖其足，则永无淫放穿窬之奸矣。夫三千之属，虽示可悉复，若斯数者，时之所患，宜先施用。汉律所杀殊死之罪，仁所不及也。其余逮死者，可以刑杀。如此，则所刑之与所生足以相贸矣。今以笞死之法易不杀之刑，是重人支体而轻人躯命也。"②还有一处是三国魏王肃与明帝谈论司马迁受刑之事，肃曰："司马迁记事，不虚美，不隐恶。刘向、扬雄，服其善叙事，有良史之才，谓之实录。汉武帝闻其述《史记》，取孝景及己本纪览之，于是大怒，削而投之。于今此两纪有录无书。后遭李陵事，遂下迁蚕室。此为隐切在孝武，而不在于史迁也。"③

可见，统治者对该刑罚的废止，是魏晋文献记载中"蚕室"消亡的直接原因。而南北朝时期，因曾经实行过少量的蚕室之刑，故在文献记载中得以保留。如《南史》载："尽诛诸杜宗族亲者，幼弱下蚕室，又发其坟墓，烧其骸骨，灰而扬之，并以为漆髋。""女以入宫为婢，男三岁者并下蚕室。"④北朝如《北齐书》载封隆之的后辈"少子君严、君赞下蚕室"⑤；崔季舒的家属获罪，"小男子下蚕室"⑥。《北史》载邵惠公颢之孙胄"以年幼下蚕

① （唐）房玄龄等撰：《晋书》第1册，中华书局2000年版，第598页。

② （清）严可均辑，陈延嘉、王同策、左振坤等校点主编：《全上古三代秦汉三国六朝文》第3册，河北教育出版社1997年版，第263页。

③ （晋）陈寿撰，（南朝宋）裴松之注：《三国志》上册，中华书局2011年版，第349页。

④ （唐）李延寿撰：《南史》第2册，中华书局2000年版，第1041、1344页。

⑤ （唐）李百药：《北齐书》，大众文艺出版社1999年版，第191页。

⑥ 同上书，第309页。

室”[①]、王质“其家坐事，幼下蚕室”[②]等。

（二）咏蚕的单一化倾向

汉唐之间文学记载中的蚕，不管是魏晋的文赋，还是南北朝的诗歌、小说，几乎全部停留在对其自然状态的描绘上，呈现出单一化的特点，这是蚕的文学书写趋于凝滞的因素之一。如嵇康的《蚕赋》曰：“食桑而吐丝，前乱而后治。”[③]描写蚕的自然习性，吃桑叶而吐蚕丝，前期吐出的蚕丝凌乱而后期趋于均匀，能形成规整的蚕茧。闵鸿的《亲蚕赋》载：“体龙颈而骥啄，迈皦素于羔羊。”“后课功以观匱，均众寡而抽税。令织纴于命妇，供禘郊之旧制。洪恩美而周普，配春天之景福。扬黼黻之奇藻，播朱紫之艳色。”[④]是立足于蚕的自然特性，对统治者亲蚕之举的具体描述。

杨泉云：“古人作赋者多矣，而独不赋蚕，乃为蚕赋。”其《蚕赋》曰：

惟阴阳之产物，气陶化而播流。物受气而含生，皆缠绵而自周。伊夫蚕之为物，功巨大而弘优。成天子之衮冕，著皇后之盛服。昭五色之玄黄，作四时之单复。是以王者贵此功焉，使皇后命三宫之夫人，又世妇之吉者，亲桑于北宫。二月初吉，遂布令于天下，百辟兆民，使咸务焉。是以仲春之月，吉日庚午。既差我马，惟蚕之祖。编使童男，作以童女。温室既调，蚕母入处。陈布说种，柔和得所。晞用清明，浴用谷雨。爰求柔桑，切若细缕。起止得时，燥湿是候。逍遥偃仰，进止自如。仰似龙腾，伏似虎跌，员身方腹，列足双俱。昏明相推，日时不居。粤召役夫，筑室于房。于房伊何？在庭之东。东爱日景，西望余阳。既酌以酒，又挹以浆。壶殄在侧，敷修在旁。我邻我党，我助我康。于是乎蚕事毕矣，大务时成。阁纡卷簿，洒扫宫庭。蚕母须饰，从

① （唐）李延寿撰：《北史》第2册，中华书局2000年版，第1361页。

② 同上书，第2014页。

③ （清）严可均辑，陈延嘉、王同策、左振坤等校点主编：《全上古三代秦汉三国六朝文》第3册，河北教育出版社1997年版，第473页。

④ 韩格平、沈薇薇、韩璐、袁敏校注：《全魏晋赋校注》，吉林文史出版社2008年版，第130页。

容自宁。至于再宿，三日乃开阖启房，是瞻是观。方者四张，员者纡盘。纵者相属，横者交连。分薪柴而解著，兰丝互而相攀。竞以挈攫，再笑再言。惰者悦而忘懈，劣者勉以增勤。是月也，天子以大牢之礼，献兰于寝庙。皇后亲缫三盆，然后辨于夫人世妇。至于百辟卿士，下及兆民，咸趣缫事。尔乃丝如凝膏，其白伊雪。以为衣裳，冠冕服饰。礼神纳宾，各有分职。以给百礼，罔不斯服。夫功也起于绵绵，成于翼翼，颂之难周，论之罔极。殷斯勤斯，如何勿忆。①

赋中详细地介绍了蚕的各种自然属性，从产生、功用、养育过程，到统治者的重视，进行亲蚕、祭祀等，全方位概括了蚕的生长过程和主要贡献，以亲蚕之举教化百姓勤务农桑。

南北朝时期，各类文献中出现632次蚕，基本上都是倾向于对自然之蚕的描写。和魏晋文赋一样，这一时期诗歌中也集中书写蚕的自然属性，体现了蚕诗在起步阶段的主要特征，即停留于表象的描绘和实用功能的阐发上，有文学意义的作品数量极少，如嵇康的“得失自已来，荣辱相蚕食”②。《玉台新咏》中有少量以蚕咏怀的作品，如《蚕丝歌》：

春蚕不应老，昼夜常怀丝。何惜微躯尽，缠绵自有时。③

诗中以蚕的丝出躯尽，来成全缠绵之“何惜”，体现了对短暂美好的留恋与期待。南北朝写蚕的诗歌中，南朝梁的艺术水准稍高，如庾肩吾的《赋得嵇叔夜诗》曰：“雁重翻伤性，蚕寒更养身。”④以对比映衬的方式，从蚕自然习性的选择谈及人的选择，有借物言志的倾向性。王筠的《陌上桑》也体现了一定的惜时意识：

人传陌生桑，未晓已含光。重重相荫映，软弱自芬芬。秋胡

① 韩格平、沈薇薇、韩璐、袁敏校注：《全魏晋赋校注》，吉林文史出版社2008年版，第135页。

② 逯钦立辑校：《先秦汉魏晋南北朝诗》上册，中华书局1983年版，第489页。

③ （南朝陈）徐陵编，（清）吴兆宜注，程琰删补，穆克宏点校：《玉台新咏笺注》下册，中华书局1985年版，第485页。

④ 逯钦立辑校：《先秦汉魏晋南北朝诗》下册，中华书局1983年版，第1988页。

始倚马，罗敷未满筐。春蚕朝已老，安得久彷徨。[①]

北朝咏蚕诗歌整体偏少，仅有北魏女子谢氏以蚕喻人，写出了意境，谢氏的《赠王肃诗》云：

本为箔上蚕，今作机上丝。得络逐胜去，颇忆缠绵时。[②]

关于本诗的来源，伽蓝记曰："洛阳城南正觉寺，尚书令王肃所立也。肃在江南，娶谢氏女。及至京师，复尚公主。其后谢氏为尼来奔，作诗赠肃。公主亦代肃赠谢。肃闻之甚恨，遂造正觉寺以憩之。"[③]谢氏的蚕诗，道出了女子在爱情中的相思与绝望，铭刻了感情的伤痛与曾经的回忆，为当时凝滞于单一描写蚕自然性状的文学书写，带来了一缕新风。

大量的行业文献记载成为主流，人们对蚕的关注热点始终在其创造的社会价值上，这是蚕文学书写出现凝滞状态的另一因素。蚕是社会重要的生产资料，在不同的行业中有不同的用途，从而形成蚕的科学化书写趋势。在农业领域中，贾思勰在《齐民要术》中专门有《栽桑养蚕》篇，深入记载了蚕的养殖之法，因其科学性与实用性，成为农桑业的标志性范本。此外，蚕在医药领域中也有重要用途。蚕的药用价值，伴随着对其不断深入的认识而逐步清晰。秦汉时期有《华佗神医秘方真传》《金匮要略》《马王堆汉墓帛书·五十二病方》《马王堆汉墓帛书·胎产书》记录蚕的药用功能；魏晋的《脉经卷之八》《神农本草经·下卷》均有以蚕入药的记载；晋代葛洪撰《肘后备急方》以及南北朝的《名医别录》中，也有大量有关蚕医疗价值的记载。

① 逯钦立辑校：《先秦汉魏晋南北朝诗》下册，中华书局1983年版，第2010页。

② 同上书，第2227页。

③ 同上。

第六章

蝉：经典意象的特点与演变

早在远古时期，昆虫就和人类社会生活产生了密切的联系。先秦时期，《诗经》《楚辞》以及历史散文和诸子散文中，关于昆虫的文字记载已经比较丰富和全面。按照现代生物科学的分类，上述先秦文献中的昆虫多达9目14科。据赵逵夫先生主编的《先秦文学编年史》中考订的时间脉络，先秦文献中这9目14科昆虫依次出现的排序是蚕、螟蛾、蝉、蟋蟀、蝗、蠋、萤火虫、蜂、螟螣、蟊贼、苍蝇、蝤蛴、蛾、蜉蝣、虱、蚁、蝶、蚊、螳螂。按昆虫数量的多少排序，出现最多的是蝉，共34次，其次为蚕28次，再次为蚁22次，蝇、蚊、蜂、蟋蟀等分列其后。这种情况，在一定程度上体现了不同的昆虫与人类社会的亲疏关系，也反映出蝉是历代文人关注最多的昆虫。而蝉之所以能够成为古代文学中的经典意象，与其自身的特点和演变有着必然联系。

第一节 先秦蝉意象的特征

本节重点考察的是蝉意象在先秦不同时期的形象、意义及其特征。春秋以前，受认知的局限，人们关注的重点是蝉鸣，之后逐渐转向对蝉形体的描绘。战国时期，人们更为细致地描绘了蝉翼的特征。此后，蝉的各种习性开始为人熟知。

一、春秋之前，蝉鸣受到关注

蝉的形象首先停留在物象层面。春秋时期之前文献记载的蝉，几乎全部是描写它的鸣声。人们认识蝉，首先是从熟悉它的声音开始的。因为蝉生活在树上，浓密的树叶是它们天然的保护伞，一般不容易被人发现，所以响亮的鸣声成为人们认识蝉的第一步。

蝉在天气转热的初夏时节开始鸣叫，一般会持续到天气转寒的初秋。现有的文献记载中，蝉最早出现在《诗经·豳风·七月》里，描述的就是蝉鸣。诗曰："四月秀葽，五月鸣蜩。八月其获，十月陨萚。一之日于貉，取彼狐狸，为公子裘。二之日其同，载缵武功。言私其豵，献豜于公。"[①] 诗中记载了不同月份的农事特点和固定事宜，"五月"的物候特点就是"鸣蜩"，"蜩"就是蝉。蝉有蟧、蜩、螗、蟪蛄等不同名称，《说文解字》载："蜩：蝉也。从虫、周声。诗曰：五月鸣蜩。徒聊切。蜩，或从舟。"[②] 又，《诗经·豳风·七月》产生于公元前1547至公元前1529年间[③]，可知，"五月鸣蜩"之语在很早的时候，就已经成为人们熟知的有规律可循的物候特征。

听蝉鸣不仅可以知物候，也能影射社会现状。《诗经·大雅·荡》曰："文王曰：咨，咨女殷商！如蜩如螗，如沸如羹。大小近丧，人尚乎由行。内奰于中国，覃及鬼方。"[④] 诗用焦躁不安的蝉鸣，来象征时局"如蜩如

---

① 周振甫著：《诗经译注》（修订本），中华书局2010年版，第200页。

② （汉）许慎撰，（宋）徐铉校定：《说文解字》，中华书局2013年版，第281页。

③ 周人一直重视农业，《诗经·豳风·七月》中对不同季节、月份的生产、生活状况进行了详细的阐释。此诗的系年，赵逵夫先生在《先秦文学编年史》中认为应该是在公元前1547至前1529年之间。其文载："最初的《七月》并非今本《七月》的面貌。其中夏历、周历并用，说明由夏入商不是很久。又诗中称年曰'岁'，如'无衣无褐，何以卒岁''曰为改岁，入此室处'，是夏人的习俗。《尔雅·释天》云：'夏曰岁，商曰祀，周曰年。'诗言'载玄载黄，我朱孔阳'，服饰尚黑与黄，亦带有夏人之习俗。《礼记·大传》云：'易服色'，孔疏：'谓夏尚黑，殷尚白，周尚赤。'知《七月》应是夏代以后不久之作品。其中叙一年各个时期状况，应是在豳地数十年后之作，故系于此。"

④ 向熹编著：《诗经词典》（修订本），商务印书馆2014年版，第437页。

蟾，如沸如羹”的纷乱繁杂之态。《尔雅注证》载：“蜩：蜋蜩，螗蜩。《大雅·荡》如螗如蜩。蜩，鸣蜩（蝉），周尧《蝉科》称为鸣蝉，分布在东洋区，体粗壮。蜋蜩，鸣声较大，周尧《蝉科》称为胡蝉，体粗壮，分布在中国和日本。”[①] 螗，在《说文》中无载。《荡》中的蝉意义和《七月》中“鸣蜩”的单一物候特性不同，体现了托物言志的警示意义。

从这个时候开始，蝉的意象层面开始具有作者的主观色彩。诗中文王开口叹息殷商纣王为政的暴戾，使老百姓怨声载道，抱怨之声像夏日蝉噪一样此起彼伏，又像开水滚烫沸腾一般危机重重，生动形象地表达出了当时民怨沸腾的状貌。“如蜩如螗”句还借蝉持续整个夏季长时间鸣叫的生物特征，隐喻暴政持续时间之长。进一步说明民怨之深是日积月累的，对统治的危险性不言而喻。更深一层来看，蝉入秋后即走向死亡，不再长鸣，暗合诗中之借古讽今意义。国家危难之际，必须重视沸腾的民怨，不然就会如夏末秋蝉，迅速走向灭亡。

蝉鸣还被用来表达作者的心情。公元前773年，即周幽王九年，太子宜臼被放在申，作《小弁》之诗以抒其忧。[②]《诗经·小雅·小弁》云：“菀彼柳斯，鸣蜩嘒嘒。有漼者渊，萑苇淠淠。譬彼舟流，不知所届。心之忧矣，不遑假寐。”[③]“鸣蜩嘒嘒”“不知所届”是作者“心之忧矣”时的所听所感，他望着柳树在风中摇曳的绿枝，听着一声声重复的蝉鸣，就像一叶迷失方向的扁舟，在茫茫天地里不知所往。身为一国太子，却面临如此被谗见逐祸事，亲情与家国的失落、愤懑、忧愁是难以言述的。

---

① 郭郛注证：《尔雅注证》，商务印书馆2013年版，第560页。

② 据赵逵夫先生考订：《孟子·告子下》云：“《小弁》之怨，亲亲也。亲亲，仁也。”又云：“《小弁》，亲之过大者也。亲之过大而不怨，是愈疏也。愈疏，不孝也。”胡承珙《毛诗后笺》引刘氏《诗益》曰：“《孟子》‘亲之过大’一语，可断其为幽王太子宜臼之诗。盖太子者，国之根本。国本动摇，则社稷随之而亡，故曰‘亲之过大’。若在寻常放子，则已之被谗见逐，祸止一身，其父之过与《凯风》七子之母不安其室等耳，何得云‘亲之过大’哉？”陈奂《诗毛氏传疏》、方玉润《诗经原始》等都认为《小弁》为宜臼所作。详见赵逵夫主编：《先秦文学编年史》上册，商务印书馆2010年版，第400页。

③ 向熹译注：《诗经译注》，商务印书馆2013年版，第302页。

根据《诗经》中蝉鸣的出现情况看，蝉广泛地存在于黄河流域，豳地往南的镐京（今陕西西安市）、往东的申地（宜臼放逐地，今河南南阳市）都极为普遍；《诗经》中对蝉鸣的描述，基本上能涵括蝉在春秋之前的文学面貌，体现了以书写鸣声为主的主要特征。蝉鸣由“五月鸣蜩”单纯的物候特征，过渡到“如蜩如螗，如沸如羹”的托物言志，被借指统治忧患，再到进一步借景抒情，写“鸣蜩嘒嘒”“心之忧矣”的个人哀思，充满了闻蝉而忧的意蕴。

二、春秋时期，蝉以体形著称

随着时间的推移，人们对蝉的关注逐渐从对远处的蝉鸣转向近处的蝉本身。春秋时期，出现了以蝉的形貌指代美女的说法。史载公元前 753 年，卫庄公娶齐庄公女庄姜为夫人，卫人为之作《硕人》。《诗经·卫风·硕人》中载：“手如柔荑，肤如凝脂；领如蝤蛴，齿如瓠犀，螓首蛾眉。巧笑倩兮，美目盼兮！”①诗中描绘了蝤蛴、螓和蛾三种昆虫，分别代指女子的脖子、额头、眉毛，以此形容女性容貌之美。

“螓首”是形容女子前额之美的生动比喻。螓，是蝉的一种，一名蟭蟟②，一名蜻蜻③，体较小，额广而方正。《毛传》曰：“螓首，颡广而

① 向熹译注：《诗经译注》，商务印书馆 2013 年版，第 79 页。

② 《尔雅翼》载：“螓，蟭蟟之小而绿色者。《释虫》云：‘蚻，蜻蜻。’舍人曰：‘小蝉也。’蜻蜻者，某氏曰：‘鸣蚻蚻者。’孙炎曰：‘《方言》：有文者谓之螓。’郭氏曰：‘如蝉而小。’有文，其颡广而方，故《硕人》诗曰‘螓首蛾眉’，言硕人之美也。古之选女者，非特取其蛾媌靡曼而已，盖必合之法相焉。不迩穷困，不近寒陋，故曰‘角犀丰盈’。螓首者，即角犀丰盈之谓也。《高唐赋》曰：‘骨法多奇，应君之相。’盖言其相貌之美，足以当国君，于是而不见荅，此诗人所为闵矣。《夏小正》曰：‘鸣蚻虎悬。’今北人亦谓之螓。又闽人谓大蝇为胡螓，亦螓之类。”参见（宋）罗愿撰，石云孙校点：《尔雅翼》，黄山书社 2013 年版，第 324 页。

③ 《郑笺》：“螓，谓蜻蜻也。”蜻蜻，就是蚻，一种较小而有花纹的蝉。邢昺疏：“如蝉而小。《方言》云：‘有文者谓之螓。’《夏小正》曰：鸣蚻，虎悬。”《说文解字》中有“蜻，蜻蛚也。子盈切”。“《正义》又引舍人曰：小蝉色青，蚻蚻象其声，蜻蜻象其色。今验此蝉栖霞人呼桑蟭蟟，顺天人呼咨咨。其形短小，方头广额，体兼彩文，鸣声清婉，若咨咨然，与蚻蚻之声相转也。郭郛注：蚻，蜻蜻、麦蚻、春蝉，周尧《蝉科》称为真宁蝉，绿色；黑宁蝉，体褐色。”参见郭郛注证：《尔雅注证》，商务印书馆 2013 年版，第 561 页。

方。”[①] 用蝉方方正正的外观，来形容人的前额平坦宽广的样子。可见，蝉从《硕人》创作时期开始，就以优雅广方的形态，化身为赞美女性额头光洁丰盈的代名词。

春秋时期，蝉的身影遍及齐、卫和函谷关（今河南省灵宝市，位于黄河岸边，是西去长安、东达洛阳的通衢咽喉）一带，是黄河流域分布普遍、夏季常见的昆虫。蝉从地底钻出，上树出壳而飞，是为蝉蜕。最早记载蝉脱壳形态的是函谷关的关尹子，他与老子大致处于同一时期，如《庄子·天下篇》将老聃与关尹子并举，而《史记·老子传》则记载老子过关，与关尹子对话，并为关尹子著书的事迹。据此，此处蝉蜕记载于春秋时期。

《关尹子·四符》记载蝉蜕壳的具体形貌，文曰：“蜣螂转丸，丸成而精思之，而有蠕白者存丸中，俄去壳而蝉。彼蜣不思，彼蠕奚白？”[②] 文中写蝉是“蠕白者”，存于蜣螂转丸形成的丸中，待到长成后从丸中钻出。虽不是现代科学证明的蝉孵化的正确过程，却和蝉从泥土中钻出的事实基本吻合。从对蝉蜕的关注度可知，春秋时期人们对蝉的认识水平有了进一步的提高，变得更为细致和深入。

三、战国前期，蝉翼的描绘日趋流行

战国前期，人们关注蝉的兴趣逐步扩及蝉翼，“薄如蝉翼”的描绘就是从战国前期发端的。蝉翼最早记载于列子的系列故事中。列子是郑国圃田人（今河南省郑州市），他多次对蝉翅膀极轻极薄的特征进行描写。《列子·黄帝篇》中记载了这样的故事：

> 仲尼适楚，出于林中，见痀偻者承蜩，犹掇之也。仲尼曰：“子巧乎！有道邪？”曰：“我有道也。五六月，累垸二而不坠，则失者锱铢；累三而不坠，则失者十一；累五而不坠，犹掇之也。吾处也，若橛株驹；吾执臂若槁木之枝。虽天地之大、万物之多，

① 螓，一说是蟪蛄中的一种。沈括《梦溪笔谈》卷二十四载：“蟪蛄之小而绿色者，北人谓之螓，即《诗》所谓‘螓首蛾眉’者也。取其顶深且方也。”

② 方勇编纂：《子藏·道家部·关尹子卷》第1册，国家图书馆出版社2014年版，第36页。

而唯蜩翼之知。吾不反不侧，不以万物易蜩之翼，何为而不得？”孔子顾谓弟子曰：“用志不分，乃疑于神。其痀偻丈人之谓乎！”丈人曰：“汝逢衣徒也。亦何知问是乎？脩汝所以，而后载言其上。”①

文中痀偻者的目标是抓蝉，要用极为稳定、轻微的手法，逮住蝉翼，不让它飞走。本来蝉是极容易受惊而飞走的昆虫，可列子笔下的痀偻者抓起蝉来却是信手拈来，原因就在于痀偻者的专注之“道”。他凝神聚力，将“万物之多”与专注“蜩翼”进行对比，认为虽然天地广大，万物繁多，但他眼里只看见蝉的翅膀，不回头也不侧视，不让任何事物分散自己对蝉翼的注意力。这般专心，又怎么会抓不到蝉呢？

“痀偻承蜩”是《黄帝篇》论述个人身心修养和掌握客观规律关系的19个小故事之一，提倡的是通过长期的实践，达到对道的直觉体验。故事通过“抓蝉”描写终日生活在下层的普通劳动人民，说明处身行事要在自然而然中与客观规律相契合。后，《庄子·达生》亦载此事。

列子以蝉翼故事来论道，是对蝉托物言志功能的熟练运用。《列子·仲尼篇》借蝉翼之轻微，与“力闻天下”进行生动的对比，达到讽谏的艺术效果：

公仪伯以力闻诸侯，堂溪公言之于周宣王，王备礼以聘之。公仪伯至；观形，懦夫也。宣王心惑而疑曰：“女之力何如？”公仪伯曰：“臣之力能折春螽之股，堪秋蝉之翼。”王作色曰：“吾之力能裂犀兕之革，曳九牛之尾，犹憾其弱。女折春螽之股，堪秋蝉之翼，而力闻天下，何也？”②

《黄帝篇》和《仲尼篇》互为映照，秋蝉之翼在此处起到了对比观照的关键作用，体现了列子认识论的观点。周宣王嫌自己能够撕裂犀牛的皮革、拖住九牛的尾巴之力尚且不够大，而以力气大闻名的公仪伯却说自己的力气仅仅只能够折断蝗虫的大腿，举起秋蝉的翅膀，原因是公仪伯以善于使

① 杨伯峻撰：《列子集释》，中华书局2012年版，第61—63页。

② 同上书，第130页。

用力气而闻名，却不是因为力气大而闻名，由此推而及诸政事，引周宣王深思。

后来，屈原的《卜居》写蝉翼作为反衬。史载《卜居》作于公元前302年，是“屈原在汉北期间曾至楚故都鄢郢，拜谒先王之庙与公卿祠堂后所作”①。屈原曰：“此孰吉孰凶？何去何从？世溷浊而不清，蝉翼为重，千钧为轻；黄钟毁弃，瓦釜雷鸣；谗人高张，贤士无名。吁嗟默默兮，谁知吾之廉贞！”②屈原向郑詹尹问卜，诉说在这个黑白颠倒世界里的心烦意乱，希望通过问卜找到解决之道。他认为这个世界已经是混浊不清，能把极轻极薄的秋蝉翅膀说成重，千斤的担子反而说轻。用人人都知道的常识为例，却反其意而行之，以“极轻为重”和“千钧为轻”相对比，突出讽刺从上而下甘心接受蒙蔽的人为认知荒谬，在浪漫的比喻中反思现实的沉重。

四、战国后期，蝉的习性被逐步挖掘

战国后期，蝉的形象书写愈发丰富，继蝉鸣、身形、蝉翼之后，蝉习性的特征也被逐步挖掘。在战国后期，人们掌握的蝉的习性大致有飞行距离短、存活时间短③、短视、趋光、吸食露水④等五种。蝉这五项不同习性中，前三项主要是从庄子的作品中体现出来的，楚辞中也有对蝉生命短暂的书写。描写蝉趋光和吸食露水习性的主要是荀子的作品。

庄子与荀子二人对蝉的态度是截然不同的。庄子对蝉的态度是鄙视的，他给了蝉“不知春秋”“螳螂捕蝉”的评价，讽刺蝉飞不高远、活不长久、鼠目寸光无理想、面对危险不自知的习性。荀子对蝉的态度则是肯定的，他造就了蝉高洁、光明的君子之姿。荀子观蝉角度精准，用意深刻，在后世得到广泛的肯定和追随。可以说，蝉意象的复合性意义特征应当归功于

---

① 赵逵夫主编：《先秦文学编年史》下册，商务印书馆2010年版，第1167页。

② 董楚平译注：《楚辞译注》，上海古籍出版社2014年版，第163页。

③ 事实上，蝉在上树前，还在地底下生活过很长的时间。甚至有一种叫十七年蝉的品种，在地下生活时间达17年之久。为人所知的蝉，上树蜕壳后的生存时间很短，历经一个夏季就会死去。

④ 这种饮露行为，实际上是蝉在吸食树木枝干的津液。

他们二人的创造。

最早是庄子描绘了蝉飞行距离短、存活时间短的特性，并由此讽刺蝉是没有远见的小虫。《逍遥游》记载：

> 蜩与学鸠笑之曰："我决起而飞，抢榆枋而止，时则不至而控于地而已矣，奚以之九万里而南为？"适莽苍者，三餐而反，腹犹果然；适百里者，宿舂粮；适千里者，三月聚粮。之二虫又何知！小知不及大知，小年不及大年。奚以知其然也？朝菌不知晦朔，蟪蛄不知春秋，此小年也。①

文中不仅说到蝉因为小、轻，所以飞不高，飞不远，也说到了蝉的寿命极短，不知春秋的事实，奚落蝉只看得到眼前，没有长远的理想，并借此与大鹏、鲲进行鲜明的对比，反衬出鲲鹏高瞻远瞩之伟岸。庄子还将浅薄之人比喻成蝉和小鸠，如《庚桑楚》中说："移是，今之人也，是蜩与学鸠同于同也。"②可见他个人对蝉是持轻视、不屑态度的。

进一步考察庄子对蝉自然习性的刻画，还有身处险境而不自知的蒙昧和短视，说明庄子已经敏锐地看到了生物链条的联系性。蝉只顾眼前树汁的美味，身处"螳螂"刀下的危机中却浑然不知，这种短视丧生的行为，引起了庄子对人生的反思和警觉。著名成语"螳螂捕蝉，黄雀在后"就发端于此。《庄子·山木》云：

> 庄周游于雕陵之樊，睹一异鹊，自南方来者，翼广七尺，目大运寸，感周之颡，而集于栗林。庄周曰："此何鸟哉？翼殷不逝，目大不睹！"蹇裳躩步，执弹而留之。睹一蝉，方得美荫，而忘其身；螳螂执翳而搏之，见得而忘其形；异鹊从而利之，见利而忘其真。庄周怵然曰："物固相累，二类相召也！"捐弹而反走。虞人逐而谇之。庄周反，三日不庭。蔺且从而问之，"夫子何为顷间甚不庭乎？"庄周曰："吾守形而忘身。观于浊水，而迷于清渊。且

---

① 杨柳桥撰：《庄子译注》，上海古籍出版社 2012 年版，第 1 页。

② 同上书，第 232 页。

吾闻诸夫子曰：‘入其俗，从其俗。’今吾游于雕陵，而忘吾身，异鹊感吾颡；游于栗林而忘真，栗林虞人以吾为戮。吾所以不庭也。”①

蝉处危险的最末端而不自知，由蝉及人，即便是庄子本人在这个环环相扣的圈子中间，同样没能逃过“栗林虞人”的责难。由此引发了庄子对忧患相续性的哲学思考，使蝉被赋予了“摹态”描写之外的文学书写意义，影响深远。庄子对蝉习性的敏锐感受，对危机意识的前瞻思虑，细腻而真切地传达出战国后期社会意识的丰富性，及其发展变化的特点。

蝉又是令人备感悲戚的。蝉上树蜕壳后，存活时间短暂，最多一夏而亡的生物特性，常引发文人对生命易逝的思考。宋玉在《九辩》中写道：

悲哉，秋之为气也！萧瑟兮，草木摇落而变衰。憭栗兮，若在远行，登山临水兮，送将归。泬寥兮，天高而气清；寂寥兮，收潦而水清。憯凄增欷兮，薄寒之中人！怆怳懭悢兮，去故而就新；坎廪兮，贫士失职，而志不平。廓落兮，羁旅而无友生；惆怅兮，而私自怜。燕翩翩其辞归兮，蝉寂漠而无声，雁廱廱而南游兮，鹍鸡啁哳而悲鸣。独申旦而不寐兮，哀蟋蟀之宵征。时亹亹而过中兮，蹇淹留而无成！②

赵逵夫先生认为《九辩》作于公元前262年左右，宋玉被谗后数年。在文中，写秋季草木摇落，蝉也将死，故一反长鸣的特性，变得“寂漠而无声”。从生命最初的热闹归于沉寂的必然趋势，体现出宋玉对生命忧患的思索。

《九辩》之蝉和《楚辞·招隐士》中“岁暮兮不自聊，蟪蛄鸣兮啾啾”③的岁暮蟪蛄有异曲同工之感。蟪蛄是蝉的别名。辞中“岁暮”指年岁已老，寿命衰也，心中烦乱常含忧虑。作者将这种生命易逝的忧思寄托在秋蝉意象上，使之蒙上了浓重的悲秋意味。“蜩蝉得夏，喜呼号也。秋节将至，悲

① 杨柳桥撰：《庄子译注》，上海古籍出版社2012年版，第194页。

② 董楚平译注：《楚辞译注》，上海古籍出版社2014年版，第171页。

③ 黄灵庚集校：《楚辞集校》中册，上海古籍出版社2009年版，第1048页。

嘹噍也。以言物盛则衰，乐极则哀，不宜久隐，失盛时也。”[①] 由蝉的短暂生命历程，联想到人生的短暂，说明在战国后期，由蝉及己的生命忧患意识已经初步生成。

荀子是肯定蝉的，这与庄子的态度截然相反。荀子看到了蝉趋光和吸食露水的习性，并加以热情的颂扬。他是最早将“人主之德”与蝉联系在一起的人，由此产生了蝉象征君子光明品德的意义新变。

荀子通过描写蝉的趋光特性，作为人主招引贤士的象征。《荀子·致士篇第十四》论述的招引贤士的方法中，就有“刑政平”“礼义备”“明其德”等理念，文中这样写道：

> 人主之患，不在乎不言用贤，而在乎不诚必用贤。夫言用贤者，口也；却贤者，行也；口行相反，而欲贤者之至、不肖者之退也，不亦难乎？夫耀蝉者，务在明其火，振其树而已；火不明，虽振其树，无益也。今人主有能明其德者，则天下归之若蝉之归明火也。[②]

耀蝉，是一种捕蝉的方法，夜晚用灯火照树，并伴随着敲打枝叶，惊动蝉扑向火光，便可捕捉。两相对照，荀子将贤士比喻为蝉，认为如果君主本身不具备贤明的德行，贤士就不会前来投靠，就像耀蝉时，若没有灯火，即便摇动树身，蝉也不会出来。如果君主德行贤明的话，那么天下的人投奔他，就会如同蝉扑向明亮的灯火这样容易。

荀子将蝉的趋光性附着在人的光明品德上，从而有了蝉象征光明品德的初始意义，对后世文人歌颂蝉高洁品质的诗文起到了发端的作用。同样对其高洁品质产生重要影响的还有蝉的另一个特性，即“饮而不食”。《荀子·大略篇第二十七》云：“饮而不食者，蝉也；不饮不食者，浮蝣也。”[③] 说只喝水而不吃东西的是蝉，不喝水又不吃东西的是蜉蝣。蝉的清流特质，成为后世“垂緌饮清露”等诗歌赞颂其高洁品质的依据。至此，蝉象征品

① 黄灵庚集校：《楚辞集校》中册，上海古籍出版社 2009 年版，第 1049 页。

② 张觉撰：《荀子译注》，上海古籍出版社 2012 年版，第 192 页。

③ 同上书，第 430 页。

德光明的清流之辈的文学意义呼之欲出。

后，以蝉象征光明品德的响应者是吕不韦。《吕氏春秋·期贤》载：

> 三曰：今夫爚蝉者，务在乎明其火，振其树而已。火不明，虽振其树，何益？明火不独在乎火，在于暗。当今之时世暗甚矣，人主有能明其德者，天下之士，其归之也，若蝉之走明火也。凡国不徒安，名不徒显，必得贤士。①

吕不韦《期贤》之意和荀子《致士》之意相呼而应，如果君主没有贤德，即便振树，也最多只能把树上的蝉惊飞而逃，是不能得之而用的，故曰："火不明，虽振其树，何益？"贤士也是一定要靠君主的贤明来吸引的。这两处材料说明，以蝉"趋光"习性，象征人的光明品德之意，在战国后期已经初步成型。

五、先秦蝉意象演变的特征

纵观整个先秦时期，蝉的文学形象从西周之前的"鸣蜩"注重声情之特性的描写，逐步过渡到春秋时期以形态动人的"螓首"之美，增加了新的文学内涵。战国前期，蝉的翅膀轻而薄的特质开始受到人们的重视，蝉翼成为流行的比喻对象，并被用来抒情言志。蝉逐渐联通了主客体的精神意脉，成为文人志趣的投射和寄寓。战国后期，庄子引发了蝉意象的意义更迭，文人的生命意识随蝉而来，宋玉对生命易逝的思考，让蝉的文学形象更为沉重。当然，让人兴奋的是，经过荀子的开拓和吕不韦的呼应，蝉象征光明品德的意义初步成型，从而直接影响了后世蝉的文学意义。

这是一条关于文学中的蝉极为清晰的发展脉络，"声—形—心"体现出蝉意象演变的历史特征。蝉是沿着单纯物象向复合意象这条轨迹演进的，体现了文学发展在先秦不同时期的变化趋势。单纯物象指的是文学书写最早时的特征，人们从简单明了的蝉声开始，将直观的听觉写入文学。当不满足于仅仅用听觉感知世界的时候，必然会促使人们上树翻叶寻找真正的

① 许维遹撰，梁运华整理：《吕氏春秋集释》下册，中华书局2009年版，第587页。

蝉，从而开启了从“五月鸣蜩”虚无缥缈的声音转向对“螓首蛾眉”眼见为实的探寻历程。这是由声到形的过程，也是由虚到实的过程。

人们眼中的蝉是美的，硕人之美都要靠它来衬托。然而，人们不会仅仅停留在一处，很快蝉翼成为文人的新宠，当然，此时依然处于对蝉的形貌写实的阶段，“蝉翼之重”沉重地体现了那个让人心情郁结的乱世实况。继蝉翼之后，人们似乎在蝉的身上再也找不出什么值得关注的部位了，此时，五大“习性”便成为新的书写热点。这是蝉由自然之形过渡到人们内心世界的重要过程，也是由实转向虚的上升过程，从而使蝉意象有虚有实，虚实结合，体现了人们认知水平的不断深化与拓展。简言之，蝉意象沿“声—形—心”脉络而变化的特点，在先秦时期是非常清晰的，也是非常独特的。

蝉意象“声—形—心”的演变脉络，还体现了人类认识自然的规律。这个规律是由远及近，由高到低，由粗到精的。由远及近指的是观测的空间顺序，关注远处树上的蝉鸣，体现人们观察事物由远而近的认知习惯。由高到低是指从树上蝉到树下蝉，其观测角度发生了改变。人们近距离观察捕捉到的蝉，体现了认知自然过程的循序渐进。由粗到精，也就是由整体到局部，对蝉翼的观察体现认知自然水平的逐渐细化、深入。随着人类认识自然水平的不断提高，生活习性成为先秦蝉意象的终结者。“螳螂捕蝉，黄雀在后”“悲秋哀蝉”“高洁贤士”的象征意义由此定型，圆满完成了蝉在先秦的文学使命，开启了秦汉之后蝉意象的大门。

第二节　汉魏晋蝉文学的承续

汉魏六朝时期，蝉是昆虫文学中的“主力军”。在对相关文献[①]进行搜

① 在对汉魏晋南北朝时期的昆虫文学进行分类搜集时，重点关注了诗歌、散文、赋、小说和乐府等文学体裁，主要文献资料来源是《全上古三国两汉魏晋南北朝文》《昭明文选》《全汉赋》《全魏晋赋》《历代赋汇》《先秦汉魏晋南北朝诗》《汉魏六朝乐府诗》《玉台新咏》《世说新语》《汉魏六朝笔记小说》《文心雕龙》《诗品》等。

集整理后发现，在本时期27篇专题昆虫赋[①]中，蝉赋的数量高达12篇，几乎与其他12类昆虫的总量平分秋色，占据了昆虫赋的半壁江山。在诗中的情况与昆虫赋相似，咏蝉诗的总量稳居第一，其中专题咏蝉诗11首，诗中写蝉的次数高达130次，远远超过其他各类昆虫。[②]在小说和散文中，蝉也是以66次的绝对优势位居数量榜首。[③]可见，此时期不管是在诗、赋，还是小说、散文中，文人都对蝉寄寓了极大的写作热情。蝉在文学中不仅有"量"的优势，更有"质"的提升，从而成就了它在汉魏六朝昆虫文学中的主体地位。

一、蝉赋的兴盛

（一）蝉赋始于汉，盛于晋

汉魏晋时期共有24篇昆虫赋，其中蝉赋10篇，始于汉，繁于晋。汉代的2篇分别是班昭的《蝉赋》和蔡邕的《蝉赋》；魏晋有8篇蝉赋，即曹植的《蝉赋》、傅玄的《蝉赋》、傅咸的《黏蝉赋》《鸣蜩赋》、孙楚的《蝉赋》、陆云的《寒蝉赋》、司马绍的《蝉赋》和温峤的《蝉赋》(残句)。

蝉赋在晋代集中出现，究其原因有二：一是赋发展到两汉之后，晋代抒情小赋的思想性和艺术性都更为高妙。建安之后的社会动乱，影响了文学审美情趣的转移，独尊儒学的破除，导致了文人思想的解放和个性的觉

---

① 汉魏晋南北朝时期共有27篇专题咏虫的赋作，其中汉代3篇，魏晋21篇，南北朝3篇。《全汉赋》中的3篇昆虫赋分别是：孔臧的《蓼虫赋》、班昭的《蝉赋》和蔡邕的《蝉赋》。《全魏晋赋》中的21篇昆虫赋分别是：曹植的《蝉赋》、傅巽的《蚊赋》、闵鸿的《亲蚕赋》、杨泉的《蚕赋》、傅玄的《蝉赋》、傅咸的《黏蝉赋》《鸣蜩赋》《青蝇赋》《蜉蝣赋》《萤火虫赋》《叩头虫赋并序》、成公绥的《螳螂赋》、孙楚的《蝉赋》、潘岳的《萤火赋》、陆云的《寒蝉赋》、司马绍的《蝉赋》、卢谌的《蟋蟀赋》、温峤的《蝉赋》(残句)、郭璞的《蜜蜂赋》《蚍蜉赋》、支昙谛的《赴火蛾赋并序》。南北朝时期也有3篇昆虫赋，分别是南朝宋颜延之的《寒蝉赋》、南朝梁萧和的《萤火赋》以及南朝陈褚玠的《风里蝉赋》。

② 本时期的诗中，继蝉之后各类昆虫出现次数为：蚕80次、蛾75次、蝶63次、萤48次、蚁39次（含蚍蜉2次）、蟋蟀36次（含促织4次、蛩11次）、蜂28次、蚊6次、蝇6次、蜉蝣6次、螳螂2次、蝗4次、蓼虫2次、蜻蜓1次。

③ 蝉之后，其他昆虫在小说和散文中的次数依次为：蚕42次、蚁28次、蜂16次、蝗13次、萤11次、蝇10次、蝶8次、蛾7次、蚊5次、蟋蟀4次、蜻蜓2次。

醒，托物言志成为新的书写中心。咏物小赋能充分表达作者的思想感情，体现对社会现实的讽刺与批判，具有寄托与比兴的象征意义，因而成为此时期的文学潮流。二是蝉的特殊习性得到文人青睐，蝉赋有利于营造物我合一的艺术境界。蝉餐风饮露的高洁象征，契合文人在剧烈斗争背景下的内心追求；蝉的悲秋长鸣，则寄寓了文人沧桑凄苦的生命感伤。蝉赋在晋代的繁荣，是文学偶然选择和必然因素的结合。

（二）高层文人对蝉的关注

汉魏晋时这几首蝉赋的作者，无一例外，都是社会地位极高之人。东汉的班昭是著名的史学家、文学家，出身儒学世家，是著名学者班彪之女、班固之妹。她继承父兄遗志，续成《汉书》，皇后等宫廷贵人视其为师，世称“曹大家”。蔡邕是东汉著名的文学家、书法家，才华横溢且精通音律，创造了“飞白书体”，官至左中郎将。曹植是三国时期曹魏著名文学家，建安文学的代表人物，曹操的第三子，被封为陈王。傅玄是西晋著名的文学家、思想家，官至司隶校尉，死后被追封为清泉侯，其子傅咸世袭爵位，官至御史中丞。西晋孙楚出身官宦世家，官至冯翊太守。陆云是东吴丞相陆逊之孙、大司马陆抗第五子、陆机之弟，西晋著名文学家，官至清河内史。司马绍是晋元帝司马睿长子，东晋第二位皇帝，也是蝉赋中唯一的皇帝作者。东晋名将温峤是著名政治家、军事家，官至骠骑将军、散骑常侍，是晋明帝的布衣之交。

蝉赋的繁荣，与不同阶层文人对蝉的关注度联系紧密。从现存蝉赋数量来看，蝉在当时文学书写中非常活跃。不光是地位显赫的达官贵人书写蝉，也可能还有更多的普通文人寓情于蝉，只是这些蝉赋早已随着作者一起，被湮没在历史长河中。汉魏晋蝉赋的集中出现，固然与当时的文学兴趣、价值追求有关，但作者本身的文学才华和显赫的社会地位，才是这些蝉赋流传下来的基本条件。如此多身居高位的文人，对蝉倾注了满腔的情感，加上他们有意识的文学传播，并由此带来的社会追崇效应，才是蝉赋繁荣的真正原因。

二、书写了蝉的多重形象

（一）沧桑凄苦的受难者

《蝉赋》是曹植后期重要的咏物赋作，借言蝉而言己，委婉地表达了自己树欲静而风不止，如蝉般举步维艰的悲惨现状，饱含沧桑之感。其《蝉赋》曰：

唯夫蝉之清素兮，潜厥类乎太阴。在盛阳之仲夏兮，始游豫乎芳林。实澹泊而寡欲兮，独怡乐而长吟。声皦皦而弥厉兮，似贞士之介心。内含和而弗食兮，与众物而无求。栖高枝而仰首兮，漱朝露之清流。隐柔桑之稠叶兮，快闲居而遁暑。若黄雀之作害兮，患螳螂之劲斧。冀飘翔而远托兮，毒蜘蛛之网罟。欲降身而卑窜兮，惧草虫之袭予。免众难而弗获兮，遥迁集乎宫宇。依名果之茂阴兮，托修干以静处。有翩翩之狡童兮，步容与于园圃。体离朱之聪视兮，姿才捷于狝猴。条罔叶而不挽兮，树无干而不缘。翳轻驱而奋进兮，跪侧足以自闲。恐余身之惊骇兮，精曾睨而目连。持柔竿之冉冉兮，运微黏而我缠。欲翻飞而逾滞兮，知性命之长捐。委厥体于庖夫，炽炎炭而就燔。秋霜纷以宵下，晨风冽其过庭。气憯怛而薄躯，足攀木而失茎。吟嘶哑以沮败，状枯槁以丧形。乱曰：《诗》叹鸣蜩，声嘒嘒兮。盛阳则来，太阴逝兮。皎皎贞素，侔夷节兮。帝臣是戴，尚其洁兮。①

作为魏晋社会金字塔顶端的皇室中人，曹植不幸成为储君之争的直接牺牲品。这种局面，与蝉面临的种种生存危机如出一辙，蝉所处的环境极为恶劣，树上有黄雀、螳螂，空中有蜘蛛，地下有草虫，处处危机四伏，处处是险恶陷阱。它努力避入花园，却躲不了狡童的袭击。即便没有上述的种种意外，蝉依旧会随着秋霜下降，终归“枯槁而丧形”。因此曹植选择蝉作为吟咏的对象，道出了蝉“知性命之长捐”的必然结局。

① 赵幼文著：《曹植集校注》，人民文学出版社 1984 年版，第 93 页。

蝉的生存危机与曹植的悲剧人生有共同的特点，他们都面对着无法逃脱的生命绝望，眼睁睁地看着迫害不断发生却无能为力，而且，这种悲剧的体验，随着生命的流逝日益加剧，曹植的《蝉赋》既是对自己人生“高洁”追求的宣示，也是对遭受迫害命运的血泪控诉。

蝉是沧桑凄苦的受难者，人也常处类似的危机之境。西晋时期，傅咸从蝉的生存危机中，联想到人生的旦夕祸福，从而提醒自己牢记“自规”以避祸。他在《黏蝉赋》的序言中交代了由蝉及己的缘起：“樱桃为树则多阴，为果则先熟，故种之于厅所之前。时以盛暑，逍遥其下，有蝉鸣焉。仰而见之，聊命黏取，以弄小儿。退惟当蝉之得意于斯树，不知黏之将至，亦犹人之得意于富贵，而不虞祸之将来也。”《黏蝉赋》曰：

> 有嘉果之珍树，蔚弘覆于我庭。在赫赫之隆暑，独肃肃而自清。遂寓目以周览，见鸣蜩于纤枝。翳翠叶以长吟，信厥乐之在斯。苟得意于所欢，曾黏住之莫知。匪尔命之适薄，坐偷安而忘危。嗟悠悠之耽宠，请兹览以自规。①

《黏蝉赋》和庄子的危机意识一脉相承。蝉悠然长吟而被人轻易捕捉，以蝉为喻，告诫世人，暗含深刻的人生哲理。傅咸自述在庭院前发现蝉，便命人黏取，来逗弄小孩。这件生活中本来极为平常的小事，引发了作者对人生时处危机的思虑，体现出一种生命忧患的警醒意识。作者所面临的生存环境和蝉的生态环境相类似，看起来此刻“得意于富贵”，也许下一刻就有“不虞之祸”到来。因此他认为“匪尔命之适薄，坐偷安而忘危。嗟悠悠之耽宠，请兹览以自规”②，以“自规”为戒，时刻提醒自己不能“坐偷安而忘危”，避免得意自满而致危难的发生。

（二）矢志高洁的追求者

蝉象征高洁之意由来已久，从荀子定义“饮而不食者，蝉也”③开始，

① 韩格平、沈薇薇、韩璐、袁敏校注：《全魏晋赋校注》，吉林文史出版社 2008 年版，第 199 页。

② （清）陈元龙编：《历代赋汇》（影印本），凤凰出版社 2004 年版，第 551 页。

③ 张觉撰：《荀子译注》，上海古籍出版社 2012 年版，第 430 页。

蝉的“高洁”形象就逐步明朗起来。郭璞在《尔雅图赞·释虫·蝉》中载：“虫之精洁，可贵惟蝉。潜蜕弃秽，饮露恒鲜。万物皆化，人胡不然。”[①]温峤的《蝉赋》(残句)也说到蝉“饥噏晨风，渴饮朝露”[②]的生活习性。西晋傅玄的《蝉赋》，诠释了蝉具有高洁品质的种种特征：

> 美兹蝉之纯洁兮，禀阴阳之微灵。含精粹之贞气兮，体自然之妙形。潜玄昭于后土兮，虽在秽而逾馨。经青春而未育兮，当隆夏而化生。忽神蜕而灵变兮，奋轻翼之浮征。翳密叶之重阴兮，噪闲树之肃清。绿长枝而仰观兮，吸渥露之朝零。泊无为而自得兮，聆商风而和鸣。声嘒嘒以清和兮，遥自托乎兰林，嗟群吟以近唱兮，似箫管之余音。清击畅于遐迩兮，时感君之丹心。[③]

蝉的高洁特性，首先是说它纯洁的本质，由天地阴阳的灵气孕育而成。其次是“在秽而逾馨”的蜕变追求，它从阴暗的地下破土而出，饮而不食，追求高枝与晨露，与清风相和，与兰林遥托。最后是蝉群吟近唱、无为自得的淡泊明志，契合文人内心清远的志趣。赋中处处流露出对蝉的亲近与喜爱之情，实际上是作者自身所向往的生活境界和思想高度，希望能够和蝉一样，拥有自由淡泊的生命状态，能够坚守本心的高洁追求。

蝉的“化生”“神蜕”“奋翼”过程，暗合傅玄的政治经历，他在入晋前后的境遇、地位变化较大，这种变化影响着他追求上进的理想。因为早年傅玄祖上势单力孤，祖父傅燮在汉末兵乱中殉节，父亲傅幹虽机敏有谋，却在傅玄年幼时离世，傅玄可谓幼年丧父，处境维艰，但他勤奋好学，于孤贫中成才，因博学而闻名。“入仕后，遭到何晏等人的打击而处于逆境。”[④]高平陵之变后，傅玄的命运出现重大转机，司马氏对他关照有加。在

---

① （清）严可均辑，陈延嘉、王同策、左振坤等校点主编：《全上古三代秦汉三国六朝文》第5册，河北教育出版社1997年版，第1239页。

② 韩格平、沈薇薇、韩璐、袁敏校注：《全魏晋赋校注》，吉林文史出版社2008年版，第431页。

③ （晋）傅玄著，（清）严可均校辑，高新民、朱允校注：《傅玄〈傅子〉校读》，宁夏人民出版社2008年版，第204页。

④ 魏明安、赵以武著：《傅玄评传》，南京大学出版社2011年版，第365页。

随司马昭南征北战的过程中，傅玄积累了高官厚禄的基础，入晋后地位显赫。他是典型的由逆境走向顺境的人物，赋中“潜玄昭于后土兮，虽在秽而逾馨”可为之释，这种“蜕变”的确蕴含了他真实而深刻的人生体会。

汉魏晋的文人尤其重视高洁品质的修炼，在经历过三国时局剧烈变动的政治背景下，西晋文人尤其珍视高洁人格的“初心”，而这样的高洁之志，往往需要经历苦难的洗礼和严酷的考验，还需要不屈不挠的坚强意志才能实现。傅玄大量的咏物赋中，《蝉赋》是唯一专咏昆虫的作品，但正是这一首《蝉赋》，完整地概括了他毕生追求“丹心”的努力，在晋代首倡蝉“纯洁清灵”的美好和“无为自得”的淡泊。在他的影响下，儿子傅咸亦作有咏蝉的《鸣蜩赋》：

> 有嘒嘒之鸣蜩，于台府之高槐。物处阴而自惨，奚厥声之可哀？秋日凄凄兮，感时逝之若颓，曷时逝之是感兮？感年岁之我催。孰知命之不忧？咏梁木之有摧。生世忽兮如寓，求富贵于不回。且明明以在公，唯忠谠之是与；佚履道之坦坦，登高衢以自栖。①

傅咸在咏蝉中寄托了自己珍惜时光、正道直行的政治信仰。从赋中“台府之高槐”之句来看，这首《鸣蜩赋》有可能作于其御史中丞任上。陆侃如的《中古文学系年》中记载，傅咸“迁御史中丞”② 的时间是元康元年（公元 291 年），傅咸的《御史中丞箴》序言中述“余承先君之踪，窃位宪台”③ 可为之证。赋中的“台府”应该就是指御史府。他在位时写蝉，感悟“时光有限、生命有极”的哲理，提醒自己要保持本心，正直行事，坦荡为官，中正不阿。从咏蝉到言志，傅玄傅咸父子的作品以时光为媒，沟通人与蝉的心灵对话，诠释了追求“高洁”的修炼过程，非经一番彻骨的磨砺和考验是无法真正实现的。

傅氏家族以其儒学传统而著称，这种家族特有的文化性格，极大地影

① （清）陈元龙编：《历代赋汇》（影印本），凤凰出版社 2004 年版，第 550 页。

② 陆侃如著：《中古文学系年》下册，人民文学出版社 1985 年版，第 738 页。

③ 同上。

响了傅咸的思想意识。傅咸继承父亲儒术思想，为人正直，执法严峻，疾恶如仇，推贤乐善。在诗文创作方面，傅氏家族以傅玄、傅咸父子成就最高，父子二人的昆虫赋以小见大，融情于理，对蝉在文学中的传播起到了重要作用。

晋明帝司马绍的《蝉赋》也体现了对"高洁"的向往之情："寻长枝以凌高，静无为以自宁。邈焉独处，弗累于情。在运任时，不虑不营。"[①]赋中赞扬了蝉寻找高枝身居高位、不流俗于低层的生命姿态，体现出上位者俯瞰众生的豁达。司马绍是有文才武略的帝王，年纪轻轻就平定了王敦篡位之乱并成功善后。虽然在位时间极短，却对国家的安定产生了重要的影响。《蝉赋》认为蝉坚守本心的宁静而自处，不被外界种种干扰困扰，顺应时序而自然生长，不刻意追求和钻营，也反映出帝王治国追求安定长远的理想，要顺时顺势而为，要有独立的为政意识和方略。庄子尽管对蝉是持批判态度的，但他"认为生命的和谐自由和平等是最高的审美境界"[②]，蝉的"高洁"特质与晋代文人的生命追求相得益彰，体物而作的蝉赋代表了文人创作心态，打下了这个时代特殊的人格烙印。

（三）感时伤世的哀鸣者

蝉在夏秋的嘶鸣常带给文人感时伤世的迁逝之感。每到季节转换的时候，文人伤春悲秋的情怀就容易流露。在某些特定事件的作用下，蝉往往成为作者闻声思人的情感载体。公元前 104 年，即汉武帝太初元年，武帝作《李夫人歌》《李夫人赋》《落叶哀蝉赋》，《拾遗记》卷三载："汉武帝思怀往者李夫人，不可复得。时始穿昆灵之池，泛翔禽之舟。帝自造歌曲，使女伶歌之。时日已西倾，凉风激水，女伶歌声甚遒，因赋《落叶哀蝉》之曲曰：'罗袂兮无声，玉墀兮尘生。虚房冷而寂寞，落叶依于重扃。望彼美之女兮安得，感余心之未宁！'帝闻唱动心，闷闷不自支持，命龙膏之灯

① 韩格平、沈薇薇、韩璐、袁敏校注：《全魏晋赋校注》，吉林文史出版社 2008 年版，第 385 页。

② 颜翔林：《敬畏生命：庄子美学思想的逻辑构成》，《湖南工业大学学报》（社会科学版）2013 年第 5 期，第 80 页。

以照舟内，悲不自止。”[①]

东汉时期，蔡邕的《蝉赋》（残篇）也体现出浓郁的时序之感：

> 白露凄其夜降，秋风素以晨兴。声嘶嗌以沮败，体枯燥以冰凝。虽期运之固然，独潜类乎大阴。要明年之中夏，复长鸣而扬音。[②]

白露夜降本是自然界的常景，蔡邕用“凄”来渲染这个天气转凉的时节，就预设了蝉声的感情基调。秋风起时，蝉的生命进入倒计时，因此，原本清亮高远的声音变得“沮败”，原本圆润流畅的蝉身也日益“枯燥”，最终会在萧瑟的寒风里消逝。蔡邕将这种感时伤世的叙述，归结到“期运之固然”，看到了大自然的循环轮回，因此，在伤感中期待“明年之中夏”，可以继续听到“长鸣而扬音”的蝉声。

西晋孙楚的《蝉赋》也刻画了蝉悲鸣的哀响形象：“惟大化之广御，何品数之多名？当仲夏而始出，据长条而悲鸣。翼如罗缠，形如枯槁。终日不衔一粒，激哀响之烦扰。”[③]描写蝉身处自然万物生长规律控制之下，每当秋季到来时，翅膀就像绑上了布带一样不灵活，身体干枯槁瘦又不进食物的垂死哀鸣之状。崔豹在《古今注·问答释义》中记载齐女化蝉的故事，犹显凄厉：

> 牛亨问曰：“蝉名齐女者何？”答曰：“齐王后忿而死，尸变为蝉，登庭树，嘒唳而鸣。王悔恨，故世名蝉曰齐女也。”[④]

蝉的哀鸣，在不同的作者笔下，记录了不同的故事，也承载了迥异的情感指向。它们共同的特点是在夏秋后长鸣，不因昼夜的分隔而停歇，随时随处都能让人触景伤怀。这种极易传染的悲绪，固定了蝉作为感时伤世的代言人的文学意象。

① 易小平著：《西汉文学编年史》，上海古籍出版社2012年版，第189页。

② 费振刚、胡双宝、宗明华辑校：《全汉赋》，北京大学出版社1993年版，第586页。

③ 韩格平、沈薇薇、韩璐、袁敏校注：《全魏晋赋校注》，吉林文史出版社2008年版，第261页。

④ 王根林、黄益元、曹光甫校点：《汉魏六朝笔记小说大观》，上海古籍出版社1999年版，第249页。

第三节　南北朝蝉文学的新变

一、咏蝉诗的问世

南北朝是咏物诗的繁荣期，也是昆虫诗首次正式亮相的时期。经对南北朝昆虫诗进行文本统计，得出的情况如下：

朝代	宋	齐	梁	陈	北魏	东魏	西魏	北齐	北周	总计
昆虫诗	0	0	14	5	1	0	0	1	0	21 次
作者数	0	0	11	4	1	0	0	1	0	17 人
咏蝉诗	0	0	6	4	0	0	0	1	0	11 次
作者数	0	0	6	3	0	0	0	1	0	10 人

结果显示：南北朝的咏蝉诗共 11 首，数量占据了 21 首昆虫诗的一半以上。在刘宋的 60 年间，有 11 位诗人创作了 21 首咏物诗，但没有一首昆虫诗。此时的蝉，仅仅是一个被提及的意象，还未能成为专咏的对象。这种现象，在南齐 24 年历史的 9 位诗人 33 首咏物诗中，亦然。到了萧梁统治的 56 年时间里，出现了咏物诗繁荣的局面。69 位诗人创作了 285 首咏物诗，其中 11 人创作了专咏昆虫的诗作，昆虫诗共 14 首，分别是咏蝉诗 6 首①、咏萤诗 4 首②、咏蝶诗 3 首③以及萧纲的《咏蜂诗》1 首。陈代的 33 年内，28 位咏物诗人的 97 首咏物作品中，有 4 首咏蝉诗和 1 首咏萤诗。④北

① 这 6 首咏蝉诗分别是：范云的《咏早蝉诗》、沈约的《听蝉鸣应诏诗》、萧子范的《后堂听蝉诗》、萧纲的《听早蝉诗》、褚沄的《赋得蝉诗》、沈君攸的《同陆廷尉惊早蝉诗》。

② 这 4 首咏萤诗分别是：纪少瑜的《月中飞萤诗》、萧纲的《咏萤诗》、萧绎的《咏萤火诗》、沈旋的《咏萤火诗》。

③ 这 3 首咏蝶诗分别是：刘孝绰的《咏素蝶诗》、萧纲的《咏蛱蝶诗》、李镜远的《蛱蝶》。

④ 陈代昆虫诗是：张正见的《赋新题得寒树晚蝉疏诗》《赋得秋蝉喝柳应衡阳王教诗》、刘删的《咏蝉诗》、江总的《咏蝉诗》、阳缙的《照帙秋萤诗》。

魏时期，20位诗人共有45篇咏物诗传世，但昆虫诗仅温子昇的一首《咏花蝶诗》。北魏分裂为东魏、西魏时期，从目前已知的文献来看，没有咏物诗流传。北齐替代东魏后，颜之推有一首《和阳纳言听鸣蝉篇》。北周无昆虫诗。

据上可知，中国咏蝉诗的问世，始于南朝梁代，在陈代有所发展。而唐代咏蝉诗的思想和内涵，基本上都是沿袭南朝而来的。毫无疑问，南朝咏蝉诗是唐代咏蝉诗的鼻祖。

蝉作为南北朝常见的咏物对象，有其自身发展的特征：首先，南北朝咏蝉诗是从汉魏晋咏蝉赋演变而来的。将南北朝咏蝉诗和汉魏晋咏蝉赋进行对比，就能发现二者的沿袭递变关系。它们的总量基本持平，都是十余篇，占咏虫作品的一半左右。从品质上看，也都有可圈可点的佳作。处在这两段历史时期内的文人们，不仅重视单一物象的描绘，而且比较注重蝉与其他物象的搭配，力求达到文学表达的合力。其次，在南朝和北朝之间，咏蝉作品又有不同的书写风格，南朝侧重于描写“鸣蝉”意象，故适合以诗的形式来表达；而北朝几乎都是将蝉用在墓志铭中，因此北朝咏蝉诗极少，这一点将在下一节展开专题论述。这些差异化的表达，都不影响咏蝉诗始于南北朝的开创性地位。

二、咏蝉文体的此消彼长

咏蝉诗的产生，是蝉文学发展极为重要的里程碑。至此，咏蝉文学就有了诗歌、文赋、志怪小说等不同的载体。南北朝咏蝉作品的文体发生了诸多变化：首先，咏蝉诗的产生是最显著的新变；其次，蝉赋逐渐被蝉诗所取代；最后，写蝉的志怪小说趋于萎缩。这些变化，体现了南北朝时期蝉文学各种文体之间此消彼长的关系。

汉魏晋蝉赋的主体地位被南北朝蝉诗所取代。在咏蝉诗问世以前的南朝宋时期，还出现了颜延之的一篇《寒蝉赋》。但随着咏蝉诗的面世，齐梁之间就没有任何咏蝉赋作传世了，直到陈代才又出现了褚玠的《风里蝉赋》。咏蝉的文体往诗歌的方向，一路高歌猛进，成为唐代咏蝉诗走向勃发的先声。可以说，没有南北朝咏蝉诗的酝酿和铺垫，就不会有唐代咏蝉诗的鼎盛局面。

南北朝写蝉的志怪小说逐渐萎缩。与汉魏晋写蝉的志怪小说相比，南北朝的数量大为减少。我国历史上写蝉的志怪故事在东晋时期较多，例如，干宝的《搜神记·朱诞给使》[①] 和陶潜的《搜神后记·剡县赤城》[②] 等，而南北朝时期就只有刘义庆在《世说新语·识鉴》里提到“蝉连”[③] 这个词，专篇的小说更是难觅其踪。可见，在咏蝉诗兴起的同时，志怪小说日趋衰微的颓势已不可避免。

北周末期，咏蝉诗还出现了唱和之作，对初唐歌行产生了较大影响，即颜之推和卢思道的听鸣蝉诸篇。颜之推借秋蝉咏叹身世的悲凉和世事的多变，他的《和阳纳言听鸣蝉篇》云：

听秋蝉。秋蝉非一处。细柳高飞夕。长杨明月曙。历乱起秋

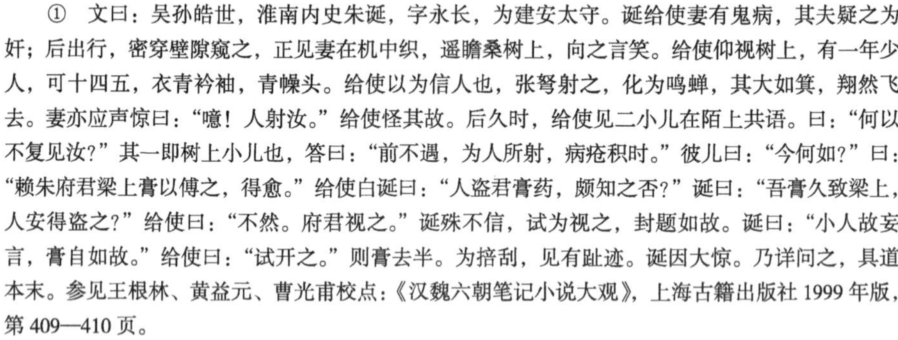

① 文曰：吴孙皓世，淮南内史朱诞，字永长，为建安太守。诞给使妻有鬼病，其夫疑之为奸；后出行，密穿壁隙窥之，正见妻在机中织，遥瞻桑树上，向之言笑。给使仰视树上，有一年少人，可十四五，衣青衿袖，青幧头。给使以为信人也，张弩射之，化为鸣蝉，其大如箕，翔然飞去。妻亦应声惊曰：“噫！人射汝。”给使怪其故。后久时，给使见二小儿在陌上共语。曰：“何以不复见汝？”其一即树上小儿也，答曰：“前不遇，为人所射，病疮积时。”彼儿曰：“今何如？”曰：“赖朱府君梁上膏以傅之，得愈。”给使白诞曰：“人盗君膏药，颇知之否？”诞曰：“吾膏久致梁上，人安得盗之？”给使曰：“不然。府君视之。”诞殊不信，试为视之，封题如故。诞曰：“小人故妄言，膏自如故。”给使曰：“试开之。”则膏去半。为掊刮，见有趾迹。诞因大惊。乃详问之，具道本末。参见王根林、黄益元、曹光甫校点：《汉魏六朝笔记小说大观》，上海古籍出版社 1999 年版，第 409—410 页。

② 文曰：会稽剡县民袁相、根硕二人猎，经深山重岭甚多，见一群山羊六七头，逐之。经一石桥，甚狭而峻。羊去，根等亦随渡，向绝崖。崖正赤，壁立，名曰赤城。上有水流下，广狭如匹布。剡人谓之瀑布。路径有山穴如门，豁然而过。既入，内甚平敞，草木皆香。有一小屋，二女子住其中，年皆十五六，容色甚美，著青衣。一名莹珠，一名□□。见二人至，欣然云：“早望汝来。”遂为室家。忽二女出行，云复有得婿者，往庆之。曳履于绝岩上行，琅琅然。二人思归，潜去归路。二女追还已知，乃谓曰：“自可去。”乃以一腕囊与根等，语曰：“慎勿开也。”于是乃归。后出行，家人开视其囊，囊如莲花，一重去，一重复，至五盖，中有小青鸟，飞去。根还知此，怅然而已。后于田中耕，家依常饷之，见在田中不动，就视，但有壳如蝉脱也。参见王根林、黄益元、曹光甫校点：《汉魏六朝笔记小说大观》，上海古籍出版社 1999 年版，第 442—443 页。

③ 文曰：王恭随父在会稽，王大自都来拜墓，恭暂往墓下看之。二人素善，遂十余日方还。父问恭：“何故多日？”对曰：“与阿大语，蝉连不得归。”因语之曰：“恐阿大非尔之友，终乖爱好。”果如其言。参见（南朝宋）刘义庆撰，（南朝梁）刘孝标注，朱碧莲详解：《世说新语详解》上册，上海古籍出版社 2013 年版，第 258 页。

声，参差搅人虑。单吟如转箫，群噪学调笙。乍飘流曼响，多含继绝声。垂阴自有乐，饮露独为清。短緌何足贵，薄羽不羞轻。螗蜋翳下偏难见，翡翠竿头绝易惊。容止由来桂林苑，无事淹留南斗城。城中帝皇里，金张及许史。权势热如汤，意气谊城市。剑影奔星落，马色浮云起。鼎俎陈龙凤，金石谐宫徵。关中满季心，关西饶孔子。讵用虞公立国臣，谁爱韩王游说士。红颜宿昔同春花，素鬓俄顷变秋草。中肠自有极，那堪教作转轮车。①

卢思道的《听鸣蝉篇》云：

听鸣蝉，此听悲无极。群嘶玉树里，回噪金门侧。长风送晚声，清露供朝食。晚风朝露实多宜，秋日高鸣独见知。轻身蔽数叶，哀鸣抱一枝。流乱罢还续，酸伤合更离。暂听别人心即断，才闻客子泪先垂。故乡已超忽，空庭正芜没。一夕复一朝，坐见凉秋月。河流带地从来崄，峭路干天不可越。红尘早弊陆生衣，明镜空悲潘掾发。长安城里帝王州，鸣钟列鼎自相求。西望渐台临太液，东瞻甲观距龙楼。说客恒持小冠出，越使常怀宝剑游。学仙未成便尚主，寻源不见已封侯。富贵功名本多豫，繁华轻薄尽无忧。讵念嫖姚嗟木梗，谁忆田单倦土牛。归去来，青山下。秋菊离离日堪把，独焚枯鱼宴林野。终成独校子云书，何如还驱少游马。②

公元577年，北周武帝宇文邕灭北齐，故有诗序所言卢思道追赴长安之事，卢后官至散骑侍郎。也就是在这一年，卢思道和杨休之等人以《听鸣蝉诗》为题，创作了多篇北周时期的咏蝉作品（其他诸篇已佚）。被认为是北齐人的颜之推，在公元577年北齐被北周所灭之后，被征为御史上士，因此，严格来说，这些咏蝉的唱和诗作都应当算作北周末期的作品。

卢思道的《听咏蝉篇》深得当时的文坛宗师庾信推崇。诗中以蝉声的“悲无极”来呼应客子离别的“酸伤”，以蝉的清洁高鸣反衬现实社会的鄙

① 逯钦立辑校：《先秦汉魏晋南北朝诗》下册，中华书局1983年版，第2284页。

② 同上书，第2637页。

俗，抒发了“暂听别人心即断，才闻客子泪先垂”的思乡之情，对都城权贵“富贵功名本多豫，繁华轻薄尽无忧”的追求表示不屑，流露出与“青山”“秋菊”长伴的出世想法。这种用长篇大论来咏物抒情的方式，对唐诗歌行起到了发端的作用。

三、南北朝蝉文学新变探因

（一）南朝文学病态的繁荣带来蝉诗的兴盛

受中国古代第一次人口南迁高潮——永嘉南渡的影响，北方士族的大量南迁，迅速影响了江南文化的发展，使南方文学创作呈现出表面繁荣却实属病态的局面。因为南朝绝大多数皇帝都有较高的文化修养，尤其以齐梁陈三代君主最为典型，这也势必影响到他们身边的王公贵族，“一时间，全国上下文采飞扬，作诗的比看诗的还多，尤其是追求音韵之美的‘永明体’，追求词章之丽的‘宫体’，给人以国泰民安，富强繁荣的错觉”[①]。事实上，南朝每一代的统治时间都不算长，最多的刘宋坚持了60年，最短的南齐只有24年。南朝的国力与当时文学的张力并不相称，文学的这种繁荣现象，折射出背后的病态成因。

首先值得肯定的一点是，在短暂的朝代更迭中，蝉诗依然得到蓬勃的发展，成为咏物文学发展的重要见证。清俞琰曾这样概括咏物诗的发展脉络：“故咏物一体，三百导其源，六朝备其制，唐人擅其美，两宋、元、明沿其传。”[②]南朝咏蝉诗承魏晋蝉赋而来，启唐代咏蝉诗之先河，这种承前启后的作用是不可替代的。

皇室对文学的推动力是蝉诗兴盛的首因。当时的帝王不仅自己创作咏物诗，还要求臣子、文官以身边事物为对象进行咏物创作。皇室对待文化的这种追求儒雅的心态，体现在文学上就引向了偏向装饰与消闲的写作风格。“这一时期宫廷、皇族宴饮赋诗的情形甚为频繁，而此种赋诗，大抵非

① 赵玉萍编著：《魏晋南北朝文学发展研究》，四川大学出版社2009年版，第184页。

② （清）俞琰：《咏物诗选·自序》，成都古籍书店1984年版，第2页。

颂美即消遣，均属装点文化氛围之范围。”① 这一阶段的诗中标记有“应令、应教、应命”等字眼，就反映了这种风气。“竟陵八友”中沈约、范云的咏蝉诗是先锋之作，其中沈约的《听鸣蝉应诏诗》就是应皇命而作的。

蝉诗的兴盛，不仅与君王的创作活动和对文人创作的奖掖有关，还与南朝最初的文化建设措施相关。尽管刘宋时期还没有咏蝉诗面世，但有两项重要的文化措施，却为蝉诗的勃发提供了先决条件：“一是，文帝元嘉十六年（公元439年），继元嘉十五年（公元438年）立儒学馆后，又立玄学、史学及文学三馆；其二是，明帝泰始六年（公元470年）立总明馆，分设儒、道、文、史、阴阳五部，这是我国文化史上第一次将‘文学’（或‘文’）独立于经、史之外的事件。”② 这项制度，必然会对后来的蝉诗兴盛产生一定的促进作用。

永明文学的题材拓展也是蝉诗兴盛的重要原因。刘宋时期的咏物题材还较为传统，到了永明咏物诗中，题材获得了极大的拓展，遍及植物、动物、人工物品等，其范围之广，远超前代。永明时期成为咏蝉诗繁荣的第一个阶段。不足的是，永明的咏物诗总体来看大多是描摹物象，真情抒发的却很少，因此，与诗歌抒情的特征不大吻合，甚至还有纯属文字拼凑的一些游戏之作。

从文学发展的脉络来看，永明咏蝉诗来自前代的咏蝉赋。魏晋咏蝉赋描摹的水准已经非常高了，而永明咏蝉诗却达不到赋的艺术水准。一方面，建安风骨的慷慨之气在此时已无踪迹可寻；另一方面，整个南朝时期的咏蝉诗，全部是五言诗。永明时期，五言诗体式上刚具规模，七言还没成形。这种还不太熟练的形式，导致了永明咏蝉诗、赋之间艺术水准的差异。上述两种情况，都是导致永明咏蝉诗光有数量，却没有上乘的“言情”“言志”艺术表现力的因素。

南朝中后期，梁陈文学的繁荣对蝉诗的进一步发展有直接影响，尤其

① 罗宗强著：《魏晋南北朝文学思想史》，中华书局2006年版，第162页。

② 于志鹏著：《宋前咏物诗发展史》，山东人民出版社2013年版，第55页。

是萧纲入主东宫以后，萧纲文学集团倡导不同于梁前期的宫体诗风，成为咏物诗大量创作的良好温床。就蝉诗的内容而言，算得上是当时贫乏空洞甚至堕落腐朽诗风中的一缕新鲜空气，跳出宫廷苑囿的醉生梦死，扩展到对广大自然景象的描摹与人生关注，足以令人精神一振。

梁后期到陈期间，蝉诗题材趋于细腻。诗人分不同的情境表现蝉的独特之处，例如早蝉、秋蝉、晚蝉等。陈代张正见的《赋新题得寒树晚蝉疏诗》《赋得秋蝉喝柳应衡阳王教诗》、刘删的《咏蝉诗》、江总的《咏蝉诗》均体悟惟妙，精心锤炼，是宫体诗的后续流连。

（二）北朝的务实文风影响蝉的文学载体

《北史·文苑传序》载：

> 暨永明、天监之际，太和、天保之间，洛阳、江左，文雅尤盛，彼此好尚，互有异同。江左宫商发越，贵于清绮；河朔词义贞刚，重乎气质。气质则理胜其词，清绮则文过其意。深理者便于时用，文华者宜于咏歌，此其南北词人得失之大较也。①

“永明”是南齐武帝年号，“天监”是梁武帝年号，“太和”是魏孝武帝年号，“天保”是北齐文宣帝年号，引文所指的就是这一时期南北朝文学的现状。整体来看，影响蝉文学的因素，北朝与南朝有不同的形成根源。在异族统治下的中原居民，生活必然受到影响而趋于艰苦朴实，这种社会风尚必将影响文风气质。二者明显的区别表现在：北朝文学偏重于实用功能，南朝文学偏重于审美；北朝文学主要成就在散文书写，南朝文学主要成就在诗赋创作；北朝文学长于叙事说理，南朝文学注重言情写景。从现有的北朝文献来看，北朝蝉文学的创作，基本属于在浓厚的北方文风影响下，出现在带有明显现实主义精神的实用叙事散文中。

因为巩固统治的需要，孝文帝迁都洛阳后大规模实行汉化措施：下令鲜卑人改穿汉人服装，禁止说鲜卑话，废除了鲜卑族的种种特权。后来还

① （唐）李延寿撰：《北史》，载中华书局编辑部编：《二十四史》(简体字本)，中华书局 2000 年版，第 1844 页。

将鲜卑姓氏改成汉姓，通过联姻来加强与汉族的关系。在政治上，大量起用汉族官员使用汉族习惯进行治理。在孝文帝这一系列改革措施的影响下，汉族的先进文化和政治制度，逐渐融入了北魏的统治，中国北方的民族融合在冲突和碰撞中前行。蝉本是汉民族重要的文化意象，从汉魏晋时期开始，它所代表的生命意识就已深入人心。南北朝时期，蝉的生命意识在文学书写中得到不断的强化，在此次民族融合过程中，蝉文化的生命意识也得到了北魏人的认可。

因为对蝉生命意识的接受和传播，北朝时期，蝉的文学载体以墓志铭最多，这是北朝实用文学倾向的具体表现。蝉之所以大量出现在墓志铭中，首要原因是统治阶级的葬丧制度的推动。为了使迁都到洛阳的鲜卑贵族安心扎根，移风易俗，放弃"归葬"的念头，孝文帝下令允许人们在葬丧中立碑为纪。而立碑的话，就势必需要一篇记载墓主生前事迹的文章，由此，墓志铭开始大行其道。而蝉作为具有长生愿望和重生理想的典型文化意象，就当仁不让地成为墓志铭书写中的重要物象。其次是北朝雕刻艺术的兴盛，进一步推动了墓志铭书写的繁荣，使蝉现身于文学中的次数更加频繁，著名的魏碑书法，也是在此期间大量的碑刻作品中形成的。与汉魏晋时期相比，南北朝有更为丰富的艺术表现形式，南朝的绘画，北朝的雕刻塑像，都是蝉文学走向兴盛的外部因素。

第四节 南朝与北朝蝉文学书写的差异

一、南朝着眼于"鸣蝉"意象

鸣蝉一直都是咏蝉文学中的主要书写对象，先秦时期的鸣蝉已经得到了初步的关注，进入汉魏晋以后，人们对鸣蝉的探索逐渐深入，从单纯的书写蝉的鸣声，过渡到因鸣蝉带来的意境体验、情感波动。随着时间的推移，鸣蝉的意境与情感书写，在南朝时期得到了极大程度的生发，被赋予了更为精准细腻的表达。南朝时期的文人从不同的切入点书写鸣蝉，其实也是在书写自己的内心世界。

（一）鸣蝉与意境的生成

意境是中国古典美学的重要范畴，它既是客观景物的生动再现，又凝聚了作者创作过程中的感情意绪。意境是情景交融的产物，同样的一份景致，在不同文人的笔下就可能呈现出截然不同的审美体验。意境的生成有动有静，有虚有实，多样化的组成方式往往可以达到意想不到的审美效果。王籍的《入若耶溪诗》就营造出了一份以动衬静的独特意境：

> 艅艎何汎汎，空水共悠悠。阴霞生远岫，阳景逐回流。蝉噪林逾静，鸟鸣山更幽。此地动归念，长年悲倦游。①

这是作者泛舟若耶溪所见。"艅艎"本是古时大型的战舰，这里指作者乘坐的大船。诗歌第一笔意境宏大却刻意留空，水中荡漾的游船，映衬着悠悠的"空水"，营造出淡淡淼淼的基调。再宕开一笔写云霞与远山，与流水共同组合出远近交错的景致。此时的山水是平静而自然的存在，突然间，唱响了一声蝉鸣，打破了山林原本的静谧，偶尔飞过的小鸟，也应和一声清脆的啼叫。蝉鸣为山水间的诗情画意增加了灵动的音律，"蝉噪林逾静，鸟鸣山更幽"一句将青山绿水之幽静置于蝉和鸟的鸣声之中，以动显静，反衬山林清幽、空灵而又充满生气的意境，是山水诗中以动写静的创新，达到了独特的艺术效果。王籍是谢灵运山水诗派的追随者，这一联以动衬静的佳句，颇得谢灵运诗歌的神韵，寓情于山水虫鸟，浑然一体，在当时广为流传，影响甚大。

在南朝宋、齐、梁、陈的朝代更替中，梁代时间并不是最长的，但关于蝉的作品却非常多，这和梁代统治者的文学修养、咏物爱好是密不可分的。梁元帝萧绎也善于营造以动衬静的意境，他在《后园作回文诗》中写道："斜峰绕径曲，耸石带山连。花余拂戏鸟，树密隐鸣蝉。"② 从曲径通幽

---

① 逯钦立辑校：《先秦汉魏晋南北朝诗》下册，中华书局 1983 年版，第 1854 页。

② 同上书，第 2058 页。

的斜峰耸石写起，勾勒出石山的景象，鸟儿在花间掠过，立刻就呈现出动态的画面，继而从茂密的树间传来一声响亮的蝉鸣，却看不到蝉的身影，更显山林的清幽与深杳。这种以动写静的手法，对意境的营造起到了画龙点睛的作用。运用蝉声构造以动衬静意境的还有江总的《咏蝉诗》："白露凉风吹，朱明落照移。鸣条噪林柳，流响遍台池。忖声如易得，寻忽却难知。"① 以及薛道衡的《夏晚诗》："流火稍西倾，夕影遍曾城。高天澄远色，秋气入蝉声。"②

鸣蝉是增加意境灵动色彩的因素，也能够渲染意境的独特个性。陈代褚玠的《风里蝉赋》是以鸣蝉来营造秋境的佳作：

> 有秋风之来庭，于高柳之鸣蝉。或孤吟而暂断，乍乱响而还连。垂玄緌而嘶定，避黄雀而声迁。愁人兮易惊，静听兮伤情。听蝉兮靡倦，更拍兮风生。终不校树兮，寂寞方复，饮露兮光荣。③

作者笔下的蝉是秋天的象征，当秋风扫入庭院时，惊动了高柳上的蝉，这阵预示秋天到来的寒风，让鸣蝉有了片刻的迟疑和静音，在秋风带来的短暂混乱后，蝉鸣依旧响起，却徒增了岁月迁逝的无奈之感。悲秋的意绪随蝉鸣而逐渐流露，"愁人"闻蝉，倍觉忧愁，独处静坐，更觉情伤。蝉鸣与人在寒凉渐起的秋风中找到了共鸣，静默的秋境在蝉鸣的渲染中格外感人。

鸣蝉与秋天的各种特征融为一体，能构造出动静有致、可观可感的意境。张正见的《赋新题得寒树晚蝉疏诗》云："寒蝉噪杨柳，朔吹犯梧桐。叶迥飞难住，枝残影共空。声疏饮露后，唱绝断弦中。还因摇落处，寂寞尽秋风。"④ 写寒蝉之鸣，营造出萧瑟而寂寞的秋景。寒蝉在杨柳上不安地鸣唱，落叶后的树枝留下空空的残影，蝉在寂寞的吟唱中，传递出即将消亡的绝望之声。吴均《秋念诗》中也有"树青草未落，蝉凉叶已危"⑤ 的书写，

① 逯钦立辑校：《先秦汉魏晋南北朝诗》下册，中华书局 1983 年版，第 2594 页。

② 同上书，第 2686 页。

③（清）陈元龙编：《历代赋汇》，江苏古籍出版社、上海书店 1987 年版，第 550 页。

④ 逯钦立辑校：《先秦汉魏晋南北朝诗》下册，中华书局 1983 年版，第 2497 页。

⑤ 逯钦立辑校：《先秦汉魏晋南北朝诗》中册，中华书局 1983 年版，第 1738 页。

勾勒出秋天树叶将落、寒蝉将逝的景象。江总在《明庆寺诗》中写道："山阶步皎月，涧户听凉蝉。"[①] 同样以声构境，动静结合，营造出秋夜月下涧户蝉鸣的寒凉意境。沈君攸的《同陆廷尉惊早蝉诗》云："日暮野风生，林蝉候节鸣。望枝疑数处，寻空定一声。地幽吟不断，叶动噪群惊。独有河阳令，偏嫌秋翅轻。"[②] 诗中不仅描绘了蝉鸣的时节，若隐若现的身影，叶动群惊的模样，还增加了"河阳令"这个闻蝉的主人公，"偏嫌秋翅轻"，体现出独特的情致。

（二）鸣蝉与情感的深化

鸣蝉是作者倾注情感的载体，南朝时期文人对鸣蝉的关注，早已超越了先秦时期单纯的时节、物象记录和声音描绘，因鸣蝉而带来的情感体验日益成为文学书写的主流。

鸣蝉加剧了离愁别绪的伤感。在蝉声中书写送别，是南朝常见的笔法。吴均的《与柳恽相赠答诗六首》之六云：

秋云静晚天，寒夜方绵绵。闻君吹急管，相思杂采莲。别离未几日，高月三成弦。蹀叠黄河浪，嘶喝陇头蝉。寄君蘼芜叶，插著丛台边。[③]

诗中的陇头蝉在声嘶力竭地哀鸣，只因那份浓重的相思别离，让蝉声在秋天寂静的夜晚显得尤其突兀与悲凉。吴均还有一首《赠鲍春陵别诗》也是以蝉鸣来强化离别的感伤：

落叶思纷纷，蝉声犹可闻。水中千丈月，山上万重云。海鸿来倏去，林花合复分。所忧别离意，白露下沾裙。[④]

在落叶纷纷的秋季，处处萦绕着离别的气息，各种景象都能引发作者不舍的离情，夏季刚刚过去，树上的蝉鸣之声仿佛还回响在耳畔，只可惜当时听蝉之人早已远离，看似眼前的水中月，实则在千丈之外，象征着离

① 逯钦立辑校：《先秦汉魏晋南北朝诗》下册，中华书局 1983 年版，第 2582 页。
② 同上书，第 2111—2112 页。
③ 逯钦立辑校：《先秦汉魏晋南北朝诗》中册，中华书局 1983 年版，第 1731 页。
④ 同上书，第 1743 页。

人也是遥不可及。蝉声成为勾连作者回忆的纽带，“犹可闻”更能传达出想听而不再有的惆怅。

以蝉声写离愁别绪的还有萧子云的《赠海法师游甑山诗》：

真心好丘壑，偏悦幽栖人。忽闻甑山旅，万里自相亲。泬寥晚霖霁，重叠晴云新。秋至蝉鸣柳，风高露起尘。动余忆山思，惆怅惜荷巾。①

诗中先是深情回忆与法师的情谊，于千万人中，于千万里之外，两人偏偏就这样的心意相通，互相欣赏。蝉在柳梢上长鸣，见证着这个离别的秋季，每每在蝉声的提醒中想起故人，这份惆怅实在难以自抑。萧子范的《后堂听蝉诗》先从蝉的声音、动作入笔，细腻地描绘了蝉的各种形态和声音特色，最后落脚在浓浓的伤情上：

试逐微风远，聊随夏叶繁。轻飞避楚雀，饮露入吴园。流音绕丛藿，余响切高轩。借问边城客，伤情宁可言。②

萧子范笔下的蝉声清远悠长，随着微风的扬播而飘远，在夏季草木繁盛的枝叶里，蝉声随之高亢繁多。“轻飞避楚雀”写出了蝉轻盈的身姿和生存的隐患，“饮露入吴园”则勾勒出象征高洁文士的身影。蝉声婉转，低处可闻，高处亦可感知，无处不在的蝉声，引发了作者最终“借问边城客”的感慨，有谁能理解这份无法言说的“伤情”？

离别之情不仅包含对友人远行的不舍，也有羁旅游子深重的思乡之情。谢朓的《答张齐兴诗》云：

荆山嵸百里，汉广流无极。北驰星斗正，南望朝云色。川隰同幽快，冠冕异今昔。子肃两岐功，我滞三冬职。谁知京洛念，彷佛昆山侧。向夕登城濠，潜池隐复直。地迥闻遥蝉，天长望归翼。清文忽景丽，思泉纷宝饰。勿言修路阻，勉子康衢力。曾厓寂且寥，归轸逝言陟。③

① 逯钦立辑校：《先秦汉魏晋南北朝诗》下册，中华书局 1983 年版，第 1885 页。

② 同上书，第 1898 页。

③ 逯钦立辑校：《先秦汉魏晋南北朝诗》中册，中华书局 1983 年版，第 1426 页。

诗歌从距离的遥远写到想要回家的愿望，“地迥闻遥蝉”之句，写尽了羁旅他乡的苦楚，连年不归的现实境遇，望穿秋水般的等待，多少离愁都随着一声蝉鸣而唤醒，家乡的蝉鸣和荆山的蝉鸣，尽管相隔遥远，却都承载着两地人深重的思念。

鸣蝉加重了秋悲意绪的力度。悲秋意绪的产生，有的是因为时光荏苒而产生的不舍，也有的是因壮志难酬而悲从中来的生命体验。借鸣蝉来抒发悲秋之情，体现出南朝文人咏蝉细腻入微的特点，也加重了悲秋意绪的力度。张率的《短歌行》以乐景写哀开头，在不知命运所往的悲情感叹中收尾：

> 君子有酒，小人鼓缶。乃布长筵，式宴亲友。盛壮不留，容华易朽。如彼槁叶，有似过牖。往日莫淹，来期无久。秋风悴林，寒蝉鸣柳。悲自别深，欢田会厚。岂云不乐，与子同寿。我酒既盈，我肴伊阜。短歌是唱，孰知身后。①

从布宴相聚想起年华的流逝，在岁月的长河中，每个人都面临“盛壮不留，容华易朽”的现实，就像“秋风悴林”一到来，蝉在柳梢的鸣唱就充满了悲秋的凄凉，于是“我酒既盈”，今朝有酒今朝醉，不再去想无法预测的身后之事。颜延之咏夏夜鸣蝉曰：“夜蝉堂夏急，阴虫先秋闻。”（《夏夜呈从兄散骑车长沙诗》）②写蝉在夏夜就开始联想到秋，因而发出急促的鸣叫，试图留住夏的脚步，充满了盛时而悲的意味。

江洪的《秋风曲三首》以哀景写哀，蝉鸣之声加重了哀景的悲凉，令人不忍卒读，其诗曰：“孀妇悲四时，况在秋闺内。凄叶留晚蝉，虚庭吐寒菜。”③孀妇象征孤苦伶仃的可怜人，四时都是悲戚的，这份悲戚之感在秋天尤其突出。寒秋之际的“凄叶留晚蝉”刻画得尤其传神，将落叶和蝉对生命的不舍淋漓尽致地呈现出来。凄凉的树叶试图挽留住最后的一声蝉鸣，在寒风中完全无助的二者，凭着最后的力量苦苦支撑，这种拟人化的描绘

---

① 逯钦立辑校：《先秦汉魏晋南北朝诗》中册，中华书局 1983 年版，第 1780 页。

② 同上书，第 1232 页。

③ 逯钦立辑校：《先秦汉魏晋南北朝诗》下册，中华书局 1983 年版，第 2073 页。

让悲秋意绪显得极为沉重。

萧悫的《奉和悲秋应令诗》处处切着秋境、秋景来说："秋天拟文学，秋水擅庄蒙。草湿蒹葭露，波卷洞庭风。便坐翻桑叶，长坂歇兰蘩。檐喧犹有燕，陂静未来鸿。蝉噪闻疑断，池清映似空。刘安悲落木，曹植叹征蓬。重明岂凝滞，无累在渊冲。随时四序合，应物五情同。发言形恻隐，睿作挺神功。下材均朽木，何以慕凋虫。"① 诗中，蝉声在秋气到来的时候时断时续，伴随"刘安悲落木"和"曹植叹征蓬"的叹息声，将悲秋的心境和自然环境的蝉鸣之声融为一体。

鸣蝉悲秋的意绪不仅出现在文臣武将、孤苦哀人的作品中，将鸣蝉纳入悲秋情境来抒情的，还不乏帝王之作。南朝宋孝武帝刘骏的《初秋诗》云："夏尽炎气微，火息凉风生。绿草未倾色，白露已盈庭。远视秋云发，近听寒蝉鸣。运移矜物化，川上感余情。"② 隋炀帝杨广在《悲秋诗》中写道："故年秋始去，今年秋复来。露浓山气冷，风急蝉声哀。鸟击初移树，鱼寒欲隐苔。断雾时通日，残云尚作雷。"③ 寒蝉在这个特定季节的鸣声，尤其容易引发伤感的情绪，繁茂的枝叶纷纷落尽，原本高亢的鸣蝉之声逐渐枯涩，联想到年复一年的岁月流逝，江山代代的绵延之责，处在各种纷繁复杂局势制高点的帝王，他们所抒发的悲秋意绪往往更令人感到沉重。

二、北朝侧重蝉的生命意识

（一）北朝墓志铭与蝉的图腾崇拜

南北朝之间，对蝉的理解存在着较大的地域差别。南朝咏蝉贯承先秦咏蝉发展的路子，尽管有意义的提炼、升华和思路、写法的创新，但毕竟还是沿着既定的范式在演进。而北朝各代文献记载中的蝉，却没有完全承袭先秦咏蝉的基本面目。北朝咏蝉，频频出现在墓志铭中，用重复而单一的方式书写着充满生命意识的蝉文化。

① 逯钦立辑校：《先秦汉魏晋南北朝诗》下册，中华书局 1983 年版，第 2276—2277 页。

② 逯钦立辑校：《先秦汉魏晋南北朝诗》中册，中华书局 1983 年版，第 1222 页。

③ 逯钦立辑校：《先秦汉魏晋南北朝诗》下册，中华书局 1983 年版，第 2672 页。

墓志铭是用在葬丧礼中的文字，“志”的部分是用叙述性的语言，记录死者姓名、籍贯、郡望、官爵、卒葬时间等生平履历，“铭”是用韵文表达哀悼及称颂之意。墓志是北方典型的文化现象，它在北朝的兴起，有时代的原因。基础条件是胡族上层的汉化，他们的文化水平颇高，能够熟练制作墓志铭文，当时邢子才、温子昇等人都是写作墓志铭的高手。深层原因则是北魏时兴的厚葬之风。北魏孝文帝迁都洛阳以前，北方长期战乱，归乡安葬是鲜卑人情感上的渴求。迁都后，为了革除鲜卑旧俗，维护统治的安定，孝文帝倡导立碑，下诏以墓碑形式刻录墓志铭作为纪念，使之“铭记见存”，以安人心。这是北朝墓志铭兴盛的直接原因。从目前出土文物来看，南朝墓志铭出土数量稀少，北朝墓志铭则大量出土，正是由南北朝时期不同的葬丧习俗引起的。①

对蝉生命意识的文学书写，在南北朝分布极为不均。据赵超《汉魏南北朝墓志汇编》记载，本时期墓志中大量书写的蝉，几乎全部分布在北朝，达 47 次之多。其中北魏 23 次、东魏 13 次、北齐 10 次、北周 1 次，呈现出逐代递减的态势。南朝墓志铭极少用蝉，《汉魏南北朝墓志汇编》仅记载有梁代两处墓志里写蝉。这种现象，说明北朝对蝉的认知重点是放在蝉的生命意识上的，其源头则可以上溯到在文字记载之前的图腾崇拜。当然，北多南少的局面，也与南北朝时期的历史现状、民族文化的传播交流有一定的关系。

蝉在北朝墓志中的出现，带有浓郁的生命意识，这种生命意识源于蝉的图腾崇拜。图腾崇拜是史前人类特定生产力发展阶段的产物，是新石器时代原始人类所依赖的物质生活条件的客观反映。渔猎经济时代，人类的

① 南朝的葬丧习俗与北朝有一定的差异。南朝因袭东晋薄葬传统，《晋书·明帝纪》中载“一遵先度，务从简约”。丧礼的法律化趋势日益严谨，刘宋中晚期至南齐对前代丧礼有了较大的变革，《通典·礼典序》载永明二年（公元 484 年）召尚书令王俭制定五礼，开创了新的葬制。后为梁陈沿袭。不过在具体的执行中，依然是厚葬和薄葬并存的局面，从孙吴到东晋再到南朝，薄葬之风是“弱—强—弱”的趋势，厚葬之风则刚好相反，是“强—弱—强”的趋势。南北朝对于立碑的政策有所不同，南朝依然承袭魏晋的禁碑令，尤其以宋、齐两朝更为严厉，梁、陈两朝较为松弛。《宋书》中几乎见不到私家立碑的记载。

生存繁衍要依靠动植物作为来源，这也就成为原始动植物图腾崇拜的客观基础。

我们要追问的是，先民为什么会选择蝉作为图腾？"图腾信仰的表现形式是多种多样的，动物成为最早且数量最多的图腾，蝉就是其中的重要的一种。蝉属于同翅目蝉科昆虫，是古老的昆虫种群，又名知了，楚谓之蜩、宋卫之间谓之螗蜩、陈郑之间谓之蜋蜩。"①"它在中国古代象征复活和永生，被人视为吉祥的象征。"②蝉长生的象征意义来源于它特殊的生命周期。从现代生物科学来看，蝉的一生是从被产于木质组织的卵开始的，若虫一孵出就钻进土中，成为幼虫以后，靠吸食多年生植物的根液生存，它们在地下泥土中生活若干年（北美洲东岸森林中的蝉幼虫可在地下生活长达 17 年之久，足见其地下生活时间之长），之后某一天，蝉蛹从地下破土而出，经历蜕壳羽化后在高枝栖息。

在古人看来，蝉是可以死而复生的昆虫，它们不仅能在地底下生存，还能钻出地表飞上高枝，这种飞天的现象，是蝉与上天神灵沟通的象征，使蝉成为可与神灵对话的灵物。古人还把入葬地下的人与蝉进行类比，将蝉在地下的生活经历视为人死后在墓葬中的生活，把蝉羽化上树飞天的行为，视为死人成仙升天的象征。在数千年以前，人类探索大自然还处于起步阶段，对于天地万物的规律是充满疑惑的。先民们只能被动地去适应身边的自然环境，接受春夏秋冬的季节轮回，承担生老病死的巨大考验，这就导致了古人对自然界诚惶诚恐的心态。虽然无法预知和把握自己的生命，但对"生"的渴望和对"死"的恐惧一直是盘踞在古人心头的症结。人们希望能够长生于这个世界，但当死亡不可避免地到来时，这种求生的渴望却显得无力与无助，长生幻想就是这时候出现的。因为蝉的存在，古人觉得在自然界找到了死而复生、羽化成仙的现实依据，这就是古人将蝉作为死而复生的信仰来源，从而形成了与生命意识息息相关的蝉文化。

① 周祖谟校笺：《方言校笺》（附索引），中华书局 1993 年版，第 68 页。

② 黎兆元著：《中国古玉与图腾崇拜文化》，汕头大学出版社 2010 年版，第 160 页。

蝉在北朝墓志中大量出现，说明它与葬丧文化有着千丝万缕的联系，这一点，我国古代的蝉形葬玉也可为之证。在尚不能用系统的语言文字来记载宇宙万物的时期，蝉与生命意识的契合关系已经出现。据考古发现，在现存的远古雕饰作品中，有大量的蝉形作品。作为较早进入人类早期雕刻史的昆虫，蝉广泛存在于玉雕之中。“内蒙古地区6000年前的红山文化就记载了古人的蝉崇拜意识，蝉作为饰玉供人佩戴，红山文化后期还出现了三蝉玉璧。”① “黄河流域距今4500—4000年的龙山文化中出土了大量有丰富意义的玉蝉，如人头蝉身玉蝉神、骑蝉飞天图腾神，生动地展现了史前古人神幻虔诚的精神世界，还有了熊蝉、蛙蝉巫的复合图腾。”② “长江流域距今4700—4400年的石家河文化有蝉形佩，作为特色玉器之一，有胖瘦之分，厚薄不一。”③ “距今5300—4200年的良渚文化时代有作为坠饰的精美玉蝉。”④ 夏、商、周到春秋战国时期的玉蝉一直绵延不断，直到出现汉代著名的汉八刀玉蝉，将玉蝉崇拜推向顶峰。

“先秦时期盛行玉崇拜，蝉是最早进入葬丧礼仪的昆虫之一，商代妇好墓中出土了三件与蝉有关的器物，分别是玉蝉、绿松石蝉蛙合体、圆雕石蝉。”⑤ 这种文化的渊源造就了后世文人对蝉所寄托的深远的长生意识。到了西周时期，玉器大致可以分为礼器、装饰玉和工具三大类，蝉又进入装饰玉中，成为古人大量佩戴祈求平安的护身符。“各类人物、动物形玉雕饰品较商代有了更大发展，不仅造型多样，包含了人物、龙凤等瑞兽以及自然界所能见到的各种禽、兽、鱼、昆虫……是西周玉器的一大特色。”⑥ 其中的昆虫有很大一部分是蝉。

从近代考古发掘的夏商周时期动物形玉饰在墓葬中的具体功能来看，蝉还被当作玉琀使用，它被放进死者的口中，以求得蝉神庇护和再生。随

① 黎兆元著：《中国古玉与图腾崇拜文化》，汕头大学出版社2010年版，第162页。
② 同上书，第161页。
③ 袁胜文著：《中国古代玉器》，南开大学出版社2012年版，第40页。
④ 同上书，第51页。
⑤ 古方著：《红粉帝国的幽梦——图说殷墟妇好墓》，重庆出版社2006年版，第84页。
⑥ 袁胜文著：《中国古代玉器》，南开大学出版社2012年版，第117页。

着道家思想的流行，人们认为蝉餐风饮露，很高洁，置于死者口中利于其早日飞升转世。因为蝉四年一次从土中钻出、蜕皮、生翅、飞于天地之间，正好似人们想象中羽化升天的过程。因此，秦汉开始流行蝉形琀，并将这种蝉形玉琀作为葬玉习俗固定下来。据南京市博物馆馆藏《南京北郊郭家山东晋墓葬发掘简报》和《南京象山5号、6号、7号墓清理简报》载，在南京发掘的郭家山二号墓和象山七号墓就出土了多件东晋早期的蝉形玉琀。

（二）蝉联：脱胎于“蝉蜕”的长生寄托

“蝉蜕”本是蝉羽化后留在树干上的蜕壳。古人认为蝉是从旧的身体里新生，蝉蜕代表旧的躯体，新的躯体脱胎于旧体，便有了全新的生命。人们以为蝉就是这样一代代靠蜕壳而不断获得重生。于是，“蝉蜕”便有了生命不死、永恒存在的典型化生象征。

“蝉蜕”放弃了原有的旧躯壳，获得全新的生命，象征着脱胎换骨的改变和提升。早在西汉时期，刘安就在《淮南子·精神训》中说：“若此人者，抱素守精，蝉蜕蛇解，游于太清，轻举独住，忽然入冥。凤凰不能与之俪，而况斥鷃乎！”[①]还有王褒在《楚辞·九怀·思忠》中“济江海兮蝉蜕，绝北梁兮永辞”[②]的记载，皆表达了对蝉之脱胎换骨的向往。《后汉书·窦融列传》载：“窦融始以豪侠为名，拔起风尘之中，以投天隙。遂蝉蜕王侯之尊，终膺卿相之位，此则徼功趣势之士也。”[③]张衡《思玄赋》载“思九土之殊风兮，从蓐收而遂徂。欻神化而蝉蜕兮，朋精粹而为徒。蹶白门而东驰兮，云台行乎中野”[④]。

“蝉蜕”代指生命的永存相续。班固在《终南山赋》中曰：“彭祖宅以蝉蜕，安期飨以延年。”[⑤]边韶的《老子铭》载“道成身化，蝉蜕渡世；自羲

---

① 赵宗乙译注：《淮南子译注》上册，黑龙江人民出版社2003年版，第343页。

② （清）严可均辑，陈延嘉、王同策、左振坤等校点主编：《全上古三代秦汉三国六朝文》第1册，河北教育出版社1997年版，第637页。

③ （南朝宋）范晔撰：《后汉书》，中华书局2007年版，第244页。

④ 同上书，第564页。

⑤ （清）严可均辑，陈延嘉、王同策、左振坤等校点主编：《全上古三代秦汉三国六朝文》第2册，河北教育出版社1997年版，第237页。

农以来，为圣者作师”[①]。陆云的《感逝》载：“岂沆滓之足弭？将蝉蜕于长生。”[②]南朝梁简文帝的《华阳陶先生墓志铭》中，有“华阳洞陶先生蝉蜕于茅山朱阳馆”[③]之句，则是对死亡的一种委婉表达，说死亡是“蝉蜕”，意在希望华阳洞陶先生能够像蝉一样，留下这具旧的躯体，飞升而获得新的生命。尽管这只是一种心灵上的安慰和对死者的祝福，但因“蝉蜕”而来的期待重生长存的愿望，依然很明显。

“蝉蜕”意味着告别过去的沉渣处境，走向新生。《史记·屈原贾生列传》曰：“其志洁，故其称物芳。其行廉，故死而不容。自疏濯淖污泥之中，蝉蜕于浊秽，以浮游尘埃之外，不获世之滋垢，皭然泥而不滓者也。”[④]东汉酷吏阳球的《奏罢鸿都文学》中有：“亦有笔不点牍，辞不辩心，假手请字，妖伪百品，莫不被蒙殊恩，蝉蜕滓浊。是以有识掩口，天下嗟叹。”[⑤]《后汉书·逸民列传》载：“彼虽硁硁有类沽名者，然而蝉蜕嚣埃之中，自致寰区之外，异夫饰智巧以逐浮利者乎！”[⑥]嵇康在《游仙诗》中曰：“蝉蜕弃秽累，结友家板桐。”[⑦]隋代《沙门不应拜俗总论》载：“今沙门高尚其事，不事王疾，蝉蜕嚣埃之中，自致寰区之外，斯逸人之流也。”[⑧]

北朝时期，蝉生命意识的文化内涵，主要是脱胎于“蝉蜕”而来的“蝉联”象征，即延续相继之意。蝉的幼虫长期生活在地下，当它变为成虫时，便爬上树，蜕掉躯壳，身躯在原来的基础上得以延伸，故称为“蝉

① （清）严可均辑，陈延嘉、王同策、左振坤等校点主编：《全上古三代秦汉三国六朝文》第2册，河北教育出版社1997年版，第596页。

② （清）严可均辑，陈延嘉、王同策、左振坤等校点主编：《全上古三代秦汉三国六朝文》第5册，河北教育出版社1997年版，第1031页。

③ （清）严可均辑，陈延嘉、王同策、左振坤等校点主编：《全上古三代秦汉三国六朝文》第7册，河北教育出版社1997年版，第144页。

④ （汉）司马迁撰：《史记》第8册，中华书局2013年版，第2994页。

⑤ （清）严可均辑，陈延嘉、王同策、左振坤等校点主编：《全上古三代秦汉三国六朝文》第2册，河北教育出版社1997年版，第657页。

⑥ （南朝宋）范晔撰：《后汉书》，中华书局2007年版，第809页。

⑦ 逯钦立辑校：《先秦汉魏晋南北朝诗》上册，中华书局1983年版，第488页。

⑧ （清）严可均辑，陈延嘉、王同策、左振坤等校点主编：《全上古三代秦汉三国六朝文》第9册，河北教育出版社1997年版，第658页。

联”，也称“蝉连”。“蝉联”一词最早出现在西晋时期，左思的《吴都赋》中载：“方志所辨，中州所羡。草则藿蒳豆蔻，姜汇非一。江蓠之属，海苔之类。纶组紫绛，食葛香茅。石帆水松，东风扶留。布濩漓皋泽，蝉联陵丘。夤缘山岳之岊，幂历江海之流。扤白蒂、衔朱蕤。郁兮茂，晔兮菲菲。光色炫晃，芬馥肸蠁。”[①]其中“蝉联”就是连续相承、绵延不断之意。

从北魏初期开始，“蝉联”广泛地出现在北朝的墓志铭中。据《汉魏南北朝墓志汇编》中记载，北魏时期墓志铭共23处写蝉，其中14处是“蝉联”的长生寄托，如：

奕奕修徽，蝉联遐胤，分琼乾芳，别华景振。(《元鉴墓志》)

曾姑元恭皇后，伉俪高宗，与国蝉联，实同申甫。(《魏北海王妃故李氏（元姜）墓志铭》)

琁根宝萼，蝉联周纪，掩暧伊川，斌发嵩峙。(《魏故贵华恭夫人（王普贤）墓志铭》)

绵绵洪族，蝉联龟组，胡以崇敬，渊汉于穆。(《魏故使持节征虏将军都督岐州诸军事岐州刺史孙（标）公墓志铭》)

冠盖蝉联，龟组相望，鸣笳出塞，作牧朔方。(《魏故朔州刺史华阴伯杨（泰）君墓志铭》)

琁源沓蔼，宝系蝉联。(《魏故使持节侍中都督中外诸军事司空公领雍州刺史文宪元（晖）公墓志铭》)

君文沦皇源，蝉绵国绪，少秀玉山之姿，早澹金泉之量。(《大魏平南府功曹参军元（茂）君墓志铭》)

握纪代兴，蝉联明睿，应韩大启，本枝百世。(《魏故青州刺史元（暐）敬公之墓志铭》)

汉大将军恂以河内光祚，蝉联修映。(《魏故使持节卫将军荆河雍四州刺史七兵尚书寇（治）使君之墓志》)

① （清）严可均辑，陈延嘉、王同策、左振坤等校点主编：《全上古三代秦汉三国六朝文》第4册，河北教育出版社1997年版，第769页。

蝉联瓜瓞之绪，眇邈瑶水之原，固已炳发河书，昭明玉版，于兹可得而略也。（《使持节侍中司徒公都督雍华岐三州诸军事车骑大将军雍州刺史章武庄武王（元融）墓志铭》）

开源命氏之由，肇基荣宦之序，鸿勋济世之功，蝉联叠耀之美，实史籍之所载，固不附详录焉。（《魏故假节征虏将军岐州刺史富平伯于（纂）君墓志铭》）

车骑炳蔚，龟组蝉联，于穆昭仪，资神懋族。（《魏故胡（明相）昭仪墓志铭》）

公资灵川岳，籍气风烟，浥河汉之沧浪，蒂玄圃之蓊蔚，既昭灼于芳鲤，亦蝉联于胎教。（《魏故散骑常侍抚军将军金紫光禄大夫仪同三司车骑大将军司空公光兖雍三州刺史元（瞻）公墓志铭》）

冠冕蝉连，英贤世济，故已传诸史策，不复详焉。（《魏故使持节都督河凉二州诸军事卫大将军河州刺史宁国伯乞伏（宝）君墓志》）①

其余各处的北魏时期墓志铭写蝉，则是取其象征的官阶、高洁、富贵之意，如写蝉冕的“俄然闺闼，仪形蝉冕，朝议以缃素纷芜，文篆淆杂，司藉广内，事归儒雅”②（《侍中尚书令太保使持节都督冀相殷三州诸军事大将军冀州刺史司空穆（绍）公墓志铭》）。写“清蝉”之意的“委他在公，便繁左右，鸣佩垂腰，清蝉加首”③（《魏故使持节车骑大将军仪同三司雍州刺史元（固）公墓志铭》）。

随着时间的推移，蝉进入墓志铭的数量逐渐减少，东魏时期相比北魏数量几乎减半，仅为13次，其中“蝉联”出现8次，所占比例略高于北魏时期，分别是：

奕叶簪裾，蝉联圭组，规矩重叠，代有人焉。（《大魏故信都

---

① 赵超著：《汉魏南北朝墓志汇编》，天津古籍出版社2008年版，第51、65、70—71、101—102、110、163、176、198、205、208、210、227、304页。

② 赵超著：《汉魏南北朝墓志汇编》，天津古籍出版社2008年版，第283页。

③ 同上书，第211页。

县令张君墓志铭》)

邈绪蝉联，远奚绵苌，弈叶载德，踵世传芳。(《王僧墓志铭》)

至如苴茅锡土，分命司邦，信以弈叶传徽，蝉联终古。(《有魏使持节冠军将军济州刺史崔（鹔）使君墓志铭》)

自豢龙启胄，赤乌降祥，磐石相连，犬牙交错，长原远叶，繁衍不穷，斧衣朱绂，蝉联弈世。(《魏故使持节侍中骠骑大将军太保太尉公录尚书事都督冀定瀛殷并凉汾晋建郏肆十一州诸军事冀州刺史郏肆二州大中正第一酋长敷城县开国公刘（懿）君墓志铭》)

轩冕楼叶，衡佩蝉联，克诞淑令，秉心塞渊。(《毕脩密墓志铭》)

繁衍不穷，蝉联相继，九畹滋兰，百亩树蕙。(《魏故使持节假黄钺侍中太傅大司马尚书令定州刺史广阳文献王（元湛）铭》)

羽仪世载，冠冕蝉联，功勒钟鼎，声被管弦。(《魏故假黄钺太傅大司马广阳文献王妃（王令媛）墓志铭》)

导源姜水，构趾嵩山，大风之后，弈叶蝉联。(《魏故使持节侍中司徒公都督雍华岐并扬青五州诸军事车骑大将军雍州刺史章武王妃卢（贵兰）墓志铭》)①

与此同时，南朝梁的墓志铭中也开始出现“蝉联”，在《汉魏南北朝墓志汇编》中记载的两处是：“蝉联写丹，清越而长。”“奄蔼世猷，蝉联余庆。”②另外，值得注意的是，南朝梁简文帝所作两篇墓志铭中，也写到了蝉，不过分别取意于“蝉蜕”的登仙愿望和“蝉轻露润”之美好品质，其一是《华阳陶先生墓志铭》，载：“维大同二年，龙集景辰，克明三月壬寅朔十二日癸丑巳时，华阳洞陶先生蝉蜕于茅山朱阳馆。”③其二是《太子舍人萧特墓志铭》，载：“威凤五色，朝阳千仞；孙枝发响，将雏流韵。馥哉

---

① 赵超著：《汉魏南北朝墓志汇编》，天津古籍出版社2008年版，第314、318、320、336、347、357、358、371页。

② 同上书，第25、27页。

③ （清）严可均辑，陈延嘉、王同策、左振坤等校点主编：《全上古三代秦汉三国六朝文》第7册，河北教育出版社1997年版，第144页。

若兰，颂矣怀熊！瑾既诞子，恒乃欢胤。银钩之巧，重世遹隽；况此临池，蝉轻露润。丹旐轻飞，哀歌徐引；垅水春帷，山云晚阵。”①

从南北朝墓志铭文的书写情况来看，北朝明显优于南朝。因为北朝不仅在数量上占有绝对优势，且内容上精于锤炼，行文既有实用价值，又不乏张扬的语言铺采。相比之下，南朝墓志铭文便相形见绌了。

北齐取代东魏统治之后，蝉的长生意象在墓志铭中的书写发生了变化。据《汉魏南北朝墓志汇编》记载，北齐时期，墓志铭中写蝉的地方共10处，其中仅有三处取意于“蝉联”，即：《魏世俊妻车延晖铭记》中的“蝉连邦邑，家庆繁衍，或公或侯，唯愿与善”②，《齐故库狄氏武始郡君斛律（昭南）夫人墓志铭》中的“赐姓命氏，与日月而俱悬；冠冕蝉联，共沧波而并注”③，以及《公讳子绘（封子绘）墓志》中的“丹青奄映，篆素蝉联，两河无绝，三古相传”④。这一时期，“蝉冕”“清蝉”之意成为墓志铭中的常见字眼，如：

天居克静，王道载平，禁旅攸托，蝉冕加荣。入当九棘，出应万里。（《公讳建（高建）墓志》）

虽金张蝉冕之盛，杨袁轩旆之隆，方之也未足云譬，比之也讵是其俦。（《尒朱元静墓志》）

文剑横要，清蝉曜首，赤墀俟而增映，翠帐伫以生光。（《齐故乐陵王（高百年）墓志铭》）

丰貂右插，清蝉高映，既光侍从之仪，又兼敷奏之敏。（《公讳子绘（封子绘）墓志》）⑤

北周时期的墓志铭中仅一处写蝉，即《魏故汝北郡中正寇胤哲君墓志》

① （清）严可均辑，陈延嘉、王同策、左振坤等校点主编：《全上古三代秦汉三国六朝文》第7册，河北教育出版社1997年版，第145页。

② 赵超著：《汉魏南北朝墓志汇编》，天津古籍出版社2008年版，第403页。

③ 同上书，第414页。

④ 同上书，第425页。

⑤ 同上书，第401、418、420、423页。

所载："君资荫豪华，蝉连冠冕，氏系之由，故可略言。"① 表达对故人生前佑于祖上荣光，生活豪华，世代"蝉连冠冕"的回顾，也是希望其后辈能够有享用不尽的荣华富贵。

总的来看，自孝文帝迁都以来，北朝的墓志铭与写蝉的数量变化，经历了从多到少的过程，这与北朝各代时间的长短有关，也与各朝代留下来的篇数有关，总篇数多的朝代，写蝉的总数一般较多。但对于蝉在墓志铭中的使用习惯，有其自身的规律。在"蝉蜕"的生命意识广为流传以后，北魏注重"蝉联"的运用，比附绵延不断的美好，延续长生的寄托。东魏时期沿袭此观念。到北齐时期，蝉在绵延福泽愿望的基础上，高洁、官运亨通、清远等新的寄托被用在墓志铭中，形成了"蝉联"、"蝉冕"和"清蝉"等意义交错的状态。与北齐并列的北周，仅一处提及蝉联，意同上。得益于"蝉"等包含丰富意蕴的文学语言，文中的溢美之词、委婉的描绘、悲哀伤感的情绪，让北朝墓志铭富有文采，甚至拥有了散文般的艺术美感，留住了北朝丰富的历史文化印记。

第五节　汉魏六朝写蝉的文学贡献

一、增加了蝉的文化内涵

（一）承载儒家"五德"的寄托

与先秦相比，汉魏晋对蝉象征时节的描绘大幅减少，说明咏蝉作品的重心正在发生转变，先秦重视其时节特征的书写习惯已退居从属地位，取而代之的是由蝉而引发的人生思考和社会反思。这种转变，是以蝉"高洁"的象征意义为中心来进行的。

蝉代表高洁的象征意义，在汉魏晋时期得到空前的强化，尤其是在陆

① 赵超著：《汉魏南北朝墓志汇编》，天津古籍出版社 2008 年版，第 489 页。

云托物言志的《寒蝉赋》中得以集中呈现。《寒蝉赋》"序言蝉外有仪容，内有五德，君子法之，可以立身事君。然蝉缘木凄鸣，于侨居异乡的诗人之心戚戚焉，故作此赋"①。此赋序云："昔人称鸡有五德，而作者赋焉。至于寒蝉，才齐其美，独未之思，而莫斯述。夫头上有緌，则其文也。含气饮露，则其清也。黍稷不食，则其廉也。处不巢居，则其俭也。应候守节，则其信也。加以冠冕，则其容也。君子则其操，可以事君，可以立身，岂非至德之虫哉！且攀木寒鸣，贫士所叹，余昔侨处，切有感焉，兴赋云尔。"赋曰：

伊寒蝉之感运，近嘉时以游征。含二仪之和气，禀乾元之清灵。体贞精之淑质，吐哰嘈之哀声。希庆云以优游，遁太阴以自宁。

于是灵岳幽峻，长林参差。爰蝉集止，轻羽涉池。清澈微激，德音孔嘉。承南风以轩景，附高松之二华。黍稷惟馨而匪享，竦身希阳乎灵和。唳乎其音，翩乎其翔。容丽蜩螗，声美宫商。飘如飞焱之遭惊风，眇若轻云之丽太阳。华灵凤之羽仪，睹皇都乎上京。跨天路于万里，岂苍蝇之寻常？

尔乃振修緌以表首，舒轻翅以迅翰。挹朝华之坠露，含烟煴以夕餐。望北林以鸾飞，集樛木以龙蟠。彰渊信于严时，禀清诚乎自然。翩眇微妙，绵蛮其形。翔林附木，一枝不盈。岂黄鸟之敢希，唯鸿毛其犹轻。凭绿叶之馀光，哀秋华之方零。思凤居以翘竦，仰伫立而哀鸣。

若夫岁聿云暮，上天其凉，感运悲声，贫士含伤；或歌我行永久，或咏之子无裳。原思叹于蓬室，孤竹吟于首阳。不衔子以秽身，不勤身以营巢。志高于鸤鸠，节妙乎鸱鸮。附枯枝以永处，何琼林之迥脩。惟雨雪之霏霏，哀北风之飘飘。既乃雕以金采，图我嘉容。珍景曜烂，暐晔华丰。奇侔黼黻，艳比衮龙。清和明洁，群动希踪。

① （晋）陆云著，刘运好校注：《陆士龙文集校注》上册，凤凰出版社2010年版，第182页。

尔乃缀以玄冕，增成首饰。缨蕤翩纷，九流容翼。映华虫于朱衮，表馨香乎明德。于是公侯常伯，乃纡紫黻，执龙渊，俯鸣佩玉，仰抚貂蝉。饰黄庐之多士，光帝皇之侍人。既腾仪像于云闼，望景曜乎通天。迈休声之五德，岂鸣鸡之独珍。聊振思于翰藻，阐令问以长存。

于是贫居之士，喟尔相与而俱叹曰：寒蝉哀鸣，其声也悲。四时云暮，临河徘徊。感北门之忧殷，叹卒岁之无衣。望泰清之巍峨，思希光而无阶。简嘉踪于皇心，冠神景乎紫微。咏清风以慷慨，发哀歌以慰怀。①

太安元年（永宁二年），即公元302年，“陆云四十岁，外任，愁思转多，欲作十篇许小赋以忘忧”②，《寒蝉赋》即作于此时。《寒蝉赋》写蝉，实为自况。序言及自身“侨处”，含有自己的流离之感，因而抒发迁逝之悲。正文以蝉为线索，以蝉之“德”为核心，展开描述与议论。言“蝉之德”是“文、清、廉、俭、信”，“其五德之美，推己及人之情怀，思琼林而不得之哀鸣，正是作者自我人生的写照”③。这“五德”是君子所追求效仿的境界。陆云笔下的“蝉之悲”借咏蝉歌颂贫士的美好品质，从蝉之哀鸣写到贫士的伤怀。将蝉天生高贵、品格高洁、姿势轻盈、高瞻远瞩且淡泊名利、所求无多的品质与贫士含伤的情感相提并论，使其感运悲声的内涵格外生动与深刻，成为隐士固守穷节的写照。在对“蝉之用”的叙述中，陆云抒发自己的感慨，志存高远而不得其志，从而产生王业艰难之感。最后以困顿之叹结尾，表明了作者意隐于言外，欲言又止，进退两难的矛盾心态，留下了富有余韵的文学审美空间。

蝉的高洁品质在西晋时期得到强化，得益于陆云对它“文、清、廉、俭、信”这“五德”的归纳。尔后，在南北朝时期的咏蝉诗文中，几乎都是在“五德”的范围内进行阐发的。例如，颜延之的《寒蝉赋》曰：

① （晋）陆云著，刘运好校注：《陆士龙文集校注》上册，凤凰出版社2010年版，第183页。

② 俞士玲著：《陆机陆云年谱》，人民文学出版社2009年版，第249页。

③ （晋）陆云著，刘运好校注：《陆士龙文集校注》上册，凤凰出版社2010年版，第182页。

始萧瑟以攒吟，终婵媛而孤引。越客发度障之歌，代马怀首燕之信。不假绥于范冠，岂镂体于人爵。折清飚而不沦，团高木以飘落。餐霞之气，神驭乎九仙。禀露之清，气精于八蝉。①

颜延之咏寒蝉与他自身的经历有直接关联。据杨晓斌《颜延之出为始安太守始末考》的考证来看，《寒蝉赋》应该作于他在家乡隐居的那一年，即元嘉二年（公元 425 年）的秋冬之际。这是颜延之一生中的第三次离都，与前两次初登仕途、意气风发的短期出使不同，这一次他是由于党附刘义真，并得少帝亲信，引起权臣忌恨，最终成为废立事件的牺牲品，被外放遥郡。

此时的颜延之远在千里之外，思念家乡与亲人，这种思乡的愁绪在废立动乱之时更加浓重。在蝉鸣萧瑟的秋冬之际，他以寒蝉自比，抒发内心高洁的情怀和浓浓的怀乡之情。首句的基调是在寒秋背景下设定的，秋风萧瑟中的蝉，在天凉时孤独地坚持鸣叫，而自己则是因为耿直发声而被牵连，孤身一人离都远行。虽然人已经离开都城，但是心还萦绕在那里，“越客发度障之歌，代马怀首燕之信”足以表达自己的忠诚与信仰，借越客和代马之思乡自喻。“不假绥于范冠，岂镂体于人爵”一句说蝉的外观美好，同时也指自己的才华出众，文质彬彬，可惜遭遇险恶的环境而备受打击，像蝉一样“折清飚而不沦，团高木以飘落”，虽坚守“清”“廉”之“不沦”的理想，却因栖高枝而飘落的命运。即便如此，颜延之依然深情地赞扬了蝉“餐霞之气，神驭乎九仙。禀露之清，气精于八蝉”的高洁内质，“五德”的内涵基本都有涉及。

南朝梁时期，范云的《咏早蝉诗》云：“生随春冰薄，质与秋尘轻。端绥挹霄液，飞音承露清。”② 重在书写早蝉饮露而“清”的品质，是对蝉细腻而贴切的描述。褚沄的《赋得蝉诗》云：“避雀芳枝里，飞空华殿曲。天寒响屡嘶，日暮声愈促。繁吟如欲尽，长韵还相续。饮露非表清，轻身易知

① （清）严可均辑，陈延嘉、王同策、左振坤等校点主编：《全上古三代秦汉三国六朝文》第 6 册，河北教育出版社 1997 年版，第 348 页。

② 逯钦立辑校：《先秦汉魏晋南北朝诗》中册，中华书局 1983 年版，第 1552 页。

足。”[①] 刻画了蝉“清”“廉”的品质，面对危机和寒天，自知自足，淡定地保持常鸣的姿态。南朝陈代刘删的《咏蝉诗》则凸显蝉的“文”质与“清”高：“声流上林苑，影入守臣冠。得饮玄天露，何辞高柳寒。”[②] 诗中“影入守臣冠”指蝉冕，是蝉代表文士官员的标志。蝉的“清”在于饮露而生，不惧怕高高的柳枝和寒风的到来。隋王由礼的《赋得高柳鸣蝉诗》云：“园柳吟凉久，嘶蝉应序惊。露下緌恒湿，风高翅转轻。叶疏飞更迥，秋深响自清。何言枝里翳，遂入蔡琴声。”[③] 也是叙述蝉之“清”的品质。

（二）延伸文化生活的触角

与先秦时期单纯注重对蝉的外观进行描绘不一样，汉魏晋时期，对蝉外部特征的书写描摹逐渐淡化，文人们不再拘泥于对蝉形状的直观刻画，而是赋予了蝉更多富有文化生活气息的含义。汉魏晋时期，貂蝉、蝉冕成为高官的代名词。西晋崔豹《古今注·舆服》载：

> 貂蝉，胡服也。貂者，取其有文采而不炳焕，外柔易而内刚劲也。蝉，取其清虚识变也。在位者有文而不自耀，有武而不示人，清虚自牧，识时而动也。[④]

貂蝉之服，取意于蝉的文化含义，并将其运用在衣物装饰上，象征清虚识变的处世态度。蝉还用以象征官员品阶，即“蝉冕”。汉代侍从官所戴的冠就是蝉冕，上有蝉饰，并插貂尾，故亦称貂蝉冠。貂蝉在汉魏晋时期运用广泛，汉代刘歆著、东晋葛洪辑抄的《西京杂记》载：

> 公孙宏起家徒步，为丞相。故人高贺从之。宏食以脱粟饭，覆以布被。贺怨曰：“何用故人富贵为？脱粟布被，我自有之。”宏大惭，贺告人曰：“公孙宏内服貂蝉，外衣麻枲，内厨五鼎，外膳一肴，岂可以示天下？”于是朝廷疑其矫焉。宏叹曰：“宁逢恶

① 逯钦立辑校：《先秦汉魏晋南北朝诗》下册，中华书局 1983 年版，第 2023 页。

② 同上书，第 2548 页。

③ 同上书，第 2729 页。

④ 王根林、黄益元、曹光甫校点：《汉魏六朝笔记小说大观》，上海古籍出版社 1999 年版，第 235 页。

宾，不逢故人。”①

文中记载这位姓贺的故人，对外宣称公孙宏表里不一，里面穿着高贵无比的貂蝉纹饰的华美衣物，外面却用粗麻布衣服遮掩，在家吃饭极为奢华，外出就故意只吃一种食物。“貂蝉”喻华服，有光明显贵之意。孙楚的《会王侍中座上诗》载：“显允君子，时惟英邵。玄貂左移，华蝉增曜。”②“华蝉”能够“增曜”，象征显赫。陆云的《大安二年夏四月大将军出祖王羊二公于城南堂皇被命作此诗六章》也有“华蝉引领，遗思北京”③的描绘。张协在《咏史》中感叹：“清风激万代，名与天壤俱。咄此蝉冕客，君绅宜见书。”④

蝉鬓在此时期有了文献记载，逐渐成为美人的代称。西晋崔豹的《古今注·杂注》载：

魏文帝宫人绝所爱者，有莫琼树、薛夜来、田尚衣、段巧笑四人，日夕在侧。琼树乃制蝉鬓，缥缈如蝉，故曰蝉鬓。巧笑始以锦衣丝履作紫粉拂面，尚衣能歌舞，夜来善为衣裳，一时冠绝。⑤

这是后世风行的“蝉鬓”的来源，指女子将鬓角的头发梳理得平整、有型，使头部两侧的秀发就像蝉延展开来的翅膀一样，轻盈飘逸且极富光泽。从先秦时期以“螓首蛾眉”形容美人的首额之美，到汉魏晋时期细化到女子的发型之美，蝉进一步扮演了美人鬓的重要角色，成为社会文化生活的一部分。

在汉魏晋蝉文学延伸到文化生活的影响下，南朝梁元帝在《登颜园故阁》诗中曰：“妆成理蝉鬓，笑罢敛蛾眉。”⑥以此形容年轻女子的万千仪态。

---

① 王根林、黄益元、曹光甫校点：《汉魏六朝笔记小说大观》，上海古籍出版社1999年版，第87页。

② 逯钦立辑校：《先秦汉魏晋南北朝诗》上册，中华书局1983年版，第599页。

③ 同上书，第700页。

④ 同上书，第744—745页。

⑤ 王根林、黄益元、曹光甫校点：《汉魏六朝笔记小说大观》，上海古籍出版社1999年版，第247页。

⑥ 逯钦立辑校：《先秦汉魏晋南北朝诗》下册，中华书局1983年版，第2038页。

沈满愿的《王昭君叹二首》写昭君不愿出钱贿赂画师，没有“千金买蝉鬓，百万写蛾眉”[①]从而遭到冷遇。薛道衡的《昭君辞》也写到昭君曾被画师“下笔毁容”的厄运：“不蒙女史进，更失画师情。蛾眉非本质，蝉鬓改真形。”[②]画师因为一己之私，索贿未得逞，就故意丑化昭君，把她原本漂亮的蛾眉和蝉鬓都画得面目全非，甚至还加了一颗大黑痣在她脸上，让她无缘皇帝的青睐。魏晋后，“蝉鬓”的这层意义被固定下来，并逐渐成为以发型之美代指年轻貌美的专用词。

二、拓宽了艺术搭配的领域

蝉在文学作品中除了单独出现之外，还常和其他动植物搭配出现，组合成新的意境，这种“混搭”的风格，形成了有别于单一书写的动人画面，达到了相得益彰的艺术效果。《古诗十九首》之七即如此，诗云：

明月皎夜光，促织鸣东壁。玉衡指孟冬，众星何历历。白露沾野草，时节忽复易。秋蝉鸣树间，玄鸟逝安适。昔我同门友，高举振六翮。不念携手好，弃我如遗迹。南箕北有斗，牵牛不负轭。良无盘石固，虚名复何益。[③]

诗中的促织、野草、秋蝉、玄鸟等象征秋季的动植物，将诗中的情感抒发，置于悲凉的环境之中，极易打动人心。陆机的《拟明月皎夜光诗》中也是如此：

岁暮凉风发，昊天肃明明。招摇西北指，天汉东南倾。朗月照闲房，蟋蟀吟户庭。翻翻归雁集，嘒嘒寒蝉鸣。畴昔同宴友，翰飞戾高冥。服美改声听，居愉遗旧情。织女无机杼，大梁不架楹。[④]

蟋蟀在户庭间的吟唱、归雁翻翻之声貌、寒蝉嘒嘒的哀鸣，形成了夜间月下的独特风景，作者从眼前之景、耳畔之声，联想到友人、旧情，发

① 逯钦立辑校：《先秦汉魏晋南北朝诗》下册，中华书局1983年版，第2132—2133页。

② 同上书，第2680—2681页。

③ 逯钦立辑校：《先秦汉魏晋南北朝诗》上册，中华书局1983年版，第330页。

④ 同上书，第689页。

出了在“岁暮凉风发”时的深沉感慨。

蝉与多种动植物的混搭、叠加使用，能体现丰富的情感。如江逌的《咏秋诗》曰：“祝融解炎辔，蓐收起凉驾。高风催节变，凝露督物化。长林悲素秋，茂草思朱夏。鸣雁薄云领，蟋蟀吟深榭。寒蝉向夕号，惊飙激中夜。感物增人怀，凄然无欣暇。”① 全面刻画了秋景中的各种特征，鸣雁、蟋蟀、寒蝉，悲情层层加深，不同的哀鸣之声，汇合成了一曲凄然的感物之歌。江总的《宛转歌》是不同昆虫和物象的声情写照：“不怨前阶促织鸣，偏愁别路捣衣声。别燕差池自有返，离蝉寂寞讵含情。”② 从阶前的“促织鸣”之声，到别路途中的“捣衣声”，再到“别燕”和“离蝉”，处处切合了离别的愁绪。

（一）蝉与鸟类的和鸣

与蝉一起出现在诗中最多的鸟类是雁。雁又叫鸿，是体型较大的鸟类，喜欢群居，在淡水区域活动和觅食。它们有长距离迁徙的习性，秋冬季南飞越冬，夏季北飞到北方繁殖，飞行时呈“一字形”或“人字形”的有序队列。

蝉是以鸣声为主要特征的，而雁在飞行或遇险时，也会发出响亮而急促的鸣声，两者的声音有响亮的共性。但因距离的远近不同，有蝉鸣近而雁鸣远的区别。傅玄的《杂诗三首》载：

> 志士惜日短，愁人知夜长。摄衣步前庭，仰观南雁翔。玄景随形运，流响归空房。清风何飘遥，微月出西方。繁星衣青天，列宿自成行。蝉鸣高树间，野鸟号东厢。纤云时仿佛，渥露沾我裳。良时无停景，北斗忽低昂。常恐寒节至，凝气结为霜。落叶随风摧，一绝如流光。③

南飞的雁是要仰观才能见到的，雁群投射的玄影，随飞行姿态而改变，高远的雁鸣响彻云霄。而蝉的鸣叫在固定的树上，蝉声与野鸟的夜间鸣叫，

① 逯钦立辑校：《先秦汉魏晋南北朝诗》中册，中华书局 1983 年版，第 879 页。

② 逯钦立辑校：《先秦汉魏晋南北朝诗》下册，中华书局 1983 年版，第 2575 页。

③ 逯钦立辑校：《先秦汉魏晋南北朝诗》上册，中华书局 1983 年版，第 569—570 页。

增添了秋夜肃穆的意味。张正见的《赋得秋蝉喝柳应衡阳王教诗》集中书写了蝉与雁的声形特征，作为秋季的应和之诗：

秋雁写遥天，园柳集惊蝉。竞噪长枝里，争飞落木前。风高知响急，树近觉声连。长杨流喝尽，讵识蔡邕弦。①

秋雁在长空飞过，就如同在蔚蓝天幕上书写的“人”字，园中柳树被风吹动，惊起了栖居其上的蝉，一时间蝉噪连天，繁杂热闹。“风高知响急，树近觉声连”形象地描绘了蝉声在风中传送的“急切”之感，而当人走近时，却又觉得树上的蝉声一直连绵，到处都是蝉声萦绕的情景。

蝉入夏而鸣，起初鸣声清亮，到秋冬则声嘶力竭，因此，秋蝉之鸣往往形容季节转冷。而迁徙中的雁，也常被视为季节变化的先兆。这个相似的季节特性，使蝉和雁成为秋季的典型意象。陶渊明的《己酉岁九月九日诗》载：

靡靡秋已夕，凄凄风露交。蔓草不复荣，园木空自凋。清气澄余滓，杳然天界高。哀蝉无留响，丛雁鸣云霄。万化相寻绎，人生岂不劳。从古皆有没，念之中心焦。何以称我情，浊酒且自陶。千载非所知，聊以永今朝。②

这首诗的首句点明了秋天的季节特征，天冷草木凋衰，可怜的蝉连哀鸣的声音都消亡了。北雁南飞，“丛雁”既写出了雁群数量之多，也形象地写出了飞行时的“人字形”队列特征。作者在九九重阳节里感慨人生，以蝉和雁的声形特征，应时而发，抒发内心浓重的时岁之焦。江总在《赠洗马袁朗别诗》中有“池寒稍下雁，木落久无蝉”③之句，雁因寒而南飞越冬，蝉因天凉树叶凋零早已消逝，在蝉和雁纷纷离去的季节，告别友人的离愁别绪就显得更为伤感。

此外，以蝉与雁来构成秋季特有意境的还有以下诗句：

---

① 逯钦立辑校：《先秦汉魏晋南北朝诗》下册，中华书局1983年版，第2497页。

② 逯钦立辑校：《先秦汉魏晋南北朝诗》中册，中华书局1983年版，第996页。

③ 逯钦立辑校：《先秦汉魏晋南北朝诗》下册，中华书局1983年版，第2580页。

萧瑟含风蝉，寥唳度云雁。①（谢惠连《秋怀诗》）

秋风起兮寒雁归，寒蝉鸣兮秋草腓。②（梁元帝萧绎《秋辞》）

上林宾早雁，长杨唱晚蝉。③（张正见《御幸乐游苑侍宴》）

风度蝉声远，云开雁路长。④（王胄《雨晴诗》）

林蝉疏欲尽，江雁断还飞。⑤（虞世基《在南接北使诗》）

蝉与其他鸟类的组合，常用二者初鸣的特征，象征夏季的来临。清商曲辞《夏歌二十首》中就有“林鹊改初调，林中夏蝉鸣”⑥的描写，林中的鸟鹊在夏天声音变得清亮，蝉在天气炎热时开始鸣叫，显示出浓郁而热烈的夏季特征。梁简文帝萧纲也有《听早蝉诗》：

草歇鶗鸣初，蝉思花落后。乍饮三危露，时荫五官柳。庄书哂鹏翼，卫赋宜螓首。桂树可淹留，匆谓山中久。⑦

诗歌侧重通过对早蝉之声的描绘，而引发惜时的感慨。“鶗鸣”就是鶗鴂的鸣叫，即杜鹃鸟初夏始鸣的样子。春天的百花逐渐随着气温升高而凋谢，树叶渐密，蝉便出现在花落叶茂的枝头。早蝉的鸣叫引起了作者的遐思，从餐风饮露的习性、象征官阶的蝉冕，到庄子笑话蝉短视而飞不高的故事、《诗经》里盛赞美人的蝉额，末句回到现实中来，以“匆谓山中久”作结，点出对时光流逝的思考。

蝉与鸟也经常被用来形容秋季的景象，谢灵运在《燕歌行》里写“秋蝉噪柳燕辞楹”，⑧一句之内有声又有形，信息量饱满，秋天的蝉在柳枝上叫唤得频繁，燕子离巢飞走了，随之而来的便是满眼秋色的到来。江总的《侍宴瑶泉殿诗》里有“雀惊疑欲曙，蝉噪似含凉”⑨的描写，从凌晨的雀声

---

① 逯钦立辑校：《先秦汉魏晋南北朝诗》中册，中华书局 1983 年版，第 1194 页。
② 逯钦立辑校：《先秦汉魏晋南北朝诗》下册，中华书局 1983 年版，第 2060 页。
③ 同上书，第 2485 页。
④ 同上书，第 2702 页。
⑤ 同上书，第 2713 页。
⑥ 逯钦立辑校：《先秦汉魏晋南北朝诗》中册，中华书局 1983 年版，第 1045 页。
⑦ 逯钦立辑校：《先秦汉魏晋南北朝诗》下册，中华书局 1983 年版，第 1961 页。
⑧ 逯钦立辑校：《先秦汉魏晋南北朝诗》中册，中华书局 1983 年版，第 1151 页。
⑨ 逯钦立辑校：《先秦汉魏晋南北朝诗》下册，中华书局 1983 年版，第 2589 页。

中惊醒，以为天将破晓，从蝉鸣声中，听出了秋的寒凉。

蝉与鸟的组合，还被用来抒发秋季深重的离愁别绪。王粲《从军诗五首》载："寒蝉在树鸣，鹳鹄摩天游。客子多悲伤，泪下不可收。"①一动一静的鸣叫呼应，寒蝉孤零零地在树上哀鸣，鹳鹄在天上游荡而不得归，这种景象，怎不让"客子"泪如雨下。曹植的《赠白马王彪诗七章》中以"寒蝉鸣我侧""归鸟赴乔林""孤兽走索群"②来抒发苦闷别情。朱超的《别席中兵诗》则描绘了"急风乱还鸟，轻寒静暮蝉"③的怅然画面。

（二）蝉与禽鱼的互补

蝉与禽类在同一篇作品中搭配出现，一般是取二者的某种相似之处，来达到互相映衬、对照和深化情感表达的作用。鲍照在《代别鹤操》中描绘了蝉和鹿鸣叫的意境，诗曰："有愿而不遂，无怨以生离。鹿鸣在深草，蝉鸣隐高枝。心自有所存，旁人那得知。"④诗中描写鹿躲在草地深处叫唤，蝉躲在树枝密叶中鸣叫，选用二者只闻其声而不见其形的相同点，表达自己内心有坚守的信念，而不在乎旁人是否知道。

猿啼也是常见的表示声情的意象，徐陵在《山池应令诗》中有"猿啼知谷晚，蝉咽觉山秋"⑤的对照描写，猿啼是猿猴的叫声，类似婴儿的哭声，因此常被用来抒发悲伤的情感。景皆因情而变，猿啼和蝉咽在这里有明显的情感指向，都是写悲哀之情。"知谷晚""山秋"分别交代了猿啼、蝉咽的时间和地点，在秋季晚上的山谷中，传来一声声悲哀的猿猴哭泣声，寒蝉凄切的鸣咽，让人倍觉生命的流逝不可逆转，两种在晚上让人觉得伤悲的声音相叠加，顿时就显出了意境言情的效果。

蝉和鱼的搭配看似不相关，实际上却一点都不违和。树上的鸣蝉和水中的游鱼相映成趣，形成一种极为生动、有声有形的艺术境界。例如梁简

① 逯钦立辑校：《先秦汉魏晋南北朝诗》上册，中华书局 1983 年版，第 362—363 页。
② 同上书，第 453 页。
③ 逯钦立辑校：《先秦汉魏晋南北朝诗》下册，中华书局 1983 年版，第 2093 页。
④ 逯钦立辑校：《先秦汉魏晋南北朝诗》中册，中华书局 1983 年版，第 1262 页。
⑤ 逯钦立辑校：《先秦汉魏晋南北朝诗》下册，中华书局 1983 年版，第 2531 页。

文帝萧纲在《纳凉诗》中写池边树旁纳凉的情形，用蝉和鱼的组合意象勾勒出生动的夏夜之景：

斜日晚瑷瑷，池塘生半阴。避暑高梧侧，轻风时入襟。落花还就影，惊蝉乍失林。游鱼吹水沫，神蔡上荷心。翠竹垂秋采，丹枣映疏砧。无劳夜游曲，寄此托微吟。①

前几句对纳凉大环境进行了描绘：西边斜落的夕阳，阴凉感逐渐扩散在池塘的水面。静谧而安宁的气氛里，一阵轻风吹过，洒下几片花瓣飘过的花影。这时候突然响起一声蝉的惊叫，打破了这份静止的意境，鱼儿从水底浮上来，吐出一连串泡泡。神蔡就是大龟，爬上了宽阔的荷叶，再加上苍翠的竹林和枣树，作者将纳凉时的所见所闻有层次地展示出来。蝉声里的鱼和龟，为这幅画面营造了和谐的美感。他还有一首《和藉田诗》曰："三春润蓂荚，七月待鸣蝉。鳐鱼显嘉瑞，铜雀应丰年。"② 也是在季节描绘中，将蝉声与鳐鱼、铜雀并举，突出了嘉瑞、丰年的吉祥愿景。

蝉意象和鱼意象是构成园林池景的好搭档。庾信有《咏画屏风诗二十五首》，其中有一首对蝉和鱼的刻画极为跳跃：

今朝好风日，园苑足芳菲。竹动蝉争散，莲摇鱼暂飞。面红新著酒，风晚细吹衣。跂石多时望，莲船始复归。③

诗中描写的是在一幅园苑芳菲的景致中，有一个因为"新著酒"而脸红，酒后跂石而望、等待采莲归人的形象，"竹动蝉争散，莲摇鱼暂飞"是形成诗歌意境的关键部分，傍晚风起时分，竹叶轻摇，受惊的蝉争相飞起，莲花被风摇动，惊起水中鱼儿四散逃开，尤其是在"蝉飞、鱼散"的形容时，作者刻意互换，写成了"蝉散、鱼飞"，在令人初觉错愕的时候，又马上感觉到那种极为相似的韵味和趣味。陈后主叔宝的《七夕宴玄圃各赋五韵诗座》载："丝调听鱼出，吹响间蝉声。"④ 将蝉和鱼进行拟人化的描写，

① 逯钦立辑校：《先秦汉魏晋南北朝诗》下册，中华书局 1983 年版，第 1946 页。

② 同上书，第 1943 页。

③ 同上书，第 2398 页。

④ 同上书，第 2518 页。

也显得极为灵动，鱼和蝉二者一个是听众，一个是表演者，一唱一和，相得益彰。

（三）蝉与其他昆虫的协奏

蝉是以声音为主要特征来入诗的昆虫，蟋蟀也有相似之处。蝉在文学作品中除单独出现之外，还常与蟋蟀相呼应，共同达到以声情动人的效果。建安七子之一的徐幹有一首《于清河见挽船士新婚与妻别诗》，以蝉与蟋蟀等象征悲秋凄景的昆虫，来比拟新婚即别的年轻夫妇，感人至深：

> 与君结新婚，宿昔当别离。凉风动秋草，蟋蟀鸣相随。冽冽寒蝉吟，蝉吟抱枯枝。枯枝时飞扬，身体忽迁移。不悲身迁移，但惜岁月驰。岁月无穷极，会合安可知。愿为双黄鹄，比翼戏清池。①

诗歌首句即交代了新婚将别的现实，接着以告别之际环境的萧瑟来映衬。离别是发生在凉风吹动秋草的时节，蟋蟀开始鸣叫，蝉开始走向死亡，因而发出绝望的哀鸣。蝉随着枯枝的掉落而殒灭，就如同这份即将被岁月逐渐湮没的时光。谁也不知道未来是否会有重逢的机会，因此只能将所有的等待化成“愿为双黄鹄，比翼戏清池”的希望。晋代的舞曲歌辞《白纻舞歌诗三首》中也写道：“百草凋索花落英，蟋蟀吟牖寒蝉鸣。百年之命忽若倾，早知迅速秉烛行。”② 在百草凋零、百花凋落的季节，蟋蟀在屋壁吟唱，寒蝉在树梢哀鸣，此起彼伏的交错哀声，为“百年之命”埋下了“忽若倾”的伏笔。蝉和蟋蟀的协奏，书写了时不我待的紧迫。

除了与同样以声感人的蟋蟀搭配，蝉也常与萤火虫一起出现，连贯白天和黑夜的意境。南朝梁代江淹在《卧疾怨别刘长史诗》中云：

> 四时煎日夜，玉露催紫荣。始怀未及叹，春意秋方惊。凉草散萤色，衰树敛蝉声。凭景魂且谧，卧堂怨已生。承君客江潭，先愁鸿雁鸣。吴山饶离袂，楚水多别情。金坚碧不灭，桂华兰有英。无辍代上朝，岂惜镜中明。但见一叶落，哀恨方未平。③

---

① 逯钦立辑校：《先秦汉魏晋南北朝诗》上册，中华书局 1983 年版，第 378 页。

② 同上书，第 847 页。

③ 逯钦立辑校：《先秦汉魏晋南北朝诗》中册，中华书局 1983 年版，第 1563 页。

日夜相继的病痛是一种无声的煎熬，江淹因病卧床，又要与友人相别。因而，入眼之景皆染上了一层离愁别恨的色彩，凉草意指天气转寒，原本在野外常见的萤火虫，在夜空中逐渐失去了颜色，不再飞舞。掉光了树叶的衰树，上面的蝉鸣也收敛起来了。此时，蝉也和萤火虫一样，因寒风而销声匿迹。这种衰亡的景象，衬托出了静夜里深深的愁怨。吴均也在《杂绝句诗四首》中写蝉和萤火虫："昼蝉已伤念，夜露复沾衣。昔别曾何道，今夕萤火飞。"① 白天的蝉鸣早已引发了心中的伤感，夜间寒凉的露水又将衣裳沾湿，在怀念离别之情的时候，看着漫天萤火虫的飞动，想起往事而使感伤之情层层加深。蝉与萤之间的昼夜呼应，与作者的内心世界联系起来，共同形成了一个传递思念情绪的环境。

（四）蝉与植物的依存

咏蝉离不开与它息息相关的植物。蝉蜕壳后的大多数时间是生活在树上的，文学作品中蝉的"餐风饮露"美誉，实际上只是它们以吸食树木汁液为生的自然习性，从这个意义上说，蝉是树木的"敌人"。然而，几乎在所有的文学作品中，蝉危害树木这一特性，却始终被文人们所忽略，这或许是刻意而为，也可能是时人并不熟悉这一危害。不过，描写蝉与植物的依存关系，却是诗歌意境营造极为重要的环节。南朝梁代沈约的《听蝉鸣应诏诗》，就处处围绕蝉的生活环境来写，诗云："轻生宅园御，复得栖嘉树。岂敢擅洪枝，轻条遭所遇。叶密形易扬，风回响难住。"② 从宅园到嘉树，点明了蝉栖身的大环境，后描写嘉树的枝条，再到枝条上的密叶，就像手持一柄放大镜，由远而近地观测蝉所依附的生存环境。南朝梁代何逊的《登禅冈寺望和虞记室诗》中有"接树隐高蝉，交枝承落日"③ 之句，描写了蝉栖身于高高的树上，把身体隐藏在枝叶之中，传递出只闻其声而不见其形的艺术效果。

蝉鸣柳树的情况在文学作品中也比较常见。吴均的《咏柳诗》曰："朝

① 逯钦立辑校：《先秦汉魏晋南北朝诗》中册，中华书局 1983 年版，第 1751 页。

② 同上书，第 1655 页。

③ 同上书，第 1701 页。

作离蝉宇，暮成宿鸟园。”[①] 说柳树早上是蝉的殿宇，晚上是小鸟们休憩的家园。因为蝉鸣从清晨的柳枝开始，日暮后蝉鸣渐停，倦鸟归巢。诗歌以蝉和鸟的早晚活动，写出了柳树上生动而活泼的气象。江总的《秋日游昆明池诗》也说：“蝉噪金堤柳，鹭饮石鲸波。”[②] 将蝉在秋日的生活环境描绘得大气而精致，金堤柳是蝉的家园，石鲸波是对昆明湖的形容，蝉噪之声与鹭饮之态的结合，呈现出了一幅杨柳依依的有声湖景画面。

与高树、杨柳等“高枝”唯美的意境不同，有时候，蝉也体现出“接地气”的一面。庾信在《奉和永丰殿下言志诗十首》之六中写道：“兴云榆荚晚，烧薙杏花初。滮池侵黍稷，谷水播菑畬。六月蝉鸣稻，千金龙骨渠。含风摇古度，防露动林於。”[③] “六月蝉鸣稻”是指丰收的时节，蝉鸣在稻田的周边响起，《齐民要术 · 水稻第十一》引晋郭义恭的《广志》中就有“南方有蝉鸣稻，七月熟”[④] 的记载。作为衬托繁忙季节的自然界之声，蝉鸣和着龙骨渠水车灌溉稻谷的田园景象，使蝉的姿态从高高在上，变得更为亲和、近人。

① 逯钦立辑校：《先秦汉魏晋南北朝诗》中册，中华书局 1983 年版，第 1749 页。

② 逯钦立辑校：《先秦汉魏晋南北朝诗》下册，中华书局 1983 年版，第 2579 页。

③ 同上书，第 2389 页。

④ 缪启愉、缪桂龙撰：《齐民要术译注》，上海古籍出版社 2006 年版，第 131 页。

第七章
蟋蟀：悲秋的先声

从季节性因素来看，春、夏、秋三季往往是昆虫相对比较活跃的时期，冬季几乎没有昆虫的身影。从文学书写习惯来看，部分种类的昆虫与季节的牵扯似乎并不太强烈，如螳螂、蚁、蝗、蚕、蛾、蚊、蝇等，它们不会因为季节的转换而被人们记起。但也有一部分昆虫，表现出了明显的季节特质，如蝶、蜂、蝉、萤、蟋蟀等。到了特定季节，如果不写它们就好像缺了点什么一样，这就是应景。应景的昆虫跟随季节的转变，轮流入驻文学世界，承担起季节性鲜明的言情言志功能。如果说蝴蝶、蜜蜂是春天当仁不让的代表，蝉、萤火虫是夏天的象征，那么，蟋蟀便是书写秋声的不二选择。

第一节　蟋蟀之鸣的书写始于先秦

先秦时期，蟋蟀是人们熟悉的一种小昆虫。《说文》载："蟋：蟋蟀也，从虫、悉声，息七切。""蟀：悉蟀也，从虫、帅声。臣铉等曰：今俗作蟀，非是。所律切。"[①] 蟋蟀的别名很多，如蛩、促织、莎鸡、蜻蛚[②] 等，《尔雅

① （汉）许慎撰，（宋）徐铉校定：《说文解字》，中华书局 2013 年版，第 284、281 页。

② 蜻蛚一词出现次数不多，仅晋代张载《七哀诗》里的"仰听离鸿鸣，俯闻蜻蛚吟"、傅玄《怨歌行》中的"蜻蛚吟床下，回风起幽闼"、唐陆龟蒙《和袭美新秋即事次韵》之三中的"鸬鹚阵合残阳少，蜻蛚吟高冷雨疏"以及《宋书·傅亮传》里的"聆蜻蛚於前庑，鉴朗月於房栊"可见。

注疏》云："蟋蟀，蛬。《广雅》云：蜻蛚，促织也。《字林》云：蟋。邢昺疏：蟋蟀，一名蛬，今促织也，亦名青蛚。陆机《疏》云：'蟋蟀，似蝗而小，正黑，有光泽，如漆，有角翅。一名蛬，一名蜻蛚，楚人谓之王孙，幽州人谓之促织。''里语曰"促织鸣，懒妇惊"是也。'"[①] 促织，最初是指蟋蟀发出的声音类似这两个字的发音。

蟋蟀以鸣声著称，对温度的变化很敏感，一到入秋天气转凉的夜晚就开始鸣叫。"蟋蟀，蟋蟀科，通名蛐蛐、吟蛩、将军、叫鸡、唧唧、夜鸣虫、斗鸡、斗蟋，中等体型，咀嚼式口器，触角细长，以植物或杂物为食，一些种类为农业害虫。雄蟀鸣叫，人们养为鸣虫。"[②] 但并不是所有的蟋蟀都善鸣，鸣叫的大多是雄性蟋蟀，"部分种类的雄虫能以声求偶、示敌，雌虫则无声"[③]。

先秦时期文学中蟋蟀出现的次数并不多，但意义极为重要。自然界的万事万物，都有自己"说话"的方式，蟋蟀之鸣正好切合了文人"发声"的需要。先秦时期蟋蟀先是以最本真的姿态走进人们的生活，经过自然特征与文化内涵的不断融合，在共鸣与平衡中找到了与文学的结合点，从此开始了漫长的文学演变与传播之路。

一、蟋蟀之鸣与物候标志的联系

蟋蟀是出现于秋、消亡于冬的典型昆虫，是古代物候的重要组成部分，见证了人类认识自然，利用自然的进步。蟋蟀之鸣最早在文献中的记载就是作为物候的标志。蟋蟀是"秋虫"的代表，郭沫若先生认为象形蟋蟀的那个古字可以假借为秋季的"秋"。[④]《礼记·月令》中"温风始至，蟋蟀居壁，鹰乃学习，腐草为萤"[⑤]，也把蟋蟀当成秋天的候虫。

---

① （晋）郭璞注，（宋）邢昺疏：《尔雅注疏》，上海古籍出版社 2010 年版，第 493 页。

② 郭郛注证：《尔雅注证》，商务印书馆 2013 年版，第 571 页。

③ 陈振耀著：《昆虫世界与人类社会》（第 2 版），中山大学出版社 2008 年版，第 30 页。

④ 林赶秋著：《诗经里的那些动物》，重庆大学出版社 2010 年版，第 168 页。

⑤ 潜苗金译注：《礼记译注》，浙江古籍出版社 2007 年版，第 196 页。

蟋蟀非常善于隐蔽自己，因此古人只能凭声音判断它的所在。蟋蟀之鸣最早出现在文学作品中是《诗经·豳风·七月》：

> 五月斯螽动股，六月莎鸡振羽。七月在野，八月在宇，九月在户，十月蟋蟀入我床下。[①]

此诗的系年，赵逵夫先生认为："最初的《七月》并非今本《七月》的面貌。其中夏历、周历并用，说明由夏入商不是很久。又诗中称年曰'岁'，如'无衣无褐，何以卒岁''曰为改岁，入此室处'，是夏人的习俗。《尔雅·释天》云：'夏曰岁，商曰祀，周曰年。'诗言'载玄载黄，我朱孔阳'，服饰尚黑与黄，亦带有夏人之习俗。《礼记·大传》云：'易服色'，孔疏：'谓夏尚黑，殷尚白，周尚赤。'知《七月》应是夏代以后不久之作品。其中叙一年各个时期状况，应是在豳地数十年后之作，故系于此。"[②]也就是公元前1547年至公元前1529年左右。

斯螽、莎鸡分别象征五月、六月的物候，因此说"五月斯螽动股，六月莎鸡振羽"[③]。斯螽、莎鸡二虫五月、六月始有，因此诗中乃应时之态，二虫接连出现，言季节之流转，"七月在野"是说七月的时候因为天气尚暖，蟋蟀都还在野外生存，"八月在宇"指天气转凉则躲在屋檐之下活动，"九月在户"谓因寒冷转而进入人们的户下，也就是门内生存，到了十月份不得不"入我床下"，来谋得一点点温暖御寒。它们随着天气转凉而不断转移自己的位置，人们也就可依据此状来判断天地时序的运行规律，在合适的时候做好御寒的准备，迎接严冬的到来。诗歌从蟋蟀在野、在宇、在户、入床下，由外而内，由远而近，象征天气逐渐寒冷，蟋蟀都从外面躲进屋内避寒了。古人正是观其习性，总结规律，从而作出准确的农时判断。

草虫、阜螽言夏秋均象征时令，《召南·草虫》的"喓喓草虫，趯趯阜

---

① 白鸣凤著：《先民生存的艰难与悲喜〈国风〉读注》，中国社会科学出版社2011年版，第449页。

② 赵逵夫主编：《先秦文学编年史》上册，商务印书馆2010年版，第95页。

③ 周振甫著：《诗经译注》（修订本），中华书局2010年版，第201页。

螽”[①]、《小雅·出车》的“喓喓草虫，趯趯阜螽”[②]都指昆虫的声、貌、状，以它们的自然生物习性和出现时间，来象征夏秋之交的时令。《唐风·蟋蟀》“蟋蟀在堂”则象征岁暮将至，蟋蟀已不在户外活动，点出这个时间段以后，劝人及时行乐，不然日月将舍之而去。古人常将昆虫活动与季节月份相连，从而总结候虫纪时之规律。可见昆虫虽然微小，却与人类生活密切相关。

生动翔实的物候记载，使《豳风·七月》成为《诗经》里最著名、最美的农事诗。《豳风》大多为西周作品，《汉书·地理志》说此地“其民有先王遗风，好稼穑，务本业，故豳诗言农桑衣食之本甚备”[③]。一个能够征服异族并兴邦建国而绵延不绝的民族，其依靠的绝不仅仅是武力的攻杀和掠夺。公元前1600至前1500年间，当夏朝的民众不无怨愤地诅咒夏桀“时日曷丧？予及汝皆亡”时，后稷的曾孙公刘却默默地带领周人修复后稷之业，图谋振兴。他“相土地之宜，水土之便”[④]，自漆水、沮水渡渭水，在远离夏商的西部豳地勤耕作、务农桑、取材用，蓄积财富，万民归附，周民族的兴盛自此开始。[⑤]诗中的种种物候现象代表了先人的劳动智慧，充满了周人对脚下这片土地最深沉的热爱和依赖之情，表达了人与自然和谐统一的愿望，在此之后的农业社会中持续闪耀着温暖的光芒。

蟋蟀之鸣专指物候，在《吕氏春秋·季夏纪》中也有记载：

> 季夏之月：日在柳，昏心中，旦奎中。其日丙丁，其帝炎帝，其神祝融，其虫羽，其音徵，律中林钟。其数七，其味苦，其臭焦，其祀灶，祭先肺。凉风始至，蟋蟀居宇，鹰乃学习，腐草化为蚈。天子居明堂右个，乘朱辂，驾赤骝，载赤旂，衣朱衣，服

① 周振甫著：《诗经译注》（修订本），中华书局2010年版，第19页。

② 同上书，第229页。

③ 程志、杨晓红、吕俭平著：《诗经国风诗性解读》，齐鲁书社2009年版，第312页。

④ 同上。

⑤ 白鸣凤著：《先民生存的艰难与悲喜〈国风〉读注》，中国社会科学出版社2011年版，第434页。

赤玉，食菽与雉。其器高以粗。①

凉风始至指的就是秋风乍起之时，蟋蟀居宇是形容蟋蟀的鸣叫在屋宇下响起。总之，只要是有蟋蟀之鸣的时候，人们就知道已经入秋了。

二、蟋蟀之鸣与惜时情绪的结合

蟋蟀始鸣暗示着时节已入秋，萧条和凋零的季节即将来到，这时候也逐渐进入农闲时期，人们有时间来总结一年的生活，表达人生的感触。《诗经·唐风·蟋蟀》就是这样一首作品，它见证了蟋蟀从物候现象变成惜时感悟的过程。诗云：

蟋蟀在堂，岁聿其莫。今我不乐，日月其除。无已大康，职思其居。好乐无荒，良士瞿瞿。

蟋蟀在堂，岁聿其逝。今我不乐，日月其迈。无已大康，职思其外。好乐无荒，良士蹶蹶。

蟋蟀在堂，役车其休。今我不乐，日月其慆。无已大康，职思其忧。好乐无荒，良士休休。②

此时的蟋蟀之鸣已经有了鲜明的人文色彩，“晋贵族作《蟋蟀》之诗，忧时伤怀。《序》以为刺晋僖公俭不中礼，诸家多从之。然诗中书写光阴易逝，欲及时行乐而又不能之痛苦，显系乱离之世因忧时而生之矛盾心理。作者当是有一定职位之贵族。按:《唐风》多为晋武公争君位时代之作。此诗盖亦其时之作，以昭侯、孝侯时晋宗室相争最剧烈，姑系此诗于此年，即公元前 738 年”③。

对蟋蟀之鸣的深思，体现了古人对自然现象从客观感受过渡到主观情感的过程。朱熹的《诗集传》说“其地土瘠民贫，勤俭质朴，忧深思远，

① 许维遹撰，梁运华整理:《吕氏春秋集释》上册，中华书局 2009 年版，第 129—130 页。

② 白鸣凤著:《先民生存的艰难与悲喜〈国风〉读注》，中国社会科学出版社 2011 年版，第 324 页。

③ 赵逵夫主编:《先秦文学编年史》，商务印书馆 2010 年版，第 467 页。

有尧之遗风”[1]。《诗经·唐风·蟋蟀》以蟋蟀起兴，其中“蟋蟀在堂”之句，很可能来自此前《诗经·豳风·七月》中的描述。诗中写要抓紧时间做好农活的重要性，“无论大夫君子，还是小民百姓，‘好乐无荒’是最高统治者最愿意看到的情状”[2]。诗歌在对时光流逝的伤感中又赋予了其动人的感染力，不再是一篇生硬的教化之文，而是充满了人情和艺术的动人篇章。

为什么唐地的蟋蟀之鸣会产生这种惜时情怀？郑氏的《谱》曰：“唐者，帝尧旧都之地，今曰太原晋阳，是尧始居此，后乃迁河东平阳。昔尧之末，洪水九年，下民其咨，万国不粒。”[3]《地理志》曰：河东土地平易，有盐铁之饶，本唐尧所居，《诗·风》唐、魏之国也。其民有先王遗教，君子深思，小人简陋，故《蟋蟀》篇曰“今我不乐，日月其迈”，“思奢俭之中，念死生之虑”。[4]这两处都说明了唐的历史起源和治理状况，周公东征平叛后，周室封武王幼子、成王的弟弟叔虞于唐，叔虞死后其子燮父又迁都于晋水旁，改唐为晋，《唐风》即《晋风》。“在历时六百几十年的漫长过程中，尤其是西周末至春秋，晋国的历史舞台上风起云涌，不断演绎着丛林法则和胜者通吃的逻辑。”[5]兴，百姓苦；亡，百姓苦，在这里得到了如此的应验，在这样的社会大背景之下，《唐风》不可避免地染上了艰难时世中的坚守和颓废，有远行者孤独的追问和苦役者的怨诉，也有时过境迁的伤逝和时不我待的警醒。

朱熹《诗集传》评价《诗经·唐风·蟋蟀》时说：“唐俗勤俭，故其民间终岁劳苦，不敢少休。及其岁晚务闲之时，乃敢相与宴饮为乐。而言今蟋蟀在堂，而岁忽已晚矣。当此之时而不为乐，则日月将舍我而去矣。然其忧深而思远也，故方燕乐而又遽相戒曰：今虽不可以不为乐，然不已过

① （宋）朱熹注，赵长征点校：《诗集传》，中华书局2011年版，第87页。

② 白鸣凤著：《先民生存的艰难与悲喜〈国风〉读注》，中国社会科学出版社2011年版，第324页。

③ （宋）王应麟撰，张保见校注：《诗地理考校注》，四川大学出版社2009年版，第102页。

④ 同上。

⑤ 白鸣凤著：《先民生存的艰难与悲喜〈国风〉读注》，中国社会科学出版社2011年版，第321页。

于乐乎？盍亦顾念其职之所居者，使其虽好乐而无荒，若彼良士之长虑却顾焉，则可以不至于危亡也。”[①]这段话概括了诗歌的原旨，古人面对休息享乐和辛勤劳作的分歧时，经常会患得患失。但终岁劳苦后的岁末农暇，还是应该松弛有度。诗人本想畅快地休闲，而勤劳的本性又使他担心影响了来年的工作，所以他在诗中时时告诫自己要有节制地享受，“无已大康”“好乐无荒”，做到休之有节，休之有礼，保持自己的忧患意识，要及时行乐，又不要享乐太过，用正确的方式珍惜时岁。《春秋左传·襄公二十七年》曰：“印段赋蟋蟀。赵孟曰：‘善哉，保家之主也！吾有望矣。’”[②]可为之注解，文中印段赋《蟋蟀》说明他心中是“瞿瞿然”顾礼仪的，因此赵文子说他“能戒惧不荒，所以保家”[③]，是保家之主。

三、蟋蟀之鸣与悲秋意识的兴起

蟋蟀喜栖息于人类居住区附近，带给人居家的气氛。因此，当寒风乍起时，声声哀鸣的蟋蟀，更容易使人陷入莫名的悲伤。蟋蟀又常在秋夜入室整夜长鸣，因其鸣声清越，所以人们很自然地把它当成了“秋声”的代言。

瑟瑟而歌的蟋蟀与簌簌作响的秋风相呼应，成为代表悲秋意识的典型符号。战国时期，宋玉的《九辩》云：

> 悲哉，秋之为气也！萧瑟兮，草木摇落而变衰。憭栗兮，若在远行，登山临水兮，送将归。泬寥兮，天高而气清；寂漻兮，收潦而水清。憯凄增欷兮，薄寒之中人！怆怳懭悢兮，去故而就新；坎廪兮，贫士失职，而志不平。廓落兮，羁旅而无友生；惆怅兮，而私自怜。燕翩翩其辞归兮，蝉寂漠而无声，雁雍雍而南游兮，鹍鸡啁哳而悲鸣。独申旦而不寐兮，哀蟋蟀之宵征。时亹

① （宋）朱熹注，赵长征点校：《诗集传》，中华书局2011年版，第87—88页。

② 杨伯峻编著：《春秋左传注》（修订本）第3册，中华书局1990年版，第1134页。

③ （春秋）左丘明撰，（晋）杜预集解，李梦生整理：《春秋左传集解》下册，凤凰出版社2010年版，第535页。

亹而过中兮，蹇淹留而无成！①

开篇第一个词就是“悲哉”，这种基调瞬间打下了伤感的烙印。秋季的主要特征是萧瑟，一切组成萧瑟的事物，在文人眼里都可以传达秋天的感悟，尤其是当自身遭遇种种苦难、磨砺之时，远行未归的游子、羁旅无助的贫士，面对日渐寒冷的寂寥之秋，忧思辗转。此时，归巢的燕子、噤声的寒蝉、南迁的大雁、悲鸣的鹍鸡都牵引着作者浓重的悲愁，这种感觉从白天持续到夜间，还久久不能入睡，哀叹夜间忙着叫唤的蟋蟀，在愈渐寒冷的秋风中苦吟，却丝毫不能减缓这秋夜浓重的悲凉。

蟋蟀之鸣在先秦时期经历了从单纯的物候记载到惜时的感悟，最终在宋玉笔下与浓重的悲秋意绪相融合，让蟋蟀与人在秋季的特殊情感产生共鸣，从而为后世文人书写“悲秋”提供了专属的文学意象。

第二节　蟋蟀书写的纺锤形发展

一、两汉，蟋蟀多为物候之指

两汉时期，有大量以蟋蟀象征物候的文献记载。西汉武帝初年的《淮南子·时则训》载：“凉风始至，蟋蟀居奥，鹰乃学习，腐草化为蚈。”②这是单纯描写蟋蟀自然物候特征的。公孙乘在《月赋》中写道：“月初皦兮，君子之光。鹍鸡舞于兰渚，蟋蟀鸣于西堂。君有礼乐，我有衣裳。”③王褒的《洞箫赋》载：“是以蟋蟀蚸蠖，蚑行喘息；蝼蚁蝘蜓，蝇蝇翊翊；迁延徙迤，鱼瞰鸡睨；垂喙蜿转，瞪瞢忘食。况感阴阳之和，而化风俗之伦哉。”④

① 董楚平译注：《楚辞译注》，上海古籍出版社 2014 年版，第 171 页。

② 刘文典撰，冯逸、乔华点校：《淮南鸿烈集解》上册，中华书局 2013 年版，第 205 页。

③（清）严可均辑，陈延嘉、王同策、左振坤等校点主编：《全上古三代秦汉三国六朝文》第 1 册，河北教育出版社 1997 年版，第 442 页。

④ 同上书，第 635 页。

还有他的《圣主得贤臣颂》中曰："故世必有圣知之君，而后有贤明之臣。故虎啸而风洌，龙兴而致云，蟋蟀俟秋吟，蜉蝤出以阴。"① 皆借蟋蟀等生物的自然特征，表示一切顺其自然之意。《古诗十九首》记载了随蟋蟀始鸣而出现的各种物候特性："明月皎夜光，促织鸣东壁。玉衡指孟冬，众星何历历。白露沾野草，时节忽复易。"② 促织鸣壁时，便象征着秋气转凉，这些特征都是古人在生活中积累的物候智慧。

西汉时期，借蟋蟀表达惜时的观念得到阐发，《汉书·食货志上》载："春令民毕出在野，冬则毕入于邑。其《诗》曰：'四之日举止，同我妇子，馌彼南亩。'又曰：'十月蟋蟀，入我床下，嗟我妇子，聿为改岁，入此室处。'所以顺阴阳，备寇贼，习礼文也。"③ 此处以先秦诗中蟋蟀的自然规律为喻，来说明顺应自然规律的合理性。《汉书·地理志》载："其民有先王遗教，君子深思，小人俭陋。故唐诗《蟋蟀》《山枢》《葛生》之篇曰'今我不乐，日月其迈'；'宛其死矣，它人是媮'；'百岁之后，归于其居'。皆思奢俭之中，念死生之虑。吴札闻唐之歌，曰：'思深哉！其有陶唐氏之遗民乎？'"④ 文章沿袭先秦惜时和务实之风而来，说明《蟋蟀》篇自一开始就有惜时观念，在汉代得到强化。

东汉书写蟋蟀自然特性的作品依然丰富。崔骃的《四巡颂》上书曰："臣闻阳气发而鸧庚鸣，秋风厉而蟋蟀吟，气之动也。"⑤ 农语曰："蜻蛉鸣，衣裘成。蟋蟀鸣，懒妇惊。"⑥ 王充在著名的无神论著作《论衡·变动篇》中记载："夫风至而树枝动，树枝不能致风。是故夏末蜻蛚鸣，寒螿啼，感阴

① （清）严可均辑，陈延嘉、王同策、左振坤等校点主编：《全上古三代秦汉三国六朝文》第1册，河北教育出版社1997年版，第641页。

② 逯钦立辑校：《先秦汉魏晋南北朝诗》上册，中华书局1983年版，第330页。

③ （汉）班固撰，（唐）颜师古注：《汉书》第1册，中华书局2000年版，第946页。

④ （汉）班固撰，（唐）颜师古注：《汉书》第2册，中华书局2000年版，第1315页。

⑤ （清）严可均辑，陈延嘉、王同策、左振坤等校点主编：《全上古三代秦汉三国六朝文》第2册，河北教育出版社1997年版，第420页。

⑥ 同上书，第452页。

气也。”[①] 蜻蛚即蟋蟀，天凉始鸣。这些描写蟋蟀自然特征的作品，客观记录了当时人们在农业生产和日常生活中，对大自然的细致观察和生动总结。

值得关注的是，两汉时期借《蟋蟀》诗的意义来言志言情的作品日益增多。《古诗十九首》载：“东城高且长，逶迤自相属。迴风动地起，秋草萋已绿。四时更变化，岁暮一何速？晨风怀苦心，《蟋蟀》伤局促。荡涤放情志，何为自结束。燕赵多佳人，美者颜如玉。被服罗裳衣，当户理清曲。音响一何悲，弦急知柱促。驰情整中带，沉吟聊踯躅。思为双飞燕，衔泥巢君屋。”[②] 诗中《蟋蟀》刺晋僖公俭不中礼，这种写法始于先秦，行于两汉。西汉昭帝始元六年（公元前 81 年），桓宽根据著名的“盐铁会议”，记录整理出了《盐铁论》一书，其中《通有第三》篇载大夫曰：“古者，宫室有度，舆服以庸；采椽茅茨，非先生之制也。君子节奢刺俭，俭则固。昔孙叔敖相楚，妻不衣帛，马不秣粟。孔子曰：‘不可，大俭极下。’此《蟋蟀》所为作也。”[③] 同样以蟋蟀刺俭不中礼。东汉时期的马融在《广成颂》中也以先秦的《蟋蟀》为谏，曰：“臣闻孔子曰：‘奢则不逊，俭则固。’奢俭之中，以礼为界。是以《蟋蟀》《山枢》之人，并刺国君，讽以太康驰驱之节。”[④] 傅毅的《舞赋》曰：“嘉《关雎》之不淫兮，哀《蟋蟀》之局促。”[⑤] 张衡在其《西京赋》中载：“方今圣上，同天号于帝皇，掩四海而为家。富有之业，莫我大也。徒恨不能以靡丽为国华，独俭啬以龌龊，忘《蟋蟀》之谓何。岂欲之而不能，将能之而不欲欤？蒙窃惑焉，愿闻所以辨之之说也。”[⑥] 蟋蟀之讽喻意在于奢俭之礼，要把握一个合适的度，赋中极写西京王侯贵戚幸臣宠姬之奢豪无度，体现出与《东京赋》所描绘的巨大反差，表

---

① （汉）王充著，张宗祥校注，郑绍昌标点：《论衡校注》，上海古籍出版社 2013 年版，第 302 页。

② （南朝梁）萧统编，（唐）李善注：《文选》第 3 册，上海古籍出版社 1986 年版，第 1394—1395 页。

③ 王利器校注：《盐铁论校注》（定本）上册，中华书局 1992 年版，第 43 页。

④ （清）严可均辑，陈延嘉、王同策、左振坤等校点主编：《全上古三代秦汉三国六朝文》第 2 册，河北教育出版社 1997 年版，第 182 页。

⑤ 同上书，第 405 页。

⑥ （汉）张衡著，张震泽校注：《张衡诗文集校注》，上海古籍出版社 2009 年版，第 90 页。

达了张衡礼仪治国的政治见地，这种借蟋蟀而发的规讽和议论是直切的，倾注了自己的真情实感。

东汉襄楷在《诣阙上疏》中以蟋蟀为比，言自己虽微贱却依然希望能够进谏忠言，疏云："臣闻布谷鸣于孟夏，蟋蟀吟于始秋；物有微而志信，人有贱而言忠。臣虽至贱，诚愿赐清闲，极尽所言。"①这是以蟋蟀自比的写法，意在向皇帝表明人虽微贱而有志于国家的忠心。

在言志之外，汉代还出现了借蟋蟀言悲秋之情的萌芽，《李陵录别诗二十一首》中第一次在诗中直接书写蟋蟀的"悲鸣"，诗云："寒凉应节至，蟋蟀夜悲鸣。晨风动乔木，枝叶日夜零。游子暮思归，塞耳不能听。远望正萧条，百里无人声。豺狼鸣后园，虎豹步前庭。远处天一隅，苦困独零丁。亲人随风散，历历如流星。三萍离不结，思心独屏营。愿得萱草枝，以解饥渴情。"②在这首表达离情别绪主题的诗中，蟋蟀作为寒凉之秋的代表性昆虫，传递出了游子在外苦困孤零时，对家乡亲人的无尽思念之情。

简言之，两汉时期，蟋蟀从书写物候的主要特征，出现了言志的沿袭，萌生了言情的发端，这说明两汉时期的文学意象开始逐渐走向理性的思考，也为魏晋时期蟋蟀意象孕育更深层的内涵奠定了基础。

二、魏晋，蟋蟀常鸣悲秋之声

蟋蟀意象出现最频繁的时期是在魏晋两百年历史中。魏晋之前的两汉和之后的南北朝，不论诗、文、歌、赋、铭、诔等形式，蟋蟀的文学形象都大大少于魏晋时期，呈现出明显的两头小、中间大的纺锤形发展状态。

魏晋时期，蟋蟀多被用来表达时岁之伤，虽然也有少量描绘声情的，如孙惠的《繉车赋》"象蟋蟀之鸣户兮，类寒蝉之吟家"③等作品，但占主流

① （清）严可均辑，陈延嘉、王同策、左振坤等校点主编：《全上古三代秦汉三国六朝文》第2册，河北教育出版社1997年版，第641页。

② 逯钦立辑校：《先秦汉魏晋南北朝诗》上册，中华书局1983年版，第339页。

③ （清）严可均辑，陈延嘉、王同策、左振坤等校点主编：《全上古三代秦汉三国六朝文》第5册，河北教育出版社1997年版，第1176页。

地位的还是因秋冬到来之际产生的悲秋情怀，以及因此而生发的岁月迁逝之伤、思乡怀人之愁。

魏明帝时期的杜挚第一次在赋中直接描写蟋蟀的“悲鸣”，他在《笳赋》中曰：“于是秋节既至，百物具成；严霜告杀，草木殒零；宾鸟鼓翼，蟋蟀悲鸣。羁旅之士，感时用情，乃命狄人，操笳扬清，吹东角，动南徵，清羽发，浊商起，刚柔待用，五音迭进。”①赋前的序言交代了写作的缘起：“昔李伯阳避乱西入戎。戎越之思，有怀土风，遂造斯乐，美其出入戎貉之思，有《大韶》夏音。”②这是为了抒发思乡之悲而写的，乐器之声和自然界的悲秋之声相共鸣，合奏出了入秋而悲的乐曲。

现有的文学记载中，唯一为蟋蟀专题作赋的是晋代的卢谌，其《蟋蟀赋》云：

> 何兹虫之资生，亦灵和之攸授。享神气之么蚚，体含容之微陋。于时微凉既成，大火告去。玄乙辞宇，翔运南顾。风泪泪而动柯，露零零而陨树。月转素而西颓，汉回波而东注。历清响以干霄，激悲声以迨曙。嘤嘤咧咧，□□翾翾。俟日月之代谢，知时运之斡迁。③

此赋中感慨蟋蟀在生存时间短促、身躯微陋的条件下，与秋之零落之态相抗衡，历清响、激悲声，努力留下自己独特的生命印记，并且提示人们在日月代谢的不停变迁中，进行时运斡迁的思考，充满了临悲而不惧、积极而奋进的生命意义。

（一）蟋蟀悲鸣暗示年岁之伤

有关蟋蟀的书写自魏晋时起，开始烙印上明显的悲秋痕迹，这种书写习惯，极大地影响了后世蟋蟀文学的创作。阮籍的《首阳山赋》善用典事，

① （清）严可均辑，陈延嘉、王同策、左振坤等校点主编：《全上古三代秦汉三国六朝文》第3册，河北教育出版社1997年版，第413页。

② 同上。

③ （清）严可均辑，陈延嘉、王同策、左振坤等校点主编：《全上古三代秦汉三国六朝文》第4册，河北教育出版社1997年版，第356—357页。

托言于夷齐之节，书写了深沉的年岁之伤。文中云："在兹年之末岁兮，端旬首而重阴。风飘回以曲至兮，雨旋转而纤襟。蟋蟀鸣于东房兮，鶗鴂号乎西林。时将暮而无俦兮，虑凄怆而感心。振沙衣而出门兮，缨委绝而靡寻。步徙倚以遥思兮，喟叹息而微吟。"[①] 从岁末风雨之境写起，听着房内蟋蟀的叫唤，房外鶗鴂的号呼，交织出复杂的感秋意绪，如同蟋蟀哀鸣一般，发出一声叹息的微吟。

阮籍的《咏怀诗八十二首·其二十四》云："殷忧令志结，怵惕常若惊。逍遥未终晏，朱晖忽西倾。蟋蟀在户牖，蟪蛄号中庭。心肠未相好，谁云亮我情。愿为云间鸟，千里一哀鸣。三芝延瀛洲，远游可长生。"[②] 忧伤于忽然而至的秋季，在蟋蟀、蟪蛄的惊醒中，抒发了朱晖西倾、国运将终的惊忧，年岁易晏，令人殷忧莫解，怵惕若惊，唯有寄情于长生。他关注感秋而来的这些小昆虫，如《咏怀诗八十二首·其七十一》云："木槿荣丘墓，煌煌有光色。白日颓林中，翩翩零路侧。蟋蟀吟户牖，蟪蛄鸣荆棘。蜉蝣玩三朝，采采修羽翼。衣裳为谁施？俛仰自收拭。生命几何时？慷慨各努力。"[③] 涉及了蟋蟀、蟪蛄、蜉蝣几类生命短暂的昆虫，表达了富贵不长、生命亦不长的忧虑。

陆机在多首诗中借蟋蟀来感怀岁暮。他的《短歌行》引曹操同题之名，但无其胸襟之伟："置酒高堂，悲歌临觞。人寿几何，逝如朝霜。时无重至，华不再扬。蘋以春晖，兰以秋芳。来日苦短，去日苦长。今我不乐，蟋蟀在房。乐以会兴，悲以别章。岂曰无感，忧为子忘。我酒既旨，我肴既臧。短歌有咏，长夜无荒。"[④] 书写了人生短促、荣华易逝之感，人生契阔难期，为什么不及时行乐，对酒当歌而忘忧呢？他的另一首《顺东西门行》云："日出西门望天庭，阳谷既虚崦嵫盈。感朝露，悲人生，逝者若斯安得

① （三国魏）阮籍著，陈伯君校注：《阮籍集校注》，中华书局 2012 年版，第 26 页。

② 同上书，第 291 页。

③ 同上书，第 384 页。

④ （晋）陆机著，刘运好校注整理：《陆士衡文集校注》上册，凤凰出版社 2007 年版，第 606 页。

停。桑枢戒，蟋蟀鸣，我今不乐岁聿征。迨未年莫及世平，置酒高堂宴友生。激朗笛，弹哀筝，取乐今日尽欢情。”[①] 虽然还是有及时行乐之意，但增加了光阴流水中，注重修身自律的思考。还有谢混的《游西池》，在蟋蟀的歌唱中，回忆过去的时岁，感叹迟暮的思虑：“悟彼蟋蟀唱，信此劳者歌。有来岂不疾，良游常蹉跎。逍遥越城肆，愿言屡经过。回阡被陵阙，高台眺飞霞。惠风荡繁囿，白云屯曾阿。景昃鸣禽集，水木湛清华。褰裳顺兰沚，徙倚引芳柯。美人愆岁月，迟暮独如何。无为牵所思，南荣戒其多。”[②]

感秋之诗常用来入乐，蟋蟀之歌则成为抒发秋声的引子。晋代《白纻舞歌诗三首》载惜时之乐：“春露未晞严霜零，百草凋索花落英。蟋蟀吟牖寒蝉鸣，百年之命忽若倾，早知迅速秉烛行。东造扶桑游紫庭，西至昆仑戏曾城。”[③]《清商曲辞·子夜变歌三首》也说：“岁月如流迈，行已及素秋。蟋蟀吟堂前，惆怅使侬愁。”[④] 还有《清商曲辞·同生曲》载有时岁内涵的内容：“岁月如流迈，行已及素秋。蟋蟀鸣空堂，感帐令人忧。”[⑤] 进入音乐的文字，借曲调而演绎，能够收到动人的艺术效果，伤感的悲秋之歌，更能起到传递时岁之感的作用。

（二）蟋蟀悲鸣衬托临秋之愁

晋代，蟋蟀已经成为文人书写临秋之愁的常用意象，它不仅是秋的特有物候象征，更能抒发作者对人生之秋的愁虑和不安。阮籍的《咏怀诗八十二首·其十四》曰：“开秋肇凉气，蟋蟀鸣床帷。感物怀殷忧，悄悄令心悲。多言焉所告，繁辞将诉谁！微风吹罗袂，明月耀清晖。晨鸡鸣高树，命驾起旋归。”[⑥] 就是感“蟋蟀鸣床帷”而发的“心悲”“殷忧”。

秋愁的由来，常常是不期而至的，夏侯湛的《秋夕哀》借景写愁：“秋

---

① （晋）陆机著，刘运好校注整理：《陆士衡文集校注》上册，凤凰出版社 2007 年版，第 693 页。

② 逯钦立辑校：《先秦汉魏晋南北朝诗》中册，中华书局 1983 年版，第 934—935 页。

③ 逯钦立辑校：《先秦汉魏晋南北朝诗》上册，中华书局 1983 年版，第 847 页。

④ 逯钦立辑校：《先秦汉魏晋南北朝诗》中册，中华书局 1983 年版，第 1049 页。

⑤ 同上书，第 1060 页。

⑥ （三国魏）阮籍著，陈伯君校注：《阮籍集校注》，中华书局 2012 年版，第 263 页。

夕兮遥长，哀心兮永伤。结帷兮中宇，屣履兮闲房。听蟋蟀之潜鸣，睹云雁之云翔。寻修庑之飞檐，览明月之流光。木萧萧以被风，阶缟缟以受霜。玉机兮环转，四运兮骤迁。衔恤兮迄今，忽将兮涉年。日往兮哀深，岁暮兮思繁。”①听到蟋蟀隐隐切切的鸣叫，感时岁变迁之忽忽。江回的《咏秋诗》云：“祝融解炎辔，蓐收起凉驾。高风催节变，凝露督物化。长林悲素秋，茂草思朱夏。鸣雁薄云领，蟋蟀吟深榭。寒蝉向夕号，惊飙激中夜。感物增人怀，凄然无欣暇。”②没有其他的征兆，只是在蟋蟀和寒蝉的“惊飙”声中，忽然受到触动，凄然之思，感物于心，反而无暇去欣赏这份秋景了。

临秋之愁总是怵然而发，引人深思。潘岳在《秋兴赋》中也说：“熠燿粲于阶闼兮，蟋蟀鸣乎轩屏。听离鸿之晨吟，望流火之余景。宵耿介而不寐兮，独展转于华省。悟时岁之遒尽兮，慨俯首而自省。”③在“七月流火”暑气将去的季节，潘岳思及时岁之遒尽，被夜空的萤火虫以及悲鸣于轩屏间的蟋蟀所触动，从而写下这首著名的《秋兴赋》，以抒发其在“春秋三十有二”的而立之年过后，尚活在“晋十有四年”④的情感，并非他不知改元，而是对自己身世凄凉的另一种表达。

（三）蟋蟀悲鸣抒发思乡之切

蟋蟀的哀鸣，衬托了远土怀乡之秋悲，边塞诗最能抒发此意。王粲的《从军诗五首》：“从军征遐路，讨彼东南夷。方舟顺广川，薄暮未安坻。白日半西山，桑梓有余晖。蟋蟀夹岸鸣，孤鸟翩翩飞。征夫心多怀，凄凄令吾悲。下船登高防，草露沾我衣。回身赴床寝，此愁当告谁。身服干戈事，岂得念所私。即戎有授命，兹理不可违。”⑤蟋蟀、孤鸟之类的意象，更能

① （清）严可均辑，陈延嘉、王同策、左振坤等校点主编：《全上古三代秦汉三国六朝文》第4册，河北教育出版社1997年版，第715页。

② 逯钦立辑校：《先秦汉魏晋南北朝诗》中册，中华书局1983年版，第879页。

③ 董广志校注：《潘岳集校注》（修订版），天津古籍出版社2005年版，第85页。

④ 晋开国以来第十四年，即晋武帝泰始十四年。而泰始十一年正月已改元咸宁，潘岳没写当时的“咸宁四年”，有一种抑郁不前、志不得酬、恍惚间不知今夕何夕的沧桑凄凉之感。

⑤ 俞绍初校点：《王粲集》，中华书局1980年版，第9页。

生动地让人感受到战士从军的真切感受。即便是闻声而悲，却也恢宏如斯，报国的决心始终不变，传达了乐观、进取的风格，体现了建安之风。还有王赞的《杂诗》也是表达在外征战时的怀乡之情："朔风动秋草，边马有归心。胡宁久分析，靡靡忽至今。王事离我志，殊隔过商参。昔往鸧鹒鸣，今来蟀蟋吟。人情怀旧乡，客鸟思故林。师涓久不奏，谁能宣我心。"① 异地他乡，出征事忙，客久不归，重重离思往往极易被身边事物所触发，诗中蟋蟀之吟，真切地传达了这份隐忍无奈的思乡愁绪。

石崇在《思归叹》中借蟋蟀的彻夜哀鸣，在异地他乡感客子之伤："登城隅兮临长江，极望无涯兮思填胸。鱼瀺灂兮鱼缤翻，泽雉游凫兮戏中园。秋风厉兮鸿燕征，蟋蟀嘈嘈兮晨夜鸣。落叶飘兮枯枝竦，百草零兮覆畦垅。时光逝兮年易尽，感彼岁暮兮怅自愍。"② 作者登上城墙远望滚滚长江，鸿燕从高空飞过，蟋蟀从夜到早一直嘈嘈作响，草木凋零的季节又一次到来，远行客子的感时伤世之情油然而生。还有钟琰的《遐思赋》云："惟仲秋之惨凄，百草萎悴而变衰。燕翔逝而归海，蟋蟀鸣而相追。坐虚堂而无寥，嗟我心之多怀。怅遐思而内结，嗟尔姜任，邈不我留。谋民生之未几，吾何为其多愁。凉风萧条，露沾我衣。忧来多方，慨然我怀。感飞鸟之反乡，咏卫女之思归。于是周游容与，逍遥彷徨。悲民生之局促，愿轻举之遐翔。"③ 赋中描写了仲秋时节的情状，在借蟋蟀等自然因素书写季节之愁时，更增添了对家国民生的思虑，体现出一个有思想的时代女性的愿望和愁绪。

（四）蟋蟀悲鸣寄寓怀人之痛

借蟋蟀悲鸣来写夫妻之别的有徐幹的《为挽舡士与新娶妻别诗》："与君结新婚，宿昔当别离。凉风动秋草，蟋蟀鸣相随。冽冽寒蝉吟，蝉吟抱枯枝。枯枝时飞扬，身体忽迁移。不悲身迁移，但惜岁月驰。岁月无穷极，

---

① 逯钦立辑校：《先秦汉魏晋南北朝诗》上册，中华书局 1983 年版，第 761 页。

② （清）严可均辑，陈延嘉、王同策、左振坤等校点主编：《全上古三代秦汉三国六朝文》第 4 册，河北教育出版社 1997 年版，第 345 页。

③ （清）严可均辑，陈延嘉、王同策、左振坤等校点主编：《全上古三代秦汉三国六朝文》第 5 册，河北教育出版社 1997 年版，第 1493 页。

会合安可知。愿为双黄鹄，比翼戏清池。”①秋风吹动百草，紧随其后的是蟋蟀感寒而鸣，暗示夫妻的离别。陆机的《燕歌行》则是书写在家的思妇怀人念远之情：“四时代序逝不追，寒风习习落叶飞。蟋蟀在堂露盈墀，念君远游苦恒悲。君何缅然久不归，贱妾悠悠心无违。白日既没明灯辉，夜禽赴林匹鸟棲。双鸠关关宿河湄，忧来感物涕不晞。非君之念思为谁，离别何早会何迟。”②蟋蟀在堂说明转眼之间岁暮将至，每当念及游子远役之苦，女子内心就充满了悲伤，进而发出了为何早早分离却又迟迟不能相会的感叹。

傅玄的《短歌行》表达被弃女子的哀怨，诗曰：“蟋蟀何感，中夜哀鸣。”③蟋蟀引发了女子的哀思，发出了遭到离弃的声声怨诉：“昔君视我，如掌中珠。何意一朝，弃我沟渠。昔君与我，如影如形。何意一去。心如流星。昔君与我，两心相结。何意今日，忽然两绝。”④今昔对比的巨大反差，让女子伤心不已，发出了“寤寐念之，谁知我情”⑤的内心悲呼。

在季节转换之际，心忧天涯各处的友人，感蟋蟀之歌表达友情的诗句也开始出现。如曹摅的《思友人诗》抒发了对“欧阳子”的思念之情：“密云翳阳景，霖潦淹庭除。严霜凋翠草，寒风振纤枯。凛凛天气清，落落卉木疏。感时歌蟋蟀，思贤咏白驹。情随玄阴滞，心与迴飚俱。思心何所怀，怀我欧阳子。精义测神奥，清机发妙理。自我别旬朔，微言绝于耳。褰裳不足难，清扬未可俟。延首出阶檐，伫立增想似。”⑥书写了怀念友人的感慨。

蟋蟀所象征的悲鸣之声，还被用于怀人伤逝的悼词中。王劭之在追忆其英年而逝的亡夫《夫诔》中云：“猗猗嘉颖，朝阳方翘。烈风严霜，殒此秀条。璇玑倏忽，四序竞征。清商激宇，蟋蟀吟枨。”⑦清商是古代五音之

① 林家骊校注：《徐幹集校注》，河北教育出版社 2013 年版，第 10 页。

② （晋）陆机著，刘运好校注整理：《陆士衡文集校注》，凤凰出版社 2007 年版，第 627 页。

③ 逯钦立辑校：《先秦汉魏晋南北朝诗》上册，中华书局 1983 年版，第 553 页。

④ 同上。

⑤ 同上。

⑥ 同上书，第 755—756 页。

⑦ （清）严可均辑，陈延嘉、王同策、左振坤等校点主编：《全上古三代秦汉三国六朝文》第 5 册，河北教育出版社 1997 年版，第 1503 页。

一，古谓其调凄清悲凉，又谓秋风的代称，蟋蟀在屋檐下呻吟，就如同女子如泣如诉的声音，令人不忍卒听。

三、南北朝，蟋蟀书写渐趋没落之态

蟋蟀在南北朝文学中偶尔出现，文学意义较之前朝没有出现新变，无非是思远人、怀故乡、抒悲情之类，基本处于走向没落的状态。借蟋蟀表达悲秋思人意绪的如南朝宋谢惠连的《捣衣》，写入秋之际，天气转凉，蟋蟀开始哀鸣，妻子在家思念远行的丈夫，开始为万里之外的游子准备过冬的衣裳，诗中曰："肃肃莎鸡羽，烈烈寒螿啼。夕阴结空幙，霄月皓中闺。美人戒裳服，端饰相招携。簪玉出北房，鸣金步南阶。櫚高砧响发，楹长杵声哀。微芳起两袖，轻汗染双题。纨素既已成，君子行未归。裁用笥中刀，缝为万里衣。盈箧自余手，幽缄俟君开。腰带准畴昔，不知今是非。"[①] 感情非常真挚细腻，屋内女子的捣衣之声与屋外莎鸡振羽、寒蛩哀啼之声互为呼应，构建了一幅有声有情的悲秋画面。南朝宋汤惠休的《白纻歌三首》中写道："秋风嫋嫋入曲房，罗帐含月思心伤。蟋蟀夜鸣断人肠，长夜思君心飞扬。他人相思君相忘，锦衾瑶席为谁芳。"[②] 借听到蟋蟀夜鸣"断人肠"的哀感，抒发相思之人内心的悲鸣，字字含泪，切切如诉。南朝齐谢朓的《秋夜诗》云："秋夜促织鸣，南邻捣衣急。思君隔九重，夜夜空伫立。北窗轻幔垂，西户月光入。何知白露下，坐视阶前湿。谁能长分居，秋尽冬复及。"[③] 写秋夜促织声与捣衣声共同营造出的悲伤氛围。在这些作品中，秋声的意义大致是相近的。

江淹在《王侍中怀德粲》中说到游子怀乡之心，也是借蟋蟀孤苦伶仃的状貌来言情："伊昔值世乱，秣马辞帝京。既伤蔓草别，方知伏杜情。崤函复丘墟，冀阙缅纵横。倚棹泛泾渭，日暮山河清。蟋蟀依素野，严风吹

① （南朝梁）萧统编，（唐）李善注：《文选》第3册，上海古籍出版社1986年版，第1394—1395页。

② 逯钦立辑校：《先秦汉魏晋南北朝诗》中册，中华书局1983年版，第1244页。

③ 同上书，第1436页。

枯茎。鹳鹆在幽草，客子泪已零。去乡三十载，幸遭天下平。”① 从乱世辞京去乡到三十年的羁旅生涯，客子与野外的蟋蟀之孤何其相似。

江淹还有以蟋蟀之鸣来表达悲秋之意的《效阮公诗十五首》：“夕云映西山，蟋蟀吟桑梓。零露被百草，秋风吹桃李。君子怀苦心，感慨不能止。驾言远行游，驱马清河涘。寒暑更进退，金石有终始。光色俯仰间，英艳难久恃。”② 书写蟋蟀悲秋的还有后梁宣帝的《游七山寺赋》：“至如凉秋九月，百卉飘零，气凄凄而恒劲，风飒飒而常生。秋蝉吲于南垅，塞鸟吟于北庭，蟋蟀哀嘶而远闻，狐猿叫啸以腾声，鸿雁嗈嗈而夜响，鹍鸡啁哳而悲鸣。”③ 此外，蟋蟀依然被用来表达“奢俭中礼”之意，如梁武帝《敕责贺琛》所载：“昔之牲牢，久不宰杀，朝中会同，菜蔬而已，意粗得奢约之节，若复减此，必有《蟋蟀》之讥。”④

遍检整个南北朝时期的文献记载，蟋蟀只有寥寥可数的几处。究其原因，应当与统治者及其背后的文学集团所推崇的宫廷文化气质有关。南北朝宫体诗的盛行，使文学描写对象随之发生转移。在昆虫的世界里，绮丽多姿的意象白天有蝴蝶大行其道，晚上有灵动可人的萤火虫点缀夜幕，从而排挤了蟋蟀这种上不得台面而又卑贱微陋的草根之虫。南北朝时期的蟋蟀失去了在晋代的文学地位，文人不再对它投入更多的关注，从而导致文学书写中蟋蟀日渐消亡的没落趋势。

① （明）胡之骥注，李长路、赵威点校：《江文通集汇注》，中华书局1984年版，第142页。

② 同上书，第126页。

③ （清）严可均辑，陈延嘉、王同策、左振坤等校点主编：《全上古三代秦汉三国六朝文》第7册，河北教育出版社1997年版，第710页。

④ 同上书，第51页。

附录 1
相关统计数据

一、先秦文学作品中昆虫出现情况一览表（单位：次）

昆虫名称	《诗经》、歌谣	历史散文、《左传》	《楚辞》	诸子作品	小计
蝉	5	0	7	22	34
蚕	2	6	0	20	28
蚁	0	0	2	20	22
蝇	4	2	1	12	19
蚊	0	1	0	17	18
蝗	4	11	0	3	18
蜂	1	0	3	10	14
蟋蟀	5	0	2	2	9
蝶	0	0	0	9	9
螽	5	0	1	0	6
蜉蝣	3	1	0	0	4
蛾	1	0	3	0	4
螳螂	0	0	0	4	4
蠋	1	1	1	0	3

续表

昆虫名称	《诗经》、歌谣	历史散文、《左传》	《楚辞》	诸子作品	小计
贼	3	0	0	0	3
螟蛉	2	1	0	0	3
虱	0	3	0	0	3
草虫	2	0	0	0	2
螣	1	1	0	0	2
蟪蛄	1	0	0	0	1
萤	1	0	0	0	1
蝤蛴	1	0	0	0	1
蝼蛄	0	0	1	0	1
蜾蠃	1	0	0	0	1
小计	43	27	21	119	210

二、先秦诸子文学作品昆虫出现情况一览表（单位：次）

作者	时间	蚁	蚕	蚊	蜂	蝉	螳螂	蝶	蝇	蝗	蟋蟀	总量
法家 管子	约公元前 719— 前 645 年	0	4	2	1	0	0	0	0	0	0	7
儒家 晏子	约公元前 578— 前 500 年	0	2	1	0	0	0	0	0	0	0	3
道家 关尹子	约公元前 571— 前 471 年	1	0	0	2	1	0	0	0	0	0	4
道家 文子	公元前 500 左右	1	0	0	0	0	0	0	0	0	0	1
墨家 墨子	约公元前 480— 前 393 年	1	0	0	0	0	0	0	0	0	0	1
道家 列子	约公元前 450— 前 375 年	0	0	4	1	2	0	2	2	0	0	11
法家 商鞅	约公元前 395— 前 338 年	0	0	0	1	0	0	0	0	0	0	1

续表

作者	时间	蚁	蚕	蚊	蜂	蝉	螳螂	蝶	蝇	蝗	蟋蟀	总量
儒家 孟子	约公元前 372—前 289 年	0	2	0	0	0	0	0	1	0	0	3
道家 庄子	约公元前 369—前 286 年	7	0	6	1	9	3	7	1	0	0	34
儒家 屈原	约公元前 342—前 278 年	0	0	0	2	2	0	0	0	0	0	4
儒家 荀子	约公元前 313—前 238 年	0	2	3	1	3	0	0	0	0	0	9
道家 宋玉	约公元前 298—前 222 年	0	0	0	1	1	0	0	0	0	1	3
杂家 吕不韦	约公元前 292—前 235 年	2	4	0	0	4	1	0	5	3	1	20
法家 韩非子	约公元前 280—前 233 年	8	6	0	0	0	0	0	3	0	0	17
道家 鹖冠子	战国末期以后人	0	0	1	0	0	0	0	0	0	0	1
总量		20	20	17	10	22	4	9	12	3	2	119

三、《诗经》中昆虫出现情况一览表（单位：次）

《诗经·风》中昆虫出现次数统计					
昆虫名称	次数	昆虫名称	次数	昆虫名称	次数
蟋蟀	4 次	螽斯	3 次	蜉蝣	3 次
蜩	1 次	蚕	1 次	草虫	1 次
阜螽	1 次	熠燿	1 次	蝤蛴	1 次
蛾	1 次	蠋	1 次	苍蝇	1 次
斯螽	1 次	莎鸡	1 次	螓	1 次
小计	22 次,15 种				

续表

<table>
<tr><th colspan="6">《诗经·雅》中昆虫出现次数统计</th></tr>
<tr><td>昆虫名称</td><td>次数</td><td>昆虫名称</td><td>次数</td><td>昆虫名称</td><td>次数</td></tr>
<tr><td>螽</td><td>5 次</td><td>青蝇</td><td>3 次</td><td>蜩</td><td>2 次</td></tr>
<tr><td>贼(专指)</td><td>3 次</td><td>蚕</td><td>1 次</td><td>草虫</td><td>1 次</td></tr>
<tr><td>阜螽</td><td>1 次</td><td>螣</td><td>1 次</td><td>螟蛉</td><td>1 次</td></tr>
<tr><td>螟</td><td>1 次</td><td>蜾蠃</td><td>1 次</td><td>螗</td><td>1 次</td></tr>
<tr><td>小计</td><td colspan="5">21 次,12 种</td></tr>
<tr><th colspan="6">《诗经·颂》中昆虫出现次数统计</th></tr>
<tr><td colspan="3">昆虫名称</td><td colspan="3">次数</td></tr>
<tr><td colspan="3">蜂</td><td colspan="3">1 次</td></tr>
<tr><td>小计</td><td colspan="5">1 次,1 种</td></tr>
<tr><td>合计</td><td colspan="5">44 次</td></tr>
</table>

附录 2
主要参考文献

一、外文类著作

[1][法]法布尔著:《法布尔观察手记——苍蝇的生活》，海南出版社 1999 年版。

[2][法]法布尔著:《法布尔说昆虫》(彩插本)，长江文艺出版社 2008 年版。

[3][法]法布尔著:《昆虫记》(修订本)，作家出版社 2008 年版。

[4][美]霍利・毕晓普著:《蜜蜂传奇》，商务印书馆 2007 年版。

[5][美]罗伯特・埃文斯・斯诺德格拉斯著:《昆虫的生存之道》，上海科学技术文献出版社 2010 年版。

二、中文类著作

[1](春秋)孙武撰，(三国)曹操等注，杨丙安校理:《十一家注孙子校理》，中华书局 2012 年版。

[2](春秋)左丘明撰，(晋)杜预集解，李梦生整理:《春秋左传集解》，凤凰出版社 2010 年版。

[3](战国)吕不韦著，陈奇猷校释:《吕氏春秋新校释》(全 2 册)，上海古籍出版社 2002 年版。

[4](周)尸佼著，(清)汪继培辑，黄曙辉点校:《尸子》，华东师范大学出版社 2009 年版。

[5]（汉）班固撰，（唐）颜师古注：《汉书》，中华书局2000年版。
[6]（汉）孔安国传，（唐）孔颖达正义，黄怀信整理：《尚书正义》，上海古籍出版社2007年版。
[7]（汉）韩婴撰，许维遹校释：《韩诗外传集释》，中华书局1980年版。
[8]（汉）刘向撰，程翔译注：《说苑译注》，北京大学出版社2009年版。
[9]（汉）刘向撰，向宗鲁校证：《说苑校证》，中华书局1987年版。
[10]（汉）司马迁撰：《史记》，中华书局2000年版。
[11]（汉）王充著，张宗祥校注，郑绍昌标点：《论衡校注》，上海古籍出版社2013年版。
[12]（汉）许慎著，班吉庆、王剑、王华宝点校：《说文解字校订本》，凤凰出版社2004年版。
[13]（汉）许慎撰，（宋）徐铉校定：《说文解字》，中华书局2013年版。
[14]（汉）张衡著，张震泽校注：《张衡诗文集校注》，上海古籍出版社2009年版。
[15]（汉）刘熙撰，（清）毕沅疏证，王先谦补：《释名疏证补》，中华书局2008年版。
[16]（汉）刘珍等撰，吴庆峰点校：《东观汉记》，齐鲁书社2000年版。
[17]（三国魏）阮籍著，陈伯君校注：《阮籍集校注》，中华书局2012年版。
[18]（三国吴）陆玑著：《毛诗草木鸟兽虫鱼疏》，中华书局1985年版。
[19]（晋）陈寿撰，（南朝宋）裴松之注：《三国志》（全2册），中华书局2011年版。
[20]（晋）干宝撰，汪绍楹校注：《搜神记》，中华书局1979年版。
[21]（晋）傅玄著，（清）严可均校辑、高新民、朱允校注：《傅玄〈傅子〉校读》，宁夏人民出版社2008年版。
[22]（晋）郭璞注，（宋）邢昺疏：《尔雅注疏》，上海古籍出版社2010年版。
[23]（晋）郭象注，（唐）成玄英疏，曹础基、黄兰发点校：《庄子注疏》，中华书局2011年版。
[24]（晋）陆云著，刘运好校注：《陆士龙文集校注》，凤凰出版社2010年版。
[25]（晋）张华撰，范宁校证：《博物志校证》，中华书局2014年版。
[26]（南朝宋）鲍照著，丁福林、丛玲玲校注：《鲍照集校注》（全2册），中华书局

2012 年版。

[27]（南朝宋）范晔著：《后汉书》，中华书局 2007 年版。

[28]（南朝宋）范晔撰，（唐）李贤等注：《后汉书》（全 12 册），中华书局 1965 年版。

[29]（南朝宋）刘义庆撰，（南朝梁）刘孝标注，朱碧莲详解：《世说新语详解》（全 2 册），上海古籍出版社 2013 年版。

[30]（南朝梁）刘勰著，陆侃如、牟世金译注：《文心雕龙译注》，齐鲁书社 2009 年版。

[31]（南朝梁）沈约撰：《宋书》，中华书局 2000 年版。

[32]（南朝梁）王筠撰，黄大宏校注：《王筠集校注》，中华书局 2013 年版。

[33]（南朝梁）萧统编，（唐）李善注：《文选》（全 6 册），上海古籍出版社 1986 年版。

[34]（南朝梁）萧绎撰，陈志平、熊清元疏证校注：《金楼子疏证校注》（全 2 册），上海古籍出版社 2014 年版。

[35]（南朝梁）萧子显撰：《南齐书》，中华书局 2000 年版。

[36]（南朝梁）殷芸编纂，周楞伽辑注：《殷芸小说》，上海古籍出版社 1984 年版。

[37]（南朝梁）钟嵘著，曹旭集注：《诗品集注》（增订本）（全 2 册），上海古籍出版社 2011 年版。

[38]（南朝陈）徐陵编，（清）吴兆宜注，程琰删补，穆克宏点校：《玉台新咏笺注》（全 2 册），中华书局 1985 年版。

[39]（南朝陈）徐陵编，（清）吴兆宜注，程琰删补，曹明纲导读，尚成整理集评：《玉台新咏》，上海古籍出版社 2007 年版。

[40]（南朝梁）钟嵘著：《诗品》，中州古籍出版社 2010 年版。

[41]（北齐）魏收撰：《魏书》，中华书局 2000 年版。

[42]（北周）庾信撰，（清）倪璠注，许逸民点校：《庾子山集注》（全 3 册），中华书局 1980 年版。

[43]（隋）巢元方撰，鲁兆麟等点校：《诸病源候论》，辽宁科学技术出版社 1997 年版。

[44]（唐）杜佑撰：《通典》，中华书局 1984 年版。

[45]（唐）房玄龄等撰：《晋书》，中华书局 2000 年版。

[46]（唐）李百药撰：《北齐书》，中华书局2000年版。

[47]（唐）李延寿撰：《北史》，中华书局2000年版。

[48]（唐）李延寿撰：《南史》，中华书局2000年版。

[49]（唐）令狐德棻等撰：《周书》，中华书局2000年版。

[50]（唐）欧阳询撰，汪绍楹校：《艺文类聚》（精装2册），上海古籍出版社1999年版。

[51]（唐）姚思廉撰：《梁书》，中华书局2000年版。

[52]（唐）姚思廉撰：《陈书》，中华书局2000年版。

[53]（宋）郭茂倩编：《乐府诗集》（全4册），中华书局1979年版。

[54]（宋）何薳撰，张明华点校：《春渚纪闻》，中华书局1983年版。

[55]（宋）罗愿撰，石云孙校点：《尔雅翼》，黄山书社2013年版。

[56]（宋）阮阅编著，周本淳校点：《诗话总龟》，人民文学出版社1987年版。

[57]（宋）司马光编著：《资治通鉴》（全20册），中华书局1956年版。

[58]（宋）朱熹撰，朱杰人、严佐之、刘永翔主编：《朱子全书》（修订本），上海古籍出版社、安徽教育出版社2010年版。

[59]（宋）朱熹集注：《楚辞集注》，上海古籍出版社1979年版。

[60]（宋）朱熹注，赵长征点校：《诗集传》，中华书局2011年版。

[61]（元）方回编：《瀛奎律髓》，上海古籍出版社1993年版。

[62]（元）马端临撰：《文献通考》（全2册），浙江古籍出版社1988年版。

[63]（明）胡之骥注，李长路、赵威点校：《江文通集汇注》，中华书局1984年版。

[64]（清）陈元龙编：《历代赋汇》（影印本），凤凰出版社2004年版。

[65]（清）段玉裁：《说文解字注》，浙江古籍出版社1998年版。

[66]（清）顾观光辑，（明）滕弘撰：《神农本草经、神农本经会通》，湖南科学技术出版社2008年版。

[67]（清）郭庆藩撰，王孝鱼点校：《庄子集释》（全3册），中华书局2012年版。

[68]（清）刘熙载撰：《艺概》，上海古籍出版社1978年版。

[69]（清）钱谦益撰集：《列朝诗集》（全12册），中华书局2007年版。

[70]（清）孙星衍辑：《孔子集语》，安徽人民出版社2013年影印本。

[71]（清）王闿运撰：《尔雅集解》，岳麓书社 2010 年版。
[72]（清）王谟辑：《汉唐地理书钞》，中华书局 1961 年版。
[73]（清）王聘珍撰，王文锦点校：《大戴礼记解诂》，中华书局 1983 年版。
[74]（清）王先谦撰，吴格点校：《诗三家义集疏》（全 2 册），中华书局 1987 年版。
[75]（清）王先谦著：《诗三家义集疏》，岳麓书社 2011 年版。
[76]（清）王先谦著：《荀子集解》，中华书局 2012 年版。
[77]（清）王先慎撰，钟哲点校：《韩非子集解》，中华书局 2013 年版。
[78]（清）魏源著：《魏源集》（全 2 册），中华书局 2009 年版。
[79]（清）严可均辑：《全上古三代秦汉三国六朝文》（全 4 册），中华书局 1958 年版。
[80]（清）严可均辑，陈延嘉、王同策、左振坤等校点主编：《全上古三代秦汉三国六朝文》（全 10 册），河北教育出版社 1997 年版。

[81] 白鸣凤著：《先民生存的艰难与悲喜〈国风〉读注》，中国社会科学出版社 2011 年版。
[82] 暴庆刚著：《千古逍遥——庄子》，江西教育出版社 2008 年版。
[83] 彩万志著：《中国昆虫节日文化》，中国农业大学出版社 1998 年版。
[84] 彩万志等编著：《普通昆虫学》，中国农业大学出版社 2011 年版。
[85] 曹道衡著：《汉魏六朝词赋》，上海古籍出版社 2011 年版。
[86] 曹道衡、刘跃进著：《先秦两汉文学史料学》，中华书局 2005 年版。
[87] 曹胜高、安娜译注：《六韬·鬼谷子》，中华书局 2007 年版。
[88] 岑仲勉撰：《墨子城守各篇简注》，中华书局 1958 年版。
[89] 陈鼓应注译：《庄子今注今译》，中华书局 2009 年版。
[90] 陈鼓应著：《老子注译及评介》（修订增补本），中华书局 2009 年版。
[91] 陈茂仁著：《王士源〈亢仓子〉研究》，文津出版社 2007 年版。
[92] 陈文华著：《梦为蝴蝶也寻花》，上海古籍出版社 2007 年版。
[93] 陈晓鸣、冯颖著：《资源昆虫学概论》，科学出版社 2009 年版。
[94] 陈耀文著：《花草粹编》，河北大学出版社 2007 年版。
[95] 陈振耀著：《昆虫世界与人类社会》，中山大学出版社 2008 年版。

[96] 程俊英、蒋见元著:《诗经注析》,中华书局 1991 年版。
[97] 程俊英著:《诗经译注》,上海古籍出版社 2012 年版。
[98] 程千帆著:《唐代进士行卷与文学·古诗考索》,商务印书馆 2014 年版。
[99] 成云雷著:《庄子·逍遥的寓言》,上海古籍出版社 2009 年版。
[100] 承载撰:《春秋穀梁传译注》,上海古籍出版社 2004 年版。
[101] 程志、杨晓红、吕俭平著:《诗经国风诗性解读》,齐鲁书社 2009 年版。
[102] 池万兴著:《六朝抒情小赋概论》,人民出版社 2013 年版。
[103] 戴明扬校注:《嵇康集校注》,人民文学出版社 1962 年版。
[104] 邓安生著:《蔡邕集编年校注》,河北教育出版社 2002 年版。
[105] 丁成泉著:《中国山水诗史》,华中师范大学出版社 1990 年版。
[106] 丁鼎撰:《礼记解读》,中国人民大学出版社 2010 年版。
[107] 董楚平译注:《楚辞译注》,上海古籍出版社 2014 年版。
[108] 董广志校注:《潘岳集校注》,天津古籍出版社 2005 年版。
[109] 范祥雍校注:《洛阳伽蓝记校注》,上海古籍出版社 1978 年版。
[110] 方诗铭编著:《中国历史纪年表》,上海书店出版社 2013 年版。
[111] 方勇编纂:《子藏·道家部·关尹子卷》(全 9 册),国家图书馆出版社 2014 年版。
[112] 费振刚、胡双宝、宗明华辑校:《全汉赋》,北京大学出版社 1993 年版。
[113] 费振刚、仇仲谦、刘南平校注:《全汉赋校注》,广东教育出版社 2005 年版。
[114] 傅璇琮、蒋寅主编:《中国古代文学通论》,辽宁人民出版社 2005 年版。
[115] 高明乾、佟玉华、刘坤著:《诗经动物释诂》,中华书局 2005 年版。
[116] 龚克昌、苏瑞隆等评注:《两汉赋评注》,山东大学出版社 2011 年版。
[117] 古方著:《红粉帝国的幽梦——图说殷墟妇好墓》,重庆出版社 2006 年版。
[118] 顾茂彬、陈仁利主编:《昆虫文化与鉴赏》,广东科技出版社 2011 年版。
[119] 顾农:《从孔融到陶渊明——汉末三国两晋文学史论衡》,凤凰出版社 2013 年版。
[120] 管锡华译注:《尔雅》,中华书局 2014 年版。
[121] 郭郛注证:《尔雅注证》,商务印书馆 2013 年版。

[122] 郭宪编著:《虫虫虫虫飞:读古诗，识昆虫》，重庆出版社 2006 年版。

[123] 韩格平、沈薇薇、韩璐、袁敏校注:《全魏晋赋校注》，吉林文史出版社 2008 年版。

[124] 胡大雷著:《中古赋学研究》，广西师范大学出版社 2011 年版。

[125] 胡国瑞著:《魏晋南北朝文学史》，武汉大学出版社 2013 年版。

[126] 胡淼著:《〈诗经〉的科学解读》，上海人民出版社 2007 年版。

[127] 胡奇光、方环海撰:《尔雅译注》，上海古籍出版社 2004 年版。

[128] 黄侃笺识，黄焯编次:《尔雅音训》，上海古籍出版社 1983 年版。

[129] 黄灵庚疏证:《楚辞章句疏证》(全 5 册)，中华书局 2007 年版。

[130] 黄灵庚集校:《楚辞集校》(全 3 册)，上海古籍出版社 2009 年版。

[131] 黄寿祺、梅桐生译注:《楚辞全译》(修订版)，贵州人民出版社 2008 年版。

[132] 姜剑云编:《禅诗百首》，中华书局 2008 年版。

[133] 姜子夫主编:《禅诗精选》，大众文艺出版社 2005 年版。

[134] 蒋振华著:《庄子寓言的文化阐释》，湖南人民出版社 2007 年版。

[135] 金良年撰:《孟子译注》，上海古籍出版社 2012 年版。

[136] 蓝华增著:《意境论》，云南人民出版社 1996 年版。

[137] 黎翔凤撰，梁运华整理:《管子校注》(全 3 册)，中华书局 2004 年版。

[138] 黎兆元著:《中国古玉与图腾崇拜文化》，汕头大学出版社 2010 年版。

[139] 李德山译注:《文子译注》，黑龙江人民出版社 2003 年版。

[140] 李立著:《看似逍遥的生命情怀——诗词与休闲》，云南人民出版社 2004 年版。

[141] 李民、王健撰:《尚书译注》，上海古籍出版社 2004 年版。

[142] 李泽厚、冯友兰:《历程·简史——拥抱传统文化》，凤凰出版传媒集团 2012 年版。

[143] 李兆禄著:《诗经齐风研究》，齐鲁书社 2008 年版。

[144] 廖养正编著:《中国历代名僧诗选》，中国书籍出版社 2004 年版。

[145] 林赶秋著:《诗经里的那些动物》，重庆大学出版社 2010 年版。

[146] 林家骊校注:《吴均集校注》，浙江古籍出版社 2005 年版。

[147] 林家骊校注:《徐幹集校注》，河北教育出版社 2013 年版。

[148] 刘继才著：《中国题画诗》，辽宁人民出版社 2010 年版。
[149] 刘加云著：《诗经通译》，江苏人民出版社 2008 年版。
[150] 刘柯、李克和译注：《管子译注》，黑龙江人民出版社 2003 年版。
[151] 刘淑欣著：《文学与人的生存困境》，中国社会科学出版社 2011 年版。
[152] 刘文典撰，冯逸、乔华点校：《淮南鸿烈集解》，中华书局 2013 年版。
[153] 刘向斌著：《西汉赋生命主题论稿》，中国社会科学出版社 2012 年版。
[154] 刘永济校释：《文心雕龙校释》，中华书局 2010 年版。
[155] 刘跃进著：《秦汉文学编年史》，商务印书馆 2006 年版。
[156] 卢有泉著：《北朝诗歌研究》，山西教育出版社 2013 年版。
[157] 陆侃如著：《中古文学系年》（共 2 册），人民文学出版社 1985 年版。
[158] 逯钦立辑校：《先秦汉魏晋南北朝诗》（全 3 册），中华书局 1983 年版。
[159] 罗宗强著：《魏晋南北朝文学思想史》，中华书局 2006 年版。
[160] 绿净译注：《古列女传译注》，上海三联书店 2014 年版。
[161] 马非百撰：《管子轻重篇新诠》，中华书局 1979 年版。
[162] 马茂元著：《古诗十九首探索》，作家出版社 1957 年版。
[163] 马银琴、周广荣译注：《搜神记》，中华书局 2009 年版。
[164] 马玉堃、李玲著：《中国古代生物文化概论》，东北林业大学出版社 2005 年版。
[165] 孟昭连著：《中国虫文化》，天津人民出版社 2004 年版。
[166] 缪启愉、缪桂龙撰：《齐民要术译注》，上海古籍出版社 2006 年版。
[167] 缪文远、缪伟、罗永莲译注：《战国策》（全 2 册），中华书局 2012 年版。
[168] 穆克宏著：《魏晋南北朝文学史料述略》（增订本），中华书局 2007 年版。
[169] 聂石樵主编：《诗经新注》，齐鲁书社 2000 年版。
[170] 聂石樵著：《先秦两汉文学史》（全 2 册），中华书局 2007 年版。
[171] 聂石樵著：《魏晋南北朝文学史》，中华书局 2007 年版。
[172] 蒲正信注：《六度集经》，巴蜀书社 2012 年版。
[173] 戚良德撰：《文心雕龙校注通译》，上海古籍出版社 2008 年版。
[174] 潜苗金译注：《礼记译注》，上海古籍出版社 2007 年版。
[175] 钦俊德著：《昆虫与植物的关系》，科学出版社 1987 年版。

[176] 邱静子著:《〈诗经〉鱼虫意象研究》，文史哲出版社 2007 年版。

[177] 屈守元笺疏:《韩诗外传笺疏》，巴蜀书社 2012 年版。

[178] 尚永亮著:《生命在西风中骚动——中国古代文人与自然之秋的双向考察》，陕西人民教育出版社 1989 年版。

[179] 尚永亮著:《经典解读与文史综论》，中国社会科学出版社 2012 年版。

[180] 石磊编:《商君书》，中华书局 2009 年版。

[181] 孙昌武著:《禅思与诗情》(增订本)，中华书局 2006 年版。

[182] 孙浩鑫、孙欣、孙建君编著:《祥禽瑞兽》，天津人民出版社 2001 年版。

[183] 谭家健、孙中原译注:《墨子今注今译》，商务印书馆 2009 年版。

[184] 唐书文撰:《六韬・三略译注》，上海古籍出版社 2012 年版。

[185] 汪荣宝撰，陈仲夫点校:《法言义疏》，中华书局 1987 年版。

[186] 汪子春、程宝绰著:《中国古代生物学》，商务印书馆 1997 年版。

[187] 王根林、黄益元、曹光甫校点:《汉魏六朝笔记小说大观》，上海古籍出版社 1999 年版。

[188] 王利器撰:《文子疏义》，中华书局 2000 年版。

[189] 王利器撰:《新语校注》，中华书局 2012 年版。

[190] 王利器校注:《盐铁论校注》(定本)(全 2 册)，中华书局 1992 年版。

[191] 王茂福著:《汉魏六朝名赋诗译》(修订本)，陕西人民出版社 2002 年版。

[192] 王明撰:《抱朴子内篇校释》(增订本)，中华书局 1985 年版。

[193] 王炜民编:《中国古代礼俗》，商务印书馆 1997 年版。

[194] 王文生主编:《魏晋南北朝文学史》，武汉大学出版社 2009 年版。

[195] 王运熙、王国安评注:《汉魏六朝乐府诗评注》，齐鲁书社 2000 年版。

[196] 王运熙、周锋撰:《文心雕龙译注》，上海古籍出版社 2012 年版。

[197] 王志彬译注:《文心雕龙》，中华书局 2012 年版。

[198] 魏明安、赵以武著:《傅玄评传》，南京大学出版社 2011 年版。

[199] 吴功正、许伯卿著:《六朝文学》，南京出版社 2003 年版。

[200] 吴桦著:《虫趣》，学林出版社 2004 年版。

[201] 向熹编著:《诗经词典》(修订本)，商务印书馆 2014 年版。

[202] 向熹译注：《诗经译注》，商务印书馆 2013 年版。
[203] 辛战军译注：《老子译注》，中华书局 2008 年版。
[204] 徐朝华注：《尔雅今注》，南开大学出版社 1987 年版。
[205] 徐公持编著：《魏晋文学史》，人民文学出版社 1999 年版。
[206] 徐莉莉、詹鄞鑫著：《尔雅——文词的渊海》，上海古籍出版社 2008 年版。
[207] 倫有富主编：《中国古典文学史料学》，北京大学出版社 2008 年版。
[208] 徐玉清、王国民注译：《六韬》，中州古籍出版社 2008 年版。
[209] 许富宏撰：《慎子集校集注》，中华书局 2013 年版。
[210] 许维遹撰，梁运华整理：《吕氏春秋集释》(全 2 册)，中华书局 2009 年版。
[211] 杨伯峻编著：《春秋左传注》(修订本)，中华书局 2009 年版。
[212] 杨伯峻撰：《列子集释》，中华书局 2013 年版。
[213] 杨柳桥撰：《庄子译注》，上海古籍出版社 2012 年版。
[214] 杨清之著：《唐前隐逸文学研究》，中央民族大学出版社 2011 年版。
[215] 杨天宇撰：《周礼译注》，上海古籍出版社 2004 年版。
[216] 杨有礼注说：《淮南子》，河南大学出版社 2010 年版。
[217] 易小平著：《西汉文学编年史》，上海古籍出版社 2012 年版。
[218] 于爱成编著：《祥瑞动物》，中国社会出版社 2006 年版。
[219] 俞绍初校点：《王粲集》，中华书局 1980 年版。
[220] 俞士玲著：《陆机陆云年谱》，人民文学出版社 2009 年版。
[221] 于志鹏著：《宋前咏物诗发展史》，山东人民出版社 2013 年版。
[222] 袁胜文著：《中国古代玉器》，南开大学出版社 2012 年版。
[223] 袁行霈撰：《陶渊明集笺注》，中华书局 2011 年版。
[224] 詹杭伦、张向荣著：《楚辞解读》，中国人民大学出版社 2008 年版。
[225] 张纯一撰，梁运华点校：《晏子春秋校注》，中华书局 2014 年版。
[226] 张可礼、宿美丽编选：《曹操曹丕曹植集》，凤凰出版社 2014 年版。
[227] 张觉等撰：《韩非子译注》，上海古籍出版社 2012 年版。
[228] 张觉撰：《荀子译注》，上海古籍出版社 2012 年版。
[229] 张蓬舟笺：《薛涛诗笺》，人民文学出版社 1983 年版。

[230] 张双棣等注译:《吕氏春秋译注》(修订本),北京大学出版社 2011 年版。

[231] 张松辉著:《庄子译注与解析》(全 2 册),中华书局 2011 年版。

[232] 张松辉、张景译注:《抱朴子外篇》(全 2 册),中华书局 2013 年版。

[233] 张锡厚主编:《全敦煌诗》,作家出版社 2006 年版。

[234] 赵超著:《汉魏南北朝墓志汇编》,天津古籍出版社 2008 年版。

[235] 赵红菊著:《南朝咏物诗研究》,上海古籍出版社 2009 年版

[236] 赵逵夫主编:《历代赋评注》,巴蜀书社 2010 年版。

[237] 赵逵夫著:《屈原与他的时代》,人民文学出版社 1996 年版。

[238] 赵逵夫主编:《先秦文学编年史》(全 3 册),商务印书馆 2010 年版。

[239] 赵力著:《图文中国昆虫记》,中国青年出版社 2004 年版。

[240] 赵幼文著:《曹植集校注》,人民文学出版社 1984 年版。

[241] 赵玉萍编著:《魏晋南北朝文学发展研究》,四川大学出版社 2009 年版。

[242] 赵宗乙译注:《淮南子译注》(上、下),黑龙江人民出版社 2003 年版。

[243] 周秉高编著:《全先秦两汉诗》,内蒙古大学出版社 2011 年版。

[244] 周先慎著:《古诗文的艺术世界》,北京大学出版社 2002 年版。

[245] 周啸天等著:《似花还似非花——咏物·花鸟》,凤凰出版社 2009 年版。

[246] 周振甫著:《诗经选译》,中华书局 2005 年版。

[247] 周振甫著:《周振甫讲文心雕龙》,江苏教育出版社 2005 年版。

[248] 周振甫著:《诗经译注》(修订本),中华书局 2010 年版。

[249] 周祖谟校笺:《方言校笺》,中华书局 1993 年版。

[250] 朱海雷编著:《关尹子·慎子今译》,浙江大学出版社 2012 年版。

[251] 邹巅著:《咏物流变文化论》,湖南人民出版社 2009 年版。

三、中文文章

[1] 白福才著:《蝉在中国古代诗词中的审美意义》,《延安教育学院学报》2005 年第 4 期。

[2] 陈爱平、杨正喜著:《从雁蝉蛩声看古代诗歌的悲秋意识》,《华南农业大学学报》(社会科学版)2003 年第 1 期。

[3] 葛凤晨著：《回顾我国蜜蜂授粉发展历史》，《蜜蜂杂志》2012 年第 11 期。

[4] 关传友著：《论中国的昆虫文化》，《古今农业》2005 年第 4 期。

[5] 嵇保中著：《昆虫诗话》，《南京林业大学学报》（人文社会科学版）2003 年第 1 期。

[6] 姜金元著：《夜音谛听——中国古典诗歌中的蟋蟀意象》，《理论月刊》2007 年第 5 期。

[7] 蒋向艳著：《蝴蝶在中国古典文学里的两个文化涵义》，《枣庄师专学报》2001 年第 2 期。

[8] 靳然、侯毅、李生才著：《飞虫走蝶入诗来》，《山西农业大学学报》（社会科学版）2007 年第 1 期。

[9] 刘培玉、刘俊超著：《论中国文学的“悲秋”主题》，《郑州轻工业学院学报》（社会科学版）2006 年第 2 期。

[10] 马黎丽著：《从〈曹风·蜉蝣〉说开来——浅论〈诗经〉中的生死观》，《贵州文史丛刊》2006 年第 4 期。

[11] 马黎丽著：《傅玄、傅咸父子辞赋比较研究》，《安徽师范大学学报》（人文社会科学版）2012 年第 2 期。

[12] 马世年撰：《〈荀子赋篇〉体制新探》，《文学遗产》2009 年第 4 期。

[13] 彭亚萍著：《蝗诗与蝗虫文化》，《南通航运职业技术学院学报》2008 年第 2 期。

[14] 彭展著：《20 世纪唐代蝗灾研究综述》，《防灾技术高等专科学校学报》2005 年第 3 期。

[15] 尚永亮、刘磊著：《意象的文化心理分析　蝉意象的生命体验》，《江海学刊》2000 年第 6 期。

[16] 舒大清撰：《〈天问〉“中央共牧，后何怒？蜂蛾微命，力何固？”考》，《中国韵文学刊》2008 年第 2 期。

[17] 孙先知著：《蚕神马头娘》，《四川蚕业》2001 年第 3 期。

[18] 王立著：《论中国古代文学中的惜时主题》，《中州学刊》1988 年第 1 期。

[19] 王凌青著：《论〈庄子〉成语的审美价值》，《湖州师专学报》1991 年第 1 期。

[20] 谢翠维著：《唐代蝗灾研究管见》，《兰台世界：上半月》2009 年第 11 期。

[21] 颜翔林：《敬畏生命：庄子美学思想的逻辑构成》，《湖南工业大学学报》（社会

科学版）2013 年第 5 期。

[22] 杨淑培著:《中国养蜂史之管见》,《中国农史》1988 年第 2 期。

[23] 杨晓斌著:《颜延之出为始安太守始末考——兼谈《祭屈原文》等几篇诗文的作时与背景》,《西北师大学报》(社会科学版）2006 年第 2 期。

[24] 尹炳森、周中堂著:《论中国古代的咏蝶诗》,《济宁师范专科学校学报》2001 年第 1 期。

[25] 岳红星著:《试论蝉意象的文化内涵》,《中国矿业大学学报》(社会科学版）2002 年第 3 期。

[26] 张爱美著:《论傅咸咏物赋的讽教传统》,《临沂大学学报》2012 年第 4 期。

[27] 张立海著:《〈诗经〉中的时间意识探析》,《淄博师专学报》2008 年第 2 期。

[28] 张群著:《生命的感叹与思索———〈曹风·蜉蝣〉、〈唐风·蟋蟀〉意旨探微》,《石家庄师范专科学校学报》2001 年第 3 期。

[29] 赵卫华著:《中国古典诗词中蟋蟀意象的悲秋文化内涵》,《河北学刊》2008 年第 5 期。

后　记

着手写后记的暑假，武大校园里一片蝉鸣！

从开题后，就在图书馆C3一个小窗户旁安营扎寨，习惯了每天朝阳的迎接和繁星的送别，习惯了抬头就见法国梧桐直指苍穹的挺拔，更习惯了置身于实木书架后的赏心悦目。暑去秋来，枝头的鹅黄早已是翠绿满眼，静待又一个九月的到来！

忐忑地再三翻阅这篇凝聚了几年心血的博士论文，觉得心里洋溢着满当当的幸福。尽管在众多的专家学者眼中，这雕虫小技是简单或者稚嫩的，但于我浅薄的学识而言，已是一个相当大的进步。即便是如织美景中最不起眼的一丛蝴蝶兰，也终于盼到了收获的季节。看着自己一路深深浅浅的脚印，高考以后15年的精神守望，“珞珈”两个字已经深深地刻在了生命的字典里。

武汉大学是我懂事以来见到的第一所大学。2001年高三的春天，因为一次跨省的考试，我和同伴慕名登上了樱顶，在老图书馆前许下了人生第一个奋斗的梦想。而后，在“惟楚有才，于斯为盛”的湖湘大地结束了四年中文专业的学习后，我毫不犹豫地选择了朝思暮想的武大，并且特别幸运地进入仰慕已久的王兆鹏教授门下。住在美丽的樱花城堡里，回想当年自己攀登樱顶时那个瘦小的身影，突然生出了恍如隔世的感慨！

在论文构思之初，我想着给严肃的古代文学研究增加些许生活的趣味，便开始在文学与生活间寻找适当的媒介。夏夜的点点萤火，让我想起“雪天萤席几辛勤”的求学历程；樱顶的声声蛩吟，总会撩拨我想家的愁绪。“昆虫文学”也就由此进入了我的视野。多少个被蝉鸣惊醒的梦中，我都在忧虑，没有一本相关的参考著作的情况下，我该怎么办？伴我坚持写作的力量，除了兴趣、信念，更来自身后那一份份给力的恩情。

感激待我如女儿般的导师王兆鹏教授和师母，多年来的照顾难以忘怀。在王门不仅得到了老师学术上的倾力传授，更重要的是从老师身上看到了治学者人格的光辉，体会到了学术的尊严和使命！多年来，王老师不管身在何地，都一直关心着我的写作进度，经常利用微信、邮件给我提出修改意见，这篇论文的完成，凝聚了王老师大量的心血。感激在武大求学之路上指导过我的每一位先生，尤其是古代文学教研室尚永亮、陈文新、陈顺智、陈水云、程芸、吴光正、曹建国、谭新红等教授，著作等身且科研任务繁重的他们，从未懈怠过对我们的培养。没有这个大集体给莘莘学子的巨大力量，美丽的博士梦将是遥不可及的。

感激亲爱的父母，是他们替我承担了照顾幼子的全部责任，但作为独生女儿的我，这些年从未陪父母出去度假，也没陪他们做过身体检查，甚至连一顿饭都没有为他们做过。由于经常不在家，我不知道儿子小脚丫的尺码，给他买鞋全凭瞎蒙，也很少陪他读书玩耍。舐犊情深，惭愧与内疚常常萦绕心头。

感激我的爱人张云峰，这些年不管是学习、生活，还是工作，他都是我坚强的后盾，工作繁忙还要照顾父母、陪伴儿子，从来没让我替他分担丝毫压力和责任，这份理解万岁的爱情，是我在武汉最温暖的念想。

感激我工作单位的陈剑旄校长对我的学术追求表示了极大的肯定、关爱和支持。他用自己多年的治学经历鼓励我、敦促我，抓紧有效时间完成论文，还亲自带我做科研课题，获得了国家级教育教学成果二等奖。我还要感激团委的得力干将们，高效优质地完成了各项工作，让我求学期间分外安心。

感激和我一起成长的同门学友。这几年两地奔波，每当我疲惫懈怠的时候，总会有人雪中送炭；每当我迷惘困扰的时候，总有人答疑解惑；风霜雨雪、酷暑炎夏，我们始终并肩作战。忘不了每个月“同门读书会”的相互切磋，忘不了选题时的彻夜探讨，忘不了师兄师姐为我的论文认真把关，忘不了师弟师妹们在背后默默地支持与帮助。

立秋而望，香草绿树，樱、荷、枫、桂、梅，五彩缤纷，次第而来。我在鉴湖的柔波里，装订每一次日出和黄昏。轻轻地挥一挥手，作别亲爱的武大！

别了，我的樱花城堡！别了，那段最美的青春！

李　璐

乙未兰月武大梅园

萤火虫

萤火虫发光图

飞蛾

飞蛾扑火

蝶恋花

双蝶缠绵图

蜉蝣

蜉蝣出水

青蝇

蝗虫

中华稻蝗

蝗虫食叶

蝗虫害稼

飞蝗蔽日

群蚁食蝗

蚂蚁

蚁穴

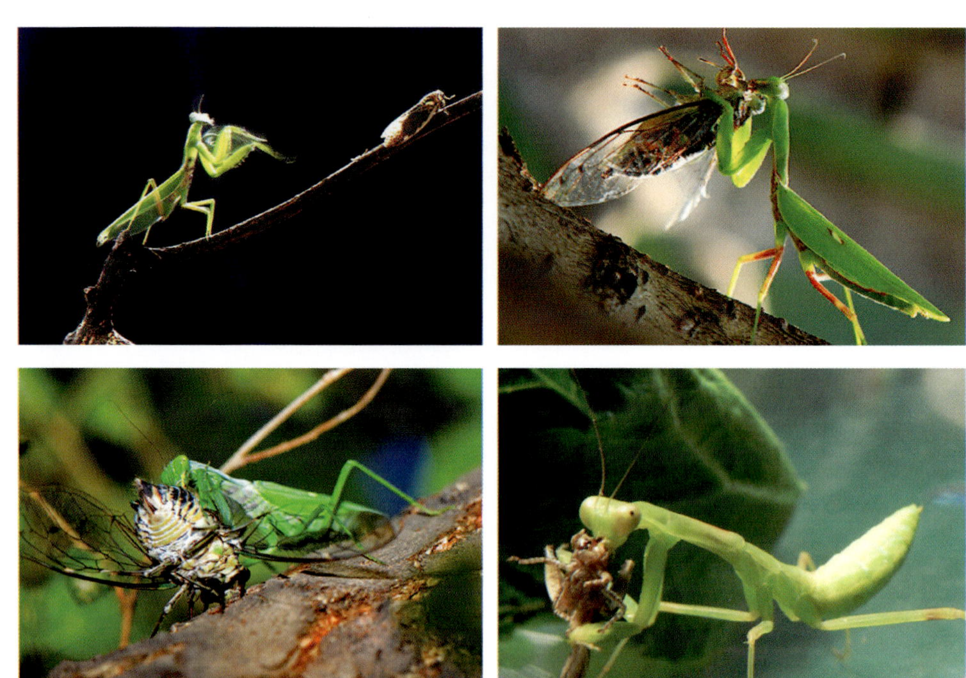

螳螂捕蝉图

螳螂捕蝉，黄雀在后

螳臂当车图

马蜂

蜜蜂

蜂窝

蚕茧

四龄蚕

蚕蛾

出土蚕形玉

（清）郎世宁等《孝贤纯皇后亲蚕图》

蝉

金蝉脱壳

出土的蝉形玉琀

药用蝉蜕

民间斗蟋

蟋蟀